魅丽文化　桃天工作室

农家小福女

郁雨竹 著

江苏凤凰文艺出版社
JIANGSU PHOENIX LITERATURE AND ART PUBLISHING

图书在版编目（CIP）数据

农家小福女 / 郁雨竹著. -- 南京 : 江苏凤凰文艺出版社, 2025.2
ISBN 978-7-5594-8203-7

Ⅰ. ①农… Ⅱ. ①郁… Ⅲ. ①长篇小说－中国－当代
Ⅳ. ①I247.5

中国国家版本馆CIP数据核字(2024)第008094号

农家小福女

郁雨竹 著

责任编辑 周颖若

出版统筹 曾英姿

特约编辑 刘思月 戴 铮

装帧设计 普遍善良 李 娟

封面绘制 苏辰 CS

出版发行 江苏凤凰文艺出版社

南京市中央路 165 号，邮编：210009

网 址 http://www.jswenyi.com

印 刷 湖南天闻新华印务有限公司

开 本 880mm × 1230mm 1/32

印 张 11

字 数 317 千字

版 次 2025 年 2 月第 1 版

印 次 2025 年 2 月第 1 次印刷

书 号 ISBN 978-7-5594-8203-7

定 价 45.00 元

目录

目录

第一章

赌输了

小钱氏背着背篓轻手轻脚地走到学堂的厨房门口，把小姑子从背篓里抱出来放到门槛上，低声叮嘱道："满宝，你就在这儿坐着，大嫂去做饭，一会儿再带你回家。"

满宝乖巧地点头，等大嫂转身进了厨房，她就迈着小短腿朝旁边的教室跑去。

里面的孩子正在先生的带领下读《千字文》，满宝熟门熟路地拖了一块石头放在窗口下面，然后踩在石头上就往里探头，一双亮如星辰般的眼睛盯着里面看。

坐在窗下不远处的白二郎摇头晃脑间察觉到满宝的视线，他偷偷地转过头来，狠狠地瞪了她一眼。

满宝不甘示弱地瞪回去，还冲他做了一个鬼脸。

白二郎气愤地瞪大眼睛。先生正好走过，手轻轻地拍了一下他的脑袋，呵斥道："认真些。"

满宝看了忍不住乐，高兴得不得了，见先生看过来，还调皮地冲先生眨眼睛。

胡子花白的先生忍不住摇头叹息，没有管她，任由她趴在窗口听他们读书。

先生："今日我们来学《千字文》的最后一段：毛施淑姿，工颦妍笑，年矢每催，曦辉朗曜……孤陋寡闻，愚蒙等诮，谓语助者，焉哉乎也。"

学生们跟着一句一句诵读，满宝站在窗口也跟着扯着小奶音喊，声音还挺大。教室里的学生都习惯了，摇头晃脑地跟着先生诵读。

满宝从会说话开始便跟着念《千字文》，这篇文早背下来了。见先生放下书让学生们自己反复诵读，他则踱步到另一边大孩子那里教他们别的，满宝就跳下石头，跑到先生的居所里去。

等先生宣布放学，踱步回隔壁居所时，他就见满宝已经拖着扫把将门前打扫了一遍，还坐在地上给他整理他丢掉的稿件。

见先生回来，满宝高兴地把整理好的稿件给他看："先生你看，这些背面都还能用。"

"这是我写时文写废了的，你想要就拿回去吧。"

满宝摇摇头："背面能拿来练字呢，先生，你先拿来练字，等背面也写满了，我再拿回去。"

先生拗不过她，只能接过稿件放到桌子上，指了指另一沓写满了字的稿子道："这些你拿回去吧，要是有不认识的字就拿来问我。"

满宝高兴地应下，把这沓纸叠好塞到怀里，高高兴兴地蹦去厨房找她大嫂。

小钱氏已经把饭菜都做好了，正在给孩子们打饭吃。

满宝溜进厨房，和大嫂打了一声招呼，就把先生的饭菜端去给他吃。

先生指了指对面的席子道："你一并坐下用吧。"

满宝摇头："我一会儿去厨房里吃，这是先生的，先生吃吧。"

先生也不勉强，夹了一块肉递到满宝嘴边。满宝高高兴兴地吃了，却在这里坐不住，玩了一会儿就跑出去。

先生失笑着摇摇头，并未叫她。

满宝跑到厨房，小钱氏看到她，就把锅底余留的一点锅巴刮干净放到碗里让她吃。

满宝乖巧地抓起锅巴塞嘴里，还掰了一块塞进大嫂嘴里。小钱氏满脸带笑，一边吃，一边推："你吃吧，你吃吧，也没有多少。"

就一锅饭，锅巴就那么点儿，要是烧出太多锅巴，学生们吃不饱，她这活儿就有可能被革。

小钱氏在学堂里做了三年厨娘，对这点分寸拿捏得非常好。

庄先生是村头地主白老爷请来的教书先生，这家学堂也是由白家出大头，村里各家共同捐钱建起来的。

庄先生一开始在这里教书时是带着老妻和孙子们的，因为还有附近两个村的孩子来这里读书，中午不能够回家吃饭，庄先生怜惜他们饿肚子，于是让每个学生每个月交六斤的米，再交三十文钱就可以在学堂里吃午饭。

学堂的厨房一开始是由庄先生的老妻管着的，她和村里人买些菜，又有学生们带来的米，偶尔买点肉剁碎了煮给大家吃，每个月也就余下二三十文钱，权当自己的辛苦费。

家长们心里自有一笔账，也知道庄先生做这个不赚他们的钱，完全是怜惜学生，反正孩子们回家也是要吃饭的，所以很乐得给这个口粮，就是家在本村的学生也送了米来。

后来，庄先生的老妻病重过世，孙子们也都被儿子儿媳带进城里去生活，就留他一人在此教书，这活儿就没人做了。于是，庄先生便自己每个月拿出一百文钱请了小钱氏做厨娘。

村头地主白老爷知道后，便让小钱氏把钱退给庄先生，自家拿出钱来请小钱氏，又将学生们交上来的钱和米都接手过来，让庄先生安心教书。

那个时候满宝才八个月大，连路都不会走，小钱氏的主要任务就是照顾满宝和小儿子三头，所以常把两个孩子放背篓里背来学堂厨房，偶尔从锅里捏出一个饭团给他们俩吃，把他们俩养得特别好。

只是三头现在已经四岁了，并不喜欢来学堂，更喜欢和哥哥姐姐们一起玩，所以现在跟在小钱氏身边的只有满宝。

虽然只是每日一点锅巴，满宝也被养得白白胖胖的，一点儿都不像是农户家的孩子，更不像是周家的。

满宝和大嫂把锅巴分完，再把锅碗洗干净，就蹦蹦跳跳地回家去。

小钱氏要把满宝放在背篓里，她不乐意，跑到一边道："我自己走，我自己能走。"

小钱氏也不勉强她："行，你自己走，别摔着就行。"

"我已经是大孩子了，不会摔着的。"满宝"哇哇"叫着往前跑。老远就看到家门口围着一群人，她高兴得正要冲过去，就听到里面传来一声惨叫，吓得她一个激灵。

小钱氏比她更早发觉不对，抱住她就往前冲。

围观的人群看到小钱氏，立即让开路："周家大嫂回来了，快让让，快让让。"

"周大嫂，你四叔赌钱输了，人家找上门来了。"

有通风报信的，也有幸灾乐祸的："欠得可不少，看周老头的架势是要把孩子打死呀。周大嫂，你快劝一劝吧，这钱没了能挣，人没了可就真的没了。"

小钱氏心一颤一颤的，挤开人群往家里去，就见四叔正被老二和老三按倒在地上，公爹正拿着扁担往他身上招呼。

院子里还站了十来个陌生人，为首的一个面色不善，打断周老头的怒喝道："周老爷，你就是把你这个儿子打死，今天也得把钱还我呀，不然我们兄弟翻山越岭地过来，岂不是白走一趟？"

满宝直接从小钱氏怀里挣脱下来，跑到她爹身边，看看她这不争气的四哥，又看看四周围观的人，蹙着眉毛问："爹，四哥赌去了多少钱？"

为首的青年惊异地看着满宝，"咦"了一声道："周老爷，你这女儿长得不错，要是家里没钱，拿孩子抵账也行啊，虽然小了点儿，但我们不介意。"

周老头气得不轻，直接把女儿往身后一拨，怒道："你要人就把这畜生拖去，他欠的钱自个儿还。"

周四郎号啕大哭，叫道："爹、爹，你救我啊爹，我真的不敢了，我再也不敢了。你要让他们把我拖去，他们会打死我的，真的会打死我的。"

为首的青年看了周老头一眼，嗤笑一声，直接伸脚踩在周四郎的手上踝了踝。周四郎惨叫出声。

见周老头脸色越发铁青和苍白，为首的青年满意地一笑：“不就是十五两银子吗？瞧你们家这新垒的房子，也不像是没钱啊。再不济，还有这么多丫头片子呢，随便卖我两个就行。不过我事先说好，现在丫头片子不值钱，须得是你那小女儿在里头才行，不然别的也就三五两，没有四个是销不了账的。”

这话一出，吓得小钱氏和冯氏把自个儿的女儿往后拉。

周老头气得手脚颤抖，周四郎也又惊又怕，差点忍不住尿裤子。他只能用没被踩住的另一只手抓住老爹的衣角，哀求道：“爹、爹，你救救我吧，救救我吧，我真的再也不敢了，再也不敢了……”

押住他的周二郎忍不住伸手去揍他，家里的日子才好过多久，全被他坏了。

而他有两个闺女，如果真要卖孩子……

周二郎想到这里，揍他揍得更用力了：“叫你不听话，叫你不听话。”

周四郎抱头求饶。

满宝看着，嘴唇抿得紧紧的，转头去看她那三个侄女，再转身便朝屋里跑去。

她娘钱氏靠在床上拍着胸口，六哥正担忧地扶着她。

她娘钱氏的身体一直不好，现在估计是被吓到了。

满宝跑过来，问道：“娘，咱家有多少钱？”

钱氏睁开眼睛看着小闺女，忍不住抹眼泪：“你问这个干什么？”

“钱够还债吗？”

钱氏哭道：“杀千刀的，当初生下你四哥就应该溺死了事，家里满打满算也还差四五两啊。”

满宝问：“那让他们把四哥拖走吗？”

“他们大老远翻山过来，要是一文钱不给，出不了村口他们就能把你四哥活活打死，我们难道忍心看他去死吗？”

这个道理钱氏懂，周老头更不可能不懂，现在就是舍不得而已。

满宝一脸严肃地强调道：“不能卖侄女。”

钱氏摸着她的头道：“不卖，就是把你四哥给卖了，也不卖她们，那个孽畜啊。”

钱氏眼泪流得差不多了，也喘过气来了，就打开箱子，从底下掏出一个盒子来，打开给小儿子和小女儿看里面的钱。

里面是一串串的钱，还挺重，只有两块小碎银子，还是建这栋房子剩下的。

自家存的只有铜钱，看到这些钱，钱氏又忍不住抹眼泪。

她把钱算了一遍，算来算去还是只有九吊钱，那两块碎银子加起来也就一两半。

钱氏又把床头柜里的钱盒也掏了出来，里面是留着日常用的钱。这段时间正赶上秋收，老三和老四去白老爷家帮工，领了工钱回来，交上来的钱她都放到柜子里存起来了。

但这些钱也不多，里面也是数好串成一串一串的，一百文一串，十串做一吊。

他们运气实在不好，里面成串的钱只有六串，盒子底部还剩有二三十文散钱。

钱氏看了看闺女，又看看小儿子，听到外面越来越大的惨叫声，起身把这些钱都交给小儿子抱出去，自己扶着小闺女的手走出去。

看到娘抱着钱盒子出来，周四郎大松一口气，差点忍不住号啕大哭起来。

满宝看得清楚，对四哥很是气恼。

村里也有赌徒，他们家过去第三户的周三叔家，他儿子半年前赌输了，带着赌场的人回来，把老婆和孩子都卖了抵账。

周三叔家的大妞侄女比她大两岁，跟她是好朋友，所以她记住了，赌钱是要命的东西，会不会要自己的命她不知道，但一定会要亲人的命。

当时老爹和老娘就教过哥哥们，严令他们不许沾赌，没想到现在就轮到了他们家。

满宝气不过，冲上前去伸脚狠踩了周四郎一脚，就踩在他脸上。

周四郎“哎哎”地叫唤，喊道：“幺妹、幺妹，你别踩我，我……我知道错了！”

钱氏没阻止，而是对丈夫道：“钱不够，还差四两半。”

周老头愁苦地皱着眉，钱氏则看向三个儿媳，道：“你们各家有多少，都拿出来吧，算是你们四弟借你们的，以后让他还。”

小钱氏、冯氏和何氏去看各自的丈夫，见他们脸色难看地颔首，便拉着各自的孩子回屋去拿钱。

周家没有分家，赚的钱都要交公，吃的喝的都是公中的。钱氏和周老头很久以前就说过了，要分家，除非他们死，不然就得等所有孩子都成家才可以。

但钱氏也知道成家的儿子和不成家的是不一样的，手上得有些钱才行。

所以钱氏手一直很松，地里的收成全是她收着，但各家其他途径赚来的钱，她只收六成，剩下的四成给各家收着。

比如大房，小钱氏有学堂帮厨的活儿，一个月最少也能赚一百文，除了六十文上交，剩下的钱都是她自个儿的。

又比如二房，老二早年去白老爷家帮工的时候偷学了一点儿木工的手艺，还会编竹藤，闲暇时编了东西能拿到集市上换点儿小钱。

又比如三房，老三干活儿不惜力气，白老爷家的管事最喜欢用他，凡是有活儿都叫他，所以他也能赚一些。

至于剩下的三个小儿子，老四不用指望了，正趴在地上呢；老五和老六年纪都不大，有点钱不是被娘哄去，就是被妹妹哄去，要不然就是求二哥去集市上买糖，就是把衣服都搜遍了，估计也搜不出两文钱来。

钱氏也就不去搜他们了。

三家的媳妇很快拿了自家的私房钱出来，凑了凑，不够，还差两串钱。

钱氏就看向当家的和几个儿子。

小钱氏最先承受不住，直接坐倒在地，拍着腿道：“娘啊，真的没有了，我们把给娘家预备的中秋买糕点的钱都拿出来了，这是要破家啊！”

钱氏气得拍她：“你哭什么，老娘还没死呢，灾年都挺过来了，还怕这两百文？”

满宝想了想，“噔噔”地跑回主屋，从自己的宝贝盒子里找出一块银锁，拿出来给钱氏：“娘，用我的这个。”

钱氏脸色大变，立即把银锁抢过去放怀里收好，怒道：“这东西不能给，这是……这是爹和娘给你打的，道士说你命贵，得有东西压着，这是压你的命用的。”

周老头也道：“不能给。”

打手气笑了：“合着一长命锁比你儿子的命还重要啊？我说，你们到底给不给，眼看着都下半晌了，我们还得回县城呢，赶不回去你们负责一晚上的食宿啊？”

他身后的打手们瞬间动了起来，开始在院子里四处翻动和踢踏：“赶紧给钱，欠债还钱天经地义。”

赌场的人上门从来都是寸草不生的，周大郎怎么可能允许他们去家里翻找，连忙去阻拦。

周二郎和周三郎也不押着周四郎了，连忙去帮大哥。

周五郎和周六郎也热血沸腾地跟着哥哥们上前，七里村的村民们当然见不得村里人被欺负，也纷纷上前拉扯。

还别说，打手们也是第一次见赌徒家里这么多兄弟，见村民们围住他们，也不敢太过分，只是意思意思你推我一下，我推你一下，但火气还是忍不住腾腾地往上冒。

村长见状叹了一口气，拦住大家道：“行了，不就还差两百文吗？金叔，我先借给你们，以后记得还我就行。”

说罢，村长便让儿子回家取钱。

这样东拼西凑下来的钱堆满了盒子，除了那两块小碎银全是铜板，打手们也不嫌弃，直接清点后将铜钱塞袋子里背着。

只是最后他们抛了抛碎银块道：“这银子兑换成铜板可不止这个数，你们应该也知道，在钱庄里头，这一两银现在都能换十二串钱了，所以……”

周大郎直接上前踢了一脚周四郎，问道：“你赌钱赌的是铜板还是银子？”

“铜板，是铜板。”

周大郎直接捏着拳头揍他，怒问：“是铜板吗，是铜板吗？”

周四郎鼻青脸肿，挂着鼻血连连哀号：“是铜板，就是铜板。”

周大郎没停，拳头一拳一拳落在他的脸上，铁青着脸问：“是不是铜板，是不是铜板？”

周四郎哭爹喊娘：“是铜板啊，大哥，就是铜板。他们骗你们的，他们就是骗你们的。”

打手们见周大郎一点儿不惜力，周四郎被打成了这样，不由得讪讪地收起碎银块，点头道：“行吧，铜板就铜板吧。”

说罢，他们转身就要走。

周二郎挡在他们面前，问道：“借据呢？”

打手撇撇嘴，把借据给他，拍了拍他的肩膀道：“你们这样的人家赌不起的，最好看紧了自家兄弟，不然下次运气可能就没那么好了。这世上，因为赌钱家破人亡的人家可不少。”

周家兄弟几个都面色不善地看向周四郎。

周四郎蜷在地上，看到哥哥们的目光，埋下头连哭都不敢哭得太大声。

打手们终于走了。

周老头和大儿子扯着笑把村民们送走，感谢他们的帮忙，尤其是村长，连连表示找时间要请他吃一顿饭。

等把人送走了，周老头就让周小六关了门，转身拿起扁担继续抽儿子周四郎。

钱氏怕小闺女吓着，提前把她带回屋，只是成效不太大。因为这孩子蹬掉鞋子就爬上自己的床，趴在窗口往外看，看她爹揍她四哥看得津津有味。

钱氏身体不好，这一番折腾下来，又伤心又累，也不拦着闺女，让三个儿媳妇去厨房里做点吃的。从上午到现在，他们一粒米都没吃，大人们受得了，几个孩子却受不了。

等安排好，钱氏就把小闺女叫过来，把那块银锁给她戴上，道：“不是让你不要摘下来吗？这是爹娘给你压命势用的，以后可不许摘下，知道吗？”

满宝别扭地道：“戴着不舒服。”

钱氏想了想道：“晚上可以不戴，但白天必须戴。”

满宝无奈地应下，见她娘一脸愁苦的表情，就问：“娘，四哥怎么办？”

“不管他，让你爹揍他。日子才好过几年，他就学会去赌了，破家的玩意儿，打死活该。”

满宝道：“要是打死，还不如给赌场的人打死呢，我们还省了钱了。”

钱氏噎了一下，道：“你这孩子，这嘴就跟你爹似的，一点儿也不饶人。”

“咦，我爹这么口齿伶俐吗？”

钱氏没回答她这个问题，而是道：“那也得打，不打不长记性，以后再犯，家里有多少钱能给他败？”

“四哥记吃不记打，打残了都没用，除非把他腿打坏了让他走不了路。”

“那不行，以后还得我们养他啊！”钱氏也怕周老头把儿子打坏，叹了一口气，冲窗外喊道：“行了，打残了还得花医药费，家里可是一文钱都没有了。”

外面的“啪啪”声慢慢消失，周老头恨铁不成钢地瞪着这个儿子，踹了他一脚后，让老大和老二把人拖房间里去。

满宝则在屋里和她娘道：“娘，我有个好主意，既能罚他，又不费家里的钱。”

“什么主意？”

“让四哥去开荒吧，然后让他在荒地上种东西，赚的钱拿来还给家里和哥哥嫂子们，他可是欠家里和哥哥嫂子们十五两银子呢。”

钱氏很疑惑：“开荒？你怎么想到开荒去啊？”

满宝道：“不是村长大哥说的吗？衙门让我们开荒，开出来的地都是我们的，头三年还不收税呢。”

钱氏摸着她的脑袋道：“开荒哪儿那么容易哦，而且荒地种出来的粮食恐怕都不够交税的。你侄子们还小呢，家里的地够种。”

“那怎么办，四哥犯了这么大的错，又不能打死他，万一他闲了又去赌钱怎么办？”

钱氏思索，四郎犯了这么大的错事要是不罚，家里其他儿子和儿媳肯定不服。但真把人打坏了，她舍不舍得是另一回事，回头治伤还需要钱呢，那才是真的心痛呢。

钱氏道："行，明天就让你四哥下地开荒。"

满宝这才高兴起来："我去监督四哥。"

"我看你是想出去玩吧，地里蛇虫多，你就别跟着凑热闹了，让你大侄子他们跟着去就行。"

满宝："不要，我也要去。"

以前，她觉得自己家挺好的，不缺吃，不缺穿，每逢集日她都有糖吃，虽然她并不是很爱吃糖。

所以，她以前就想认字而已，觉得认字读书让她很快乐，而科科没有书给她，只能给她糖。

她吃过了，那些糖虽然比二哥从集市上带回来的甜，但她还是不太爱吃。

不过她现在知道了，原来他们家还是很穷的。她得挣钱，她现在还小，不能下地干活儿，也不能出去做工，赚钱的唯一方法就是卖糖了。

不过因为她一向懒，没有挖菜菜给科科，科科已经很久不给糖给她吃了。

对了，科科是突然出现在满宝脑海里的东西，是去年春天她终于完整地把《千字文》背了下来，庄先生很感动地把自己手抄的一沓《千字文》文稿送给了她。

她高兴地抱着文稿跑回家，然后一回到家科科就出现了。科科说它是百科馆的分馆，主管生物科，是意外遗失在这里的。

它需要收集很多生物物种，用以在百科馆内换得能量离开。

一开始满宝没听懂，只当自己有了一个朋友，她很高兴地和娘亲说了。

只是钱氏当她是小孩做梦，哄了她一阵。

满宝很聪明，渐渐明白别人是看不到，也听不到科科说话的，所以她不再提起这件事，只当这个朋友只有自己看得见和听得见。

科科一直求满宝多收集植物，只是她把菜园里的菜都挖给它收藏过了，连屋外的草也都挖过了，太远的地方走得好累，她一点儿也不想去。

为了朋友，她勉为其难地去找了一下没见过的小草给科科。不过家里人一直不放心她在外面跑，平时侄子侄女们能出去玩，她却一直被大嫂带着。

她最多只能在村里玩，是绝对不能出村的，更别说到地里去了。

满宝缠着娘亲，就差在地上打滚了。

钱氏今天身心俱疲，见闺女这样，想着她年纪也不小了，正是最好玩的时候，也不忍心总是拘束她，就勉为其难地点头道："好好好，去吧。去吧，只是你要听五郎、六郎的话，不许乱跑，也不许晒太久的太阳，知道吗？"

满宝高兴地应下。

晚上的时候，她还吃了满满一碗饭，和五哥、六哥及侄子侄女们抢着把菜吃光了。

除了这几个少不更事的孩子，大人们的胃口实在是不太好。家里好不容易存了一点儿钱，一夜之间就回到了赤贫，心情能好才怪。

周老头扒了一筷子饭，头一次觉得粮食堵心，竟然吃不下了。

一想到那十五两银子，他的心就一抽一抽地疼，疼得红了眼眶，最后忍不住摔了碗又去把四儿子揍了一顿才算好。

周大郎等几个在他们爹揍过老四后，不好跟着揍，只能臭着一张脸扒饭。

钱氏和儿媳妇们一起吃的稀饭，现在秋收过去了，家里除了男人，也就满宝能吃干的，其他人吃的都是稀的。只是稀饭也挺浓稠的，至少可以让人吃饱。

但钱氏放下筷子后道："家里一文钱也没有了，这样的日子过得心慌，从明天开始家里不做干的了，都做稀的。老大媳妇，以后米少放一点，就要入冬了，冬天过去还有春夏两季呢。"

小钱氏低头应下。

小钱氏看了满宝一眼，问道："那小姑怎么办？她身子弱，也吃稀的吗？"

钱氏皱着眉道："明天你带上六斤粮去学堂，让老大去求一求庄先生，以后满宝午饭在学堂里吃，菜都是自家菜地里的，以后每天你多割两棵过去就行了。”

小钱氏应下，快手快脚地吃完饭和弟媳妇们一起收拾碗筷。

满宝觉得那样不好，问道：“娘，那大丫他们呢？”

钱氏伸手摸着她的脑袋，含笑道：“大丫他们身体好，不用吃干的；你身体差，多吃一点，不然生病了家里还得花钱给你买药。”

大丫和大头们从小就被爷奶、爹娘灌输这样的思想——小姑身体不好，不许他们推她，欺负她，要给她多吃一点，养胖一点就不会生病。

不然生病了就得花钱买药，到时候他们就没钱买糖吃了。

所以，他们从小对于小姑跟着爷爷和爹他们吃干的，让他们喝稀的一点意见也没有。

而且小姑对他们也挺好的，虽然她年纪比他们小，但总是给他们吃糖。对于小姑，他们还是很喜欢的。

所以此时奶奶一看过来，他们就连连点头，表示小姑多吃点儿，他们在家吃稀的就行。

“地里还有些谷串，回头我们去找来烤着吃。”

“不行，明天我们要去帮四哥开荒。”满宝道，“不过我们可以去找野果子吃。”

周老头看向满宝：“开荒？”

钱氏道：“忘了和你们说了，明天就让老四去开荒，他欠着家里的钱，总要做点营生赚钱。”

周老头可不觉得开荒能赚什么钱，不过也好，免得那小子闲下来又想赌钱的事，还是得找点事给他做。

因此，他道：“老五、老六，明天你们跟着一起去，他要是偷懒就给我捶他。”

满宝自告奋勇：“爹，我来，五哥、六哥肯定打不过四哥。”

周老头笑了，伸手摸了摸她的脑袋道：“行，你来，你四哥要是敢不听话，你就拿棍子抽他。”

满宝就好像得了圣旨一样高兴，晚上早早地睡了，并在脑海中承诺明天一定帮科科找以前没找到过的植物，并且要求：“你可一定要给我多准备一点糖，我要拿去卖的。”

系统简直愁死了，满宝录进来的植物都是非常常见的，一年多了，效益没看见，它反而得把自己以前剩的那点积分拿去换糖给她。

不换不行啊，这就是个小娃娃，要不是有糖在前面吊着，她才不会和它玩这个游戏呢。

不错，满宝一直把这当成一个游戏，从来没想过用它达到人生巅峰，实现什么非凡的人生目标。

一年多了，系统的雄心壮志早被磨得差不多了，好在绑定了宿主，就算没有能量支持它离开这个空间，回到原位面，也能保持运行。

等宿主大一点就好了。

这是系统给自己的安慰。

再不济，最坏的结果也是当宿主死亡以后，到时候它再选择一个野心大一点的宿主就行了。

系统悄悄地扒拉自己剩余的积分，计算着还能换多少糖给她。

满宝自以为跟科科约定好了，就拉过自己的小被子盖好，闭上眼睛美美地睡觉。

第二天，公鸡刚打鸣没多久，院子里就有了声音。满宝翻了一个身，拱着小屁股钻进被子里继续睡觉。

农家人一向早起，就算秋收结束了，那地还得修整呢。

而且周大郎、周二郎和周三郎都在白老爷家里接了活儿，他们也得出门了。

等院子里传来“嗷嗷”的叫声和拍打声时，满宝终于揉着眼睛爬了起来。她脸蛋红扑扑的，推开窗子，就看到她爹正把四哥从屋子里拽出来，一脚踢在他的屁股上赶出去干活儿，她立刻想起了昨天晚上答应科科的事。

满宝也顾不得睡了，立即爬下床穿好衣服，“噔噔”地跑出去道：“四哥，你等一等我，我跟你一起去啊。”

小钱氏一把抓住她，道：“不急，先洗把脸。”

早饭没那么早，得等到太阳到半空时才有得吃。小钱氏让小姑子去洗脸，又给她灌了一碗白开水，这才去摸了一个鸡蛋冲散了给她喝。

满宝一脸嫌弃地把鸡蛋水喝了，转身就跑去追四哥。

五郎他们几个正站在门口等满宝，早上的鸡蛋水是满宝的福利，就连周老头和钱氏都没有。

据说当年小姑差点病死，就是靠着鸡蛋水活过来的。从那以后，她就雷打不动地每天吃一个鸡蛋，少了谁的也不会少了她的。

家里没想周四郎开荒能开出什么好地来，所以除了正主周四郎，也就派了一群孩子去给他帮把手。

比如五郎、六郎，大房的大头和大丫，还有二房的二丫和二头。

五郎今年十四岁，六郎十二岁，都是大小伙子了，用村里人的话说，已经可以说亲，过两年就能自己生大胖小子了。

大头和二头都是满宝的侄子，一个九岁、一个六岁；大丫和二丫则是满宝的侄女，一个八岁、一个七岁。

底下还有大房出的三头，也是满宝的侄子，跟她同岁。他今天也很想去，但被他娘拦住了，他得带着三丫和四头去菜园里拔草。

三丫是二房的，四头则是三房的，年纪都很小，都是四岁，路不好走，他们只能在家里拔草。

山路崎岖，满宝也不好走，于是五郎和六郎就轮流背她。四郎不用想了，他身上带伤，能自己走到地里就算能耐了。

他们七里村一共有六十八户，独占这一大片……嗯，山坡吧，在山坡上，随便开荒。

而平地上的荒地很少，有也多是土石居多，还贫瘠，还不如开山坡上的呢，所以周四郎扛了锄头和镰刀就往山坡上走。他打算站在高处，看得远远的，到时候看哪块顺眼就开哪块。

周四郎想得任性，但满宝会答应吗？

当然不！

满宝被背到山顶，周四郎看了看，就指了一块草最少的山腰道：“我们去那儿开一块。”

“不行！”满宝想也没想就拒绝，指了另一块地道，“我要开那块。”

周四郎看去，发现那里不仅草很茂盛，长得足有满宝那么高，还有很多低矮的灌木，想也知道那些根有多难挖了，顿时拒绝：“不行，那块地没这块好开。”

但那里有很多草，还有小树，说不定会有科科喜欢的，还想和科科换糖的满宝坚持：“就要开那块。”

她找的理由也很正当：“你看那里的草长得多好啊，还有树呢，以后种豆种瓜也能长得好。再看你选的那块，只有那么点草，长得一点儿也不比我选的好。哎呀，还有石头呢，小草最不喜欢石头了，豆和瓜也一定是。”

周四郎不高兴了：“到底是你开荒还是我开荒？”

满宝手叉腰道：“是你，但你得听我的，不然我回去就告诉爹，说你故意选了一块坏地好偷懒，让爹揍你。”

周四郎气得不行，偏他还不能不听她的，因为他们的爹一定会听满宝的话。

摸了摸身上的伤，周四郎只能气哼哼地道：“行，就开那块，走吧。”

周五郎要背满宝，她想了想，挥手道：“不用背了，我要自己走下去。四哥，你先去开荒吧。”

周四郎气得够呛：“你个矮冬瓜怎么走下去？还不得五郎跟在一边照顾你？”

“那怎么了？六哥留下也行。”

“不行，他们还得帮我开荒呢。”

周五郎和周六郎也不想干活儿，连连摇头道：“出来前娘交代了，一定要看好妹妹。四哥，你先下去割草，你就拿了一把镰刀，我们下去也没用啊。”

周四郎一愣：“你们没拿镰刀？”

周五郎笑道：“我们要背满宝，哪有手拿镰刀？”

周四郎看向大头和大丫他们，大头也机敏地道：“我们以为叔叔们带了，我们就没带。”

周四郎便指使大头道：“你现在就回去拿镰刀，赶紧的。”

大头道：“一会儿就要回去吃早饭了，吃过饭再拿来也行的，现在回去，再过来也干不了多少活儿了。四叔，不然我们陪小姑慢慢往下走，你先去割草吧。”

众人：“就是，就是，四叔（四哥）就快去吧。”

周四郎觉得自己众叛亲离了，而罪魁祸首就是满宝。

满宝比他还凶：“快去啊，不然回去吃饭时我要告诉爹，说你偷懒。”

周四郎扛着锄头和镰刀转身就走。

满宝心满意足，迈着小短腿顺着山路往下走，时不时揪一下草，薅一把花。五郎、六郎和大头、大丫们都是在山里玩惯了的，见幺妹（小姑）老老实实地走着路，就撒野似的跑出去玩，看见漂亮的野花摘一朵，看见能吃的野果子更要摘一摘、挖一挖，看见一窝蚂蚁都能看半天，开心得不得了。

满宝努力挖出一把草，抹了一把脸，在心里问科科：“这个你要不要？”

科科的声音里透着无奈：“宿主，这种牛筋草很早以前你就录入过了。”

满宝怀疑：“是吗？我怎么不记得了？”

系统便把满宝录入的牛筋草调出来，上面还有它的生态特征、产地环境、繁殖方式和主要价值等，一条一条全列得清清楚楚。

满宝最喜欢读书了，看到文字就高兴。她兴奋地问：“这些字是哪儿来的？”

系统道：“牛筋草在我的发明者的世界里还存在，这是百科馆里面的知识，你录入以后，凡是百科馆里收录的知识点，都会在收录植物的后面显露出来。”

系统顿了顿后道：“宿主，我觉得你就算不能找到我的发明者那个时代灭绝或珍稀的物种，最起码也要找一些珍贵或价值较高的植物录入。那样点击下载的人多了，我们才能得到更多的积分，我才能给你换更多的糖。”

说真的，它跟着满宝一年多了，除了三样植物有人点击下载过，其他的植物都无人问津。而那三样植物的点击率也不高，它基本上是用自己的积分给满宝换糖吃。

满宝却不失望，津津有味地看着牛筋草后面的解析。她早已经背完了《千字文》，而得到系统的那天，就是她得到《千字文》文稿的那天，她每天都对着文稿背诵认字，虽然现在很多字都还不会写，但她已经认识它们了。

所以，这通篇下来，满宝认了个七七八八，不认识的字她也不客气，直接问科科。

系统向来有问必答，关键是满宝也比较可爱就是了，谁能忍心拒绝一个四岁多的可爱小孩呢？

不，满宝一直坚称自己今年六岁了。嗯，虚岁。

满宝读完了，但还是不懂上面的意思。不过她也不是都问，基本上只问自己感兴趣的话题："上面说牛筋草能祛风除湿、清热解毒和散瘀止血是什么意思？"

系统："就是字面上的意思，中医认为，人吃五谷杂粮，且受环境的影响，人的体内会有湿毒和热毒。比如上火的时候可以用牛筋草熬汤服用，可以祛风除湿，清热解毒。至于散瘀止血，就更简单了。要是有人摔跤磕到出血了，可以把它捣碎了敷在伤口上止血，同样能口服。"

满宝"哇"了一声："这草草这么宝贝啊，不行，我得多挖一点带回家。"

满宝抓住草用力往上一拔，费了老大的劲儿才把草拔出来。

系统也觉得这草挺不错，所以暗暗地给满宝鼓劲儿，还给她想了一个办法："你用旁边的藤蔓把它们捆起来就能抱回去了。"

满宝觉得特别有道理，拔了不少的牛筋草。等五郎和六郎摘了一把野果过来时，她脸上和手上都是泥，累得大汗淋漓。两个少年都惊呆了，跑上前问："幺妹，你干什么呢？"

满宝眼睛亮亮地道："五哥、六哥快来帮忙，我找到一味好药材了。"

两个少年上前一看，看到她手里的野草，颇有些一言难尽："这不就是杂草吗？地上随处可见。"

"才不是呢，这叫牛筋草，可以解毒的，还能止血。"满宝指使两个哥哥，"快跟我一起拔。"

五郎却直接把她手里的野草拿过来丢掉，又拍干净她的手，道：

“别傻了，来，我们找到了刺泡，吃一颗看看。”

说罢，他将一颗红艳艳的果子塞到满宝嘴里，香香甜甜的。满宝眼睛大亮，忘了地上的牛筋草，叫道：“我还要！”

系统也很激动：“这是未曾收录过的植物，满宝，你一定要把它收录进来，我刚才查了一下，系统里面没有这种果子的图片。”

没有图片，就算学名被收录，他们补充进去图片也能有一笔还算丰厚的积分奖励，那是百科馆发下来的。如果再有人点击查看图片，那积分就更多了。

果然，让宿主出门多走走是正确的。

系统道：“满宝，快收录进来，最好整株收录。”

满宝就一边把野果子往嘴里塞，一边问哥哥：“这是什么果子，我怎么从来没吃过，你们在哪儿摘的？”

五郎和六郎问道：“你没吃过吗？山上多得是，清明的时候可多了，不过现在已经很少了。你要喜欢，明年我带你上山吃。”

满宝觉得哥哥们没抓住重点，问道：“你们在哪儿摘的？”

“我们已经摘完了，没有了，我们快下山吧，一会儿四哥要生气了。”

满宝气得手叉腰：“我要看它长什么样，下次我就知道怎么摘野果了。”

五郎一听笑了：“那有什么难的，顺着路下山，旁边就有不少，就是没果而已，一会儿我们教你认。”

满宝这才知道，哥哥们说这里满山都是刺泡不是骗她的，是真的有很多。

六郎背着她往下走了一会儿，五郎就指着路边一丛很多刺的绿色藤蔓道：“喏，这就是刺泡，开春天气一暖和就开花，开完花就结果子，变红以后就很好吃了，明年清明我们带你上山来摘。”

六郎却道：“我觉得黄色的比较好吃，又硬又酸，比红的有味道多了。”

五郎鄙视他：“红的才好吃，我们都觉得红的好吃。”

六郎：“明明是黄的。”

五郎：“就是红的。”

六郎：“黄的！”

五郎：“红的！”

满宝见两个哥哥吵起来了，她没吃过黄的，不好发表意见，就从六哥背上滑下去，蹲下去看那些藤蔓。

五郎和六郎只看了妹妹一眼，见她只是好奇地盯着，就转头专心地吵架，不，理论。

满宝在心里问科科：“是要整株都挖，还是扯一段给你？”

系统思量了一下道：“如果能整株挖进来当然是最好的，如果不方便，摘一段也行。”

满宝就蹲在那里找比较短的藤蔓，大头和大丫他们也找了过来。见五叔和六叔在吵架，大头和二头就加入进去。大丫等人则蹲到满宝身边，问她在找什么。

得知她想挖一株小的刺泡草，大家都很热心地帮她找，很快就找到了一株刚长出来没多久的刺泡草。大家用棍子挖了一下土，不一会儿就把它给扯了出来，就是根茎太长，给扯断了一截。

不过大家都不介意就是了。

满宝把它攥在手里，因为它还小，还没长刺，大家也放心让她抓着。

这样的事大家常干。

大丫不知道从哪儿扯了一把野花来戴在头上，问小姑：“好看吗？”

满宝愣愣地看着她，觉得很难说好看，却又不想伤大侄女的心，就点头道：“花好看。”

大丫欢喜起来，高兴地和二丫跑远了。

到了山脚下，满宝从五郎的背上滑下来，又从他手里抠出一颗蛇泡，也没吃，边走边把东西都塞给了科科。

一年多了，满宝早在科科的提醒下学会怎样偷偷地把东西藏起来给它了。

而一众少年和孩子根本不会注意到这一点，大丫头上的野花也不知什么时候被她丢了。

大家往前走了一段路，五郎“咦”了一声，左右张望，好奇地问道：“怎么不见四哥？刚才幺妹在山上指的不是这个地方吗？”

大家也四处看，大头惊呼："四叔不见了。"

"等一下，你们听……"大丫"嘘"了一声，让大家安静，这才听到若有似无的鼾声。

声源处正好在满宝旁边，她率先拨开草丛看去，就看到周四郎躺在草丛上睡得香甜。

满宝气得不轻，直接跑上去一脚踩在周四郎的胸口，他竟然没醒。

满宝正想继续用力，大头已经扯了一根野草跑上去蹲在旁边，用野草去挠他的鼻子。

满宝见了好奇，也不踩她哥了，蹲在大头身边问："这样有用？"

大头就拿野草在满宝脸上划了划，问："小姑，痒不痒？"

满宝忍不住抓了抓脸，兴致勃勃："痒，我来！"

她接过大头手里的草就往周四郎的脸上挠，大家也纷纷凑上去，都扯了野草在周四郎的脸上聚会。结果他只是挥了挥手，翻了一个身又继续睡。

这样的反应让满宝很不高兴，她丢掉野草不玩了，直接对着周四郎的耳朵大喊："蛇啊——"

"啊——"周四郎一下坐起，蹦起来原地转，"蛇在哪儿，蛇在哪儿？"

满宝瞪着眼看他："四哥，老爹叫你来开荒，你却在这里睡觉，我要告诉爹，让他揍你。"

周四郎看见胖乎乎的幺妹，忍不住手痒，掐着她脸上的肉道："你除了告状还会干什么？"

五郎立即打掉他的手："四哥，你欺负幺妹。"

满宝也觉得脸被掐得有点疼，泪眼汪汪的，一脚踩在周四郎的脚上，还用力地踬了踬，道："我除了告状还会打你，你敢打回来吗？"

周四郎还真不敢！

周四郎气得鼻子都快冒烟了，满宝见压下他，便冷哼一声道："快去除草干活儿，四哥，我这是在帮你，你知道吗？"

和科科学了特别多字和语言的满宝道理一套一套的："娘说了，咱家存了三年的钱都没有十五两，那些钱本来是要留给你和五哥娶媳妇的，结果你一下就把家里的钱都败光了，还倒欠大嫂、二嫂、三嫂的钱，还有村长老哥家的，这些钱你都要还！”

“你自己不娶媳妇也就算了，五哥是一定要娶媳妇的，还有大嫂、二嫂、三嫂，她们存一点钱容易吗？你又没别的本事，除了种地还钱你还能干什么？”

周五郎脸色薄红，但还是挺着胸膛道：“四哥，我十四岁了，再过两年就要说亲了，你能还给家里多少钱？”

周四郎都惊呆了：“那……那些钱全要我还？”

“当然，谁让你赌输钱的？”想起她那被卖掉的邻家侄女，满宝胸口有一股愤怒似要喷薄而出，她目光微冷地瞪着周四郎道，“赌钱不改的人就应该砍断手脚扔到山里去喂狼，那样就不会祸害到别人了。”

周四郎忍不住倒退两步，身体微冷，颤抖着手指着这个小屁孩：“你……你怎么能这么狠心，我可是你四哥！”

“那大丫、二丫、三丫也是我侄女，你下次再赌钱，家里还不上，赌场的人就会上门拉走她们。等她们被拉完就该轮到我了，还有大头、二头他们，卖完了侄子侄女，大哥他们也得一辈子给你还债。你虽然亲，但你只有一个，不能因为你一个人就害了我们这么多亲人，所以……”

大丫和大头他们之前还没想到这么多，现在听小姑这么一说，看向周四郎的目光也有些不善起来。

就连五郎和六郎都忍不住上前一步逼视周四郎。

周四郎连忙摇手道：“满宝，你别瞎说，我已经下定决心要改，再也不赌了的。”

满宝冷哼一声道：“那就让我们看看你的决心。”

“不错，看决心！”

于是，周四郎只能在众人的注目下拿起镰刀割草，其他人就围成一圈看着，不时指点一下：“四叔，这里草多，割这里！”

“四哥，这下面的土比较厚，快割这里。”

满宝则在大丫和二丫的带领下摘了不少的花，看她们给她编了一个花环戴在头上。

大丫和二丫由衷地感叹：“小姑，你真好看！”

满宝十分高兴：“当然，你们也好看。”

周四郎听着，看着，心里气愤不已：“你们倒是来帮忙啊，我一个人得多久才能开出来？”

满宝觉得自己还是很勤奋的，立即带了人上前帮忙。

其他人见满宝都动了，便也撸起袖子帮起忙来。

周五郎接过镰刀负责割草，大头负责把草运出去，周六郎则和周四郎一起拿着锄头去挖地里的灌木。

满宝就带着剩下的人捡石头，把草丛里的石头、枯木等捡出去，石头围着这块地放着，枯木放到一旁，一会儿可以背回去当柴薪。

开荒是真的很难，地里什么东西都有，割草都要小心被刺扎到。系统看见了微微一叹，也就不要求宿主再去给它找植物了，等明天吧。

只希望宿主明天还愿意出来。

满宝搬石头累了，就没话找话地和系统聊天：“科科，这些草有没有没被收录过？”

“没有。”

满宝很失望：“你们的百科馆里怎么收录了这么多啊？”

系统道：“这些野草在未来也是很常见的，而且你可能认不出来了。这些东西你自己也都收录过，只是它们在你家房子附近时比较矮，在这里比较高而已。”

满宝有些不好意思：“原来是我收录的啊。”

系统严肃地道：“是的，每收录一种，奖励积分一点。”

这一点还是给的鼓励积分，要不是看她年纪小，需要鼓励，系统连这点鼓励积分都争取不到。

不过，即便是这样，系统也得从自己的积分里匀出一些来给满宝买糖，因为她的效率实在是太低了。

也是周家太宠她了，家里其他孩子都是放养，从两岁起会走路，就任由大孩子带着小孩子满村地跑，只要不去水边就可以。

但满宝不是，她一直有人带着。

侄子侄女们在泥地里打滚时，她正穿着干净的衣服坐在家里的炕上被教说话。

侄子侄女们要到地里除草下种时，她正被带到学堂里吃锅巴。

可以说，她长这么大，到过最远的地方就是村口那棵大榕树下，这山上她还是第一次来呢。

之所以能去那棵大榕树下，还是因为周老头过年闲着没事，拉着小闺女一起去大榕树下和老伙伴们说说话。

当然，家里也就满宝有这种待遇。因为她走一圈，总能得到一文两文的压岁钱。

村里的植物都是最常见的，她见一株便拔一株给系统。那一年，系统光给她识别植物去了，明明前一秒刚拔了交给系统，下一秒又拔了一株一模一样的，系统内心是崩溃的。

好在现在满宝已经知道直接问系统，有没有新的需要录入的植物，而不再是捧着一把野草让系统一株一株录入，然后再由系统无奈地告诉她，这种植物已经录入过。

满宝觉得搬石头也挺累，用小手抹了抹自己额头上的汗，问系统："科科，你们好奇怪啊，这种野草为什么要收录？你看我们都要除掉它，真是太讨厌了，得要多久才能开荒出来？"

"是你这个位面的科技发展还不到位，将来，开荒这种事也就是机器走一遍的事。而且这些野草在将来虽然也还存在，但数量却大大减少，而有些植物更是已经灭绝不再存在，所以才有了我的存在。"

满宝的关注点却有点歪，她惊讶地张大嘴巴："这么多草啊、树啊、石头啊，机器走一遍就开出来了？机器是什么，我能买吗？"

系统沉默了一下后道："不能，这种机器的科技含量远超本位面的科技，所以不能购买。而且，就算是可以，你也没有积分。"

满宝眨眨眼，再一次重视起这积分来。她以前觉得积分没什么用，不就是换糖吃吗？

没有积分她也能吃糖，每次二哥或爹去赶集都会给她买糖。

第二章

拜师读书

大家一起干活到了太阳高升，实在饿得动不了，估摸着也要吃早食了，就扛了东西打算回家。

周五郎蹲下要背满宝。

不过满宝很心疼哥哥，主要是他现在身上又脏又大汗淋漓，也很臭，所以满宝坚持自己往回走。

周五郎想了想，反正从这里到家大多是平地，满宝应该可以走的，老娘见了应该也不会削他，于是便放心地牵着满宝的手回家去了。

一路上碰到不少从地里回家吃早食的村民，现在周家正是村里的热门话题，尤其是周四郎。

大家看见他们，先是用目光关切了周四郎的屁股一番，然后语重心长地教导："四郎，可不好赌钱啊，那是破家灭族的玩意儿。"

"四郎啊，你还年轻，以后可别再犯这样的错误了啊。"

…………

碰见一个人受一番劝诫，周四郎脸都绿了，他没回答，五郎、六郎也觉得丢脸，只有满宝，她年纪还小，还没有羞愧的情绪产生，而且她真心觉得这些叔伯兄弟劝得太对了。

所以，她全程应下来：“六叔说得对，以后您要是看见我四哥往赌场里钻，您就代我爹揍他，回来我爹肯定请您吃大肉。”

“可不是吗，大柱哥，下次你再去县城就盯着我四哥。他要是不老实，你就把他捆回来，我娘一准答谢你。”

见四哥沉着脸不说话，满宝还拍了他一巴掌：“没礼貌，没见叔伯兄弟在跟你说话吗？你是不是还不诚心悔过，还想去赌钱？”

周四郎只能哭丧着脸答谢，谁说他、谁训他，他都得说一声谢谢。

村里人见了，私底下都说，四郎这孩子估计真是浪子回头了，其实他年纪还小，一时受不住诱惑也是有的。

所以本来想跟他说亲，又打消了念头的人家又升起了一点念头。

四郎这小子如果能改好，还是一个很不错的小伙子，长得又壮，活儿也干得好，兄弟们又多又有出息。

是的，村民们一致觉得周家已经成亲的三个郎很有出息，农活干得好，还勤奋，只要一有空就去白老爷家做短工挣钱。再一看周老头和钱氏，那也都是一等一的勤奋人。同理，周四郎应该也不会差。

于是大家看周四郎的目光就多了两分宽容。

周四郎没能体悟到，因为他一回家就被他娘指使着去劈柴了。

现在秋收结束，家里得准备过冬的木柴了。以前这些活儿都是上面三个哥哥调度，劈柴这种重活儿一向是三哥干的，因为他力气大。

而他们底下这几个没成亲的则负责去山上捡木柴和把劈好的木柴抱到窝棚里。

不过因为周四郎赌输了钱，钱氏和周老头一商量，就把劈柴的活儿调给了他。这既是惩罚，也是做给家里几个儿子和儿媳看的。

家里孩子多，而手指有长短，钱氏肯定做不到一碗水端平，但面子上总要过得去，不然只要有一个闹腾起来，这一个家就甭想安生。

周老头愁眉苦脸地蹲在门槛上，盯着四儿子去取了斧头，这才哼了一声，移开目光。

看见小闺女，他脸上露出笑来：“满宝回来了，玩得开心吗？”

满宝高兴地点头：“开心。爹，山上好好玩，有很多花，还有很多草，下午我还要去！”

“下午太阳大，你就在家里歇午觉，让你四哥他们去就行。”周老头道，“要是喜欢花，让你大侄女她们给你摘回来，你可不能晒太阳，晒坏了可是要吃药的。”

满宝想到她娘亲要吃的黑汁子，先皱了皱鼻子，然后整张小脸都皱起来，就好像苦到了一样。

周老头看得乐呵呵的，心情总算是好了点儿，让闺女进屋坐着，一会儿就吃早食了。

农人们的早食都是干完一波农活后吃的，一天就吃两顿。

一顿就是上午的巳正，一顿则是申正，吃完晚饭收拾一下，天黑以后就可以睡觉了。

大人们都是这样，只有孩子们是例外。像夏秋，因为日子长，入夜晚，家里通常会熬一点粥在晚上给孩子们吃，不至于让他们太饿着。

满宝钻进正房，钱氏身体不好，昨天又惊又怒，还被吓到了，今天就躺在床上没起来。

看见闺女一身草屑，她就忍不住笑：“玩高兴了吧？”

满宝“嗯嗯”两声，坐在床沿，显得很乖巧：“娘，下次赶集我要和二哥一块儿去。”

“你去干什么？”

“我也要学做生意。”

钱氏忍不住笑：“你就是想去玩吧？”

钱氏想了想，开春那会儿有庙会满宝就没去，秋收都结束了，现在不去，等天冷了又不能出门了。

这么一想，钱氏就答应了：“让你二嫂带你去，大头他们也去，昨天都吓坏了，出去玩一玩，镇一镇心。”

至于学做生意之类的话，钱氏从不放在心里。在她看来，这就是孩子话。

满宝可不觉得是孩子话，她是很认真的。

所以，吃过早食，她都不去学堂听课了，而是把五哥、六哥和侄子侄女们都拉来群策群力。

五郎伸手摸了摸妹妹的额头：“也没烧呀，怎么说胡话了？”

六郎笑道："我们家有什么能卖的？"

满宝摇头："没有，但外面有啊。"

她指着外面道："外面有这么多好看的草和花，我们都可以拿来卖呀。"

众人沉默下来。

这下连三头都说："卖不出去！"

"怎么卖不出去？"既然那么聪明、那么厉害的科科都喜欢这些野草野花，那外面的人应该也喜欢才对呀。

满宝特别独裁，一挥手道："就这么决定了，我们要去摘花，还要拔野草去卖。"

五郎要劝她，六郎就拉住他道："听满宝的。"

"幺妹傻了，你也傻了？"

六郎："我没傻，但如果不听她的，我们还能去赶集吗？"

五郎一想，觉得很有道理。

集市离他们村还挺远，要走大半个时辰才能到，上次去还是开春赶庙会的时候呢。

两个人立即给大头、大丫等使眼色，大家心领神会，都高兴地答应满宝，那天一定带很多好看的野草野花去赶集。

管他呢，先去了集市再说。

早食做好了，一群孩子往外跑，纷纷在自己的位子上坐好。

周老头的下首坐着周大郎，对面按理应该坐着小钱氏。但因为满宝受宠，所以钱氏下首的位子一直是她占着的。

小钱氏把小姑抱到凳子上坐好，就起身给大家分粥。

周五郎和周六郎看了眼稀薄的粥，都嘟了嘟嘴。以前早食都是吃饭的，毕竟白天要干活儿，晚上才会吃稠稠的粥。

但父母在上，他们也不敢说不满的话。

上面三个哥哥都沉着脸把碗递给小钱氏，周四郎则恨不得把头埋在胸口。

小钱氏看了四叔一眼，接过他的碗，勺子还是往上浮了不少，这才给他盛了一碗粥。

如果说，大家的粥还能称为粥的话，那周四郎碗里的东西就只能称为米汤了。

周四郎差点哭出声来，他抬头看了大嫂一眼，接触到她冷冷的目光，低下头不敢说话。

满宝左右看看，想到她中午还能去学堂吃锅巴，就把碗里的粥倒了一半给爹和娘。

周老头和钱氏感动得不得了，也顾不上去说小钱氏了，一个劲儿地夸满宝："还是我闺女贴心，知道孝敬我们。"

大家都沉默地喝粥，他们也想孝敬，但是怕饿肚子。

钱氏又把粥拨回去，笑眯了眼："满宝吃，娘又不用干活儿，并不饿。"

满宝护住碗道："我不要吃了，我肚子小小的，已经要饱了。"

钱氏见拗不过她，便把粥拨给三个儿子一点儿，叮嘱他们："你们要出去干活儿，多吃一点，路上要是饿了，先找东西填补一下。等把村长的钱还了，家里的日子就缓过来了。"

三个儿子都应了一声。

周老头瞥了妻子一眼，道："行了，这是满宝孝敬你的，你别全拨给他们了。"他又对老二道："明天你去赶集，背一袋粮食去，换一些钱回来。村长那里的钱不急，等到过年，你们兄弟总能挣一点回来，但你娘吃药要买药，家里不能一文钱也不留。"

周二郎低声应下。

钱氏趁机道："明天把满宝几个都带上，老二家的，你也跟着一块儿去，看住几个孩子就行。"

周五郎和周六郎立即道："娘、娘，还有我们呢，我们也会看好满宝和大头、大丫他们的。"

钱氏不是很想让老五和老六去，闻言皱了皱眉，道："你四哥的荒地开得怎么样了？"

周五郎直觉要糟，可恨他离满宝太远，不能踢她一脚，只能远远地望着她。

好在满宝跟他心有灵犀，她抬起头来看看哥哥，又看看娘亲，最后道："娘，让五哥和六哥一块儿去吧，不然我看不住大头他们。"

大头立即抬头："小姑，我比你还大呢，不用你看。"

这儿有个坐得近的了，周五郎狠狠地踹了大头一脚，臭小子，叫你拆场子。

大头"嗷"的一声，跳起来叫道："娘，五叔踢我！"

小钱氏瞪了周五郎一眼，拍了傻儿子一下，拧着他道："赶紧吃粥，就你话多，没见你小姑都没说话吗？"

大头可怜巴巴地低头。

周老头把一切都看在眼里，正好把粥吃完了，放下碗道："让他们去吧，都还是孩子呢。大头、大丫他们调皮，老二家的可能看不住，让老五、老六跟着，别把孩子弄丢了就行。老四继续去开荒。"

周老头对着埋头苦吃的周四郎一瞪眼，下了限期："给你一个月的时间，要是整不出一亩地来，你连粥都不要吃了。"

周四郎心里苦得不行。

偏偏满宝还往他心里扎刀子，饭后特意坐到他身边问："四哥，知道你为什么会落到现在的地步不？"

她自问自答："就是因为你赌钱！"

周四郎有些无语。

满宝大人似的叹了一口气，小手拍着他的肩膀道："赌钱的都是坏蛋，这么简单的道理我都知道，你怎么就不知道呢？"

"满宝，我们去学堂了。"小钱氏把菜都放进篮子里，要把满宝放背篓里背着。

满宝却摇了摇手，非常骄傲地仰着脖子道："大嫂，我已经长大了，不要背了。"

小钱氏忍不住乐了："我们家满宝长大了呀？"

"是的，我六岁啦。"

被她说得很悲愤的周四郎直接伸手把她一头的短毛揉乱，嘲笑道："还六岁呢，你都没满五岁，知道啥叫周岁吗？"

满宝被他摇得站不稳，大吼一声。不等她抬头，周四郎就撒手一溜烟地跑了。满宝顶着一头的乱发，气得直接"哇"的一声大哭起来。

小钱氏被吓住了，小姑子很少哭的，从满周岁后更是不怎么哭了。现在见她哭得这么厉害，小钱氏吓得愣了一下才去抱她。

屋里的钱氏“啪”地一下扔下针线篮，手脚灵活地跳下床，鞋子半穿不穿就跑了出来：“怎么了，怎么了？我家宝儿怎么了？”

满宝就是心里一时委屈，哭了第一声后就好得差不多了。本来已经不怎么委屈了，但看到钱氏，不知道怎么了，她心里更委屈了。她哭着直接扑进母亲怀里，告状道：“娘，四哥欺负我，你看他弄乱了我的头发。”

钱氏立即把她乱糟糟的头发弄顺了，气得不行，直接下令道：“这个臭小子，真是不打不行了，晚上不许做他的饭，让他饿着。”

小钱氏立即高声应下。

钱氏心疼女儿，给她擦干净眼泪后道：“好了，我们满宝不哭了，娘给你煮鸡蛋吃好不好？”

小钱氏就问：“那不去学堂了？”

“不去了，我给满宝煮鸡蛋，煮饭吃。”

小钱氏有点肉疼，但想到小姑这次被惹哭，哄一哄也是应该的，点头就要应下。但满宝不愿意，挣脱开母亲的怀抱道：“不行，我要去学堂。”

满宝给出的理由也很充分：“明天我要去赶集，不能去学堂听课了，我得告诉庄先生一声。”

小钱氏就道：“小姑放心，我帮你告诉庄先生。”

“不要，我自己说，而且今天我还要去看庄先生的稿子写完了没有，写完了我得带回来的。”

“那……”小钱氏犹豫地看向钱氏。

钱氏见闺女不伤心了，就摸了摸她的小脸蛋，笑道：“行吧，想去就去吧。”

满宝转身就高高兴兴地和小钱氏去学堂了。

等姑嫂两个一走，钱氏从地上站起来，脸色一沉，对着正围观的两个儿媳和两个小儿子道：“去把老四给我抓回来，真是反了他了，有本事在外头作天作地，赌钱输钱，还有本事回来欺负家里人了。”

四人听令，满村子地去逮周四郎。

满宝一到学堂就趴在窗户上听庄先生上课，今天他们讲的是《论语》。以前满宝也听过几句，不过她都还没系统地背过，这次庄先生上的是大课，所有的孩子都是学的《论语》，所以是从第一课开始的。

满宝便听了全程，但是庄先生这节课只反复地教大家背诵，并没有讲解经义。

满宝连书都没有，只是稀里糊涂地跟着背。她记性一向很好，只来回读三四遍就记住了，却不知道具体是哪些字，更别说意思了。

庄先生只反复教大家背诵。

要是往常，满宝也就兴致勃勃地跟着继续背了，但今天她心情有些不太好，受了点影响，注意力不太集中。

她可以背下以后就溜下了窗台，偷偷跑去庄先生的院子里。

庄先生的书房门从来不关，也不知道是习惯，还是为了方便某个总是偷偷跑来替他打扫卫生的小孩儿。

满宝在院子和书房里转了转，最后还是坐在台阶上，手撑着下巴发呆，其实是在和系统说话。

“科科，你说四哥是不是讨厌我了？”

系统道：“这个世上没有人会一直惹人喜欢的，就是金钱都有被人讨厌的时候。”

“可我不是钱啊，我是四哥的妹妹，他怎么可以不喜欢我呢？”

系统沉默了一下后道：“这个世界上，父亲讨厌子女，母亲厌恶子女，兄弟姐妹相厌也是很正常的事。”

“你胡说，这个世界上怎么会有不喜欢子女的父母呢？兄弟姐妹不是要友爱相助吗？”

“那是你的一厢情愿。”系统觉得自己可能是太寂寞了，所以才会和小宿主说这些。但它觉得这也是为了自己的安全和未来的发展打基础，如果宿主太天真，那以后自己真的是会无比操心。

所以它在百科馆里搜了搜，找出一本《历史上十大恶父》的书给满宝，道：“这算我借你的，借阅书籍是要花费积分的，以后你挣了积分记得还我。”

满宝手中突然出现了一本书，她目光闪闪发亮，早把四哥对她的伤害丢到一旁了，高兴地问：“这是送给我的吗？”

系统强调："这是借给你看的，看完后要还的。"

满宝感动得不得了："科科你真好，这可是我的第一本书呢。"

系统再次强调："看完要还的，不然要扣很多积分。"

满宝特别大气，小手一挥："扣吧，买书也要花很多钱的。"

系统："宿主，你没有积分。"

满宝已经低头去翻书了。

书上的文字被替换成了这个时代的文字，满宝已经认识很多很多字了，而且这又是大白话文，所以她看得津津有味，就跟看故事书似的。

其实这也是一本故事书，讲述历史上的十大恶父。

虽然满宝认得的字不少，但太复杂的故事她还是看不明白，她只能凭感觉来理解这些故事。

好在这书和庄先生书架上的书都不一样，因为它是大白话，只要认得字，通篇读下去，虽不至于都理解，但大概故事还是懂的。

满宝兴奋起来，津津有味地捧着书看。

书的开头是序言，序言中说这些故事都是古老历史中流传下来的逸闻，有真实的，也有虚假的，还有的是半真半假。

但无论是真是假，故事在每个时代的评价都不一样，此书旨在通过这些故事在各个时代的不同评价来研究当时的意识形态，以及意识形态的演变过程。

满宝年纪还小，这篇序言上的每一个字都认识，但连起来就看不懂了。

她努力地看了大半篇，实在是看不懂，便直接往后翻，翻到故事上来看。

还是故事好看。

虽然是写恶父的，但一开始并没有看出惨来。第一个故事是排名第十位的，某个朝代的皇帝。

讲的是他像养蛊一样养着他的儿子们，为了保证自己的权力，他特意让他的儿子们相争，大搞平衡。

满宝一开始没看出这个爹哪里坏了，只当故事一样看。系统就提醒她道："你看他的这些儿子的下场，是不是都很惨？"

满宝愣了一下，问道："他们都是王爷和皇帝，有什么惨的？"

系统就给她分析："你看，他们是王爷，但大部分最后都被圈禁和流放了，知道什么是圈禁和流放吗？"

满宝理直气壮地道："不知道。"

系统噎了一下，就详细给她解释了一下圈禁和流放，说到底，就是坐牢和服刑。

满宝惊呆了："自己爹是皇帝，兄弟是皇帝，他们还要坐牢啊？"

系统道："所以才说是恶父嘛。"

满宝嘟了嘟嘴，觉得这个爹的确不怎么好。她来回看了两遍，也琢磨出了一点这个故事的含义了。

这其实就是一个想要保住自己权力的爹，为了平衡，所以故意让儿子们争来争去，最后自己圈禁了三个儿子，然后他选了一个儿子当皇帝。那个皇帝儿子又圈了几个和流放了几个，于是他的儿子们都很惨。

满宝不太喜欢这个故事，而且这个故事读得她头疼，里面有好几个人的名字她还认不得呢，于是指着问科科。

科科不仅教她这个字怎么读，还顺便解释了一下这个字的意思。

满宝翻到下一个故事，然后就哭了。

这个爹比前面那个爹坏很多，因为他竟然活活饿死了自己的女儿，就只是因为他女儿接了邻居送的一块饼。

满宝还是个善良的小孩子，哭得稀里哗啦的，对着科科怒道："这个爹真的是太坏了，怎么还是大清官呢？"

科科："一般来说，人类的品行具有多样性，清官和恶父之间并不具有排他性，所以一个人是清官的同时也可以是恶父。不过，这个故事在古代就被认为是虚构的，这就涉及人类的又一个品行了，即为了某一方的某种利益，可以编造符合自己利益的故事。你还小，等你再长大一点儿，读的书多了就懂了，人类为了利益连你们认为圣人的语言都可以曲解，这种事也就不算什么了。"

满宝听得一头雾水，半懂不懂，虽然知道这个故事是编造的，但故事写得太好，满宝还是决定讨厌他。那个小女孩跟她差不多大，就被活活饿死了，该多难受啊。

满宝哭得眼睛都红了。

庄先生下课回来，系统一扫到有人到了门口，立即把满宝手里的书给没收了。所以庄先生回来就见满宝一个人正坐在台阶上哭，眼睛红红的。

庄先生的孙子也就比满宝大一点儿，平日又最喜欢她，一时心疼得不得了，快走两步上前，柔声问道："满宝，谁欺负你了？"

满宝抹着眼泪，拽住庄先生的衣袖，仰头问道："先生，你是好爹吗？"

庄先生愣了一下，思索片刻后道："满宝，我孙子都比你大呢，就算论辈分，那也该是爷爷。"

"呜呜呜——先生，这个世上是不是有很多坏爹，就是专门欺负小孩儿的？"

庄先生问道："是你父亲骂你了？"

满宝摇头："我爹对我可好了，他不是坏爹。"

庄先生松了一口气，看了满宝一眼，知道她年纪还小，便坐到她身边耐心地问："那你怎么问这样的话？"

"我看到了一个故事，说有一个清官，他家里吃的东西少，他女儿肚子饿了，邻居见了就给了她一块饼，他女儿吃了。他知道以后很生气，就把他女儿关起来活活饿死了。"

庄先生脸颊一抽，道："哪有这样的官员？"

满宝坚持道："就是有嘛，书上还说了，那是一个对女孩子要求很严格的时代，那个时代的女孩子就是露一下脚踝，叫外男看见了都要嫁给对方，要是不能嫁那就得自杀。"

庄先生蹙眉，即便知道跟小孩儿不能较真，但这样的书也不该给满宝这样年纪的孩子看，免得教坏了性情。

但对方已经看到，庄先生只能驳斥书上的内容："就是有，这样的官员也是沽名钓誉之辈，誉为清官，名不副实了。一块饼而已，何至于此？若真心清廉，还邻里两块就是。"

"至于外男的事，那更是无稽之谈了。外男就是我之于你，学堂里的学生之于你。虽然男女有别，却也不至于严防死守到这种地步。

若有，那不是个疯子，就是个魔鬼。”

庄先生道：“后者是疯癫，果然如此认为；前者是故意为之，用自己女儿的一条命换一个名声，这样的人，以后你碰见了都要有多远就躲多远。不过，我从没听说过这样的故事，你从哪儿看来的？”好让他没收。

满宝立即道：“是一本书，叫《历史上十大恶父》。”

“既然是历史，那就肯定是有记载的了，不知道你刚才说的那个清官是哪朝哪代的人啊？”

“大明嘉靖年间的人。”

庄先生忍不住大笑出声，摸着她的小脑袋道：“可见全是杜撰出来的人物经历，这世上哪有什么大明朝？”

满宝眨眨眼，但还是相信科科，在心里问它道：“科科，连历史都不存在？你骗我的？”

一直沉默的系统竟然产生了愉悦的情绪，道：“没有，宿主，你这个空间没有大明，不代表别的空间没有；现在没有，不代表以后没有。就好比我，现在这个空间，这个时代，也只有你拥有我而已，但在我发明者所处的那个时代，我并不少见，不敢说人手一个，但只要有钱，又愿意购买，大家就都可以买一个。”

满宝似懂非懂，但还是总结了自己的理解，那就是——科科没说谎，庄先生说的也对，于是她决定两个人的都听。

她抬头看向庄先生，问道：“那先生你知不知道咱的历史上有哪个坏爹？”

庄先生问：“你怎么对这个感兴趣？要知道，子不言父过。即便父亲有不对的地方，也很少有人会把事情宣扬出来给世人知道，让父亲丢了面子，家族也丢了脸面，于自己又有什么好处呢？”

满宝一呆，庄先生干脆借此给她说了礼，扯了一通后道：“满宝，你是个聪慧的孩子，我知道你爱读书，既然如此，那就好好学习。《千字文》你已经学完，现在该学《论语》了，等《论语》学完，老师给你讲一下《礼》。”

满宝愣愣的，系统就忍不住提醒她道：“宿主，还不快谢谢你老师？”

满宝回神，立即跪到地上："先生、老师！"

满宝冲着庄先生就磕了一个头。

庄先生话一出口是有一瞬间后悔的，但见她跪在地上一脸高兴地冲他叫老师，那一丝后悔就又消失了。

算了，虽然是个女徒弟，但她聪明、可爱，且聊以慰藉吧。

庄先生把满宝扶起来，道："你回去把今天的事告诉你爹娘听。"

"为什么，老师不是从不让我把这儿的事告诉爹娘吗？"

庄先生摸着她的脑袋道："既然让你跪拜了，自然要名正言顺的好。"

庄先生摸着她的脑袋幽幽一叹，忘了要没收她书的事了。

他第一次见到满宝时，她还只是个刚能扶着墙站起来的小姑娘，似乎才八九个月吧，勉强能扶着墙站稳。

小钱氏来做饭，因为是刚接这个活儿，她很珍惜，从来都是早早就来，不仅要里里外外地打扫卫生，还要劈柴、烧火、煮饭、做菜。

所以不免疏忽这孩子，当时满宝就爬到教室的门槛那里，翻过去就坐在门口听他讲课。

一开始庄先生是有些生气的，觉得小钱氏不会做事，所以放下书抱了她就去找小钱氏。

他本是想让小钱氏带好自己的孩子，却见她正拎着斧头满头大汗地劈柴。

庄先生会被白老爷请到这么一个山村里来教书，家里自然没多富贵，其实，他也是这么穷过来的。

记忆中，母亲就是这么带他的。所以庄先生犹豫了一下，没有叫小钱氏，转身又把满宝给抱了回去，就让她坐在门槛上。

好在这孩子也乖，她就坐在门槛上，不哭不闹，给东西就吃，见学生们读书琅琅，她也跟着"哦哦"地自己说话。

后来，她说的第一个词就是"先生"，庄先生坚持这个说法。

这孩子是真的很聪明，一岁多的小孩刚会说话，她就跟着学生们一起读："天地玄黄……"

他教的学生，最小的也有六岁了，读上十遍，记住了，转天就又给忘了，偏这孩子的小脑袋记得很清楚。

当然，她也只会嚷，并不认得字。

所以，庄先生就抄了一本《千字文》送给她。

后来，庄先生就更喜欢她了。因为他发现，满宝不仅背书背得快，称得上是过耳不忘，字也认得快。

对着过上几遍，她就能记住那个字了。

这样聪慧、可爱，又善良的孩子，怎么就不是男孩呢？

庄先生很是惋惜。

然后，他会忍不住教她，教她认字，教她道理，还特意找了一些书练字，然后把稿子送给她，让她收藏。

收她为徒的话虽是突然出口的，但这心思却不是一天两天了。只是因为她是个女孩，所以他有些犹豫而已。

其实，他也不过是个被府学退学的书生而已，学识到底有限，又何必太过介意那些虚名呢？

难道真要像她口中的坏爹一样沽名钓誉吗？

庄先生更加用力地揉了揉满宝的脑袋，下定决心道："你现在就去找你大嫂吧，让你父母选个好日子带你上门来。"

满宝稀里糊涂地走了。

满宝迈着小短腿跑去找她大嫂，科科全程看着，一言不发。

小钱氏显然吓了一跳，反复问了满宝当时庄先生的话，确定后略一思索就把东西往灶台上一放，道："走，大嫂先带你回家，一会儿再来收拾。"

满宝的记忆特别好，又是刚发生过的事，她当然说得清清楚楚。但周老头还是问了三遍，然后就蹲在门槛上，从腰间的口袋里掏出生烟丝来，塞进烟杆里没说话。

大家也都没说话，钱氏对小钱氏道："你先干活儿去吧，这事不小，得等老大他们回来才能决定。"

小钱氏应了一声，去学堂里继续干活儿。

钱氏看了周老头一眼，牵起满宝的小手进屋，低头看她。

钱氏见她圆圆的脸上满是茫然，就知道她估计还不懂其中的含义。

想了想，钱氏问道："满宝，你想读书吗？"

满宝道："我一直在读书呀，我已经学会《千字文》了，庄先生说可以教我《论语》了，我还能数到一百了呢。"

钱氏摸了摸她的小脑袋："你喜欢读书吗？"

满宝这下点头了，高兴地道："喜欢，读书可有趣了，我心情好的时候读《千字文》就跟唱歌似的，心情更好了；我不高兴了，也读《千字文》，然后读着读着我就高兴了。"

钱氏目光有些空泛，也不知想到了什么，半晌才道："真是太可惜了……"

满宝爬上床，偎依着母亲坐着，仰着小脑袋问："娘，可惜啥？"

"可惜你不是个男孩儿。"

满宝就嘟嘴道："我才不要做男孩儿呢，男孩儿都脏，还臭，也没有女孩儿漂亮。"

钱氏忍不住一笑："是啊，我们满宝又干净又香……"

可男孩儿可以传宗接代。

钱氏自认为心肠够硬了，此时却忍不住簌簌落泪。

满宝看着心疼得不得了，连忙给她擦眼泪，自己的眼睛也忍不住红了，带着哭腔问："娘，你怎么哭了？你是不是不喜欢我去读书？那……那我以后少去一点。"

钱氏忍不住笑出声，一边抹眼泪，一边捏着她的鼻子道："真是个小滑头，跟你爹一样，就会说好听的话哄人。"

满宝张大嘴巴，实在难以想象她爹原来是那样的爹。

钱氏也只伤心了一下，就抱着她道："你既然能读书，那就读，读书的好处多着呢。你虽然是个女孩，但读了书就比别人有本事，以后不会被人骗，被人害，可以把自己的日子过得更好。"

钱氏虽然大字不识一个，甚至是个没出过县城的村妇，却有自己的一番见识。她低声道："你看那些男人，识字的就比不识字的日子过得好，懂事的就比不懂事的机灵，女孩子们也一样的。"

满宝狠狠地点头："先生说读书能明理，白二那个傻蛋，他说他不考科举，以后就继承他爹的地收租过活儿，先生就说他了。说明理的人不管走到哪儿都会不心虚，行事不错，可以……"

后面的话有点难，满宝顿了一下，还是科科提醒了她，她才能接下去：“可以立于不败之地，心不败，人不败。”

满宝虽然不是很理解这番话，但她觉得当时的庄先生好高大好高大，听得她脸都红了，恨不得绕着村口那条河跑上三遍，大吼一通，所以她记住了。

她目光亮亮的，看着母亲道：“娘，我要读书，还要明理！”

钱氏看着她认真的小脸，差一点点就要应下她了。但想到如今家里的困境，钱氏还是把所有的话都压在了心底，还是听听当家的意见吧。

周大郎他们在晚食的时辰回来，此时太阳刚准备西下，但大家已经饿得不行了，毕竟早食只吃了粥。

大家简单地洗了一下手就坐到饭桌旁，周老头也不急着说正事，等大家都吃完了，这才坐到院子里，把老大、老二和老三都叫到跟前说话。

小钱氏往外看了一眼，眉头微微一皱，揪着抹布没说话。周二嫂冯氏也往院子里看了一眼，忍不住小声道：“公爹不会真想让小姑去读书吧？”

何氏皱眉道：“不会吧，那得花多少钱呀。大嫂，婆婆不会也答应了吧？”

小钱氏揪着抹布，她心里也不是很想让小姑去上学，但中午是她把小姑带回家的。

其实中午她听到这个消息时，第一感觉是高兴，小姑能被庄先生收做徒弟，将来得多有出息呀。

但再回到学堂的时候，她就想到了，读书是要花钱的。

就算庄先生是私下收徒，不收小姑的束脩，但拜师礼不能少，逢年过节也得走礼。这些都算小头，那读书了就得买书吧，笔墨纸砚哪一样不得花钱？

其实庄先生的学堂束脩收费并不是很高，因为大头是白老爷出的。但在周四郎赌输钱之前，周家也没能送任何一个孙子去学堂读书，其中一个原因就是，他们家底还太薄，供不起一个读书人。

这在之前供不起，现在就更供不起了。

而且他们家还有婆婆一个药罐子，每个月都要喝药，负担更重了。

这些思量把小钱氏一开始的喜悦冲得一干二净，现在只剩下担忧了。

当然，小钱氏能想到的，周家其他男人当然想得更周全。尤其是一家之主周老头，他本来是不太想让满宝去读书的，但下午妻子和满宝在屋里说的话让他一再犹豫。

等到吃晚饭时，他看着满宝两只小手捧着一个大碗，几乎把小脑袋埋到碗里去，一碗稀薄的白粥也吃得津津有味。

再一看他旁边三个刚放下碗筷就要收拾桌子、洗碗、打扫卫生的儿媳，周老头心底的天平就慢慢偏向了另一边。

他的满宝身子弱，长得又白又胖，还可爱，在家里有父兄宠着，可十年以后，十五年以后呢？

那时候她也要嫁给一个像她哥哥们一样的农夫，成为她嫂子们一样的农妇吗？

周老头猛地抽了两口烟，呛了一下才把烟枪拿出来磕了磕，他道："事儿你们也都知道了，说说吧，你们有什么想法？"

周二郎和周三郎对视一眼，低下头道："我们听爹和大哥的。"

周老头瞥了他们俩一眼，看向周大郎："大郎，你说。"

周大郎咬咬牙，道："既然庄先生愿意收她，那咱就供。等她长大了，要是能嫁到镇上去，也就不用跟我们一样在地里讨食了。"

"对！"周老头一拍大腿，"我就是这么想的。这世上能有多少闺女识字呀，还会算数。你们都算一算，家里几个孩子里，谁有满宝聪明？家里的鸡蛋大头怎么算都算不清，满宝数一遍就能数出来。我们满宝长得又好，长大以后肯定更好看，别说镇上，可能县里都嫁得。"

周二郎纠结道："话是这么说，可这读书得花不少钱吧，她还是个闺女，不能去考试做官……"

周二郎在老爹的注视下声音渐低，只能捅了捅老三。

周三郎道："我听爹和大哥的。"

周大郎和周二郎不知该说些什么。

周老头就忍不住又抽了一口烟，道："庄先生肯定不会收满宝的束脩的，我们也就给个拜师礼什么的。"

周二郎道："那书和笔墨纸砚得买吧，不能庄先生收了满宝做徒弟，这些东西还得庄先生出。爹，这些东西还不知道要多少钱呢。"

家里没人读过书，他们不知道具体的价钱，但书啊、笔啊、墨啊、纸啊的一听就很贵。

而这也恰恰是周老头最犹豫的原因之一，他沉着脑袋抽烟，一言不发。

周大郎手上青筋暴突，咬咬牙道："爹，满宝是个好孩子，庄先生也知道我们家的情况，我去求他，他们现在要学哪本书，我们买一本就行。满宝现在还小，且还不用纸墨练字，等她再长大一点，家里应该也存下一点钱了。"

周老头见长子开口了，长呼一口气，点头道："行，就这么办。后天你和我带满宝去拜师，然后和庄先生商量商量。"

周二郎嘴巴张了张，到底没说出别的话来，心里却忧虑不已。

老四十六岁了，本来就要说亲了，原计划是给他娶个媳妇过年，开春能一块儿下地。

但他赌钱，把家里的钱都霍霍完了，他名声也坏了，估计三年内是娶不着媳妇了。

老四可以晚几年结婚，那是他该的，可老五呢？

老五可也十四岁了，再过两年就得说亲。这成亲的花销可不少，更何况他们娘还得吃药。

家里六兄弟，没成家的那三个不算，已经成家的三个，老大虽然稳重，却不够聪明，老三更是个顶老实的人。

也就老二机灵一点，他又因为常到集市上卖些东西，所思所想要比老大还多一点。

本来赌钱的事儿一出，他就在心里算计好了，过个三两年，家里怎么也能存下三四吊钱，到时候再借一点给老五说个亲事。

老五完了轮到老四和老六，这三个小的说完亲，家里至少得再赤贫十年，然后大头也得开始说亲了。

他原计划着家里还是一块儿干好，父母在，兄弟们力往一块儿使，挣钱其实比自家要快一点的。

虽然弟弟和侄子，还有他儿子会接茬成亲，他可能一辈子都见不着余钱，但至少吃穿不会太缺。

可如果这个计划里再加上满宝读书，那家里就真是一点余钱也没有了。

周二郎挠了挠脑袋，最后头疼地表示，算了，反正家是爹妈当的，要烦心也是他们。他现在只要乖乖听话，管好自个儿的小家就行。

周老头决定让闺女拜庄先生做老师，当然要好好地准备，于是第二天连老大都不出去上工了。

周老头让他去和村长借了一辆推车，从库房里搬出来两袋粮食。

全家站在各自的门口看着，周老头似乎看不到儿媳们眼里的焦虑，指使老大和老三把粮食捆好，然后交代周二郎："去了集上，先把粮食换成钱，给你娘买三天的药回来，再买一条肉，要五花肉，如果能买到腊肉就更好了。"

周老头想了想又道："看看集市上有没有人卖好一点的棉布，如果有，买回来，给庄先生做一套衣裳。对了，还有鞋袜的面料也别忘了买，买好一点的。"

周二郎一一记下。

小钱氏她们听着要买的东西，心一抽一抽的，这可是两袋粮食呢。

周老头比她们还心疼，但听着外面飘进来的欢笑声，他忽视了这种心疼。见该交代的都交代完了，周老头就挥挥手，让大家该干吗干吗去。

满宝一大早就醒了，然后拖着五郎、六郎一块儿去摘野花。

等家里准备好，他们也准备好了。他们拿着周二郎编的篮子装满了野草和野花，高高兴兴地跟在大人们身后走。

跟着一起去的冯氏看着他们篮子里的东西，忍不住道："你们带着这些东西去干啥？"

大丫道："小姑说要拿去卖。"

冯氏微微瞪大眼："这种东西漫山遍野都是，谁买啊？"

满宝此时正被周五郎背着，闻言大声道："二嫂，我就会买，好看的东西我都愿意买。"

这可真是败家子。

冯氏忍不住问："小姑你有钱吗？"

满宝诚实地摇头："现在没有，但以后会有的。"

她对自己特别有信心，连科科都说她很聪明，那她肯定是很厉害的，挣钱当然也不会有问题。

冯氏也不阻止他们，只把这当作是小孩子们的游戏，反正东西是他们自己拿着。

等到了集市上，大家便开始找位置摆摊。

周二郎做了不少篮子、簸箕等来卖，他熟门熟路地占了一块地，把东西放下后让妻子售卖，又叮嘱周五郎和周六郎："你们把满宝和大头他们看紧了，别乱跑。"

周五郎还没说话，满宝先拍着胸脯表示："二哥你放心吧，我一定看好侄子们，我们哪儿也不去。"

周二郎一笑，伸手摸了摸她的脑袋。

然后，他就推着手推车和周大郎去卖粮食。

这个集市是五日一集，都是附近几个村子聚在一起，在这个还比较大的大梨村里聚成集市。

因为这里有座山，山上有座道观，观里有几个道士。每年的正月十九，这里都会有一场特别盛大的庙会，就连县城里的一些人都会千里迢迢地来参加。

那是大庙会，其余小庙会则是逢重大节气而设立，这些传统延续好多年了。

满宝在村口听老人们说，从他们还是孩子时就有这些习俗。

为此，科科还特别惋惜，说它是专门收集生物的科普系统，它们的百科馆里还有一个是专门收集这种民俗的系统，光这个庙会的形成就不知能衍生出多少子任务来，一定能挣很多积分。

当时满宝觉得科科有点伤心，于是，她甜嘴的话不要钱似的往外丢："可是我就喜欢科科，我不喜欢别的系统。"

总之，这就是一个村民们互通有无的大集市。

那么问题来了，大家都是以钱换物吗？

当然不是！

满宝见二嫂把篮子、簸箕等摆好了，他们也立即把自己装满野草、野花的篮子放下，和冯氏的商品形成一排，然后蹲在后面撑着小脸望着来往的人。

周二郎在集市上经营多年，名声早就打出去了，所以东西刚摆下没多久就有一个老太太背着背篓上来，翻拣着簸箕问：“能用鸡蛋换吗？”

冯氏略一思索就答应了，道：“现在鸡蛋还是两文钱三个吧？”

老太太应是。

冯氏就开始计算老太太到底要给她多少个鸡蛋：“那您给我……”

她算了算，又觉得自己算得不对，额头有些冒汗。以前这些事都是她相公做的，她卖东西从来都是算钱的。

冯氏抹了抹汗，满宝见嫂子被难住，就连忙蹦过去：“二嫂、二嫂，我会，咱家的簸箕还是十五文一个吗？”

冯氏知道小姑聪明，而且也会算数了，平时最爱跟她相公玩一文钱加两文钱等于多少文的游戏，所以连连点头道：“是啊，咱家的价钱从来不变的。”

满宝就好奇地看向老太太：“您的鸡蛋在哪儿呢？”

老太太自己也不会算数，但她在出门前，家人就给她算好了要费的鸡蛋，但她还是有些希望周家人能算错。

刚才她就是见着周二郎不在才赶紧过来的。

她把背篓放下，掀开让满宝看她的鸡蛋：“都是家里鸡下的，可好了。”

满宝就道：“我来数数吧。”

老太太不太高兴：“你还没告诉我要多少个鸡蛋呢。”

满宝瞪着眼睛问：“我都没数过，怎么知道要多少个鸡蛋？我得数数。”

这话一听就知道是个不会的，老太太就乐了，也不阻止，笑道：“那你可得小心点儿，别把鸡蛋给磕坏了。”

满宝保证道：“放心吧，磕坏了算我的。”

她把鸡蛋从背篓里拿出来，三个一堆，堆了有八堆。老太太数了数鸡蛋，心一紧，就要把鸡蛋收回去。

满宝已经拍着小手乐道：“数出来了，数出来了，二嫂你看，这是两文，这是两文、两文、两文……一共是十六文。”

对面的摊主看了全程，乐道：“这小姑娘可真聪明。”

冯氏与有荣焉：“这是我小姑子，我们家就数她最聪明了。”

周五郎和周六郎也很自豪，挺了挺胸膛道：“我妹妹！”

老太太看了眼这俩大壮小子，到嘴边的话就咽了下去，转而道：“你们家的簸箕是十五文，可多要了我一文钱，我把这堆收起来好了。”

满宝觉得有理，就主动从一堆鸡蛋里拿了两个最小的给她，道：“十五文，应该还给您一个半鸡蛋，但半个鸡蛋不能分，所以我们亏一点，这两个您拿回去吧。”

老太太噎住。

冯氏也看到了老太太的动作，笑眯眯地应了一声，手快速地把鸡蛋收到他们家的篮子里，笑着让老太太选自己合意的簸箕，还道：“鸡蛋我们就不挑大小了，就这么换吧。”

虽然自己没吃亏，但老太太还是有点不太开心。她看着满宝道：“这孩子白白胖胖的，倒不像咱农户出身。”

冯氏笑道：“家里小姑最小，公婆心疼，她哥哥们也疼她，所以就精心养着了。不是我夸口，这十里八村可没有比我们家小姑长得更好的姑娘了。”

大家定睛一看，还真是。

这孩子不仅五官长得可爱，关键还又白又胖，小脸蛋圆嘟嘟、红扑扑的，一看就是个有福的人。

老太太心里那点介怀也消了，笑眯眯地点头道：“是长得好看。”

满宝被夸，立时高兴起来，然后热情地和老太太介绍自己的商品：“大娘，您也看看我的东西吧，看看我的花，长得可好看了，拿回去摆在窗台，看着心情就好。”

老太太被叫作大娘，只觉年轻了不少，乐道：“送给我的啊？你瞧你还那么客气。”

说完，她伸手就要拿。

满宝双眼亮亮地道：“不是送的，一文钱一把，一点儿也不贵。”

老太太的手“咻”地一下就收了回去，瞪大眼睛问：“啥，这野花还要钱啊，那山上不全是吗？”

“是啊，”满宝理直气壮地道，“可我摘下来了呀。”

冯氏连忙道：“大娘您别介意，这是孩子们闹着玩儿呢。他们在家里就嚷着也要做生意，所以就带他们出来见识见识。”

老太太这才好受点儿，却也没再伸手去拿那花儿，生怕满宝找她要钱，于是选了一个簸箕就赶忙离开了。

满宝一脸留恋地看着她离开，和小伙伴们叹气道：“怎么就不买呢？咱的花那么好看呢。”

小伙伴们：我们早就预料到了，所以一点儿也不遗憾。

小伙伴们兴致勃勃地看着街上来来往往的人，能来集市他们就很开心了。

第三章

集市和糖果

陆陆续续有人来买篮子和簸箕，满宝每次都帮着二嫂算账，算完就推荐自己的花花草草。每个大人最初都高兴地伸手要接，知道要钱后又立即缩回手去。

眼看着集日过半，大哥和二哥没回来不说，他们的花花草草一株都卖不出去，花还有些蔫了。

满宝忧心地叹气，见二嫂面前的簸箕已经没剩下多少，倒是篮子还剩下挺多，就把她的花花草草给布置到篮子里。

冯氏看着心惊胆战的：“小姑，你不会要求客人们买篮子就得买你的花花草草吧？”

只是单纯地觉得卖不出去，花花草草留下浪费，打算把它们送人的满宝眼睛一亮：“呀，二嫂你真聪明，我怎么没想到这个办法？”

冯氏想把自个儿的嘴给缝起来。

一旁的大丫、二丫看得直乐，冯氏瞪了她们一眼，立即劝满宝：“小姑，咱家的篮子本来就不好卖，你再搭着花草卖，那就更卖不出去了。这些花花草草山上到处都是，咱农户人家谁缺这个？”

“可我看他们明明就喜欢得很，刚才我要递给他们，他们都接了。”满宝觉得他们就是抠，不舍得花钱而已。

“白给的东西当然要，但要钱就不值得了。”

满宝想了想，很有自己的想法：“不对，花花草草要是长得不好看，白给人也不会要，所以我们得找一些不抠的人，让他们看见我们漂亮的花花草草，肯定会买。”

冯氏就道：“但集市上的人都抠。”

满宝垮下肩膀：“好吧，那我们今天就不卖了，白送吧，等我们找到不抠的人再拿去卖。”

冯氏满意了，由着他们拿那些花花草草布置带来的篮子。

大丫和二丫立即上手帮忙。

别说，篮子经这样一布置的确好看很多，而且一字排开特别显眼，一下就吸引了大家的目光。

就是家里不缺篮子的都会停下脚步多看两眼，碰上家里正好需要篮子的，则直接上来问价了。

集市上的东西价格几年如一日，很少有涨价的，所以他们家的篮子和别人家的一个价。周二郎的手艺也不差，客人们挑了挑，挑了一个合心意的就或付钱，或以物易物地拿走。

集市上能够拿来交换的物品通常就是鸡蛋、布匹和粮食了。

而布贵得很，他们每年还得上交一定的布做赋，大多数还是拿家里的鸡蛋和粮食来换。

当然也有用钱的，就是少。

一趟下来，冯氏收了不少粮食和鸡蛋，都分类放好在篮子里和背篓里。

眼见着日头越来越大，冯氏忧心地朝街尾看了一眼，丈夫和大伯还没回来。

见几个孩子都有些蔫蔫的，就知道他们都饿了，冯氏便从背篓里摸出两张饼，撕开来分给他们：“喏，就着水吃一点儿，等你们大伯和爹回来就能回家了。”

周五郎和周六郎也从嫂子那里接过小半张饼，分开来啃了啃，半蹲着叹息道：“一定是不好卖，秋收刚过，谁家也不缺粮食啊。”

“呸呸呸，童言无忌，大风吹去，相公他们一定顺顺利利的。”冯氏道，“五叔，你可得多说点吉利话啊。”

“吉利话还不好说吗？我每天都在梦里和财神爷许愿，希望我们家大富大贵，可也没见它灵验啊。”

满宝很感兴趣，就在心里问系统：“科科，财神爷是不是在天上？你能见到它吗？”

系统：“不能，而且这个世上应该没有财神爷。”

“怎么会没有呢？我们每年都拜它的，还有灶王爷、土地爷……”

系统：“未来的人坚定无神论，所以认为世界上没有神仙。”

这和满宝从小听的故事完全相反，她愣了好一会儿，然后很快就想通了，激动地道：“一定是因为你们那个世界没有神仙，它们都跑到我们的世界来啦。”

系统：“你能这么想也不错。”

满宝道：“那神仙能比你厉害吗？也可以‘咻’地一下把东西变没了，‘咻’地一下又把东西变出来，然后还能‘咻咻’地完成我的心愿吗？”

“我完成宿主的心愿，都是在宿主完成了我布置的任务前提下，所以这世上没有不劳而获的赠予。”

满宝若有所思地点头：“你和神仙也一样，我想神仙肯定也是这样想的。可是神仙又不会和我说话，我怎么知道它的任务是什么呢？”

系统不说话了。

满宝却自己思索起来，由己度仙，她很快有了思绪，在心里大叫一声“我知道啦”，然后就拉着周五郎道：“你那样不行，就晚上睡觉的时候许愿，可见你心不诚，你得帮财神爷做事，它才能满足你的愿望。”

周五郎问：“我帮它做什么事？”

“比如给他打扫卫生，帮他端茶送饭。”满宝有理有据地道，“我对庄先生就是这么干的，我给先生打扫卫生，先生就教我认字；我给先生端茶送饭，先生就把写完的纸送给我。你也得这么对财神爷。”

周五郎哈哈大笑，就问满宝：“那财神爷在哪儿呀？”

小伙伴们一起抬头看着蓝蓝的天空，一起发出惋惜的慨叹：“它在天上呢。”

冯氏面无表情地听着他们的童言童语，全心全意地整理换来的东西。但附近一块儿摆摊的村民们却欣羡不已，和她夸道：“大嫂，你家的孩子可真聪明。”

他们家的孩子就不会想这些事情，说这些话，每天除了玩泥巴，就是想着上山找野果子吃。

冯氏就对他们笑道：“小孩子，一天一出，我都习惯了，谁也不知道他们小脑瓜子里在想什么。”

大家就乐呵呵地笑：“也是，我们家的孩子三岁以前说的话我们都听不懂。”

冯氏没吃饼，特意给周大郎和周二郎留了一张。见满宝抱着一小块饼啃得津津有味，但老半天也啃不下一块来，就知道她吃不习惯。

毕竟没出过远门，在家都是吃的热的。

想了想，冯氏让周五郎看着摊位，她摸出两个鸡蛋来，打算去村子里找户人家把鸡蛋煮熟了给小姑子吃。

满宝见二嫂一走，立即从怀里，其实是从科科那里拿出一个手绢包着的东西。

满宝打开手绢，里面是油纸包着的糖果。这一次找到刺泡给的奖励比较多，因为在未来，这东西已经灭绝了，百科馆中有它的记录，也有照片，却没有实录。

满宝不仅实录了它的果实，还实录了一株幼苗，所以百科馆第一次大方地拨给她五十个积分。

科科扣掉她的历史欠债，其实就是以前科科拿自己积蓄给她换糖果引诱她去挖草录入的积分，一共十八个积分。

最后满宝还剩下三十二个积分，这是满宝历史上得到的最多的积分，以前录入花花草草的，好几种才能凑到一个积分。

这还是科科和百科馆争取来的，因为之前她录入的植物都是百科馆中已经存在实录，且在未来还存在的。

那一个积分算是鼓励积分。

不过满宝觉得鼓励这个词还是挺好听的，一直以此为傲，每次一拿到积分就换成糖果，从没想过要还科科的债。

这种小孩子吃的糖是最便宜的，一个积分能换一大包，一大包里面大概有一百颗。科科说过，是按斤称的，批发价格，特别便宜，各种颜色的都有。

满宝一开始特别喜欢颜色绚烂的，但科科为了她的安全着想，帮她购买的都是偏黄和偏红的糖果，和现在的糖颜色差不多。

至于那种颜色特别绚烂的，科科曾为她单独买过一包，留在系统里慢慢吃。

其他的糖果大多被她分出去了，因为她是一个大方的好孩子。

满宝有了糖从不私藏，时不时会往哥哥们和侄子侄女们嘴里塞一颗。

作为和满宝关系最好的大丫、二丫和三丫，她们吃的糖最多。

加上周老头和钱氏以及几个嫂嫂也总能得到她化的糖水，所以她的糖果消耗得特别快。

昨天晚上积分一到账，她就买了一包糖，然后在系统里剥了好多颗，还从自己的小宝箱里翻出每次二哥给她买糖带回来的油纸包好，今天还拿自己的小手绢又包了一层。

见二嫂走了，满宝就悄悄拿出糖果，小声和小伙伴们商量："我们把这些糖卖了吧？"

周五郎他们看到这些糖，忍不住流口水，问道："满宝，我记得上次二哥来赶集买的糖都被我们吃光了，你这是从哪儿得来的？"

满宝刚把科科和神仙联系在一起，因此特别神秘，特别骄傲地道："神仙给的。"

小伙伴们都不相信，因为之前她明明说是一个叫科科的朋友给的。再往前，她说过是他们的子孙后代给的，还说过是一个叫系统的人送的。

所以对妹妹（小姑）的话，大家是完全不相信。

虽然不相信，他们还是要例行问一句，然后就开始盯着糖果道："这么多可能不太好卖，我们要不要先吃一点？"

"是啊，不好卖。"大头也鼓动满宝，"还是先吃一点吧，少了更好卖。"

满宝又不傻，包住糖道：“不行，现在家里有困难了，我们要学会吃苦，所以暂时没糖吃了。”

大家都沮丧地低下头。

满宝就安慰他们：“等我们家有钱了就好啦，到时候我的糖就不卖了，全给你们吃，现在还得赚钱买药给娘呢。”

不错，满宝之所以那么急着想卖糖果，就是想给她娘买药。昨天钱氏的药就断了，昨天晚上难受得喘了半个晚上的气。满宝一开始睡得死死的，后来她爹起床给她娘倒水抚背，她就醒了，这才溜进空间里剥糖纸的。

她觉得，现在什么事情都比不上给她娘买药重要。

大家还是挺孝顺的，闻言立即同意了，并表示一定会努力把糖果卖出去。

于是，大家分散去寻找合适的买家，对方得带着孩子，穿着还得好一点儿才行。

周五郎和周六郎年纪大了，有些不好意思，但大头胆子很大，看到觉得会买糖的小孩就上去拦住，问道：“你要买糖吗？”

满宝立即捧着油纸上去，打开给他看，特别骄傲地道：“我们的糖特别好吃，你买吗？”

小孩儿咽了咽口水，看向父母。

人家父母可不傻，问道：“这糖看着和咱平时买的糖不一样啊，是糖吗？”

“当然是啦，我都吃过了。”满宝挺起胸膛道，“可好吃了，比集市上卖的好吃。”

这对父母有些乐，道：“你吃过了，但我们没吃过啊，怎么知道你有没有撒谎？”

满宝一愣，一想也是，于是拿出一颗糖大方地递过去：“那你们吃一下试试？”

孩子伸手就要接，他父母却立即拉住他的手，问道：“你们不会是趁机想要我们买吧？”

“当然不是啦，”满宝正义地道，“我才不会做这种坏事呢，你们试吃一下，要不是真的，不要钱。”

周五郎觉得满宝特别傻，忍不住冲了上去，一把将糖抢过来用手碾碎，然后给他们拣了小小的一片：“喏，你们试试看。”

周五郎想了想，觉得不能只给父母吃，便也拣了一小片给那个孩子吃。

大家也不介意糖是他用手碾碎的，尝了一下，眼睛微亮。

这糖比集市上的糖可甜太多了。

孩子的母亲立即问：“这糖怎么卖？”

满宝早和科科商量过了，因此胸有成竹地报价：“一文钱五颗。”

孩子的母亲目光微闪，道：“太贵了，我们买不起啊，能不能便宜点儿？”

满宝有些失望，看他们穿得这么好，还以为比较有钱呢。

她摇了摇头道：“那算了，我们再找其他人好啦。”

说罢，她拉着大头跑去寻找下一个顾客，留下这对惊呆了的父母。他们是在讲价啊，不是说就不买，这种假装要走，等待挽留的戏码不应该是他们来做吗？

周五郎和周六郎见了，在心底赞了一声妹妹有骨气。他们是吃过这糖的，觉得这糖远不止这点钱。

要知道集市里卖的糖也是这个价呢。

满宝走得干脆，这下换顾客不甘心了，连忙追上去拦住小孩儿，问道：“就不能再便宜点了吗？”

这个价格是科科帮着满宝分析后定下的，其实一开始定的价格是一文钱三颗，因为科科认为他们的糖含糖量要远高于现在的糖。

价值高，当然价钱也要高了。

但满宝听科科说，现在集市上卖的糖就是一文钱五颗，她觉得如果她的比较贵，肯定卖不出去，反正她有了积分，又不缺糖，所以很大方地表示和集市上一样的定价就行。

所以，满宝心里是有数的。她知道这是最低的价格，她是一个很讲原则的孩子，是不可能降价的。

而她也不认为这对父母是在讲价，只是单纯地觉得他们是买不起，所以她惋惜地看了小男孩一眼，摇头拒绝。

这一眼把孩子看得可伤心了，他立即大哭出声，抱住母亲的腿就大叫："我要买糖，我要买糖。"

这对父母觉得这孩子有些不识好歹，降一下价怎么了？

见他们脸色不好，周五郎和周六郎便上前一步，齐齐站在满宝的身后。

这对父母一滞，强笑道："算了，你有多少我们都要了。"

满宝瞪眼，这么有钱吗？

满宝立即打开油纸，高兴地道："一共二十颗，四文钱。"

这对夫妻微微皱眉："刚才你们不是捏碎了一颗吗？"

周五郎立即把手心里的糖往前一伸："我们没吃过。"

夫妻俩："那我们也不要了，你们少要一文钱吧，我们买了这么多呢。"

周五郎气得够呛，满宝却又不知道从哪里拿出一颗糖来放到油纸上，高兴地看着这对夫妻道："喏，这样不就好了吗，你们可以数一下。"

这对夫妻沉默地互看一眼。

他们数了数，临了又问道："可以用别的东西换吗？"

满宝小朋友总算感受到了他们的不友好，把油纸一掩，拒绝道："不可以。"

周五郎觉得是可以的，所以捅捅满宝的后背。满宝扭了扭，还回身瞪了他一眼道："药铺买药要用钱，不能用鸡蛋，也不能用粮食。"

这对夫妻这才知道他们是要买药，想了想，便没再讲价，数出四文钱给他们。

满宝手里从不少钱，过年时爹娘、哥哥们给的红包，侄子侄女们全被上缴，就她能自己拿着。

但真正自己挣钱还是头一遭，所以她仔细地看了看这四文钱，发现和以前的并没有什么不同后就仔细地收在手绢里，紧紧地攥住。

周五郎等他们走了才对满宝道："太便宜了，我们的可是好糖。"

"集市上就是这么卖的。"满宝坚持。

"米还分下等、中等和上等呢，不一样的米价格也不一样，我们的糖得是上等，所以得贵一点。"周五郎道，"他们要是不信我们的糖好，我们就像这次一样捏碎了给他们尝一点点。”

满宝仔细地思考起来，觉得这个主意不错，又问了科科一声，见它也赞同，就点头道：“好吧，那下次我们再这么干。”

挣了钱，大家都把目光落在周五郎手里的碎糖上，都不约而同地咽了一下口水。

用糖挣了钱，满宝终于感受到了糖果的美好，于是也觉得好吃了。她一一分给大家，每人都能得到一小块，最后剩下一点她就放进了嘴里。

只有很小很小的一块糖，刚触及舌尖就染开一丝甜蜜，然后融化，她咽了一下就没了。

满宝眨眨眼，觉得这一点糖比以前她吃的任何糖都好吃。

她觉得很奇怪，还问科科：“以前从没觉得这糖好吃呀，科科，你是不是换了品种？”

系统道：“没有，一样的品种，一样的厂家，不一样的是因为你终于感受到糖的难得和好处了吧？”

满宝听得不是很明白，但她有自己的理解：“是不是糖要卖过才更好吃？太好了，以后我都要把糖卖出去，然后留下一颗吃，这样就好吃啦。”

系统沉默，没有阻止她。

卖吧，要卖就得买，把积分全花光了就该去挣积分了吧？

冯氏端着一碗煮鸡蛋过来时，一群孩子早把糖吃完了，正围着满宝看她的四文钱呢。

冯氏看到钱还愣了一下，问道：“小姑，你们哪儿来的钱？”

满宝骄傲地仰头：“我们自己挣的，卖糖挣的。”

冯氏还以为是以前丈夫给满宝买的糖块，无奈地道：“你怎么不吃，反而卖了？那是给你养身体用的。”

周二郎每次来集市，回去时都会买一文钱的糖，只拿出一颗来给孩子们化成糖水分着喝，剩下的四颗都会是满宝的。

倒不是他们特别宠满宝，不疼孩子们，而是满宝幼时大夫说过一句话：“这孩子脾胃虚弱，气短乏力，多吃点鸡蛋和蜂蜜吧。”

当时家里境况并不太好，满宝才几个月大，苦药汁吃不进去，只能灌鸡蛋水和蜂蜜水。

那蜂蜜还是周老头求了附近好几个村才花大价钱买到的，那东西难找，还难得，特别贵。

后来大夫才说：“没有蜂蜜，麦芽糖也可以，都是归肺经，健脾胃的。”

可以说，满宝能长这么大，还长得这么白胖，鸡蛋和糖的功劳特别大。

也因为满宝这两年日渐健康，周家人才觉得大夫的话真是太对了，别的好东西他们不能给满宝，但鸡蛋是自家养的鸡下的，买糖的钱也还是有的。

五天一集，每次赶集她都能得到四颗糖，所以在满宝的心里，她真的不缺糖。以至于科科和她第一次正式认识，用糖来收买她时，她并不是很买账。

后来吃了科科给的糖，她还嫌弃太甜了呢，最后和以往一样分了一点给侄子侄女们吃。

见他们高兴得眼睛都眯了起来，满宝这才和突然出现的科科成为好朋友。

满宝不缺糖，因为除了家里给她买的，还有科科时不时给她奖励，但冯氏不知道啊。

冯氏瞪了一眼不知道规劝的周五郎和周六郎，把碗递给满宝：“饿了吧，二嫂给你煮了鸡蛋，你快吃吧。”

满宝捧着碗先请冯氏吃：“二嫂，你也吃一口吧，刚才你就没吃饼。”

冯氏笑着推回去道：“我还不饿，等你大哥、二哥回来了，我再和他们一块儿吃。”

满宝没怀疑，因为她也喜欢和家里人一起吃饭。咦，她刚才怎么没等大哥、二哥就吃饼了？

好像有点对不起他们。

满宝一边想，一边把鸡蛋让给大头他们。

大家连连摇头，给糖他们吃，鸡蛋他们却是不吃的。虽然很想吃，但他们知道这鸡蛋对小姑来说不是鸡蛋，而是药。

满宝这才把鸡蛋全吃了，然后就让冯氏带她去给她娘买药。

冯氏摸了摸她的脑袋，笑道：“二嫂身上没带钱，等你大哥他们回来了我们再去。”

满宝就把手绢递过去道：“我有钱！”

冯氏叹息道：“这点不够啊。”

婆婆常年吃药，但其实吃的是最便宜的药，治标不治本，只能慢慢养着，要根治还不知道要花多少钱呢。

钱氏常喝的药方有两张，一张可以在大梨村里找大夫买，这是附近四个村里唯一的大夫，他们家的药除了一部分是从药铺进过来的，大部分都是大夫自己从山上采的。

在他这里买，一服药只要八文钱。他们家已经很省了，一服药会煎四次，是钱氏两天的药。

如果钱氏病情加重，那就只能去县城的药铺里买另一张药方上的药。那张药方上有一味比较贵的药，要二十文一服。

冯氏身上是真没钱，今天来买篮子和簸箕的人全是以物易物，鸡蛋和粮食倒是收了不少，但钱一文也没有。

没办法，大家只能蹲在摊位后面等着周大郎和周二郎回来。

一直过了午时，周大郎和周二郎才脸色不好看地推着车回来，车上的两大袋粮食还在。

冯氏一惊，小跑着上前帮忙把车推过来，问道：“怎么没卖出去？”

周二郎脸色难看地道：“价太贱了，一斗谷才八文。”

冯氏忍不住高声道：“才八文？之前不是十文吗？”

周大郎蹲在地上道：“粮食都下来了，今年收成还不错，说是粮铺不缺粮了。”

都是乡里乡亲的，周大郎和周二郎跟对方谈了好久，都没能把价格往上提一提。家里又实在是缺钱，兄弟俩没舍得把谷就这么贱卖了，所以又拉了回来。

冯氏都忍不住红了眼：“那怎么办？”

周二郎蹲在地上半天，道：“集市上有人家要换火麻布的，我们可以拿粮食去换，做鞋的棉布也可以用粮食换，但娘的药却必须用钱买，粮食还是得卖。不行明天我们就去县城看看，说不定能比集市上的价好点儿。”

满宝立即把自己的四文钱拿出来：“大哥、二哥，我有钱！”

看到这四文钱，周大郎和周二郎都愣了一下，问道：“你哪儿来的？”

“卖糖！”

周大郎接过，叹了一口气道：“还缺四文钱呢。”

满宝就想自己是不是得再剥二十颗糖出来卖了才好，周二郎就已经起身道：“我拿东西去跟人换一换。”

周二郎在集市里有很多熟人，他从冯氏收的麦子里盛出一些来，估摸了一下斤两就走。

没过多久，他就拿了五文钱回来。

周大郎很好奇：“你跟谁换的？”

大家来这村里的集市都很少花钱。

“跟卖糖的老王换的，他做糖要用麦，我正价卖给他的。”

周大郎松了一口气，把满宝的钱也递给他。

周二郎就用这笔钱买了一服药。集市上人开始减少了，大家也没心思再摆摊，周二郎熟门熟路地去找人换了布和腊肉，就收拾东西和大家一起回家了。

布交给了钱氏，由她分派任务下去裁衣，周大郎和周二郎则去找周老头说话。

满宝“噔噔”地跟在后面一块儿进去。

周大郎和周二郎见她学他们老爹的模样背着手走在他们身后，不由得汗了一下，干脆把她抱到腿上，然后和周老头汇报了集市上的情况。

听说粮食卖不出价，周老头又想抽烟了。

他叹气道：“家里得有点现钱，不说你娘要吃药，偶尔有急需呢？”

周二郎也点头：“这段时间我赶集也积下了不少鸡蛋，得拿到县城里出手了。”

大梨村集市虽然偶尔有人买鸡蛋，但大多是用粮食换的，最后周二郎还是得把粮食卖给粮铺才有钱。

所以周二郎很少在集市上出手鸡蛋，都是拿到县城里去。在那里，鸡蛋比粮食还要好卖。

周老头点了点头，摩挲着他的老烟枪道：“后天吧，明天你们俩跟着我带满宝去学堂。”

周大郎和周二郎应下。

满宝这才发表意见：“爹，我也要去县城。”

周老头看了闺女一眼，问道：“你去县城干啥？”

满宝不能说自己去卖糖，因为家里人其实一直猜测她的糖是庄先生或学堂里的学生给的，她怕明天他们去拜师时会提起这一茬。

所以，她只能找另一个借口：“我要去长见识。”

周二郎道：“你一个小娃要长啥见识？等你长大一点再去。”

可是等她长大了家里就不缺钱了，而且今天一天，满宝收获还是挺大的，她觉得需要验证一下自己的总结。

所以，她坚持：“不要，我就要后天去，五哥、六哥也去，让他们带我，不用大哥、二哥操心。”

周老头威严地瞪眼。

满宝会怕他吗？

当然不会了，她直接从周大郎的腿上滑到地上，扑上去就抱住周老头的胳膊，跟扭麻花一样缠着他：“爹、爹，你就答应我吧。”

见他无动于衷，满宝就捏着小拳头给他捶肩膀：“爹，我去给你买糖吃，你就答应我吧。”

周老头会被糖收买吗？

他又不是小孩子。

他问道：“你哪儿来的钱买糖？”

“会挣到的，爹，你让我去县城，我就能挣到钱。”满宝为了让他答应，已经从左肩捶到了右肩。

周大郎见了忍不住笑，替她说情：“爹，不然就让她去吧，正好后天除了带粮食，还得带鸡蛋。老二换了不少鸡蛋回来，这东西不能放在板车上，得背着去。”

周二郎一想也是：“幺妹好像还没去过县城呢，既然老五和老六也去，我就想带一些簸箕和篮子去，县城的价比集市上的高一点，说不定还能挣一笔。”

周老头仍不说话。

满宝越发卖力地给他捶肩：“爹，你就答应吧，答应吧。”

从左耳念到右耳，周老头被她吵得不行，挥手道：“行了，行了，去就去吧，只是你大哥他们天不亮就得出门，你起得来吗？”

“起得来，我起得可早啦！”

信她才有鬼，周老头道：“你要是起不来，我们是不叫你的，你去不了可不许哭。”

满宝信心满满：“我一定能起来。”

当下她就在心里嘱咐系统：“科科，后天你一定要把我叫醒，知道吗？”

科科没想到自己还要兼职闹钟的功能，不过它也想宿主出去见见世面，因此点头应下了。

钱氏已经把裁衣和做鞋的任务发下去了，农家人做的衣服没那么精致，裁好后缝起来就行，只要针脚细密没毛病就好。

家里裁衣最好的是三嫂何氏，她接了任务就拿着布裁起来。正好庄先生的身量和周二郎差不多，直接照着周二郎的身量来裁剪就好。

为了赶在第二天做好，何氏下午什么事都不用做，只裁衣缝补就行。钱氏也难得大方一次，天黑以后还点了一盏油灯给她们用。

不过也不差多少，何氏很快就把衣服做好了。

钱氏则负责做鞋，鞋底是现成的，同样用的是给周二郎的鞋底。因为他常走路，冯氏给他纳鞋底特意纳厚的，踩着就很舒服。

鞋面用的是特意买回来的棉布，比他们家自己做的土布可好太多了。

第二天，周老头和两个儿子翻出他们最好的一身衣服，洗漱净面后就让小钱氏把满宝从床上挖起来，准备好去拜师。

满宝昨天晚上剥了好久的糖，翻了一个身，撅着屁股不愿意起床。

小钱氏见她总是往被子里钻，就拿过她的外衣，掀开被子，拍了一下她的小屁股，道：“小姑，再不起来可就晚了，你今天要去拜师，可得乖一点。”

小钱氏抱着她帮她把衣服穿上，又把闭着眼睛的她抱到椅子上，拧了毛巾给她擦脸。

水是温的，但满宝还是打了个激灵，勉强醒了。

今天轮到冯氏下厨，她从厨房里端来一碗鸡蛋水，放在桌子上道：“小姑，记得喝了鸡蛋水再去。”

太阳刚刚冒出头，周老头就带着两个儿子领着满宝往学堂去了。

庄先生知道今天满宝会来拜师，一大早也起来了，此时正在院子里打拳。

周老头看到庄先生，脊背就下意识地一弯。对于读书人，他从来都是敬畏的。

庄先生微微一笑：“周老丈来了？快屋里请。”

“是是是，庄先生先请。”周老头弓着腰请庄先生先入。

满宝却和庄先生很熟，特别自来熟地先把庄先生扶到书房里坐下，然后再去扶她爹，左右看了看，见熟悉的地方又烧着火炉，她就特别殷勤地去给他们把水拎过来。

周大郎和周二郎连忙去接手，满宝在家就没干过这些事，万一烫到手了怎么办？

庄先生却看得很满意，边摸着胡子，边和周老头笑道：“周老丈，你养了一个好闺女啊，十里八村，我再没见过比她更机灵的孩子了。”

“那也是先生教得好。”对于满宝趴在窗户上偷学的行为，周老头一直是知道的，一开始是心疼，但心疼过后他只能忍着心疼让闺女尽可能地去偷学。

因为他知道，本事越大，人才能活得更好。

庄先生只要不赶满宝，他就不会约束孩子。

所以对于庄先生，周老头一直是敬畏而感激的，脊背也更弯了。

庄先生却笑眯眯地道：“是这个孩子好，她不仅聪明，还尊敬长辈，知道为我打扫院子，也知道念着父母家人，可见是老丈家风好。我决定收这孩子为徒，却也只能带在身边教导，进学堂的事还得问过白老爷才行。”

毕竟这学堂是白老爷开的，他也是白老爷请来的。

周老头精神一振，立即道：“其实能跟在先生身边学习就够了，进不进学堂不要紧的。”

周老头生怕满宝进学堂要束脩，涨红了脸道：“先生也知道，我家贫……”

周老头支支吾吾没说完，庄先生却明白了，朗声一笑道：“老丈放心，我既然要收满宝做弟子，就是把她当亲生孩子一样，自然不会收什么束脩。”

庄先生顿了顿后道：“我也知道你们家里有困难，而满宝现在年纪还小，不必给她买什么东西，以后她读书识字，可以在我这里抄写课本。”

其实周家人上门前，庄先生都不是很确定周家是否愿意满宝拜他为师。现在周家人上门了，庄先生都忍不住感叹一句，周家果然疼宠满宝。

读书很难，这个世上能识字的人太少太少，一是因为没钱，二是因为没机会，三则是不够聪明。

之前几个村一个学堂也没有，孩子读书须到县城里去。但平常人家吃饱穿暖都勉强，就是家里富裕一些的也供不起孩子。

还是白老爷带着家小搬到七里村来，他家两位公子需要读书，这才特意去县城聘请了庄先生。

庄先生虽然没考中进士，却也是考进府学的人，人品德行都好。如果只是一般的报酬，他怎么可能愿意到七里村这个小山村来教书？

要拿出令庄先生心动的报酬，白老爷是很舍不得的。最后想了一个办法，就是白家出钱给庄先生办一个学堂，给庄先生的束脩他们家给大头，再把附近适学的孩子都招来，每个孩子也都付一份束脩，这钱积少成多，报酬也就丰厚了。

这学堂是白老爷建起来的，却是属于庄先生的，学生的束脩也一直是庄先生拿着，要收什么学生自然是由他说了算。

但无论是出于礼节，还是因他和白老爷的合作关系，满宝是否可以进入学堂读书都是要和白老爷说一声的。

不过庄先生觉得这件事不用急，因为满宝年纪还小，现在先跟着他慢慢学一些基础也行。

等过完年她更大一些了，再进入学堂就是。

而周家愿意放满宝出来读书就已经很难得了。

庄先生刚来的时候，在附近几个村子里招生。那些大人也知道读书的好处，抬头劝自家子侄以后要努力挣钱，若有机会就进学，低头看见女孩们眼里的渴望时，却是劝骂："女孩子家跟着凑什么热闹？赶紧回家去，这做学问的事是你们能看的吗？"

满宝趴在窗户外偷听，一开始在七里村是掀起轩然大波的。这孩子年纪小，什么都不知道。

可庄先生知道，七里村有族老找到白老爷，让他革了小钱氏的差，免得满宝总是偷听课，带坏村里的风气。

后来是庄先生给拦了下来。

一是小钱氏的确勤勉，又不多事；二来，他当时很喜欢满宝。

所以他说："向学之心人皆有之，何必扼杀？"

然后跑到窗口偷听的孩子就多了，最多的时候，两个窗口那里趴满了人，全是男孩子。

这在士林中是很不道德的行为，但话是庄先生说出去的，他自然不能因人而异。

也因为这件事，当时有几个学生当即退了学。家长来领回束脩，转身又把孩子赶到窗口那儿去偷学。

庄先生当时气急，却也只能气在心里，只当看不见窗外的人。

可不是所有人都像满宝一样。

当时满宝才一岁多，刚学会说话，路还走不稳当，对外面的世界认识不够，并不贪玩。她可以坐在门槛上自己安静地玩一整天，高兴了就跟着教室里的孩子念两句，不高兴了就自己拿着小棍子戳蚂蚁玩半天。

可窗口外趴着的孩子最小的七岁，最大的十岁，正是最坐不住、最贪玩的时候。

不到五天，他们就自己跑得差不多了，退学了的学生家长见孩子偷学啥都没偷到不说，还把之前学的字给忘得差不多了。他们气得不行，没办法，又把孩子给送了回来。

从那时起，就很少再有男孩子来偷听，却开始有一两个女孩小心翼翼地趴在窗户外面。

可还没等庄先生有反应呢，那些女孩的家长就先发作了。

他们会先把女孩扯走，然后打骂："读书也是你能听的吗？我看你是心大了吧，有时间去割猪草，去地里拔草，去山上捡柴薪。你眼里怎么就一点儿活儿也没有，这样以后怎么嫁得出去……"

其实，这里面有一些想法也是庄先生曾经的想法。

比如：男孩读书比女孩读书更重要，他也更看重男孩。

但不知道是不是年纪大了，庄先生想得更多，还是因为人遇到自己看不惯的事容易产生逆反心理。

反正在不知不觉间，他改变了很多想法。

尤其是满宝一日比一日大，一日比一日表现得更聪慧。

她趴在窗口背下来的书比坐在学堂里读书的学生要多，她根据他的手稿认的字也不比学堂里读书的学生少。

她还尊师重教，知道听了他的课，要管他叫先生，知道要给他打扫院子、收拾案桌……

他病了，正经的学生一听说可以放假撒腿就往外跑，她却知道满院子转悠着给他倒一杯热水，还抱了他的衣服回去给她嫂子们清洗……

她还会缠着她母亲多拿一个鸡蛋来送给他。

他知道周家疼这个幺女，却不确定他们是否同意她读书。

所以为了增大这种可能性，并且让这个事件良性发展，他不会要束脩，甚至不要求周家为满宝购买笔墨纸砚。

而周家的重视程度让他惊喜不已。

因为周家不仅带来了一条腊肉，还带来了一身衣服和一双鞋。

庄先生忍不住笑了，看来周家的确足够重视这个小弟子，他笑着收下。

周老头见此松了一口气，连忙让满宝跪下给庄先生磕头敬茶。

庄先生接过茶喝了一口，将一早准备好的一套笔墨砚送给了满宝，哦，还有一把从后院拔来的葱。

收了这么一个聪明伶俐的弟子，庄先生很高兴。

周老头和两个儿子也很高兴，听庄先生的话，满宝暂时不用添置什么书籍，到时候要用什么自己抄就是。

三人隐晦地看了一眼满宝抱在怀里的东西，想着，笔墨砚都有了，回头再给这孩子买一些纸就齐活儿了。

虽然家里多了一笔开销，但这笔开销比他们预想的要少很多，三人当然也是很高兴的。

满宝也很高兴，每个人收到礼物都高兴，更何况这还是她喜欢的庄先生送的。

大家都喜滋滋的。

周老头就想请庄先生回家吃饭，也算是庆祝满宝拜师。

庄先生却摇头拒绝了，道："今日还有课，改日再上门叨扰吧。"

周老头这才想起庄先生还有课呢，立时有些坐立不安。

说着话，外面也传来了孩子们追逐打闹的声音，庄先生就知道孩子们来了。

庄先生摸了摸满宝的脑袋，笑道："今日你先把笔墨砚带回去，明天休沐我去一趟白家，大后天你再来学堂。你年纪还小，不必特意学什么，就先跟我认一些字。等明年你大一点了，再开始写字和正式读书。"

明天是十五，他的学堂一个月只放两天假，就是月中和十六两天。

满宝高兴地应下，捧着装着笔墨砚的盒子跟父兄回家。

一回到家，二丫和二头就凑上来，敬畏地用手摸了摸那砚台。

他们才伸出爪子就被冯氏打开，道："别乱摸，这是小姑的，以后你们可得离远点儿，知道吗？"

满宝不高兴了，拉着二头和二丫道："等我学会了写字，我就教你们。"

冯氏思索片刻道："小姑，二丫就算了，你教二头就好。"

"为什么？二丫可比二头还要聪明。"

冯氏笑："女孩子学这个没用，二丫还得去打猪草呢。"

满宝道："怎么没用了？学了字，以后就能自己看书了，书里面有很多故事，可好看了。"

冯氏好笑："有那工夫看故事，还不如去地里拔草呢，想听多少故事，我们给她讲。”

二丫也忍不住道：“娘，我想认字。”

冯氏就拍了一下她的脑袋：“你别撺掇你姑，今天的衣服洗了吗？没洗赶紧去河边洗衣服。”

二丫有些委屈，但不敢哭出声，低着头去拎脏衣服。

满宝气得鼓起脸，只是还没等她发脾气，冯氏就把她抱到椅子上坐好，小心翼翼地把盒子摆在她面前：“小姑，你之前带回来的纸放哪儿了？让二头给你找出来认字，要是累了就自己歇一会儿，饿了告诉我一声，我给你拿点吃的。”

满宝愣怔地看着二嫂，觉得这才是自己熟悉的二嫂，可是刚才说二丫的也是二嫂啊！

满宝情绪低落地坐在椅子上，冯氏没能从她的小脸蛋上看出忧伤来，安排好小姑就去厨房忙活了。

二头已经跑去找满宝以前从庄先生那里带回来的稿纸了。

满宝心里有很多话，还有很多疑问，不能问别人，只能和系统说。

“科科，二嫂为什么不让二丫认字呢？”

系统简单而粗暴地将未来人类的研究结果告诉满宝：“因为她重男轻女。”

这个词满宝还是第一次听，但这个词简单易懂，只看字义就行了。

所以，她微微瞪大眼睛问：“为什么？她不也是女的吗？”

“这是人类几千年的惯性思想，”系统道，“根源在于农耕社会，生产要靠体力，而男人的力气比女人大，所以重男。久而久之就形成了畸形的伦理，人类认为只有男性后代才是家族的香火，而女性只是男性的附庸。”

满宝道：“我爹娘就很疼我，我哥哥们也看重我。”

系统的中枢闪过一阵电流，它把自己推断出来的结论截断，没有说出口。

系统道：“只有你一个是例外。你没发现吗，你家里的女性，除了你，其他人的地位都在男性之下。”

科科是收集系统，不是教育系统，所以它不知道，有些话是不能和孩子说的，它给满宝举例子：“你娘在你爹之下，你嫂子们的地位也在你哥哥们的下面，你侄女们的待遇也远比不上侄子们。”

“平时，早食你哥哥和侄子们吃的是干饭，你嫂子和侄女们吃的是粥，只有农忙的时候她们才能吃干饭。”系统道，“你嫂子们要给你哥哥他们端洗脚水、倒洗脚水，你哥哥们从不给你嫂子们端洗脚水。”

满宝呆住了：“我娘说我哥哥们要做力气活儿，所以要吃干的。”

系统道：“你嫂子们也在干力气活儿。”

满宝一想，也是。

她低头想了想，问道：“是不是有一天女人的力气比男人的力气大了，人又会转过来重女轻男了？”

系统道：“根据未来历史工作者的研究，奴隶社会更往前是母系氏族，就是以女性为主的社会，应该属于宿主所说的重女轻男。”

满宝好奇地问：“那时候女人的力气比男人的大吗？”

“不，她们以生育取胜，因为她们能生孩子，创造劳动力，所以地位在男人之上。孩子也只认母亲，不知道父亲。”

满宝琢磨了一下，摇头道：“都不好，我不喜欢重男，也不喜欢重女，大家都是人，就不能一样对待吗？”

系统似乎凌空注视了片刻它的宿主，半晌才道：“未来是可以的，因为科技的发展，生产力进步，生产关系也改变了。未来更多的是脑力工作，论智力，很多女孩都不比男孩差，所以慢慢地，两者可以平起平坐了。”

前半句满宝没有听懂，系统也觉得要解释生产力和生产关系之间的关系太深奥难懂了，所以它直接告诉满宝：“经济基础决定上层建筑，如果你嫂子比你哥能赚钱，那你哥就得听你嫂子的，你嫂子也会更加硬气。”

满宝就挠着小脸问：“那是不是二丫比二头会赚钱，二嫂就会更疼二丫，也让她识字？”

系统道：“理论上是的。”

满宝立即跳下椅子，严肃道：“我觉得这样是不对的，二嫂应该是因为二丫是她闺女才疼她，怎么能因为她会赚钱才疼她呢？我要去劝一劝二嫂。”

系统没阻拦。

满宝就"噔噔"地跑去厨房找冯氏，道："二嫂，二头和二丫，你是不是更喜欢二头，不喜欢二丫？"

冯氏一边洗锅，一边笑问："小姑这又是从哪里听来的话？二头和二丫都是我的孩子，我怎么会不喜欢二丫呢？"

"那你干吗不让二丫读书认字？"

冯氏理所当然地道："她读书没用啊。"

满宝愣住："怎……怎么会没用呢？读书可是有大用处的，不然干吗那么多人花钱去读书？"

"那是男孩儿，你看有哪个女孩儿花钱去学堂里读书的？"

满宝："我呀！"

冯氏忍不住乐道："小姑你不一样，而且庄先生不收你的束脩，连课本都不打算叫你买，没花什么钱。"

冯氏对满宝道："这男人读书可以做账房，还可以去做教书先生，学得好，说不定还能去考官呢。可女人读书有什么用？到了年纪就要嫁人，不是要下地，就是在家里操持家务，读不读书有什么要紧？"

满宝竟然无言以对，但她心里总觉得二嫂说得不对。

想了想，她终于找到了反驳的意见："先生说，读书明理。"

冯氏："道理嘛，说说就懂了，小姑放心吧，我会和二丫说的。你看我们，不也都不识字吗？谁不懂道理？女孩儿都是跟娘学道理的。"

满宝说不过她，垮下肩膀道："那是不是二丫认字能挣钱，你就能答应二丫认字？"

冯氏："她又不能去做账房，也不能去当教书先生，更不能去考官，怎么靠认字挣钱？"

"我不管，二嫂你先答应我，她要是能靠认字挣钱，你就得答应她跟我一块儿读书认字。"

"行行行，"冯氏敷衍道，"我答应你。好了，我要生火了，厨房里烟大，你赶紧出去吧。"

满宝才不管她是不是真心的呢，只当她答应了，于是就跑去找二丫。

二头找了文稿出来，发现小姑不见了，立即丢下文稿去找小姑。

他可是负责照顾小姑的，怎么能把小姑弄丢了呢？

满宝跑到河边找二丫。

一群人正聚在河边洗衣服，满宝一跑来，大家都跟她打招呼。一个妇人高声道：“哎哟，满宝都来洗衣服啦，你们周家这么多闺女，怎么还用到小姑呀？”

二丫也看到了满宝，连忙拦住她不让她太靠近河边：“小姑，你怎么到这里来了，奶奶不让你到河边来。”

满宝道：“我来找你。”

“我还要洗衣裳呢，小姑你先回去吧。”

那个妇人又道：“满宝呀，你也帮帮你侄女，你年纪也不小啦，你们家现在又困难起来，可不能再像以前一样享福了。”

满宝觉得她说得有道理，连连点头道：“侄媳妇说得对，我会帮二丫的。”

正好，她也想试一试洗衣服，她长这么大还没洗过衣服呢。

满宝看着河水，眼睛都亮起来，早忘了她来这儿的目的。

二丫哪敢让满宝洗衣服呀，忍不住瞪了一眼那妇人：“三嫂子，我家孩子多，谁洗衣服、谁不洗衣服关你什么事？”

“哟，二丫这妮子也硬气起来了，跟你四叔学的？这么硬气别跟我家借钱啊。”

满宝一愣，恍然大悟，连忙去安抚那妇人：“三柱媳妇，是不是你家缺钱花了？你放心，等我家挣了钱一定最先还给你家。”

想到明天她就要去县城挣钱了，满宝信心满满地拍着胸脯道：“明天我就去县城挣钱了，回来就还你们家。”

几岁的孩子，还奶声奶气的，偏偏学大人说话，头一句让人捧腹大笑，说到后一句大家就笑不出来了。有人忍不住问二丫：“二丫，你们家不会真的要把你小姑给卖了吧？”

二丫尖声道：“你们胡说什么，我们家怎么会卖小姑？”

满宝也严肃地道：“我们家不卖小孩儿。”

“那这一时半会儿的，你们怎么挣钱？”三柱媳妇忍不住道，“这农忙都过去了，地里没活儿，县里的活儿怎么也轮不到你们家吧？”

满宝骄傲地道：“我们打算卖花，你们等着吧，我们肯定能挣钱的。”

三柱媳妇问：“什么花？”

满宝张了张嘴，最后道：“各种各样的花儿。”

二丫拉住满宝，道：“小姑，你快回家去吧，我洗完衣服就带你去玩？”

满宝摇头，目光炯炯地看着清澈的河水：“不要，二丫，我是大人了，我来帮你洗衣服吧。”

“那怎么行？”

“怎么不行？”满宝严肃地道，“我是你姑，你得听我的。”

众人见了，纷纷帮着二丫拦满宝。谁不知道满宝是周家的宝贝，而且从小身体就不好，要真是碰了凉水有个好歹，周家婆媳还不得撕了她们。

三柱媳妇却不以为意，谁小时候不是这样过来的，她像满宝这么大的时候连饭都会烧了，洗个衣服而已，有什么稀奇的？

她眼珠子一转，还让了一步，让满宝蹲在她旁边，拿了自家的衣服给她：“来满宝，我教你洗。”

满宝又不傻，自家的衣服和别人家的衣服还是分得出来的，所以她特别高兴地问三柱媳妇：“侄媳妇，是不是我帮你洗衣服有工钱？你也不用给我，直接抵了债就好了。”

三柱媳妇闻言，立即把衣服收了回去，尖声道：“我算是见识到了，你可真会挣钱，没听说过给人洗件衣服也要钱的。”

“你要是我婶，是我长辈，我当然不要，那是我孝敬你的，可你不是我侄媳妇吗？那我这个长辈给你干活儿，当然得要钱了。”满宝从小跟在她爹身边，这道理可是很懂的，她还是很想替三柱媳妇洗衣服的，便道，“三柱媳妇，你放心，我不要你多的，就要一文钱，意思意思就行。”

一旁看不惯三柱媳妇的人也笑道：“是啊，是啊，三柱媳妇，满宝可是你姑呢，让你姑给你洗衣裳，怎么着也得给点孝敬钱啊。”

一些年长一点的也道：“满宝虽然岁数小，但她辈分高啊。三柱媳妇，你可别欺负长辈。”

三柱媳妇气得够呛，简单地把衣服过了水，拧了拧就走了。

满宝还在后面挥手：“侄媳妇，下次你要是不想洗衣服了告诉我一声，我帮你洗，真的很便宜的。”

二丫忍不住乐了，也在后面跟着叫：“三嫂子，我也可以帮你洗，更便宜！”

“行了，行了，别打趣她了。二丫，你们家还欠着村长家的钱呢。”有人劝诫。

二丫想到这里就有点失落。

满宝却并不觉得压力大，在她看来，明天去了县城肯定能挣大钱，自然也可以把债还清，而且，她道：“村长大哥和他儿媳不一样，他大气，侄媳妇还有得学呢。”

大家听见满宝这话，忍不住乐道：“这孩子说话就跟大人似的，你知道什么是大气啊？”

满宝鼓着脸道：“我又不傻，侄媳妇她不喜欢我，不过不要紧，我是长辈，不跟她一般见识。”

孩子最是敏感，谁喜欢她，谁不喜欢她，她一清二楚。

不过不要紧，谁让三柱是她侄儿，三柱媳妇是她侄媳妇呢，作为长辈，她是不会和他们一般见识的。

第四章

卖花篮

周家人从不让满宝靠近河边，这还是满宝第一次这么近距离地接触河水呢。她高兴地把手泡在水里，玩得不亦乐乎。

偏头一看，见二丫正在埋头搓衣服，满宝也扯过一件衣服学着她的样子搓了搓，然后放进水里搅动，再学着大家的样子要把它拧干。

二丫无言地看着，等小姑洗完了再拿过来洗一遍，快手快脚地把衣服洗完就把小姑扯回家，她已经做好了回去要挨揍的准备。

满宝还兴致勃勃："河水真凉快啊，好好玩！二丫，以后我都陪你来洗衣服吧。"

"不要，"二丫拒绝道，"小姑，你洗不干净不说，要让奶奶知道了，我还会挨揍，你还是在家和二头玩吧。"

"不要，我就要玩水。"满宝道，"我都已经和二嫂说好了，我以后教你认字，那你就要带我去洗衣服。"

二丫有些犹豫："我娘答应了？"

"当然，"满宝骄傲地道，"我求了好久呢。"

二丫半信半疑，一回到家就扯了小姑去厨房找她娘。

冯氏正在做早食，看到二丫就让她过来帮忙烧火，让满宝出去，别在厨房里熏着了。

二丫边烧火，边问：“娘，小姑说你答应让我认字了？”

冯氏看了一眼挺起小胸膛、骄傲自豪地看着她的满宝，温声道：“是，是，只要你能靠认字挣钱，我就答应你。”

二丫听到还有这个前提条件，整张脸都皱起来了。

满宝见她都快要哭了，就忍不住拽了她往外走，对冯氏道：“二嫂，二丫还没晾衣服呢，我和她一起去晾衣服。”

“哎。”冯氏只来得及喊一声，满宝就拽着二丫跑远了。

冯氏无奈，只能自己去烧火。

满宝把二丫拉到院子里，小声说：“你是不是傻，都说了要认字挣钱，那你不认字怎么挣钱？”

二丫眼里的泪要掉不掉，她后知后觉地理清这句话，眨了眨眼，抽泣着问道：“还……还能这样？”

“反正是二嫂亲口答应了的。”

二丫想了想，觉得有点不靠谱：“那……那要是学了一段时间还是不能挣钱，我娘不让我学了呢？”

满宝正色道：“那一定是你学得不够好，不够深，所以才挣不着钱。为了挣钱，所以你还得继续学。”

二丫若有所思地点头：“小姑，我觉得你说得对。”

二丫重新高兴起来，晾衣服去了。

满宝个子矮，就在一旁给她递衣服。

二头满头大汗地从外面跑进来，看见满宝正站在晾衣架下，就跑上去问：“小姑，你刚去哪儿了，害我一通好找。”

“你可真笨，我就在河边。”

二头“哦”了一声，然后想起什么来，跳起来道：“奶奶不叫你去河边，好啊，二姐你……呜呜呜。”

二丫一把捂住他的嘴巴，满宝就在一旁威胁他道：“你要是敢嚷出去，我以后就不给你糖吃了。”

二头委屈得很：你不让我说出去，那你别告诉我呀！

二头眼睛里含着泪水，却改了口：“小姑，你的文稿我都给你找出来了，你快去看吧。”

满宝：“不着急，我们去摘野花吧，我已经想好要怎么挣钱啦。”

二头和二丫觉得很不靠谱，但有什么办法呢，这是自家小姑要求的，而且钱氏也说：“吃完早食，你们就跟着一块儿去开荒，照顾一下你们小姑。”

于是，大家又呼啦啦地跑到山脚下去了。周四郎连着两天来开荒，山脚下的这块地看着好多了。

大概就一亩左右，野草已经割了大半。但那些藤木很难清除，有的根埋得太深，周四郎一个人一天都未必能挖出三棵来。

此时，他的手被刮出不少伤，正蹲在地上瞪着那截怎么也挖不出来的树根。

满宝也蹲下去看：“那么难挖啊？”

周四郎红着眼睛看她：“所以你干吗让我来开荒？”

满宝理直气壮道：“谁让你赌钱的？”

周四郎被噎住，低下头继续忧伤：“锄头钝了，根本挖不出来。”

“一定是没找准方法。”得了科科提醒的满宝哼了一声，把他拖到一旁，让五哥和六哥来挖。

周五郎握着锄头道：“挖那么远？”

满宝大气地一挥手：“听我的！”

周五郎只能听她的，把锄掉的土弄到一旁，慢慢朝着树根的方向挖出一个大坑，然后六郎一个用力就把树根给拔了。

大家默然无语。

满宝骄傲地哼了哼，让周四郎继续挖树根，她则和大头他们上山去找好看的花。

她顺便说了一下自己的计划：“让二哥帮我们编一些好看的篮子，我们就用花布置篮子，然后把篮子卖出去就好啦。”

“那还不是卖篮子吗？”二头道，“篮子是我爹编的，卖的钱肯定要给我爹，他不会给我们的。”

满宝道：“不是那种大篮子，是二哥给我做的那种小篮子。”

大丫道：“那种小篮子不能装东西，会有人买吗？”

“当时二哥给我编的时候，你们不是都很喜欢吗？”

孩子们就纠结起来："喜欢是喜欢，但大人不会买的。"

二丫道："小孩儿没钱。"

"那我们就去找有钱的小孩儿。"

大家觉得不可能："小孩儿怎么会有钱？"

他们就没有，所以觉得全世界的孩子都是一样的。同理，满宝道："怎么会没有？我就有钱，那肯定有小孩儿和我一样，说不定比我还有钱呢，我们去找他们。"

满宝这才提出自己的最终目的："到时候我们把糖放在篮子里卖。"

听说篮子里有糖，大家这才有信心一点，纷纷跟着找野花。

虽然是秋天，但山上的野花也不少，用不了多久，每人都抱了一怀的花。有满宝在，大头和大丫胆子也变大了，丢下还在辛勤劳作的三兄弟，乐颠颠地回家去了。

周五郎和周六郎看着羡慕不已，只恨自己多长了几岁，以至于没占着幺妹的便宜。

但一转头看着正蹲着割草的四哥，他们又觉得心里好受多了。好歹他们能去县城，四哥却还是要来开荒。

满宝跑回家去找周二郎，结果周二郎和周大郎下地去了。

农忙虽然过了，但地也要整一下，把地养个小半年，明年开春才好播种。

周二郎不在，满宝只能找她爹："爹，你给我编小篮子吧，就跟二哥给我编的一样。"

周老头不愿意动弹："编那小篮子干什么，又不能当吃的，又不能当喝的。"

"可以做成花篮挣钱。"满宝把自己的计划告诉老爹，只省略掉了糖的事，信心满满地道，"到时候挣了钱，我可以给爹一笔辛苦费。"

周老头摸了摸腰上的烟丝，没舍得抽。他已经决定把家里的烟都卖出去了，虽然不值什么钱，但也能给老婆子买几服药。

周老头看了闺女一眼，摇头道："爹不稀罕那辛苦费，所以还是不做了。"

他才不想跟着一帮孩子胡闹呢。

大家脸上都露出失望的神色来，满宝就去找她娘撑腰。钱氏耐不住满宝撒娇，只能和周老头说：“多大的事啊，你闲着也是闲着，就给孩子们编几个呗，那个又不费力。”

妻子发话，闺女又带着一帮孙子孙女眼巴巴地看着，周老头没办法，只能去窝棚里拖出二儿子用废了的竹条给他们编竹篮。

见大头和二头也蹲下看热闹，他就把两个人拎过来，道：“来，爷爷教你们，你们年纪也不小了，该学一点手艺了。”

村里会竹编的人不多，却也不是特别少，可这手艺不是你学会了就能精的，至少全村老幼，能把竹编卖到集市或县城里的，也就周二郎一个。

周二郎编的竹篮、竹筐结实又密，连麦子都漏不出去。可有的人编起竹篮、竹筐来，那就是个样子货，看着和集市上卖的没差多少，可用几次竹条就偏了，漏了洞，东西就算废了。

周老头的手艺就属于这后一种。

不过大竹筐他编不了，就小闺女手上拿的那个只有她小脑袋那么大的竹篮还不好编吗？

那就是个样子货，顶天了放十个鸡蛋，周老头觉得拎十年都不带坏的。

因为他没把这东西放在眼里，用的又都是二郎用废了的竹条，所以他很不心疼地让孙子们跟着一起霍霍。

满宝看了心动不已，也拿了竹条要学，还拉上大丫和二丫。

周老头看了一眼两个孙女，这种手艺不该女娃学的。不过看了一眼地上的竹条，他想，学吧，学吧，这竹条用过一次就很难再用了，他又不是二儿子，掰不回来。

用完了竹条，也就不用再编了。

满宝不知道老爹的阴谋，还认真地瞪着大眼睛看他的动作。

周老头一边慢悠悠地编，一边对她道：“你个小娃，竹条都折不弯，在这儿凑什么热闹？小心别伤了手。”

钱氏坐在凳子上晒太阳，见了一笑，和满宝招手道：“满宝，过来娘教你。”

满宝抱着竹条高兴地跑过去：“娘，你还会竹编啊？”

“看了一辈子，就算没上过手，心里也有数了。”钱氏有病，干不了重活儿，但这样坐着弯一弯竹条还是没问题的。

她就这么坐着，一边编，一边和满宝讲解。这种小竹编并不难，速度也很快，钱氏的第一个成品很快就出来了。

满宝拿过去对比了一下她爹已经做成的两个，皱了皱小鼻子道：“娘，你编的好难看啊。”

周老头就骄傲地“哈哈”大笑起来：“你爹好歹也编过不少竹编，当然比你娘编的好看啦。”

钱氏并不气馁，朝满宝招手道：“再拿几条来，我再编一个。”

她笑眯眯地道：“熟能生巧，不会的东西多学几遍就会了。”

满宝觉得娘亲说得有道理，于是又拖了一把竹条去给她娘。

本来已经从爷爷这里移到奶奶那边学习，又觉得奶奶编得难看，刚刚把位置移回爷爷身边的四个孩子左看看右看看，不知道跟谁学比较好了。

满宝就嫌弃他们：“你们这样三心二意可不行，算了，大头、二头，你们就跟着你们爷爷学吧，大丫、二丫来和你们奶奶学。”

四个孩子这才安定下来，不再转来转去的。

钱氏笑眯眯地看着，心里觉得还是闺女拿得定主意。

全场最闲的就是满宝了，那是表面上的，其实她也忙得很。竹篮一做出来，满宝就拿了和科科商量：“你觉得我娘做的竹篮拿得出手吗？”

科科道：“这世上没有不能成为商品的物品，你可以进行二次加工。”

满宝：“那我就把最漂亮的花给它。”

满宝开始从花堆里挑选她认为最漂亮的花，然后往她娘的花篮里插，五颜六色混杂成一堆，但她看着挺喜欢的，还喜滋滋的：“这花篮一看就漂亮。”

科科沉默了好一会儿才道：“这世上和宿主一样审美的人可能不多。”

满宝反复念了一下这句话，后知后觉地反应过来：“科科你是说我这个花篮丑？”

“花篮不是这样子的。”系统忍不住去百科馆里搜索了一些图片，然后丢给满宝看，“这样的才能叫花篮，你那叫……嗯，装花的竹编垃圾桶，还是个失败品的垃圾桶。”

满宝已经听不到科科在说什么了，她大大的眼睛亮亮地盯着那些图片，差点高兴得在地上打滚：“好漂亮，好漂亮啊，科科你送我好不好？”

周老头和钱氏就看见他们家闺女抱着那个做坏了的竹篮笑得口水都要流下来了。

夫妻俩沉默了一下，再看一眼她往竹篮里插得乱七八糟的花，觉得他们得注意一下孩子的美丑教育了。真的，这么丑的竹篮，她怎么还能那么高兴呢？

大头等四个孩子则把头埋得低低的，恨不得埋到竹条里面去。小姑一定是又想着他们的赚钱大计了，可这么丑的竹篮真的能卖出去吗？

系统扫了一眼满宝的积分，道：“宿主，你的积分倒是够买竹篮了，却还没达到开启商城的权限，所以我不能给你买。”

满宝还是第一次听说商城，问道：“什么是商城？”

“就跟你们的集市差不多，宿主可以在上面买到各种各样的东西，花篮也可以。”

“那我什么时候能开启商城？”满宝觉得这商城要是能开启，那她以后岂不是想什么时候去集市逛街，就什么时候去吗？

“等宿主的累积积分达到一千，且没有历史欠债的时候就可以。”

满宝垮下肩膀，学着她二哥讨价还价：“好多呀，就不能便宜点吗？”

科科无情地拒绝她：“不行！”

不行就不行吧，满宝决定自己做，于是她要求科科不许把图片撤走，她就这么笨手笨脚地照着图片布置自己的花篮。

二丫看见小姑在糟蹋花，顾不上学竹编了，连忙跑过去：“小姑，你干什么呢？”

“我要布置花篮。”

二丫道："花都被你弄残了。"

满宝眨眨眼，果断地扔掉花，屁股往后挪了挪，让二丫上："我教你。"

大家听着好笑，她自己都把花弄成这样了，还教二丫呢？

可是，满宝还真教了二丫。她手不巧，想法却很多，指点着二丫把花缠在竹篮上。

二丫本来不想照着她说的做的，但小姑这人，你要是不按照她说的做，她能一直在你耳边念叨，非逼得你听她的不可。

二丫没办法，想着野花而已，山上多的是，不够再上山摘也行，不然明天路上再摘一点也是可以的。

这么一想，二丫就照着她说的缠绕。缠着缠着，二丫发现竹篮变得有点不一样了。

等缠出来，又往里放了几朵花，二丫看着这个奶奶做出来的，本来有些丑的竹篮愣住了。

"天哪！"二丫忍不住惊道，"我竟然这么厉害！"

满宝高兴地拍着小手，努力地邀功："主要是有我，是我教你的。当然，二丫你也很厉害就是了，我让你怎么缠，你就怎么缠。"

周老头也看到这个花篮了，微微点了点头道："看着还行，不过这不能当吃、不能当喝的东西，也就养养眼，谁买啊？"

钱氏也挺喜欢的，道："这个编得不好，就不拿去了，放在家里给你小姑玩吧。"

二丫脆脆地应了一声，开始布置别的花篮。

第一次手生，第二次就娴熟多了，而且满宝还有别的样式，调整一下缠的位置和方式，再换一下花的颜色，就变成了另一种样子的花篮，也挺好看。

满宝觉得明天要带着二丫去县城才行，因为这样花篮要是坏了才能修补，五哥和六哥又不会缠花。

她是这么想的，便也这么和老爹说了。

周老头想着，反正闺女都放出去了，多放一个孙女也没什么。

周老头又想着大丫比二丫还大呢，没道理二丫去了，大丫不去，于是一挥手道："你把大丫、二丫都带上吧。"

大丫和二丫都忍不住欢呼一声，大头和二头羡慕得不得了，缠着周老头道：“爷爷、爷爷，那我们呢？”

“你们留在家里帮你们四叔开荒，去割草，捡些石头，这么多人去县城不要吃、不要喝啊，你爹他们还得照顾你们，没空。”

大头立即道：“我们不吃饼，喝水就行，也不让爹带，有五叔和六叔呢。”

周老头狠心地拒绝：“不行，来回那么远的路，不吃东西，回头饿坏了还得给你们拿药钱。”

两个人齐齐看向小姑。

周老头也瞪着满宝。

满宝特别识时务，觉得不能得寸进尺，不然有可能连她出门的权利也会被剥夺，于是悄悄地安慰大头和二头：“等我回来给你们糖吃，要是这次挣钱了，下次我一定带你们去。”

大头和二头只能失落地低头：“好吧，小姑，你可要说话算话啊。”

“放心吧，我什么时候说话不算话了？”

等家里人都从地里回来用晚食时，周老头和钱氏已经为他们编了有二十五个竹篮了。

满宝喜滋滋地要把所有的竹篮都缠上花，于是大丫不学竹编了，也过来帮二丫。

看到大哥和二哥，满宝也毫不客气地把两个人拉进来，让他们帮忙继续编小竹篮。

周大郎和周二郎也觉得这是在浪费时间和竹条，不过因为满宝坚持，而且爹娘都亲自下场哄幺妹了，他们没办法，也只能跟着哄。

很快，周二郎留下的废弃竹条就用完了，见满宝瞄向了完好的那些竹条，周老头就严肃地道：“那是你二哥还没用过的竹条，可不能糟蹋，而且你这做了有五十个了，也够多了。”

其实她要是能卖出去一个，周老头都觉得是奇迹。

满宝只能放弃了继续霍霍二哥竹条的想法，和二丫、大丫一起缠漂亮的花。当然，她只负责动嘴，而大丫、二丫负责动手。

他们中午摘的花草很快就用完了，但还有大概二十个竹篮没点缀上花呢。周老头就挥了挥手道：“行啦，等吃过晚食再去摘吧，离太阳下山还有好久呢。”他又叮嘱道，“日落之前一定要回家，可不许被露水打着。”

大家高兴地应了一声，快速地用过晚食就跑到山上去。当然，周五郎和周六郎要跟着。

周老头看着四郎要死不活的样子，呵斥道：“你也去，你妹妹上山去，你一个当哥的都不知道去照顾？”

周四郎一连下了三天地，做的还是最耗体力的开荒，一旦坐下就不想动弹。此时被老爹呵斥，他只能慢悠悠地从凳子上爬起来，晃晃悠悠地往外走。

周老头看见他这样就有气，扭头对周大郎等人道：“以后你们要看紧他，这两年都不许他到县城去，再发现他沾赌，给我把他的手剁下来。”

周大郎、周二郎和周三郎都应了一声。

“行了，都这么多天了，你气也气过了，还是想想怎么存点钱把欠的债平了吧。”钱氏道：“老大，明天你们去县城，顺便去问问有没有活儿，要是有，你们也不必回来，就在那里应工就行，让老五、老六把孩子们带回来就行。”

周大郎道：“就怕县里的活儿不好找。”

“不好找你们也找一找，家里总不能坐吃山空。”钱氏道，“明年开春还不知道是什么光景呢，要是和今年一样风调雨顺，就算存不下钱，至少也不会缺吃少穿。可要是旱了或涝了，那可就难了。”

周老头摸着烟杆道：“放心吧，我去问过三叔了，三叔说，就算没今年好，也差不到哪里去。”

钱氏闻言才松了一口气。

关于种地，三叔是村里经验最足的。常年种地的老农基本上能看到未来半年的天气。

既然他那么说，那明年的风雨应该不会太差。

钱氏心满意足，从山上摘了大把大把、各式各样野花和细草的满宝也心满意足，觉得明天一定是美好的一天。

系统就静静地看着，一言不发。

然而，第二天，满宝小朋友从床上爬起来，跑去看她装扮好的花篮时，就发现昏暗的火光下，小花篮里的花全折了或蔫了。

满宝都惊呆啦，她把花篮拿起来一看，发现昨天放进去还鲜亮的花儿蔫头耷脑的，有的还直接折了。

大丫和二丫也跑出来看，面上都是震惊和伤心。

周五郎全然领悟不到她们的心痛，他已经好多年没去过县城了，正沉浸在这份兴奋中，只扫了一眼那些花篮，就毫不在意地把它们全放到大背篓里，道："别管了，路上看到好看的花再摘就是了。"

说完，他指着一旁昨天晚上摘回来，因为太晚，而钱氏又舍不得点油灯所以没缠上的花道："把这些也带上，应该就够了，等到了县城我们再缠。"

也只能这样了，一直到坐上板车，满宝都还有些闷闷不乐。毕竟自己计划了那么久，又很有信心的事变成了这样。

这次家里依然拿了两袋粮食，计划着卖了后给满宝准备一些纸，剩下的都要留作钱氏的药费。

也作应急的钱，以免家里有事要急用钱。

板车上绑了不少的篮子和箩筐，周五郎和周六郎再各自背上一些就足够了。

周大郎把满宝抱到板车上，塞进一个箩筐里坐好。

钱氏拿了一件周大郎的冬衣塞进去，把她整个人都包住，这样就不会冷着了。

再把一个竹盖子一盖，满宝就可以在里面睡觉了。

第一次出远门，满宝当然是睡不着的，她特别精神地从箩筐里探出小脑袋来，眼睛亮亮的。但现在天还没有亮，透过五哥举的火把，她能看到的东西也有限。

她睁着眼睛看了一会儿就有些犯困了，忍不住打了一个哈欠，眼睛慢慢地闭了起来。

周二郎察觉到满宝睡着了，就把她顶开的竹盖给她盖上了。

盖子是有孔的，倒不用担心她会闭气。

周二郎看了眼走在一旁的大丫和二丫，用力地把粮食上绑着的篮子往下移了一点儿，然后把一个箩筐扶正，把二丫抱到箩筐里坐着，大丫则被抱到了粮食上，让她扶着旁边的篮子："你们都坐着，等天亮了再走。”

周二郎和周大郎交替着推车，另一个辅助，走平路时倒不是很累。但这一路需要上山，又需要下山的，路也不是很平整，大家磕磕绊绊地走着，虽然是深秋的早上，却愣是出了一身的汗。

等太阳慢慢出来，天光开始大亮时，他们已经走了一半的路了。

除了满宝还睡着，大丫和二丫都醒了，并表示要下车走一走，因为她们发现自己的脚麻了。

周五郎和周六郎羡慕地看着两个侄女，擦了擦脸上的汗，觉得脚麻的她们真是幸福啊。

周大郎就道：“休息一会儿吧。”

周五郎和周六郎立即一屁股坐在旁边的草地上，把身上背着的大背篓放下来。

满宝也醒了，她揉了揉眼睛从箩筐里探出脑袋来，发现是自己不认识的地方，立即兴奋起来，从箩筐里站起来就要下车。

周二郎把她抱下来，让她去和大丫、二丫玩：“可以摘花，但不许跑远，就在我们眼前摘，知道吗？”

三个小姑娘狠狠地点头，表示一定听从。

满宝人小胆大地走到山路的边沿处，踮着脚往下看，远远地似乎看到一抹炊烟，立即指了下面叫道：“我们家！”

周大郎看都没看一眼，扯过一旁的草就塞嘴里吃：“瞎说，这哪里能看到我们村？”

满宝隐隐约约看到下面有一条路，比这可宽敞多了，就好奇地问：“大哥，我们怎么不走下面的路？”

“这是近道，下面那条是车走的，我们要走那条路得多花一个时辰呢，不划算。”周大郎骄傲地点着山下的这条路道，“看到这条山道了吗？以前很多石头，人都走不稳，更别说板车了。后来白老爷和里正带着我们把这条路上的石头捡完，又填了一些土，这才能走板车的。”

周大郎可惜道：“就是太窄了，过不了马车，不然这条路得更热闹。”

满宝很喜欢听这样的故事，就蹲在周大郎身边听。系统忍不住了，道："宿主，这附近有很多野花，你不去摘吗？不然错过了这里，下去不一定还有花。"

涉及挣钱大计，满宝虽然恋恋不舍，但还是不听故事了，只是临走前一个劲儿地拉着周大郎的手让他保证："大哥，回家你得继续跟我讲故事，我可爱听了。"

这副样子落在周大郎和周二郎的眼中，就是满宝既想听故事，又想去和大丫、二丫一起摘花玩。

周大郎宠溺地摸了摸她的小脑袋，乐道："去吧，回去大哥再给你讲。"

满宝就高兴地去追大丫和二丫了。

这段路还是比较平坦的，虽然还是山路，但一眼望去，两边都在周大郎他们的视线范围内，三个孩子只要不往里面去就不会有危险。

大丫和二丫找了不少花，有些是满宝没见过的，特别高兴地蹲下去挖。

大丫和二丫看着惊呆了，道："小姑，你怎么连根挖？"

满宝抬起沾了泥的头，眼睛亮闪闪的："这些花我都没见过，我要挖一株，要一株最小的就好。"

系统没有阻止她，因为它扫描过后又在它的系统里查了查，发现有两种花不仅没有实录，连收录的图像都没有，这意味着这两种花不是最后变异了，就是绝种了。而不管是哪一种，对未来的研究价值都很大。

如果能收录，那获得的积分将是不菲的。

系统难得地产生了愉悦的代码，觉得昨天没提醒满宝缠上花，花会很容易枯萎和折断是正确的做法。

如果花不折断，她今天一定舍不得不听故事，而来挖花。

满宝对此全然不知，她虽然很想把花株挖了交给科科，但收集足够的野花和细草也很重要，于是她坚持不要大丫和二丫帮忙，让她们快去摘花。

满宝自己拿着一根木棍，撅着屁股"呼哧呼哧"地挖土。

系统暗暗看了半天，忍不住提醒道："宿主，我看你大哥他们就快要休息好了，你还是直接把植株折断了给我吧。"

这样挖，一天也不一定能挖出三株来。

满宝好奇地问："折断了也行？"

"一般来说，大部分植物都可以通过枝干扦插保持活性，所以放心，应该可以的。你从根部折断，多折几枝给我就行，先折你左手边那株红色的，再往前去扯那株紫色的藤蔓。"

这两种花最重要，其他的反正都有实录，就是收录了也是鼓励积分。

这个还是很容易的，满宝的手不够有劲儿，但她的脚有劲儿啊，因怕把花踩坏了，她先摘了好几朵花给科科，又把花枝压倒在地，直接踩上去，用力踩几下就断了。

满宝蹦了几下，果然把花枝给弄断了，也不管它是不是沾着泥就捡起来交给科科。

系统默默地将枝叶和花分别收录了，算了，宿主还小，不能要求太多。

满宝转身又去扯那紫色的藤蔓。这紫色的花好漂亮，满宝一不小心就扯多了，她送了一把给科科，另外一把则自己拿着。

大丫和二丫把附近好多好看的花和草都摘了一些，已经先放回背篓和箩筐里了，又跑回来找小姑。见小姑正扯着紫色的藤蔓，大丫就道："小姑，这个我们也扯了好多，已经够了。"

满宝道："我要戴在头上，那一定美美的。"

大丫和二丫听了心动不已，也跟着上前扯。

周大郎站起来活动一下手脚，就准备要走了，见三个小姑娘正凑在一起扯花藤，就忍不住摇了摇头。

小孩子就是小孩子，一朵野花也能玩半天。

转眼看到老五和老六耷拉着脑袋昏昏欲睡的样子，周大郎忍不住用脚尖轻轻地点了点他们的屁股："还不快去带幺妹。"

两个人不愿动弹："有大丫和二丫在呢。"

"她们自己年纪就小，万一碰到蜂窝怎么办？赶紧去！"

周五郎和周六郎没办法，只能勒了一下裤腰带过去。

一个晚上过去，他们肚子里的晚食早就消化光了，此时正饿得不行，他们实在不太能理解为什么妹妹这么有精力。

周五郎帮她们扒花藤，还得听三个小姑娘叽叽喳喳地说不许把花弄残、弄掉，脸更苦了。

满宝就在自己的衣兜里找了找，找到昨天晚上她临时放在衣兜里的小手绢，打开，里面是七颗糖。

满宝给五郎和六郎嘴里塞了一颗，再分给大丫和二丫一人一颗，又往自己嘴里塞了一颗，剩下的两颗则给了周大郎和周二郎。

周大郎和周二郎也饿，不过他们却笑着把手绢推回去："满宝留着自己吃。"

"我还有呢，大哥、二哥快吃。"

满宝都快要爬到他们身上了，周大郎没办法，只能吃了，只是忍不住低声叮嘱道："以后别总是拿庄先生的糖，你是弟子，得尊敬庄先生，知道吗？"

满宝连连点头，没说这糖是科科给的，不是庄先生给的。

吃了糖，五郎和六郎总算尽心了一点儿，主动扯了许多花藤，结果扯着扯着，往下还发现了一些蓝色的花藤，那也很好看。满宝高兴得不得了，给了科科一截，剩下的她扯了大半。

一直很沉默的科科突然说话："宿主，你转头看左边的那株树，看上面是不是结了很多的果实？"

满宝转头一看，看到一株树上结了好多黑紫色的小果子，立时馋了，叫道："是果果。"

周五郎扭头看了一眼，道："那个不好吃，不能吃。"

科科则道："宿主，你过去一点，我扫描看看。"

满宝就跑上去，正好站在树底下，仰着小脑袋仔细地看着，还是忍不住流口水："看着好好吃。"

系统扫描过了，百科馆里没有实录，却找到了一些图片记载，是很久以前留下来的，而且这东西是有积分悬赏的。

系统道："宿主，这是女贞子，你收录下来，开启商城的积分就差不多了……"

科科的话还没说完，满宝就已经被周二郎一把抱起："这果子不能吃，满宝，你以后可不许乱吃外头的东西，知道吗？"

"二哥……"

周二郎没等她说话就把她塞进箩筐里，招呼大家出发：“时间不早了，我们去了县城还得找地方摆摊呢，赶紧走。”

周五郎等人也把扯来的花藤放在箩筐里、篮子里或背篓里，背起东西就走。

满宝见状便闭上了嘴，她从来都是个懂事的小孩儿，觉得哥哥们背东西和推车已经很累了，总不能为了一串看着很好吃却不能吃的果果让哥哥们又放下东西回去给她摘吧？

系统也不强求，它虽然很智能，但到底不是人类，不会有太多的情绪，只是替宿主和自己惋惜而已。

惋惜就这么和一笔积分错身而过了。

小孩子不会有执念，满宝很快就把那株果树丢到了脑后，正兴致勃勃地看着周遭的风景，看到一只小鸟都能高兴半天。

周大郎和周二郎见满宝兴奋得小脸蛋都是红扑扑的，倒是觉得常带她出来走走也不错，不然总窝在家里，虽然乖巧，却总让人担心。

现在她看着身体就好很多了。

满宝觉得他们走了挺久，总算是看到了城门。

大家都露出笑容来，满宝第一次看到这么高的墙、这么大的门，一时瞪大了眼睛。

满宝指着城门上的三个大字道：“罗江县！”

周大郎惊喜地看向她：“满宝，你认识这三个字？”

满宝骄傲地仰头：“我认识好多字了。”

虽然不会写。

周大郎高兴地摸了摸她的脑袋，一边排队，一边道：“等卖了粮食，大哥就去给你买纸。”

在旁边排队的人扭头看了他们一眼，笑问：“好俊的小郎君啊，那么小就会识字了呀。”

周大郎连忙道：“这是我妹妹，不是郎君。”

听到的人都有些惊讶，他们忍不住看了看周大郎和周二郎，赞道：“原来是耕读之家啊，不知道你家是哪里的？”

周大郎尴尬：“我家没有读书人，误会，误会。”

他和周二郎都有些脸红，连忙推了车往前一点，避开他们的问话。满宝眼睛亮亮地道：“大哥，我读书啊，以后大头、大丫他们也要和我一起读书的。”

周大郎就笑：“人家说的读书不是这样的读书，得有人考学才行。”

周大郎不欲解释更多，到了城门口就掏出一文钱来交给守卫。守卫看了一眼他们推的板车，道：“两文。”

周大郎一惊：“怎么变两文了？”

“你们带的东西多，就得两文，赶紧掏钱，不想进就走开。”

周大郎和周二郎有些踌躇，他们身上总共就一文钱。

满宝从箩筐里探出脑袋来，巴巴地看着。守卫对上满宝的视线，脸色缓和了点儿，难得地多解释了一句：“这是县太爷下的令，从年前开始，进出带筐、带背篓或篮子的都是一文钱，一辆板车两文。我就只收你们一辆板车的钱，那两个背篓还没要钱呢。”

周五郎和周六郎就觉得身上的背篓特别沉重。

周二郎顿时机灵，立即从五郎的背篓里拿出一个小竹篮，一咬牙，往里面装了五个鸡蛋，道：“小哥，我们哥几个很久没来县城了，实在不知道入城的规矩变了。我们农家没现钱，这也是因为家里老人要吃药，才来县城换点现钱的，还请您通融通融。”

守卫还没见过这么小的竹篮呢，好奇地看了看，看到里头的鸡蛋，左右看了看，接过篮子道：“行了，这一文钱算我帮你们出了吧。”

说罢，他从口袋里掏出一文钱来丢进盘子里，挥手让他们进去。

周大郎和周二郎连连躬身道谢，弯着腰推着板车连忙进城。周五郎和周六郎也连忙背着背篓，拽着大丫和二丫跟上。

满宝坐在箩筐里，看着家人们几乎把背弯到地上，突然觉得有些难受。

科科感受到了满宝的情绪，安慰她道：“这个守卫还不算难为人，你别难过。”

满宝就问：“科科，你们未来也有这样的守卫吗？比他还坏？”

系统道：“宿主，未来科技发展，人不仅可以从地上进出城，还能从天上进出，非常便捷。而且在将来，人口本身就是一个重要的资源，所以不仅没有进城费，如果人类能进城定居，还会有各种奖励。”

满宝好奇地问：“什么奖励？”

“房子、车子、安家费、工作调动费，各种各样的优惠政策。”

满宝还不能理解这些东西，但她觉得没有进城费很好，如果他们家是在未来，那大哥、二哥他们就不用对守卫弯腰了。

然后，满宝嘟了嘟嘴：“那他跟你们那里的人差这么多，你还说他不坏。”

“他的确不坏，他只是一个守卫，并不能做主。”系统这点见识还是有的，它虽然是收集生物科的系统，但为了更好地服务宿主，提高对方的收录效率，它的芯片录入的知识可不少，甚至能和百科馆直接连接。

自然，百科馆内的知识也是任由它调阅的。

对于古早文化及历史，近年来一直在修复。它当然能看到很多东西，系统在这方面并不吝啬，反正闲着也是闲着，就和宿主聊聊天。

于是在周大郎推着板车去市集找位置的工夫，满宝听了好多贪官暴吏的故事。她根本没把这些故事和刚才联系起来，只听得津津有味，很为故事里的人气愤。

气愤过后，她就不记得刚才的事了。

因为听故事听得太过专注，满宝都忘了看街上热闹的摊位，等板车停下来，被周大郎抱下车，而科科也停了话头，她才回过神来。

满宝好奇地左看右看，发现附近都是卖菜、卖果子和像他们一样卖各种筐和篮子的人，她觉得这就是科科说的农贸市场了。

周家四兄弟已经快手快脚地把篮子、箩筐和鸡蛋等东西都卸下来，在占的位置上摆好。

他们来得晚，只能在这个最角落的位置摆摊，周大郎和周二郎让五郎和六郎看好三个孩子，道：“你们乖乖坐着，我和老二去把粮食卖了，一会儿就回来。”

满宝好奇地看着附近摊位上卖的东西，看到好玩的就上前蹲着看。

大丫和二丫负责看着她，周五郎和周六郎则要把卸下来的东西摆好。大家刚准备好呢，第一个客人都还没来，周大郎和周二郎就推了空车回来。

满宝“噔噔”地跑上去问：“大哥，卖出去了吗？”

周大郎摸了摸她的脑袋，笑道：“卖了，一会儿我去给娘买药，再给你买一点纸练字。你就跟着老二他们在这里，别乱跑知道吗？”

满宝点头，又道：“大哥，别给我买纸了，留着钱拿回去还给村长、族兄吧，三柱媳妇缺钱花呢。”

周大郎蹙眉：“怎么了，三柱媳妇找上门来问钱了？”

二丫见小姑说不清楚，就立即和大伯说了昨天早上的事：“小姑说了，等今天挣了钱就还她。”

满宝点头：“我们要说到做到，这叫言而有信。”

周大郎皱着眉头没说话。

周二郎就道：“大哥，听满宝的吧，反正她现在还小，暂时不用纸练字也行，回头我进山给她找一块大石板，先用筷子蘸水练字也行，等明年家里宽裕一点再买纸吧。”

周大郎摸着满宝的头叹气：“就是委屈满宝了。”

满宝疑惑道：“我不觉得委屈呀。”

周大郎笑笑，告别大家先去买药了。

周二郎见几个小的眼巴巴地看着外面，就笑道：“你们去玩吧，这儿有我看着就行。老五，把三个小的看好了，外面坏人多，可别被拍花子拍去了。”

周五郎应下，立即拿出他们的小篮子。大丫和二丫立即上手缠花，这一次大家学乖了，一次就缠八个花篮，大家直接拿在手上，不用担心会挤坏花朵。

拎着漂亮的小花篮，大家就一起往外去找他们的客户。

周五郎和周六郎一个背着一背篓的小竹篮，一个则背着一背篓的花，大家高兴地一起出发。

周二郎蹲在摊位后面看着，失笑地摇摇头。他等着他们和上次一样满载而去，满载而归。这种小竹篮，恐怕只有钱多了烧的人才会花钱买吧？

五郎、六郎和大丫、二丫脸皮都薄，手里拿着花篮眼巴巴地看着路过的人，一声都不敢出。

满宝却拎着花篮好奇地看着摊位上的东西，看到好看的还跑上去看，兴致勃勃地问这问那。

二丫见都快走过半条街了也没卖出一个花篮，忍不住走上去，小声道："小姑，我们是来卖花篮的。"

满宝这才想起自己还有任务在身呢，笑眯眯地道："幸亏你提醒我了，我刚才都忘记了，刚才那只鸡真好看。"

被夸奖的摊主很高兴，道："这鸡我家养了一年出头了，最补的大公鸡，小姑娘要不要买一只回去尝尝？"

满宝问："多少钱？"

摊主道："不贵，不贵，十二文一斤，这只鸡五斤半，那就是六十六文。"

五郎几人吓得不轻，生怕满宝说买下。谁知她刚才还听得开心，等摊主一报价，她就垮下肩膀道："好贵啊，我没这么多钱。"

五郎他们提着的心就放下了，还好，还好，满宝还是有自知之明的。

摊主一愣，见满宝圆圆的脸上全是苦恼，犹豫了一下就道："那我给你算便宜点，六十五文好啦。"

满宝摇头："我也没这么多钱，不过等我把花篮卖出去可能就有了，到时候我一定来买你的大公鸡。对了大叔，你知道哪儿的小孩最多吗？"

摊主看了一眼她手上的花篮，再看一眼她背后的两个孩子和两个少年，后知后觉地反应过来，原来这算是他的同行啊。

他愣了好一会儿才指着外面大街道："出去右拐，往前走一段，那里有卖糖葫芦和糖人的，那里孩子多。"

他忍不住道："小姑娘，你可真厉害啊。"

满宝被夸，高兴得红了脸蛋，她也觉得自己挺厉害的。

和卖大公鸡的摊主告别后，满宝就领着大家去找小孩。

大街上可比刚才那条小街要热闹得多，而且卖什么东西的都有，满宝好奇地一路走，一路看，还发现路两边的人都在吆喝。

这是刚才那条街所没有的。

满宝听着非常好奇，听了好一会儿才听出他们喊的是什么。她低头看了看自己的小花篮，眼睛一亮，也扯着嗓子跟着乱喊："卖花篮了，卖花篮了，好漂亮好漂亮的小花篮啦，还有糖糖吃呢。”

交错的成人嗓音里混进来一道小奶音实在是太引人注目了，街上不少人都看了过来。

满宝见有人看她，更兴奋了，提着花篮更大声地喊：“卖花篮，特别特别好看的花篮，新鲜又好玩啦。”

这显然是结合了附近两个摊位的台词抄袭的。

但是大家对她讨厌不起来，因为满宝小，而且还好看。

关键是这孩子看到有人看她，还会露出大大的笑容，就算是有芥蒂的人，看到这么一个笑，也没脾气了。

谁不喜欢笑容灿烂的漂亮小孩儿呢？

满宝拎着小花篮到处找客人，见她这么热情，还真有不少人问价，满宝道：“五文钱一个，还有一颗糖。”

满宝从兜里掏出一颗糖放进去。

这颗糖是经过包装的，昨天傍晚，满宝把收集的油纸都拿了出来，然后让小钱氏裁成一小块一小块的，就跟她拆开的糖纸一样，然后她再和大丫他们一起把糖包到油纸里。

现在这些糖大部分都放在五郎背篓的最底下，用一块布包着，满宝兜里只有二十颗不到。

问价的人本来只是随口一问，并不想买的，但见满宝拿出一颗糖来放进去，就犹豫了一下，问：“这糖好吃吗？”

满宝狠狠地点头：“特别好吃。”

周五郎就把早准备好的碎糖拿上来。

这儿是县城，他当然不能太随便，所以碎糖是包在手绢里的。那人尝了一小片，眼睛一亮，问道：“这花篮我买了，对了，这糖单卖吗？”

满宝眼珠子一转，问道：“你要单买糖吗？”

那人点头：“这糖不错，买回去给家里孩子尝尝。”

满宝就掏出她兜里的糖道：“糖是一文钱两颗。”

五郎和大丫纷纷看向满宝，张嘴想要说话。六郎和二丫就拉住他们，然后站在满宝身后，心虚地挺起胸膛，假装底气很足的样子。

那人犹豫了一下，就道：“行吧，给我来十颗糖，花篮就不要了。”

满宝不乐意了："这不行，糖就是配着花篮卖的，你要不买花篮，我就不卖你糖。"

这下连六郎和二丫都忍不住捅她的肩膀了。

满宝扭了扭身子，特别坚持。她觉得花篮比糖好，但她心里也明白，如果花篮没配糖，可能真的卖不出去，所以就是为了花篮，也不能单卖糖。

那人惊了一下，就问："那我得买十个花篮？"

"你至少得买一个，我才能单卖给你糖。"

那人想了想，点头道："那好吧，那就给我一个花篮，再单卖我十颗糖。"

满宝就把自己手上的花篮给他，又数出十颗糖放进去，高兴起来。

那人数出十文钱给满宝，笑道："你家的糖的确好吃，但这花篮没啥用啊。"

他话音才落，一个路过的小女孩就眼巴巴地看着他们手中的花篮，拽着母亲的手道："娘，我想要这个。"

她母亲看了一眼，低头哄她："一会儿娘给你买糖吃好不好？这个花篮不能吃。"

"我想要，花篮好漂亮。"

二丫立即小跑着上前，道："我们花篮里也有糖，很好吃的糖。"

小女孩的眼睛更亮了，巴巴地看着母亲。

她母亲犹豫了一下，问道："那多少钱？"

二丫道："五文！"

倒也不是很贵，这位母亲只踌躇了一下就答应买了，然后让小女孩去选一个自己喜欢的花篮。

小女孩选中了六郎手中的一个花篮，满宝放进去一颗糖，收获了五文钱，对方高兴地离开了。

收获了十五文钱，大家都高兴极了。

生意一旦有了开头，接下来就不会很难了。

二丫很快豁了出去，和满宝手拉着手走在前面叫卖，大丫也被影响着嚷了起来。

三个孩子就跟比赛一样，一路走，一路叫卖着："卖花篮啦……"

他们的叫卖声很快吸引了附近的孩子，有跑来买花篮的，也有单纯地跟在后面一起喊的，还没走到卖糖人那里，满宝他们身后就跟了一群小孩儿。

人都爱热闹，孩子也一样，有不少人被吸引过来，他们手上的花篮很快便卖完了。

五郎便找了一个地方停下，大丫和二丫就当场缠起花来，把昨天她们缠过的花篮样式都缠了一遍。满宝又去科科那里找了好几个好看的样式，指点着她们缠上。

每一朵花都不一样，自然每一个花篮都是不一样的。

围观的孩子越来越多，不少人都跑回去找父母要钱。

县城的人就是不一样，五文钱虽然也不少，但对于家境还算殷实的人来说，这也就是个小钱。

孩子缠得紧了点儿，疼爱孩子的家长便忍不住掏出钱来买了。

五郎已经把藏在背篓底部的布袋拿了出来，负责给每一个花篮里放上一颗糖。

满宝则负责在前面和小顾客们推销，说他们的花篮怎么怎么好看，糖果怎么怎么好吃。

不少孩子心动了，掏出钱来买，满宝接了钱就递给六郎，然后拎出好几个花篮让对方挑选一个。

最后大丫和二丫缠花的速度都快跟不上了，眼见着背篓里的花要用完了，五郎就让六郎赶紧回去把剩下的小竹篮和花草都背来。

六郎把拿钱的活儿交给五郎，撒腿就跑。

第五章

白送公鸡

一辆马车在他们附近停下，窗帘被撩开，一个小姑娘趴在那里看了一会儿，不一会儿就有一个仆人过来问：“这花篮怎么卖？”

满宝仰着小脑袋道：“五文钱一个，里面还有糖哦。”

这个价格倒是不贵，仆人没有讲价，直接指着后面一堆花篮中一个以紫色花为主调的花篮道：“我要那一个。”

满宝特别殷勤地把花篮给她取过来，接过钱后就和她挥了挥手：“下次还来呀。”

仆人觉得这孩子怪可爱的，脸上严肃的表情放松了点儿，拎着花篮去见她的小主子。

小姑娘拎着花篮看，觉得很漂亮，特别高兴，看见里面有颗东西，拿出来一看，那仆人就道：“小姐，那孩子说这是糖，不过外面的东西我们还是不要吃为好……”

话音还没落，小姑娘已经剥开油纸，直接将糖放进嘴里了。

糖才入口，她就微微睁大了眼睛。这糖甜蜜蜜的，比蜂蜜还要甜，就是……

小姑娘感受了一下，觉得没有蜜的醇香，却也很好吃。

小姑娘含在嘴里，低头在花篮里找了找，问道："怎么没有糖了？"

仆人笑道："那小孩说了，一个花篮里只有一颗。"

小姑娘眼珠子一转，道："这花篮甚是好看，给兄弟姐妹们都买一个吧，你去把她家剩下的花篮都买了。"

仆人一呆，道："就是要送大爷他们，也用不到这么多吧？"

"怎么用不到，还有堂姐妹和表姐妹、表兄弟们呢，娘那里也要送，恐怕还不够呢，快去买。"

想了想，她担心仆人不尽心，便让车夫掉头回去。

六郎此时已经背着背篓来了，因为跑得急，脸上全是汗。

他从孩子堆里挤进去，把背篓放下："我告诉二哥我们的花篮卖出去了，二哥还不相信呢。"

五郎小声地道："我到现在都有点不敢相信呢，竟然卖出去一多半了。"

要知道他们一共带来了五十一个竹篮，卖出一个五郎就在心里记一个，到现在已经卖出去二十七个了，还剩下二十四个。你说惊不惊喜，意不意外？

反正五郎是惊喜得不得了的。

六郎看了围观的人一眼，小声问道："你说还能卖出去吗？"

现在孩子们都蹲在一旁看大丫和二丫缠花篮，并没有人买了。

五郎想了想道："不急，这儿要是没人买了，一会儿我们就换一个地方，县城这么多孩子，肯定会有人买的。"

满宝比他信心还要足，特别认真地道："一定还会有人买的。"

五郎和六郎帮大丫和二丫把花草分出来，看得多了，他们大概也知道缠一个花篮需要多少花和草了，这样大丫和二丫的速度就能快一点。

满宝则已经和围观的孩子们交上了朋友，一群孩子叽叽喳喳地聊着天。满宝还想和他们打听一下这附近有没有稀罕的花草，她要拔了给科科："我们山上特别特别多好看的花，你们这里有吗？"

有孩子道："我们不能出去，会被坏人抓走的，所以不知道。"

也有上过山的，但他不记得有没有花了，可他记得有果子。

果子啊，满宝喜欢吃果子，连忙问道：“好吃吗？”

“可好吃啦，甜甜的，是我爹摘给我的。”

满宝：“我也想吃，你告诉我长什么样，下次我也去找。”

“你找不到的，只有我爹能找到。”

满宝不高兴了：“我也很厉害的，你爹能找到，我也一定可以。”

“你太矮了，肯定不行。”

“那我还有大哥、二哥、三哥、四哥、五哥和六哥呢，他们高，他们会帮我找的。”

孩子们都惊呆了，忍不住道：“你有这么多哥哥啊？”

满宝得意地道：“那当然了，我还有三个侄子、三个侄女呢。”

大家看着明显比他们还要小的满宝，有些羡慕了。她都有侄子侄女了，而他们却只是别人的侄子侄女。

正说着，那辆马车又回来了，满宝一眼就认出来了。她之所以会记得这么清楚，是因为当时马车一出现，科科就让她收录这匹马，因为马在未来也是绝种生物，等级还挺高，被悬赏的积分特别高。

但是，满宝在小时候去扯邻居家的菜时就被母亲教过，只有自己的和无主的东西才能要，别人的东西，除非是对方主动送的，不然就不能要。

这匹马显然是别人的，她可不能把人家的给偷了，所以满宝也只能让科科拍了一张照片，并许诺，将来她要是有钱了就给科科买一匹收录。

科科当然只能答应了。

满宝觉得这一天不会太久了，因为她觉得赚钱还是很容易的。她拍了拍自己兜里的铜钱，信心满满。

看到那个之前买了花篮的仆人冲她走过来，满宝扬起小圆脸，问道：“这位姐姐，是不是还要买花篮？”

这位仆人的孩子都比满宝大了，被她叫姐姐，不但没有感觉到怠慢，反而很开心，所以脸上也带出笑来：“是啊，我们小姐说了，你们剩下的花篮我们都要了，你看你们还剩多少个？”

满宝一愣，回头看了一眼他们的花篮，疑惑地问道：“你们小姐为什么要买这么多？我还想卖给更多的人呢？”

仆人皱了皱眉：“反正钱不会少给你的，你看一下还有多少个？”

五郎以为满宝不知道，就小声地在她耳边道：“还有二十四个。”

满宝却很坚持：“东西买了不用很浪费的，你们用得了这么多花篮吗？”

仆人难得认真地看了一下满宝，脸上露出笑来，道：“我们家的人多着呢，别说只有二十四个，就是再多一倍也用得完。”

满宝这才高兴起来，让她去看他们正在制作的花篮：“还有十二个没缠完花，你们得等一会儿，放心吧，很快就好了。”

大丫和二丫听说花篮就这么卖完了，兴奋起来，更加用心地扎剩下的竹篮了。

满宝就站着和仆人说话：“你们觉得什么颜色和样式的花篮更好看？”

科科说了，提前调查好了，下次就可以多做这种花篮。

仆人要等一会儿才能拿到花篮，见满宝跟个大人一样，便和她说起话来：“我们小姐觉得紫色的花好看，我却觉得红色的更好看，这些花篮都是你们自己做的？”

“篮子是我爹和二哥做的，花是我们扎上去的。”满宝自豪地道，“都是山上的花，可漂亮了。”

车里的小姑娘听见车下说得热闹，便也撩开帘子看向满宝。见满宝比她还小，就招手道：“你过来陪我说说话。”

满宝立即跑上前去，她看了一眼甩着尾巴的马，问道：“我能摸摸你的马吗？”

小姑娘显然没想到她会提这个要求，愣了一下后点头：“你喜欢就摸吧。”

满宝就跑到前面去摸马，小姑娘的注意力也转移到了前面，道：“你上车来和我说话吧。”

车夫就要去抱满宝，一直留意这边的五郎连忙上去挡住他，把满宝拉到自己身后：“有什么话这样说就好，干吗上车？”

仆人皱眉：“知道我们家小姐是谁吗？她找你妹妹说话是你家的荣耀。”

五郎才不管这些呢，道：“谁知道你们是不是拍花子？要说话隔着车也能说，不然就叫你们小姐下来。”他转身又哄满宝：“幺妹，我们回去，我们都陪你说话。”

仆人听了这话气得够呛，车里的小姑娘倒没觉得有什么，反而觉得五郎知道维护妹妹。

她撩开帘子，坐到了车辕上，看着不比满宝大多少。

她好奇地盯着满宝看，问道：“这些花都是你在山上摘的？”

满宝道：“不是我摘的，是我大侄女和二侄女她们摘的，我就摘了几朵而已。”

小姑娘笑道：“其中有些花倒也有趣，比我们家里养的还要好。”

五郎忍不住道：“这算什么好，等来年春天，山上开的花才叫多呢。”

小孩子就没有不喜欢花的，何况这还是个小姑娘，她忍不住道：“不知道来年你们能不能帮我挖一些好看的花来，我想试着在家里种一种。”

五郎不是很想答应，从村里到县城要好久呢，现在进城还得交钱……

满宝却觉得她这个爱好和科科一样，顿时高兴起来，连连点头：“好啊，到时候我给你挖来，你家在哪里？”

一旁的仆人欲言又止。

小姑娘道：“我家在县衙后面，很好找的，我姓傅，你说找傅家二小姐就好。”

这还是满宝在外面交的第一个朋友，所以她特别高兴：“我姓周，我爹娘都叫我满宝。”

“满宝，”傅二小姐笑道，“你的名字真好听，我小字文芸。”

满宝就赞道：“你的名字也很好听。”

傅文芸道：“你的糖也很好吃，是你自己家做的，还是买的？”

满宝想了想，道：“是我朋友帮我买的。”

傅文芸问：“在哪里买的？我也想买。”

满宝道：“那你跟我买吧，一文钱两颗。”

傅文芸犹豫了一下，点头道：“那我多买一点，买一百颗。”

“我现在没有，得等我回家拿，明天我叫我哥哥给你送来可以吗？”满宝明天要去学堂，而且县城她也来过了，算是长了见识，短期内不想再来了。

傅文芸点头，问道："要我给定金吗？"

满宝惊奇地问："还要给定金吗？那就给吧。"

别说一旁的仆人，就是傅文芸都被噎了一下。

傅文芸愣了一下后看向仆人，仆人脸色有些不好，一再看着傅文芸，奈何傅文芸也坚持看着她。仆人没办法，只能拿出十文钱给满宝，道："周小娘子，我家老爷是县令，明天你们来直接到县衙后面敲角门就行，就说找二小姐。"

也不怪仆人要特意点明身份，看刚才他们的反应，小姐说了家住县衙后，姓傅，他们也没什么反应，显然是不知道的。

想也是，一群乡巴佬，年纪又小，懂这些才怪呢。

果然，仆人刚说完，就在周五郎的脸上看到了一丝紧张和惶恐。满宝则是一脸的恍然大悟，不过她并没有害怕的情绪，只是好奇地问傅文芸："你爹是不是长得特别白？"

傅文芸摸不着她的思路，但还是点头："是啊，我爹肤白。"

难怪入城费涨了一文钱，哼，科科说得没错，白脸的人就是奸诈。

满宝觉得刚才的钱要少了，但话已出口，她不好再改，便决定下次傅文芸再跟她买糖，她就要涨价。

这个还是满宝跟着县太爷学来的呢。

这么一决定，满宝又愉悦起来，还积极地和傅文芸推荐自己的糖果："我的糖可甜可甜了，我吃过那么多糖，没有谁家的糖比我的好吃。"

仆人看了一眼她和周五郎身上的衣服，有些讥诮："你吃过很多糖？"

满宝看不出来她的讥讽，但周五郎不傻，虽然害怕他们是县令家的人，但自家妹妹被这样看，他还是忍不住生气："那当然，我妹妹从小就吃糖，每天最少一颗，糖就没断过，十里八村，哪个小孩有我妹妹吃的糖多？"

傅文芸和仆人都惊呆了。

傅文芸首先看向满宝的牙齿，问道："你的牙齿还好吗？"

"好呀，"满宝张开嘴给她看，道，"我可爱护了，每天早晚都漱口，我的朋友说，这样就不会生蛀牙了。”

傅文芸觉得她和一般的小孩不一样，懂得还挺多。

傅文芸道：“我也经常吃糖，但我的牙齿有点疼了，我娘不让我多吃……”

两个小孩就天南海北地聊了起来，满宝已经说到今天她看到的一只特别特别漂亮的大公鸡了。

周五郎忍不住打断她们的话：“满宝，花篮都做好了。”

仆人也大松一口气，立即道：“小姐，我们该回去了。”

满宝和傅文芸都有些意犹未尽，恋恋不舍地看了一眼对方。满宝良心有些不安，于是问道：“傅姐姐，你花的钱是你挣的，还是你爹的？”

“当然是我爹的了，”傅文芸道，“我还小，还不能挣钱呢。”

于是，满宝的良心又安定下来了。嗯，她挣的是坏坏的县太爷的钱，不是傅姐姐的钱。

满宝高兴地冲她挥手：“我帮你把花篮放到车上。”

二十四个花篮，一共就是一百二十文钱，周五郎他们还在满头大汗地扳着手指算的时候，满宝已经算出来了。

仆人惊讶地看了一眼满宝，数出钱来给她。等马车走了一段，仆人才对傅文芸道：“小姐，这位周家的小娘子好聪明，她哥哥都算不明白的数，她一会儿就算出来了。”

傅文芸也点头：“她是很聪明，懂得好多。”

周五郎等四人也觉得满宝好厉害，问道：“满宝，你怎么算出来的？”

周六郎不好意思地道：“我已经算好久了，都算不出来。”

大丫给他做证：“我们的花篮还剩四五个时，六叔就开始算，等我们都缠完了，他都没算出来。”

满宝就扳着手指和他们道：“很简单呀，一共是二十四个花篮，一个五文钱，那二十个正好是一百文，两个花篮是十文钱，四个就是二十文，一百文加二十文不就是一百二十文了吗？”

五郎等四人扳着手指数了半天还是没明白：“为什么二十个花篮是一百文？”

满宝理所当然地道："因为十个花篮是五十文呀。"

五郎等四人更混乱了。

不过不管怎么样，他们赚了很多钱就是了。

五郎把所有的钱都放到装糖的布袋里，摸了摸，兴奋得脸都红了，他从没摸过这么多钱。

六郎见了，也要摸一把，于是五个人轮流摸了一把铜钱，这才心满意足地道："我们家有钱了。"

五郎把布包抱在怀里放好，问满宝："幺妹，你想玩什么，告诉五哥，五哥带你去玩。"

满宝道："我要去买大公鸡。"

五郎下意识地捂住布袋："你买大公鸡干什么？"

"给娘补身子啊！"满宝眼睛亮亮地道，"爹说了，娘就是以前吃的苦太多了，所以要补身体才能好，大公鸡补啊。"

五郎抱着布袋，有些不舍得："可那只大公鸡要六十五文呢，太贵了。"

大丫和二丫也觉得太贵了，纷纷点头。

满宝却很坚持，她觉得钱还是很容易赚的，而且有什么事比娘亲的健康还重要呢？

五郎争不过她，只能道："我们换一只买，买一只小一点的，反正就娘一个人吃，她一顿也吃不了这么多，这样便宜点儿，还能多买几只呢。"

满宝觉得他说得有道理："那哪里还有公鸡卖？"

当然是刚才他们来的那条街了，专门卖各种鸡鸭、果蔬。但周五郎难得来县城一趟，并不想回那条街上，因此他眼珠子转了转，指着前面道："我们往前看看，说不定有便宜的。"

大家欣然应允。

周五郎牵住满宝，抱紧布包，周六郎则一只手牵着一个侄女，两个人背着背篓高高兴兴地带大家一起去玩。

满宝第一次看到这么多人，兴奋得不得了，她也不怕生，哪里人多就往哪里钻。

一开始还是五郎牵着她，没过多久就变成了她拖着五郎走，到最后则是五郎去追她了。

六郎也有自己想玩的地方，跟在后面追了一会儿就懒得追了，反正就一条街，往前走总能碰到的。

大丫和二丫正好也不想追了，于是就跟着六叔开开心心地在后面玩。

只是苦了周五郎，既要担心有人摸他布袋里的钱，还要担心满宝跑丢，最主要的是，他也想玩呀！

满宝顺着人群跑跑停停，也不知道走到了哪里。见一群大人正围在一起大声地吼叫，她非常好奇，用力地挤开人群钻了进去。

周五郎跟在后面满头大汗："满宝、满宝，你别乱跑……"

他背着背篓不好钻进去，只能跳起来看。等看到里面在干什么时，他吓得脸都白了，顾不得其他，丢下背篓，抱紧布袋就往里挤。

满宝刚钻进去，就见摆在正中间的是两只鸡，它们毛发倒立，正"咯咯咯"地打架。满宝一呆，两只鸡打架有什么好看的？

围观的大人们却很兴奋，捏紧了拳头大吼："啄它，啄它，用力啄眼睛，啄眼睛……哎呀！"

满宝抬头看看左边兴奋的大人们，又抬头看看右边懊恼的大人们，一头雾水地问："科科，他们在干吗？我要不要帮帮他们，去劝一劝两只鸡别打架了？"

系统道："建议宿主最好别去，这应该是传说中的斗鸡。"

满宝好奇地问："什么是斗鸡？"

"一种赌博方式，两只鸡相斗，斗败的那只鸡的主人就输了。"系统科普了一下历史上有名的斗鸡传说。

比如某位皇帝，他就很喜欢斗鸡，有人花大价钱给他献了一只鸡，为此还被某个名臣骂了。

满宝好奇地看了一会儿，周五郎终于从外面钻了进来，一把抱住满宝，捂住她的眼睛道："满宝，谁让你跑到这儿来的？这是赌钱，咱可不能学四哥。"

满宝把他的手从眼睛上扯下来，正好场中的两只鸡也分出了胜负，其中一只被啄得眼睛都瞎了，此时正夹着翅膀"咯咯咯"地逃走，而它身后的那只鸡就跟干了一件大事的满宝一样骄傲地仰着头，"咯咯咯”地叫着。

落跑的那只鸡的主人气得一脚把那只鸡踢倒在地，从怀里掏出一把银子来扔给另一人。

满宝瞪大了眼睛，看看那个人，又看看那只鸡，若有所思。

周五郎一看到幺妹露出这样的表情就害怕，扯着她要走。

满宝却不乐意了，道：“我才不会跟四哥似的那么笨呢，看鸡打架有什么好玩的，又不是人打架。”

周五郎惊呆了：“你……你还想看‘斗人’？”

满宝好奇地问：“还真有看人打架赌博的法子吗？”

周五郎也并没有见过，但他听四哥说过，可他敢告诉满宝吗？

周五郎连连摇头：“没有！”

满宝“哦”了一声，挣脱开他的手，道：“我去找那位大哥说说话。”

说罢，她就冲着那个赌输了钱，脸色难看的人走去。

满宝个子小，站在对方身前，只到对方的大腿那么高。

那人脸色虽然难看，却也不至于对一个小孩儿发火，皱着眉头冲四周吼道：“谁家的娃儿带到这里来了？赶紧弄走。”

周五郎已经追上来抱住满宝就要拖走，满宝一边推五哥，一边对他喊：“大哥，你还要不要买公鸡？很漂亮，很漂亮的公鸡。”

那人低下头看满宝，皱眉道：“你家有鸡？”

满宝狠狠地点头：“我看到一只特别特别漂亮的大公鸡，毛是红中带黑，眼睛亮晶晶的，鸡冠又笔直，又鲜红，可好看，可好看了。”

那人眼睛一闪：“你真有？”

满宝点头，大大的眼睛里全是兴奋和期盼：“大哥，你要不要？”

那人被噎了一下，但还是点头道：“行，在哪儿呢，你带我去看看。”

“不用，不用，让我五哥去带来就行。”满宝回头看周五郎：“五哥，你快去把大公鸡带来。”

周五郎懂得满宝的意思，转身就要去了，想想又觉得不对，回身道：“不行，你这么小，万一被坏人抓走了怎么办？你跟我一块儿去。”

那人眼睛一瞪，道：“小子，你满大街打听打听，我石大爷是干卖小孩这样阴损事的人吗？”

满宝蹲在他身边，也冲周五郎挥动着小手：“就是，就是，石大哥不是这样的人。”

石大爷再次被噎了一下，忍不住拍了一下她的小脑袋：“叫大叔！”

他手劲儿不小，虽然收了点儿，但满宝还小啊，她蹲着本来就不是很稳，被这么一拍，直接栽了一个跟头，趴地上去了。

石大爷吓了一跳，连忙伸手把她捞起来。周五郎瞪大了眼睛，一把推开石大爷，抱着一脸蒙的满宝问：“幺妹、幺妹，你没事吧？”

满宝“呸”了一口，把不小心吃进嘴里的土给吐出来。她瞪大眼睛去看石大爷，怒道：“你欺负我小！”

石大爷本来是有些心虚的，毕竟他把人孩子给拍地上了。但对上满宝这双怒气冲冲的眼睛，石大爷只觉得可爱，忍不住笑出声来。见满宝眼睛瞪得更大，肉嘟嘟的脸颊更鼓了，他忙憋住笑，从怀里掏出一把铜钱来塞进她手里：“来，大叔给你买糖吃。”

他跟周五郎解释：“我真不是故意的，我哪儿知道这小孩蹲不稳？”

闹了这么一出，他输钱的烦躁和郁闷倒是消了一点儿。

满宝抹了抹脸上的泥，把这一把铜钱放进自己的兜里。哼，看在钱的分上，她原谅他了。

这下满宝也不学他蹲着了，直接一屁股坐在旁边的石阶上，对周五郎挥手：“五哥，你快去吧，我在这里等着。”

满宝盯着那只秃了一半的公鸡看，和科科吐槽道：“五哥可真笨，要是我走了，他把这只公鸡卖给别人了怎么办？”

系统道：“宿主，你现在不是很缺钱了。”

所以实在没必要为了省这么点钱这么大费周章。

满宝却不这么想，她道：“一只公鸡要六十五文，那我天天给娘买一只公鸡吃，十天就是六百五十文了，我现在的钱不够呀。”

“宿主，我建议你尽早多录一点稀缺的植物吧，这样你开启了商城，说不定能在里面找到可以治疗你母亲的药物。”

满宝惊奇道：“你还卖药呀？”

“我不卖，商城里可能有人卖。”

话是这样说，但满宝还是觉得那没影的商城看着就很难，还是买公鸡最要紧，因为这个是看得着的。

周五郎不愿意走，他又不是傻瓜，怎么可能把他这么可爱又这么嫩的妹妹单独丢在这里？

才被逗乐的石大爷又不高兴了："我说你们到底有没有？要没有就别来找大爷我的乐子。"

满宝就瞪着五哥看，周五郎也瞪着大眼睛看她。

好在周六郎带着大丫和二丫很快找了过来，这下周五郎放心了。他让周六郎和大丫、二丫看着满宝，他抱着自己的布包就跑。

周六郎知道幺妹竟然跑来看斗鸡，很是提着一颗心，此时就蹲在满宝的旁边，瞪着一双眼睛警惕地看着石大爷。

大丫和二丫也缩着脖子不敢说话，赌徒在他们眼里就不是什么好人。

周六郎还自以为小声地和满宝咬耳朵："幺妹，你不是最讨厌四哥赌钱吗？你怎么也来这里了？"

满宝理直气壮道："我又不赌钱。"

石大爷蹲在一旁，斜着眼扫了扫周六郎，问满宝："你家还有赌徒啊，看着不像是有钱的人家呀。"

满宝点头："我四哥前不久刚赌输了钱，有人上门要债，把我们家的钱全拿走了。"

"哎哟，那可真够造孽的。你四哥怎么这么想不开，借钱来赌钱？"

满宝就好奇地问他："你不也是赌钱吗？"

石大爷自信满满："爷虽然赌钱，但爷自家有钱啊，我才不会去借钱来赌呢。"

满宝就哼哼道："赌钱是会上瘾的，以后得砍手砍脚才能治好。"

石大爷被她的言语吓了一跳，这么凶残的吗？

"你……你这孩子，谁教你的？"

"我朋友说的，我自己想的，"满宝骄傲地道，"我都打算好了，以后我四哥要是还赌钱，我就把他的手砍了。"

石大爷没把这话当真，冲她竖了一个大拇指："你厉害。"

满宝对赌钱这件事还是很感兴趣的，但科科觉得会教坏她，只肯给她说各种因为赌博而家破人亡的故事，却不肯告诉她人们是怎么赌钱，为什么会沉迷其中的。

而问四哥，四哥只会说他当时昏了头，只觉得下一局就能翻盘，所以就跟中毒一样借钱下注，输了再借钱下注，等他回过神来的时候，钱全输光了。

满宝觉得他陈述得太平淡了，她那么爱听故事的人都不爱听了。如今难得碰上一个也是赌钱的，满宝就问石大爷。

要换一个人，石大爷还真不可能跟个孩子说这些。但满宝表现得一点儿也不像是个孩子，他就忍不住和她多说了点儿他最常玩的斗鸡，还有骰子。

石大爷本来只想说一点儿，但对上满宝亮亮的眼睛和兴奋的表情，他就忍不住越说越多。等周五郎抱着鸡低着头被周大郎拽来时，满宝已经把赌场里常见的一些把戏，以及一些作假的手段了解得一清二楚了。

周大郎拽着周五郎，沉着脸大步往这边过来，看到石大爷身上穿的绸衣，他就收敛了怒气，上前行礼。

石大爷看到他，微微挑眉，满宝已经高兴地喊了一声“大哥”，然后向石大爷介绍道：“石大哥，这是我大哥！”

将将二十出头，还是一枚青涩小哥的石大爷看着已经留了小胡子，明显比他老很多的周大郎沉默了。

难怪这小孩看见他坚持要喊大哥呢，原来根源在这儿啊。

石大爷轻咳一声，和周大郎拱了拱手，正要说话，突然，一双眼睛就盯在了周五郎怀里的大公鸡身上。

他眼睛发亮地扑上去，摸着大公鸡油滑的羽毛，好像看见情人一样地问：“这就是你们说的大公鸡？”

周家众人都被石大爷给吓坏了，连周大郎都一时没说话。

但满宝没发愣啊，她跟着石大爷一起冲上去，站在她五哥身边，也伸手摸了摸大公鸡的羽毛，骄傲地问：“怎么样，我家的大公鸡好吧？”

“好，好啊！”石大爷摸了又摸，问道，“你多少钱卖？”

满宝一愣，挠了挠头，这个她还真没想过。她只是觉得他们这么喜欢大公鸡，应该可以卖出一个好价钱。

最要紧的是，她给他找了一只好看的大公鸡，他才舍得把那只没毛的公鸡便宜点卖给她呀。

满宝目光又忍不住瞟向那只掉毛的公鸡。

石大爷顺着她的目光看去，小孩的心思几乎是写在脸上的，石大爷就“哈哈”一笑，问道：“你想要我这只公鸡？”

满宝点头。

“要去干吗？”

“炖汤喝，”满宝仰着小脑袋注视石大爷，“公鸡大补啊，我娘要吃公鸡。”

“这鸡是只能拿来炖汤了，可是……”石大爷疑惑地道，“你家不是养公鸡的吗？”

“得天天吃，这只大公鸡比你的这只贵，除了买这只，还能买第二只呢。”

石大爷忍不住乐了：“不错，不错，够聪明，那行吧，这只大公鸡我买了。”

石大爷几乎是迫不及待地从周五郎怀里抱过鸡，摸了摸，又把它放到地上赶了两步，见它精神且健壮，越发满意。

他在怀里摸了摸，摸出一块小碎银子，丢给满宝道：“喏，这只鸡我买下了，那只公鸡算送你的。”

满宝捏着银子看了看，问：“这个有多重？”

石大爷有些心虚，但面上强装镇定，骄傲地道：“怎么也有个三五钱吧，你回去自个儿称一称就知道了。”

满宝觉得银子不太靠谱，问道：“你就没铜板？”

“谁没事出门赌钱还带一堆铜板啊，不重得慌？”石大爷道，“你要不要，不要我不买了。”

满宝还没说话，周五郎就连忙表示要，就是周大郎都忍不住说了一声：“应该有三钱，足够了的。”

周大郎可是知道，这只鸡只花了六十五文，三钱银子，换成铜板就是三百文啊。

周大郎看了一眼地上那只凄惨无比，已经没剩多少毛的公鸡，何况还白送一只公鸡。

虽然不好看，可不影响吃呀。

满宝一听大哥确定了，也很高兴，捏着银块就和石大爷成交了，还道："下次我有好公鸡还找你。"

"得会打架才行，不然像这只这样漂亮健壮的也行。"

一旁目睹了他们交易的人暗暗跟上周家一家人，等出了市场，离开了石大爷的视线，那些人立即上前道："你们真傻，那只大公鸡少说能值五两银子，你们就几钱银子卖给石大郎，这也太亏了，还是赶紧回去再讨一讨价吧。"

以周大郎为首的三兄弟都惊呆了："一……一只公鸡值这么多钱？"

"这可不是一般的公鸡，是能钱生钱的鸡。石大郎赌一把，你知道多少钱吗？最少二十两起，这公鸡要是赢了，他一把能拿这么多！"

对方比了一个手势，大家都惊呆了。只有满宝仰着小脑袋鄙视地看着他们："真笨，那要是输了呢？"

周家人沸腾的血液一下就凉了，是啊，那要是输了呢？

自从四哥赌输钱后，满宝就从科科那里听来了很多古往今来以及未来各种智慧种族因为赌博而家破人亡，连自己都亡了的悲惨故事。

科科说过，赌博都是十赌九输，唯一赢的那个也未必就是本事和运气，没听刚才石大爷说吗？

赌场里造假的多着呢，外边的人未必就不知道，只是不敢说出口而已。为什么？

怕被打，被杀呀。

所以满宝自己总结了一下，谁厉害谁就赢。

如果她四哥打遍天下无敌手，还有人敢赢他的钱吗？

"可是，那只公鸡值五两银子呢！"周五郎还是有些不甘心。

"五哥，那只鸡本来只值六十五文，我们现在不仅多挣了钱，还白得了一只大公鸡呢。"满宝有自己的一番道理，她扳着手指道，"如果这件事让卖大公鸡的大叔知道了，他是不是得气死？如果石大爷拿这只公鸡去赌钱，结果却输了，他不仅输掉了钱，还白亏了跟我们买公鸡的钱呢。"

周五郎一想也是，心里舒坦了很多。

周大郎也说："知足常乐，你看你那么大个人，还没有满宝想得明白。"

"大哥你别说我，你刚才不也懊悔吗？"周五郎不太服气，却不由得对幺妹刮目相看："满宝，你可真聪明，以前爹娘总说你比我们都聪明，我还不信，现在看来你的确很聪明啊。"

满宝自豪地点头，一点儿也不谦虚地笑道："一般一般啦，主要是我朋友教了我，我也学得快。"

"什么朋友啊？不就是庄先生吗？"周五郎道，"你现在拜庄先生做老师了，可不能整天朋友朋友地叫了，得叫老师。"

他又道："其实我觉得你比我们聪明不能怪我们笨，主要是你爹娘比较聪明……"

"五郎，你瞎说什么呢？"周大郎一巴掌拍在他脑袋上，周五郎才察觉自己说秃噜嘴了，连忙捂住嘴傻笑，紧张地看向满宝。

满宝却安抚周大郎："大哥你别生气，五哥就是比较笨而已，你比他聪明，像爹。"

然后，满宝特骄傲地道："我就像娘，娘比爹聪明一点儿，五哥谁都不像，也不知道是不是大街上捡来的。唉，娘老愁了，每天晚上临睡前都说，不知道以后小五能不能说着媳妇。"

周大郎和周六郎默默对视一眼。

周五郎悲愤起来："我哪儿笨了，我这是老实，像爹，知道不知道？"

满宝摇头："看不出你哪儿像爹，不信你回家问爹，你看他说你像不像他。"

一行人聊着天很快就回到了之前摆摊这里。

周二郎一边招呼人看箩筐和竹篮，一边将满宝和二丫扯到跟前，板着脸道："你们乱跑什么呢，不知道县里人多，万一走丢了怎么办？"

客人选了一下，觉得周二郎的竹篮质量还行，价钱也比别人的便宜一文钱，就掏出钱来买下了。

等走了这一拨客人，周二郎就空闲下来，这才有空问几人："五郎，你刚才跑什么呢？"

周五郎把背篓放到地上，让二哥看里面的大公鸡，骄傲地道：“喏，这是我们得回来的。”

周二郎看着这只缩着脖子、毛已经掉了大半、身上都被啄出红皮来的公鸡，忍不住撸了撸袖子：“你是说，你花了六十五文买了只大公鸡就为去换这只脱了毛的公鸡？”

周五郎身子一闪就躲到了大哥身后，抓住他的袖子道：“大哥，你看二哥又要揍我，我有霍霍钱吗？”

周五郎从周大郎身后探出头来，还有些骄傲地道：“我们还挣钱了呢！”

他把怀里抱着的布包打开给周二郎看，下巴差点仰到天上：“看到了吗，看到了吗？二哥，你能赚这么多钱吗？”

周二郎目瞪口呆：“你们哪儿来这么多钱？”

“这还叫多呀，”周五郎从满宝手里把那碎银子抠出来给周二郎看，“看到没，这就是靠那只大公鸡挣到的，满宝的兜里还有铜板呢。”

周五郎想把满宝兜里的铜板也给抠出来，但满宝会屈服吗？

她不仅把碎银子抢了回来，还把布袋也给扒拉到自己屁股底下，仰着脑袋道：“这些钱都是我的，等回去再按功劳分钱。”

周五郎他们一点意见也没有，乖乖地把所有的钱都给满宝。当然，满宝是不可能扛着这么多钱的，所以依然是周五郎作为苦力。

周大郎和周二郎却觉得不妥：“满宝，你要这么多钱干什么？”

周二郎直接蹲下去哄她：“二哥帮你收着好不好？以后给你买肉买糖吃。”

满宝自认已经是大人了，而且她也有保管积分的经验，对于钱的规划正是兴致最浓的时候，怎么可能愿意给他们？

于是，她把碎银子塞进自己的小布兜里，还捂住它道：“不行，我自己的钱自己拿。”

周大郎和周二郎就瞪向周五郎。

周五郎也抱紧怀里的布袋，这钱在满宝手里，他们或许还能落着一点儿，落在大哥、二哥的手里，他们是一文钱也别想得了。

周大郎感到头疼：“你要钱干什么呢？”

要是四文、五文的，满宝拿着也就拿着了，可这有好几百文呢。

满宝就扳着手指给他数：“我要给娘买药、买鸡、买肉、买衣裳，还要买油纸、买书、买纸……”

满宝发现两个巴掌都数不过来了，就画了一个圈道：“我要买好多好多东西啊。”

周大郎一愣，犹豫了一下道：“那你把钱给大哥，大哥帮你拿着，等以后你要买东西了再问大哥要好不好？”

周大郎又道：“你拿着钱，万一丢了怎么办？”

“不会丢的，”满宝自信满满地道，“现在是五哥拿着，等回了家我就藏在房间里，我知道娘的钱藏在哪里，也知道爹的钱藏在哪里，我把我的钱藏在另一处就行了。”

周六郎惊呼：“爹还有钱啊？”

“有呀，我找出来了，爹还让我不要告诉娘呢。”

周五郎和周六郎对视一眼，好像知道了什么了不得的事。

周大郎和周二郎也对视了一眼，作为已婚男人，他们太知道他们爹是在干啥了。

两个人轻咳一声，也不逼满宝了，只是叮嘱她：“既然爹让你不要往外说，那这件事以后就不要再说了。”

“咦，爹没有让我不要往外说呀，爹只让我不要告诉娘。”

周家众人：所以她就觉得是可以告诉他们的，对吗？

周大郎警告地看了周五郎和周六郎一眼，道：“回去后你们也不准说这事了。”

然后，周大郎和周二郎一起把各自的闺女扯到一旁，如此叮嘱一番，这事就算过去了。

周二郎的生意并不是很好，却也卖出了好几个箩筐和篮子，这份收入在以前他觉得是可以的，但跟满宝他们比起来，周二郎又觉得太差了。

因为时间还早，大家不急着赶回去，满宝就继续带着两个哥哥和两个侄女去逛街。

当然，这次周大郎做了要求，只能在这条街上逛，不许到外面去。

没办法，自家幺妹的胆子实在是太大了，竟然连赌博一条街都敢去，谁知道她跑出去还能干出什么事来？

满宝也不介意，这里卖的多是农产品，但她也逛得津津有味。当然，她更喜欢去摊位后面的两边商铺里玩。

正好这儿既有粮铺，也有杂货铺，她带着人先去选了一卷比较好的油纸，又去粮铺里买了一点儿小米，听到周大郎喊着回家了，这才晃晃悠悠地出去。

周大郎看了眼他们买回来的东西，决定回去就跟娘商量一下，一定要把满宝手里的钱全拿过来。这孩子太会花钱了，他们本来就是因为缺钱才来卖粮食的，结果一转身她进粮铺买小米去了。

但满宝的理由也特别充分："我问过了，小米养胃和养气，我要给娘吃。"

周大郎就连连叹气："家里也有，回家碾就行，干吗要买呢？"

满宝一呆，问道："我们家有吗？我怎么从来没吃过？"

周大郎就低头看了眼周六郎手里拎的布袋子，抿了抿嘴唇没说话。

周六郎笑嘻嘻地道："幺妹你真傻，因为我们家吃小米都是带壳吃的，你那小嗓子，当然不能吃了。"

周大郎把满宝抱到板车上坐好，道："那是留着到来年四五月青黄不接的时候熬粥吃的，你以后要买啥东西跟大哥说一声，家里有的就别买了。"

满宝呆呆地问："那是我们家不知道怎么碾壳吗？怎么要连着壳一块儿吃？"

大丫和二丫也很好奇，因为她们好像也没吃过带壳的小米。

"有壳就能炖得更多，而且更饱肚子。"周五郎也有些抱怨，"早跟你说了家里有，你非不信，看，现在浪费钱了吧？"

满宝就哼哼道："谁叫你以前经常骗我？你信用度这么低，我当然不相信你啦。"

周五郎噎住，气愤地问："这些话是不是六郎教你说的？"

"五哥，你少冤枉我，我怎么会教满宝说这样的话，我连信用度是什么都不知道。不过，满宝，你这个词用得好，五哥的信用度的确很低，不对，是根本没有。"

兄弟俩打打闹闹的，周大郎也不管他们，把大丫和二丫也抱到车上，就推着车快步出城，他们得赶在日落之前回到家。

周家还没用晚食，但饭菜都准备好了，显然是在等着他们呢。他们才一到村口，大头就领着底下的弟弟妹妹“嗷嗷”叫着冲上来。

他们也不管板车在走着，七手八脚就往上爬。周大郎和周二郎见了，眼睛都笑得眯成了一条缝，一边呵斥他们，一边抽空伸出一只手来把孩子们推到板车上。

远远地，周老头看见他们脸上的笑容就知道这一趟还顺利，背着手就转身回屋去了。

小钱氏就领着两个妯娌把堂屋的桌子搬到院子里，屋里有点黑了，点油灯太浪费，反正外面还有光亮，就在外面吃好了。

周五郎和周六郎，一个抱着布袋里的钱，一个则背着背篓里的大公鸡，双双往家里冲去。

他们还没进门就嚷嚷：“大嫂、大嫂，今晚炖鸡吃。”

小钱氏头也不抬地道：“美得你们，进一趟城就要吃鸡啊，家里的鸡都是要拿来下蛋的。”

周六郎已经冲到了跟前，背过身去让她看他背后的背篓，大声地道：“不要家里的鸡，要这只。”

小钱氏看到这只凄惨的鸡，惊呼：“你们哪儿来的鸡？偷……偷的？”

小钱氏瞪大了眼睛，难道继四郎学会赌钱以后，剩下的两个小的还学会了偷鸡？

那下次是不是要去摸狗了？

小钱氏忍不住双手叉腰，周六郎却不高兴了，转过身道：“大嫂，我是那样的人吗？这鸡是别人送的。”

小钱氏就松了一口气，把那只凄惨的公鸡从背篓里拎出来，掂了掂，发现还挺重。她忍不住问道：“谁这么缺心眼啊，虽然这鸡看着惨了点儿，但也是肉啊，还那么肥，竟然就送给你了。”

周六郎就“嘿嘿”笑：“我也觉得他挺缺心眼的，不过有人说我们还吃亏了呢。反正这事说来话长，大嫂，还是先把鸡杀了炖上吧。这是满宝特意为了给娘补身体拿回来的。”

小钱氏看了一下时辰，道："今晚就算了吧，留到明天。"

她仔细地看了看手中的这只公鸡，忍不住嘀咕："其实养养说不定还能活……"

周五郎和周六郎瞪大了眼，似乎看见鸡肉正离他们远去。兄弟俩想也不想，转头就对刚进院子的满宝喊道："满宝，大嫂要把大公鸡养起来拿去卖，你快劝劝她呀。"

小钱氏瞪了兄弟俩一眼。

满宝顾不得板车都没停下，骨碌一下就从板车上滑下去，然后"噔噔"地跑到小钱氏身边，抱着她的手臂摇晃："大嫂、大嫂，快杀鸡吧，这是给娘补身体的鸡。公鸡补气血，娘吃了说不定就好了。"

钱氏也慢悠悠地走出大门，笑道："满宝，别闹你大嫂，天晚了，要杀也得明天呢。"

"不要，你看，还有光呢，晚上我们就生火吃饭，不晚的。"

见孩子们都眼巴巴地看着，周老头就道："行了，既然是几个孩子的孝心，那就今晚做了吧。反正早做晚做都是做，我看这鸡没什么精神头，留到明天说不定就死了。"

满宝也连连点头："死鸡不好吃。"

小钱氏就拎了鸡去杀，冯氏和何氏连忙去帮忙，一个把灶上的热水烧开，一个则准备炖鸡的材料。

如今家里并没有什么好菜配它，但可以去拔两根大萝卜切了跟着一起炖。

妯娌三个在忙活，周大郎几个则在院子里和周老头汇报起今天的事情来。

粮卖了多少钱，买药用去了多少钱，剩下的就交给了周老头，周老头又交给了钱氏。

家里的钱一直是钱氏管着的。

周家的田地不多不少，年成好的时候也只能余下一些。好在他们家劳力多，种地之余还能在外接一些零工，零零散散才存下一些钱来。

家里能存下这么多钱，其中钱氏的功劳很大。因为家里的事都是她调停的，谁干什么活儿，怎么干，多数是她在安排，就连周老头都会听她的。

钱氏收了钱，数了数，在心里记下一笔，一转头，发现满宝正跟孩子们围成一团，叽叽咕咕也不知道在说什么。她就忍不住微微一笑，问周大郎：“今天满宝没给你们添麻烦吧？”

周大郎看了一眼正撅着屁股背对着他们的满宝，不知道她和孩子们嘀咕了什么，大家正发出一阵阵惊呼，他就犹豫了一下道：“爹、娘，今天在县城，满宝他们也赚了不少钱。”

周老头“哎哟”了一声，笑道：“满宝的花篮卖出去了？”

周大郎道：“不止呢，她还过手了一只大公鸡，一转手就挣了三钱银子。”

周老头和钱氏一呆，连忙把满宝叫过来询问。

满宝正好在跟侄子侄女们吹牛呢，见爹娘问起，小胸膛更挺了，骄傲地把今天他们在县城里干的事讲了一遍。

她从小就是听故事长大的，爹娘给她讲故事，兄嫂给她讲故事，庄先生给她讲故事，科科也经常给她讲故事，加上最近她还接触了一下故事书，已经稍稍摸到了一点讲故事的边儿，所以她手舞足蹈，形容到位，大家都听得津津有味。

尤其是没去过县城的大头等人，虽然他们没去过，但听小姑这么一形容，他们再在脑子里一想象，就觉得自己也是去过了的。

满宝说得口干舌燥，钱氏沉默地给她倒了一碗水。

满宝喝了，眼睛亮亮地道：“娘，你不知道，县城里人可多可多了，下次我带你去好不好？”

钱氏微微一笑：“我去县城干什么？你们去就行。”

周大郎的目光从满宝的小布兜滑到周五郎抱着的布袋上，道：“娘，这么多钱不能给孩子们拿吧，万一掉了怎么办？”

钱氏也对满宝道：“满宝，把钱给娘，娘帮你保管着好不好？”

满宝摇头：“我要自己管，我都是大人了。”

钱氏微微一笑，摸了摸她的脑袋道：“你也是咱家的一分子，你知不知道家里的规矩？”

满宝摇头。

钱氏就道：“你哥嫂他们在外头挣了钱，都要交六成到公中，你要自己拿钱也成，也得上交六成。”

既然是规矩，满宝没有不答应的。她想了想道：“行吧，不过我得数一数一共有多少钱。”

第六章

不打不相识

趁着天没黑，满宝拖了一个袋子垫在地上，把布包里的铜板都倒出来数，再把自己布兜里的铜钱和银子也拿了出来。

所有人都张大了嘴巴，虽然知道他们赚了不少钱，却不知道原来有这么多。

周大郎和周二郎是一直知道，所以没那么受惊，周三郎和周四郎却忍不住瞪大了眼睛，和他们爹娘一起愣愣地盯着正蹲在地上数钱的满宝。

周五郎找来了串钱的绳子，然后大家开始数钱。

周五郎虽然勉强能数到一百了，可总是会出错，所以他就十个十个地数，数成一堆，最后再数出十堆来，那就是一百文了。

满宝很鄙视他，让他在后面串钱，自己来数。

大头他们跟着凑热闹，也跟着一二三四地念，但数到二十就混乱了，一会儿忍不住喊了一声十七，一会儿又喊二十二。

满宝却好似一点儿也不受影响，自顾自地往下数。

周老头坐在一旁，摸了摸腰间那点没舍得抽的烟丝，还是挤出一撮来放进烟杆里点着。

他就这么看着满宝，也不知道在想什么。

满宝顺利地数到了一百，把钱都推给五哥串上，又重新数，周六郎也捏了一根绳子等在后面串。

大头等人跟着凑热闹，一边跟着满宝十五十六地数着，一边偷偷地去摸一摸钱。

好多钱呀，摸一摸也好啊。

满宝很快算清楚了钱。

加上傅文芸给的十文押金，一共是二百七十文。

她摸出那角碎银子，让钱氏帮她称一称一共有多少。

钱氏称了一下，笑道："三钱四分，算三百四十文。"

大家"哇"的一声，满宝就掰着手指头算，算得满头大汗，大家也不帮她，就看着她在那里七十加四十等于多少地算着。

老半天，满宝才算出来，大喊一声道："是六百一十文。"

钱氏笑着点头："所以你要交多少到公中？"

让满宝凭空算当然是算不出来的，她抓了抓脑袋，最后让大头和二头帮她找来了六颗大石头和六颗小石头。

她把六颗大石头摆成一列，指着道："这是一百文，要给娘六十文……"

满宝在大石头的前面放下一颗小石头，道："这就是六十文。"

"这也是一百文，也要给娘六十文……一共是六个六十文，"满宝数了数，一个一个地往上加，最后拍着小手道，"三百六十文，再给娘六文钱就可以了。"

满宝把那角碎银给钱氏，又从散落的铜板里数出二十六文给她，这就算交了公中了。

剩下的钱就是他们的了，一共还有二百四十四文。

满宝就把给她出过力的小伙伴们都叫到身边，数了数人头，很大方地一人给了他们十文钱。

包括帮她编竹篮的周老头和钱氏都有，这就去了八十文了。

考虑到今天大丫、二丫和五哥、六哥陪她去县城，也出了好大的力，又一人给了他们十文。

大家就看着满宝满屋子乱转地做散财童子，孩子们接钱之前都要看一眼父母。

见满宝这么散钱，周大郎他们下意识地想要拒绝，可又一想，这样一来，钱不就从满宝手里出来了吗？

于是，他们又乐呵起来，示意孩子们接了。

跟满宝抢钱是不可能的，但跟自家孩子抢却不要紧，周大郎他们甚至还凑了一下热闹："满宝，你那竹篮我们也帮了忙的，我们就没工钱吗？"

满宝一想也是，于是也给三个哥哥发了一回钱，一转身看见嫂子们，觉得她们也挺辛苦，又给她们发了一些。

串好的钱又都散开了，最后留在满宝手里的只有六十四文了，她也不在意，乐滋滋地往兜里装。她发现自己的兜太小，还和小钱氏商量："大嫂，你帮我把衣服上的布兜改大一点吧，这样装的钱多。"

何氏的针线活最好，她笑道："小姑，你就这么小，布兜再大也大不到哪里去。等以后家里有了碎布料，我给你做一个布袋，就跟荷包似的。"

满宝高兴地道："好啊，好啊。"她眼珠子转了转，道，"样式我要自己设计。"

何氏笑着应下，把满宝给她的十文钱收好。上次为了给周四郎还赌债，各房的钱都掏光了，这下总算是有了进账。

虽然满宝手里的钱还剩很多，但跟之前的六百多文比起来，这六十四文已经不被大人们看在眼里了。

他们也知道，想从她手里接管这些钱是不可能的，所以大家纷纷瞄上自家的儿子女儿。

周老头先看向周五郎和周六郎，惬意地抽了一口烟道："你们俩留下两文钱就行，其他的让你们娘替你们收着，以后给你们娶媳妇用。"

周大郎也对大头和大丫道："让你们娘替你们收着钱，以后给你们买新衣裳。"

周二郎也看向他们家的俩孩子，哄道："来，爹替你们收着，回头给你们买糖吃。"

孩子们都捂紧了铜钱，想哭却又不敢哭。

现场唯一没拿到钱的只有周四郎和三个小豆丁了。

满宝目光落在四哥身上，很快从他身上滑过去，然后拿出三文钱来分给三头、四头和三丫，特别大方地道：“小姑给你们的。”

三个小豆丁连忙接住，奶声奶气地对满宝说了声：“恭喜小姑发财。”

满宝乐滋滋的。

周四郎蹲在一旁，差点哭出声来。满宝就蹲在他身边，唉声叹气地道：“四哥，你现在还是坏人，所以我不能给你钱。”

周四郎红着眼问她：“我不是你哥吗，怎么就是坏人了？”

“赌钱的都是坏人，”满宝肯定地道，“只有改过自新的人才有可能讨人喜欢，不然所有人都会讨厌你的。”

周四郎第一次低垂着脑袋沉默地蹲在地上没说话，当所有的人都有，就他没有时，他终于察觉到了因为赌博而受到的那种区别对待。他眼圈忍不住泛红，小声地道：“我……我知道错了。”

“真是太好了，那就再接再厉，让爹娘和哥哥嫂子们看到你的诚意吧。”满宝学着二哥的样子拍了拍他的肩膀，问道，“开荒开得怎么样了？”

周四郎叹气一声，道：“入冬前应该能开出来。”

满宝道：“明天我去帮你。”

别，她去除了瞎指挥，他看不出她有什么用处。周四郎闷闷地道：“明天你不去学堂吗？”

“去呀，但我可以先去地里走一圈，回来再和大嫂去学堂。”

满宝还没有成为学生的自觉，觉得能来去自由，还跟以前一样想怎么样就怎么样。

厨房里飘出了鸡汤的香味，满宝也不和四哥聊天了，跟在小钱氏的屁股后面，钻进厨房里看热闹。

周四郎也打起精神来，钱他没有，鸡他还是能吃的吧？

这只公鸡虽然拿回来的时候很凄惨，但在斗鸡前它是一只很健壮、很英俊的公鸡，被喂养得很好。

也因此它的肉不少，小钱氏特意留出一半来，准备明天再熬汤给婆母吃。

所以，今晚的鸡只有一半。

但满宝并不知道，因为家里少了谁的也不会少了她的。

小钱氏先给婆母盛了一碗汤，又拣了几块肉给婆母，然后给了满宝一个鸡腿，其他几个孩子便也分了一块肉，其余就不剩多少了。

大人们开始动筷后也并没有动肉，而是夹萝卜吃，也吃得津津有味。

剩余的鸡肉自然是全进了孩子们的肚子里，老四、老五、老六三人也吃了好几块，心满意足地帮着收拾碗筷，回味了一下这个味道。

满宝也很少能吃到鸡肉，今天晚上一吃，觉得还挺好吃，于是对钱氏道："娘，以后等满宝有钱了，天天给你买鸡肉吃。"

钱氏一乐，摸着她的小脑袋道："好啊，娘等着满宝的鸡肉。"

满宝早早地就爬上了床，先是偷偷溜进系统自带的空间里剥糖纸。满宝可是答应了傅文芸明天要给她一百颗糖的。

剥着剥着，满宝累了，就和科科抱怨道："为什么你们的糖都要包糖纸呢？"

系统道："也有不包的。"

满宝立即道："是什么样的？你怎么不买那种？"

"那种糖比不上这种，我以为宿主会更喜欢这个。"

"不要紧啦，反正又不是我吃。"满宝让科科给她买一袋来看看。

系统看了一眼满宝的积分，非常快速地给她买了一大袋。满宝撕开包装，发现里面的糖是一颗颗白白圆圆的糖果。她拿起一颗尝了尝，点头道："好吃呀。"

系统道："还有其他颜色的，你要试一下吗？"

满宝问："味道一样吗？"

系统："不一样。"

"那就买来试试吧。"

系统选了选，没有选颜色特别鲜艳的，而是比照着这个世界可以有的工艺，可以有的糖果颜色来选，只不过它购买的颜色要更好、更均匀一点罢了。

它知道，这些糖果宿主是很少吃的，多半是要卖出去。

宿主年纪小，考虑不到安全问题，它却不能什么都不考虑。

满宝并不知道这些，看到出现的三袋糖果，每一种都撕开来尝了一颗。她选出了最好吃的一种，按照顺序给它们排好序，于是从她认为最不好吃的那袋里选出一百颗来，打算明天让五哥带着这些去县城。

满宝计划好明天的事，躺回床上，心满意足地卷着小被子睡觉。

但其他各房并不平静，父母都在哄着孩子们把钱拿出来，就连周五郎和周六郎的钱都被周老头强逼着上交了一大半。

本来二十文的钱，最后只结余了五文在身上。

这还是因为兄弟俩提起了周老头的私房钱，周老头这才网开一面，让他们留下的，不然恐怕一文钱都留不下。

周老头把从两个儿子那里搜刮回来的三十文交给妻子，压低了声音道："孩子们都大了，管不住了，给他们身上留一点钱吧。"

钱氏把钱收好，道："明天你就拿着钱先把村长家的债给还了吧。"

周老头应了一声，钱氏又继续道："我听说白老爷家要修房子，明儿让老大、老二和老三都去看看，要能选上，也有一些进项，入了冬要花钱的地方还多着呢。满宝这两年穿的都是我的旧衣改成的衣裳，不怎么暖和。她要去学堂跟着先生念书，那里冬天没炭火，肯定冷，还是给她换套新的，至少不能冷着身子。"

周老头闷闷地应了一声。

夫妻俩商量好明天要做的事，周老头就去看了一眼隔间里的满宝，见她没踢被子，就放心地回去睡下了。

一连三天都早起，满宝竟然就这么养成了早起的习惯。外面刚有动静她就醒了，然后一骨碌从床上爬起来，趴在窗口往外看。

小钱氏在院里看见，"哎哟"一声，连忙快步上前把她塞进去，然后关上窗户，隔着窗道："小姑，早上天寒呢，你衣裳也没穿好就往外探，万一凉着了怎么办？"

已经起来的钱氏就在里间喊满宝，道："老实在被子里躺着，一会儿娘给你穿衣裳。"

满宝吐了吐舌头，钻进被子里躺好。

等穿好衣服洗漱好，满宝就悄悄找到周五郎，用一大张油纸把糖果都包了起来交给他，小声道："这件事不能告诉爹娘。"

不然她没法解释这糖哪儿来的。

周五郎表示没问题，他也不想说，不然赚的钱都要被爹收走。

周五郎和周六郎没吃早食就出门了，大人们只当他们是去和周四郎一起开荒，并不知道他们往县城去了。

而周四郎早习惯了两个弟弟三天打鱼，两天晒网的行为，想想以前，他干活儿，只要不被父兄压着，他也是这样的。

所以他自己扛了锄头去荒地。

大头和大丫等懂事的去帮忙，却也就是帮着割草、捡石头，再把草和石头都抱出去垒好。

满宝也跟着去了，非常勤奋地帮着捡石头。就在她搬得正起劲时，系统里"丁零零"的声音响起，系统道："宿主，昨天收录的两种花卉研究出来了，奖励积分已到账，可以查看了。"

满宝连忙去看，发现数字变得好大了。

系统的声音有些雀跃，它道："两种花，一种叫紫藤，一种叫映山红，都是原始物种，在地球纪元时期就绝种了，但留下的基因图谱中有它们的基因，所以百科馆的科学家们才能很快确认它们的名字。这两种植物的收录意义重大，所以百科馆一次性给予宿主一千积分的奖励，除此之外，紫藤的积分奖励为三百五十，映山红为三百八十，请查收。"

满宝忍不住问："为什么它们能得这么多积分，之前我挖了那么多花花草草给你，都只有一点两点的？"

刺泡最多，却也只有五十。

系统道："积分是百科馆根据该植物的价值、稀缺程度、影响力等做出的综合评测，宿主运气很好，这两种植物在地球纪元时就已灭绝，而百科馆的科学家们曾想根据留下的基因图谱复原这两种植物，都做不到，所以宿主收录的这两种植物意义很大。

"宿主，你已达到开启商城的条件，是否开启商城？"

满宝的注意力瞬间被转移，忙不迭地点头："开呀，开呀。"

于是系统就黑屏了，但科科的声音还在：“商城开启需要一定时间，请宿主耐心等待。”

接着系统连声音都没有了。

但满宝依然很开心，她觉得浑身充满了力量。最直接的表现是，她不满足于一颗一颗石头往外搬了，她挥起自己的小手直接往外扔，偏偏她力气又不大，石头基本上就掉到她脚边不远处。

周四郎见她把大头他们好不容易堆成一堆的石子给扔得到处都是，气得大吼：“满宝！”

满宝吓得跳了一下，转身就跑。

二丫连忙去追，今天轮到她看着小姑。

二丫把嘟嘟囔囔的满宝送回家，然后就留在家里帮忙，也就扫扫院子，比在地里轻松多了。

满宝则钻进房间里和钱氏告状：“娘，刚才四哥吼我，差点把我吓死了。”

钱氏问：“你做什么事惹着他了？”

“我没做什么事啊，我在帮他呢。”满宝道，“我帮他把石头搬出去，因为太多了，我想直接扔出去算了，但他不领我的情，还吼我。”

钱氏就道：“一定是你没把石子扔出去，反而散得满地都是，那不是在给他们找事吗？活该被吼。”

满宝不服气地嘟嘴。

钱氏就道：“你还小，这种活儿不适合你，还是去学堂吧，跟着先生念书，多学一些字和数，回头可以帮家里的忙。”

满宝道：“嫂子还没去呢。”

“你嫂子是去做饭的，你是去上学的，本来就不一样，你看哪个学生是等你嫂子去做饭后才去的？”

满宝仔细想了想，还真没有，于是摇头。

钱氏说道：“这就是了，满宝，既然你已经拜了老师，那就要好好读书，才不辜负爹娘和先生对你的期望，以后你少往山上跑，早起后就去学堂念书。我已经和你嫂子说过了，以后早上一起来就给你做早食，中午你在学堂吃，也和那些公子一样，每天吃三顿。”

钱氏看着满宝，目光幽深："满宝，你不仅要聪明伶俐，也要健康平安，知道吗？"

"知道啦，知道啦，"满宝点着小脑袋道，"娘说过好多遍了，什么都比不上活着和健康。"

钱氏露出笑容，摸了摸她的脑袋笑道："这就是了，好了，快去学堂给先生道歉吧，一大早就跑出去，都是跟着你五哥、六哥野惯了的。"

满宝吐吐舌头，临时交代了一句："娘，今天五哥、六哥不回家吃早食了，让嫂子不用给他们留。"

钱氏挥了挥手道："知道了，本来就没做他们的，快去学堂吧。"

满宝觉得娘亲的眼神很平静，好像啥都知道一样，就缩着脑袋往外跑。

钱氏微微一笑，闭起眼睛念经。

她身体已经破败，走快一点都会喘气，所以基本不出大门，大部分时间是在屋子里念经祈福。

满宝跑去学堂，庄先生正在上课，看到窗户那里探出一颗熟悉的小脑袋，他就忍不住一乐，放下书，冲着那颗脑袋招手。

满宝就"噔噔"地跑进去。

庄先生笑道："今天怎么不来上早课？"

满宝心虚地低头，小声地说了声"对不起"，然后问道："先生，我以后都要和白二他们一样上早课吗？"

庄先生笑着点头："是啊，我已经收你做弟子，也和白老爷谈过了，他同意你进学，所以你也要和其他同学一起上早课才好。"

庄先生把满宝拉到身前，向同学们介绍满宝。

教室里坐的孩子，谁不认识满宝啊，大家都熟得很。

于是和满宝玩得好的就冲她挤眉弄眼，因为她个子矮，坐在前面的人还给她腾了一个位子。

也有跟她关系不好的人，虽然当着先生的面不敢做什么，但避过先生，不少人都冲她做鬼脸。白二郎最气，但满宝离他挺远，他想踹一下她的凳子都不行。

要说白二郎为什么那么讨厌满宝，那当然是因为满宝真的很讨人厌啦。

白二郎是今年年初被扔到学堂里念书的，七岁的小孩儿，正是最顽皮的时候。以前他在家里千娇万宠，他奶奶疼他，他娘爱他，他爹也总夸他，就是他哥都总是让着他。

他进了学堂怎么可能坐得住？

于是进学堂第一天，他就被打了手心。而就在他被训斥和打手心的当口，满宝的小脑袋摇摇晃晃地从窗户那里探了出来。

于是，白二郎对她的第一印象就不好。

但这不是最坏的，最坏的是，之后念书，他发现自己竟念不过一个年纪比他小，还只能蹲在窗户外偷听的小女娃。

当然，白二郎不觉得是自己笨，只觉得是满宝打扰了他。

不错，就是打扰了他，他坐在靠窗的位置，而满宝就蹲在窗外，可不就影响了他吗？

为此，他跟他爹和先生告过不少状，但都不管用。

先生给他的回答是，把他调到窗户的另一边，不让他靠窗。结果因为距离远了，他威胁不到满宝，只能隔空跟她较劲儿，成绩反而下降了。

于是，先生又把他调了回来。最可气的是，不知道先生怎么和他爹说的，他爹竟然很赞同满宝趴在窗外听课，一直不阻止。

现在更气人，满宝光明正大地登堂入室了。

白二郎气得一个上午都没听课，他的好朋友给他出主意："你不是说你有一个很讨厌的堂弟也要来上学了吗？你让他们去打架吧，不然你要是动手打满宝，先生一定会生气。"

另一个朋友也道："不错，先生好像很喜欢满宝，她又比你小，你打她，一定是你不对。对了，你堂弟几岁了？"

白二郎觉得他们想出了一个好主意，不在意地道："管他几岁呢，反正也是个讨厌鬼，让他们两个讨厌鬼打起来，最好都被先生抓住打手心。"

"那怎么样才能让他们打起来呢？"

白二郎眼珠子一转，道："下课我们一起去找虫子，明天上课前我们放到满宝的桌子上，就说是我堂弟放的，到时候他们就会打起来了。”

另外两个小朋友也觉得这个主意好。

庄先生在教《论语》了，他给满宝手抄了一本，算上之前的《千字文》，满宝一共有两本“书”了。

满宝喜滋滋的，因为是第一次坐在教室里和同学们一起上课，她特别兴奋，读书的时候扯着嗓子喊，回答问题也特别积极。

庄先生感觉得到课堂上的气氛活跃了许多，于是连着夸了满宝好几句，这让白二郎更生气了。

他决定下课后就和小伙伴们去找虫子，一定要让讨厌的堂弟和讨厌的满宝打起来才好。

只是他没想到，他还没来得及动手呢，满宝就先和他堂弟打起来了。

那是一个风和日丽的下午，其实就是今天下午下晚课的时候。

因为来上学的学生不仅有七里村的，还有附近两个村的，为了能让孩子们平安回去，庄先生都是申正时分就下课。邻村的孩子赶着回家，本村的孩子却可以和小伙伴玩一玩再回家用晚食。

满宝当然也不会回家，她把自己的书抱好，“噔噔”地往外跑。周家一向疼她，虽然学堂是在本村，但一定会叫人来接她。

今天被安排了接送任务的就是九岁的大头。

满宝往外一跑，就听到外面“哇哇”的叫声，立刻忘了要去找大侄子，直接抱着书去凑热闹。

她挤进去一看，就见她的二侄子正被一个人压在身下揍，对方面生，她没见过。

满宝怒了，生人竟敢来他们村欺负人，欺负的还是她亲侄子，叔叔能忍，姑姑也不能忍啊。

于是满宝把书一放，直接扑上去把人按倒，“哇哇”叫着就替她二侄子还手了。

白善宝刚取得阶段性胜利，还没来得及开心，就猝不及防地被按倒。

白善宝气坏了，他抬头还没来得及看清无耻的偷袭贼长什么样，就被一巴掌拍在脸上。

白善宝大怒，直接抱着身上的人翻了一个身，伸手就打。

满宝用手臂挡住，但对方力气大，她觉得自己打不过，气急之下，一把抓住对方的手臂，张嘴就咬上去。

满宝还没用力呢，白善宝察觉到疼，“哇”的一声就哭出来，声音之尖锐吓得满宝顿了一下，然后松开嘴。

见白善宝闭着眼睛“哇哇”大哭，她忍不住大声道：“别哭啦，我不咬你啦。”

白善宝此时根本听不进旁人说的话，只觉得自己被咬了，一定出血了，一定疼死了。

他“哇哇”大哭，一旁的白二郎忍不住大笑起来，嘲讽道：“真是羞，男子汉大丈夫竟然打不过一个小女孩。”

满宝虽然不喜欢这个被她揍的白白胖胖的小孩儿，但更讨厌白二郎说话的口气，于是冲白二郎挥了挥拳头道：“你敢笑话我们，小心我揍你。”

白二郎一愣，然后怒道：“你打得过我吗？”

“我打不过你，我让我大侄子打你！”

两个小孩就在一旁你一言我一语地吵起来，白善宝总算是有感觉了，他睁开眼睛，泪眼蒙眬地看着满宝，一抽一抽地撸起自己的袖子看，没看到血，这才小松一口气。

然后，他就怒气冲冲地瞪着满宝，似乎也想咬她一口。

满宝这才把注意力放回到他身上，先发制人问道：“你为什么打我侄子？”

二头先告状：“小姑，他抢我的石头。”

白善宝怒道：“明明是我先看到的，是你抢我的！”

“你不是我们村的人，我们村的石头都是我们的，不许你捡我们村的石头。”

白善宝涨红了脸，还没来得及说话，就见二头被满宝一巴掌拍在脑袋上，道：“原来你才是坏蛋，我不跟你好了。”

二头一呆，然后委屈道：“明明是他欺负我。”

“你干吗抢他的石头？”满宝道，“没主的东西，谁都可以拿，他拿了就是他的了。因为是在我们村捡的你就抢过来，那你以后去县城，路过别村的路，是不是别人也可以不让你走？”

白善宝连连点头：“没有这么不讲道理的人。”

满宝：“就是，就是。”

两个刚才还打在一起的人竟然站在了统一战线。

二头一脸委屈地看着小姑。

满宝就让他把石头还给白善宝。

二头不甘不愿地把那块特别光滑的石头给他。

白善宝接过，哼了一声，虽然满宝是在替他说话，但他依然决定不喜欢她，因为她是坏人。

白善宝瞪着大眼睛看她。

满宝就拍拍屁股起身，招呼二头回家。

白善宝没等来她的道歉，不高兴了，一把扯住她：“你还没跟我说对不起呢。”

满宝莫名其妙地问：“我为什么要跟你说对不起？”

“你打我！”

满宝：“那是因为你打我侄子。”

白善宝：“是你侄子不对。”

满宝蛮横道：“那你也不能打我侄子，我打你是因为你打我侄子，反正我就是不道歉。”

“你还是奸人，就会偷袭！”

“我才不是奸人呢，能打赢就行，你管我有没有偷袭。”

白善宝：“反正你就不对，偷袭的不是男子汉。”

满宝：“我本来就不是男子汉，我是女孩子……”

两个人越吵火气越大，最后白善宝丢下石头道：“你敢不敢光明正大地跟我打一架？”

“打就打，怕什么？”满宝伸手就去推他。

白善宝没料到她说动手就动手，火气也上来了。他比满宝高一点点，也比满宝胖一点点，被推得后退了两步，一怒，直接就抱着她扳到地上，两个人瞬间在地上打成一团。

二头惊得瞪大了眼睛，连忙撸了袖子要去帮他姑。大哥让他来接人，回去要是让爷奶、爹娘知道他让小姑跟人打架了，回头他和大哥肯定都得挨揍。

白二郎虽然很不喜欢这个突然冒出来的堂弟，但更不喜欢满宝，见二头要帮她，便也上前，于是原本两个人的打架变成了群殴。

最后不知道是谁去学堂里喊了一声，庄先生跑来了才把孩子们分开。

庄先生气得不轻，将四个孩子检查了一遍，发现二头和白二郎的脸上有点红，应该是孩子们抓的，其他问题没有。

而一旁打得似乎很激烈的满宝和白善宝却没受什么伤，就是衣服脏得不行，应该是在地上滚的。

庄先生运了运气，满宝进学堂不易，他并不想把事情闹大，但白二郎被打的事肯定瞒不住。庄先生犹豫了一下，还是把四个孩子都拎回学堂，然后让学生们回去叫两家的家长过来。

与其暗着，不如明着，这样大家心里若是有疙瘩，也好说出来解决掉。

满宝上学第一天就被叫家长了。

连身体不好的钱氏都着急忙慌地从房间里出来，在小钱氏的搀扶下赶到学堂。

白家人的速度也很快。

白老爷这一年没少被叫家长，知道自家儿子在学堂里劣迹斑斑，更知道打架他一定是打人的那一个，所以倒不急。

但一听说白善宝也参与了打架，他就坐不住了。白善宝和他儿子可不一样，那可是个宝贝疙瘩。

白老爷不敢耽搁，连忙通知了婶娘和弟妹，于是白家一家人也浩浩荡荡地来了。

两家人在学堂门口遇上了。

一边是绫罗绸缎，一边则是布衣补丁，相同的却是脸上的焦急神色。

只从人数上来比，双方是势均力敌。

但现在双方都没有打量对方的意思，钱氏和另一个似乎年龄相仿的老太太齐齐往庄先生的住处快步而去。

小钱氏扶着钱氏和对方在门口狭路相逢，钱氏虽然焦心，但还是扯着儿媳妇停了一下，让对方先行。

对方也顿了顿，见钱氏相让，她也不客气，扶着自己的儿媳妇就跨过大门，急急地往里而去。

院子里，四个小孩站成一排，而庄先生正生气地坐在椅子上，一言不发。

奔进来的两家人看到各自的孩子直挺挺地站着，偶尔还能用目光较劲，就知道没多大问题。不管是先到的婆媳俩，还是后到的婆媳俩，都同样松了一口气。

然后，她们同样无视眼巴巴看着她们的孩子，齐齐去向庄先生请罪。

孩子在学堂打架，哪怕不知道缘由，她们也先羞愧起来。

庄先生见她们知礼，脸色便缓了一点儿，然后指着四个孩子道："这四个孩子，二头且不说，另三个却是我的学生，他们能在学堂外打起来，是老夫教导得不够深刻。今日叫你们两家过来，一是让你们回去教一教孩子，二来也是告诉你们一声，接下来我会着重关切这三个孩子。对赏错罚，诸位家长也好心中有数。"

昨天庄先生去白家的时候就见过白善宝了，当时刘氏婆媳也见过庄先生，也说定了让白善宝跟着去学堂念书，所以严格意义上来说，白善宝也是庄先生的学生。

刘氏看了一眼孙子旁边那个白白嫩嫩的小姑娘，知道她就是周满，是庄先生的弟子。昨天庄先生去白家，为的就是她入学的事。

刘氏当然不相信她孙子会和这样一个软软的小姑娘打起来，所以她目光扫了一下白二郎和二头，低头问道："庄先生，不知道几个孩子是为什么打起来的？"

庄先生显然已经气过了，但此时再提，还是忍不住生气。他把手里的石头放到石桌上，沉着气道："为这一块石头。"

大家一起瞪着眼看那块石头，没看出它有什么不同，路上不到处都是吗？

白老爷率先对白二郎发难，一巴掌拍在白二郎脑袋上，怒道：“我让你不好好学习，摸什么石头，就为了一块石头，你跟堂弟打架？”

白二郎捂着脑袋道：“我才没跟他打，我是帮他的。这么一块破石头我才看不上呢，我房间里比它好看的多得是！”

白老爷就看向二头，那跟善宝打架的就是这个了。

见他跟善宝差不多大，但乡下孩子肯定力气更大，他不由得担心起来。善宝身上不会真伤着了吧，那回头婶娘估计得哭死。

刘氏也有点担心，但庄先生在这里，她不好做什么。但她儿媳妇郑氏却忍不住了，一把扯过白善宝，上下摸了摸，问道：“善宝，你伤着哪里了？”

站在一旁的满宝就冲白善宝做鬼脸，本来眼眶已经泛泪，想要大哭出声的白善宝立即不哭了，他凶狠地瞪回去，仗着有祖母和娘亲撑腰，还想伸手推满宝。

小钱氏眼疾手快地把满宝给扯过去，也抱到了怀里。

于是，两家的大人就面对面了。

一旁的二头被白老爷盯着，怕得不行，转头看见他爹也过来了，他就一头扎进他爹怀里，“哇哇”哭道：“爹、爹，我没打他，是他打我！”

白善宝也转头过去看了一眼，学着满宝的样子做了一个鬼脸：“手下败将！”

白善宝转头和他娘告状：“娘，打我的不是他，是她！”

大家顺着他的手指看到满宝，沉默了一下。

庄先生补充道：“白善打了二头，满宝就和白善打起来了，二头要帮忙，白诚就跟二头打起来了，他们四个谁都没落下。”

庄先生道：“我看孩子们就是精力太旺盛了，二头且不说，老丈把孩子带回去好好地教一教。白诚，你今晚要写二十个大字，白善、满宝，你们每人写十个大字，明天我要检查。”

白诚不甘心：“先生，为什么我写得比他们多？”

“因为你比他们年长，他们打架，你不仅不劝诫，还在一旁煽风点火，参与其中，你说你该不该罚？”

“那也不该比他们的重啊。”

庄先生淡淡地道："二十五个大字。"

白老爷就瞪着儿子，白二郎只能缩着脖子低下头。

知道跟白善宝打架的是满宝以后，刘氏和郑氏不好意思了。她们看了一眼明显比善宝矮一些、瘦一些，还是女孩儿的满宝，不好意思地笑了笑，搂着白善宝，没再提伤不伤的事。

小钱氏则悄悄地摸了摸满宝，满宝似乎觉得痒，"咯咯"笑着躲了一下。

留意观察的钱氏和小钱氏都不约而同地松了一口气，这孩子看着也不像是受伤了。

双方家长代各自的孩子认下责罚，白家的家长们还押着白二郎和白善宝给二头和满宝道歉。

没办法，白二郎比二头大，白善宝不仅比满宝大，还是男孩对女孩，白家人都觉得是自家孩子占了便宜。

而且打架的原因又是为了抢一块石头这样的小事。

但别说白二郎了，就是白善宝都犟着不肯低头，还对满宝哼哼了两声。

满宝也不甘示弱，同样瞪着他。没办法，看着两个孩子不像是能认错，为了不在庄先生面前把形象弄得更坏，白家的家长们连忙带着歉意地对周家人笑了一笑，然后便拽着自家的孩子离开，打算过后再押着孩子去道歉。

庄先生让白家人把白诚和白善带回去，留下了满宝。

他回屋拿了一沓纸给满宝，道："明天把罚写的字交上来，下次再打架就不是罚字这么简单了。"

满宝乖乖地应下，却不觉得写字是惩罚，因为他们读书本来就要写字呀。

周家人连连给庄先生鞠躬道歉，把两个孩子领了回去。

刘氏他们没走多远，稍稍回头一看就见周家人正簇拥着满宝和钱氏往回走。

郑氏也回头看了一眼，忍不住道："他们家人可真多。"

"可不是？"白老爷道，"六个儿子呢，倒不是七里村生得最多的，却是能长大成人最多的，所以他们家人丁最兴旺。”

刘氏则看了一眼扶着钱氏的满宝，道：“他们家怎么是女儿上学堂？”

白老爷就笑道：“他们家哪有钱读书，只是这小姑娘聪明，庄先生喜欢，所以收了当弟子，这才放进了学堂里。不用交束脩，就连书都是庄先生给手抄的，听说拜师的时候，庄先生还送了他们家一套笔墨砚，这就算齐了。”

郑氏听了便道：“农家人是要艰难一点。”

刘氏却道：“那说明这孩子不仅聪明，且乖巧，是个可人疼的孩子，不然庄先生也不会如此爱才。”

于是，她再度看向孙子，脸色沉了沉，回去就问他：“周家小娘子比你年纪小，还是个女孩儿，你怎么能打人家呢？”

白善宝很委屈，举起手臂道：“是她先动手的，她还咬我了呢。”

郑氏急得去撸他的袖子，见手臂光洁白滑，一点印子也没有，郑氏就收回手，看向婆母。

刘氏脸色更沉，问道：“她咬你哪里了？”

虽然手臂上没印子，但白善宝还是觉得那种感觉留着，所以指了一处道：“这里！”

刘氏就忍不住轻轻地拍桌子，怒道：“善宝，祖母从小就教你不许说谎！”

白善宝一蒙，“哇”的一声大哭，喊道：“我没说谎，她就是咬我了，不信你去问她。也是她先打我的，她还偷袭，她才是大坏蛋！”

而另一边，钱氏也在教训满宝，钱氏已经检查过，满宝没伤着，所以现在可以放心地骂她了。

“你是女孩子，有矛盾了和人好好讲道理，为什么要动手打人？”

满宝：“他在打二头。”

“那你也应该先把人分开，再问对错，怎么能动手打人呢？人家是客人，来我们村就是生客，你欺生就是无礼。”钱氏沉着脸道，“娘从小是怎么教你的？咱要做一个有礼数的人，刚才当着庄先生的面，你不仅不给人道歉，还朝人扮鬼脸，娘平时是这么教你的吗？”

满宝心里有些委屈，眼眶有些发红。

钱氏就背过身道："你不用当着我的面哭，自己去对着墙壁想一想，娘说的到底对不对。"

钱氏也抹着眼泪道："送你去学堂是让你去读书明理的，你一个女孩儿，又不能出去靠卖弄才识挣钱，也不能考官，我为什么送你去学堂？为的不就是你更知礼明理吗？如果你去学堂学的是打架斗殴，趁早回家，以后也不准再去学堂偷听了。"

满宝的泪珠成串地往下落，她心里难受得不行，扑上去抱住母亲的腿，哭道："娘，我知道错了，你别哭，别生气。"

钱氏扭着头没说话。

满宝哭得上气不接下气："我真的知道错了，你别不理我，我明天就去和他道歉……"

钱氏的脸色这才缓和了一点儿。

屋外，冯氏揪过二头的耳朵，训他："让你去接你小姑，结果你为了一块石头跟人打起来，皮痒了是不是？"

小钱氏也在揍大头："给你分派任务，你倒会偷懒，指使起你弟弟来了。他才几岁，你就让他去接小姑，今天好险你小姑没被打，要是碰上一个大孩子怎么办？"

于是外面很快鬼哭狼嚎起来，大头和二头都被打得"嗷嗷"的。

晚上，三个犯了错的孩子一起蹲在厨房里烧水。

作为惩罚，今晚的热水要他们三个来烧。

当然，作为从没下过厨房的满宝是不懂的，于是生火的是大头，看火的是二头，满宝就抱着膝盖坐在一旁思考。

其实她就是在找科科聊天，她向科科求证，她是不是真的做错了。

系统翻了不少教育类的书籍，代入满宝和二头的身份，作为长辈的满宝在面对被打的二头时，她的处理方法的确是错误的。

听科科也这么说，满宝就垮下肩膀："那明天我去和他说对不起吧，你说我给他糖吃，他会不会原谅我？"

系统道："送礼应该是送对方喜欢的东西，或许你明天可以问问对方。"

满宝觉得他说得对，于是意识从系统内退出来，一出来就看到大头和二头苦着一张脸。

满宝已经想通了，她从来都是个有错就改的好孩子，既然已经决定，那就没什么可伤心的了，于是她的精神头又回来了。

见大侄子和二侄子情绪这么低落，她就剥出两颗糖来塞进他们嘴里，安慰他们道："没事，明天大嫂、二嫂就不记得这件事了，别伤心。"

大头和二头意外得了一颗糖，当然不伤心了，精神一振，就小声和满宝道："小姑，你放心，过两天我们找个没人的地方帮你揍回去。"

满宝不开心了："原来你们还没认识到自己的错误，把糖还给我，我不给你们吃了。"

大头和二头含着糖一愣，然后立即"嘎嘣"一声把糖咬碎了，再对满宝说："已经吃了。"

满宝怒道："吐出来！"

大头和二头抓紧咀嚼，然后张开嘴让满宝看，连糖渣都没有了。

满宝生气地道："以后再不给你们糖吃了。"

还是大头机灵，他立即道："小姑，我们知道错了，以后再不打架了，也不去找那小子算账了。"

满宝这才勉为其难地原谅他们。

而白家那边，刘氏正押着白善宝跪在地上，她抹着眼泪道："你从小就聪慧，本想你能继承你父亲遗志，以后可以读书进学，光宗耀祖。可是你呢，玩物丧志不说，连基本的礼数都不懂。打架本来就不对，何况还是打一个小娘子，当着先生的面不仅不认错，还瞪人、做鬼脸……"

第二天一大早，趁着家里人忙活，周五郎和周六郎溜进屋里挟持了满宝，一人一只手将她抬到了后院，悄悄地把昨天卖糖得的钱给她："一共是四十文，算上定金正好，那傅小姐还挺喜欢吃的，说下次还和我们买呢。满宝，你能不能问一问庄先生，他的糖都在哪里买的，贵吗？"

周五郎显然想到了倒卖的主意，满宝数出二十文自己收了，把剩下的钱给他们两个人分了，道："我问过先生了，先生把那个人介绍给我了，现在我跟他是朋友。放心吧，我以后会买很多很多的糖回来给你们的。这种糖只有我们有，下次你再去卖就和她说，我们要一文钱一颗糖。”

周六郎觉得太贵了：“会不会卖不出去？”

“肯定卖得出去，傅小姐的爹是县令，你看我们每天这么多人进县城，他赚了多少了？”

周五郎觉得满宝说得有道理，还小声道：“我今天出城时和守城的士兵聊了一会儿，他们说，县令又要出新规了，以后凡是进城的，不管挎不挎篮子都要交一文钱进城费呢。”

满宝咋舌，眼珠子一转道：“那我们这样光手进城也是亏的，你们进山找一些漂亮的花吧，让二哥给你们编小竹篮，再往里头放一颗糖，一个五文地往外卖，肯定卖得出去的。”

周五郎觉得这个主意好，从她给的二十文钱里数出十文来给她，道：“满宝，你多买一点糖回来，这十文钱算我和老六出的。”

满宝一点压力也没有地接过钱，拍着小胸脯道：“没问题！”

何氏打了鸡蛋水出来，没找着满宝，就喊了一声：“满宝，你上哪儿去了？”

满宝抬起自己的两条小胳膊，周五郎和周六郎就一人一边地抬着她飞快地过去。

满宝高兴得“咯咯”笑起来，还叫道：“再快一点儿，再高一点儿。”

何氏见兄弟俩这么抬着满宝，忍不住拍了一下他们的后背，让他们赶紧把人放下来：“那么早的天儿，外头还有雾气呢，你们逗她大笑，一会儿吸了冷气病了，小心爹揍你们。”

周五郎和周六郎扔下满宝就跑了。

满宝觉得那样很好玩，替他们说情：“我觉得那样挺好的，三嫂，你快别骂他们了。”

何氏让她把鸡蛋水喝了，道：“嫂子去给你做早食了，吃过就去学堂吧，把你昨天写的大字带上。”

满宝应下，跑回去找出昨天晚上她的大作，一张黑乎乎的大纸。

这还是满宝第一次蘸墨在纸上写字，以前她都是自己用棍子在地上比画的。

既然是棍子，又长又粗的，当然是怎么方便怎么拿了。满宝不止一次地见人拿过笔，知道笔要怎么拿，但真要自己拿时还是有些难。

最主要的是，她墨研得不好，昨天折腾了好长时间才把墨研出来。

但是，她对自己的字依然自信满满。她觉得上学第一天就能写字的，唯她无谁了。

满宝欣赏了一下自己的墨宝，然后仔细地收好，夹在了两本手抄书籍中，然后便去吃早食了。

等她到学堂时，太阳已经升起来不少，不少学生都到了，到的学生自行拿书在教室里读。

满宝抱着自己的书“噔噔”地跑进去，一眼看到自己桌子前坐着一个人，正是白善宝。

满宝正想跑上去把人赶走，但想想昨天是她不对，她也已经和娘亲、科科保证会给他道歉，那就不能把人赶走了。

她只能上前和他打一个招呼。

白善宝看到满宝向他走来，立刻绷紧了脊背，小手放在自己的膝盖上。昨天晚上跪了不少时间，到现在他的膝盖都有点疼呢。

白善宝瞪着满宝，但他知道，此时祖母和母亲肯定还在隔壁先生的院子里，他不敢再动手，也不想动嘴和她吵。

谁知满宝“噔噔”地跑到这里来，对他道：“对不起，昨天我不该打你。”

白善宝：这人还是昨天他认识的那个坏人吗？

满宝见他瞪着眼睛不说话，以为他还在生气，就从兜里拿出一颗用油纸包好的糖，举到他面前道：“喏，我请你吃糖，你就不要生气了好不好？”

白善宝看着她手心的糖，没说话。

这番情景落在窗外一众人眼中就是白善宝没气度，人家小女孩都主动道歉了他还不接受。

刘氏的脸色有些难看，郑氏有点儿焦急地看着教室里的儿子。

白老爷就在一旁小声替白善宝解释：“善宝年纪还小，气性大也是有的，也有可能是不好意思和人家小姑娘说话。”

连打架都好意思，怎么会不好意思说话？

满宝见白善宝不说话，只当他是接受了，于是把油纸剥开，直接将糖塞进他的嘴里，道："这是我最喜欢吃的一种糖了，不是那么甜，也不腻，还香。"

白善宝尝到了甜味，总算是回过神来。他低头看了一眼自己面前的书，又抬头看了一眼满宝，这才轻轻地"嗯"了一声。

满宝愣了好一会儿才反应过来他是在回答她前面的问句。

满宝忍不住感叹："你的反应真慢啊。"

白善宝就哼了一声。

满宝把自己的书放到桌子上，然后就看着他。

白善宝也看着她，两个人大眼对大眼，瞪了老半天。就在外面围观的大人都忍不住要进来干涉时，满宝道："你都原谅我了，也该走了吧？"

白善宝一蒙，问道："走去哪儿？我是来读书的！"

"我也是来读书的，这个位子是我的！"

白善宝不高兴了，把手按在桌子上道："明明是我的，先生让我坐在这里的。"

满宝也把手放到桌子上，气愤道："也是先生让我坐在这里的，我比你先来，这个位子是我的！"

一旁的同学忍不住了，道："一张桌子坐两个人，你们俩一人一边，这是先生特意安排的。"

白善宝和满宝同时看向其他同学，这才发现大家还真是两个人一张桌子，于是他们齐声道："我不要和他（她）同桌。"

那个同学道："那没办法，全班就你们两个人最矮，也最小，你们不坐在一起，谁愿意跟你们坐？"

两个人又互相看了一眼，最后嘟了嘟嘴，勉为其难地接受了。

满宝坐下，把《论语》摆在桌子上，然后把《千字文》和她的作业放到一旁，这才发现桌子的一角有个盒子。

她就对白善宝道："把你的盒子拿开，这边是我的位子。"

白善宝看了一眼后道："这个盒子不是我的。"

满宝眼睛一亮，充满冒险精神地去把盒子拖过来，然后迅速地打开，就看到里面堆着十几只虫子。

满宝一呆。

白善宝也好奇地抻长脖子看了一眼，然后也一呆。两个小孩蒙了一下，然后“哇”的一声，都闭上眼睛大哭起来。

教室外面的大人们吓了一跳，同时冲进来。

第七章

庄先生的教学

不说满宝和善宝这两个孩子，就是刘氏和郑氏突然看到盒子里装着的十几条虫子也吓了一跳。她们忍不住后退了一步，然后连忙把两个孩子拉过来哄着。

庄先生的脸色很难看，目视整个教室，怒问：“谁干的？”

有三个学生一起低下了头，庄先生一看便知道。

白老爷也看到了，他就盯着他那倒霉儿子，只觉得鼻孔都要冒烟了。他喷出一口气来，撸起袖子就上前抓儿子。

白二郎“哇”的一声，吓得边哭边跑。

刘氏虽然也觉得他顽劣，却也怕白老爷把孩子打出一个好歹来，连忙拦着白老爷道：“不是什么大事，教一教就好，可别动手。”

鸡飞狗跳一阵后，三个学生一起被赶出教室罚站。

满宝哭了一阵，不觉得那么害怕了，加上科科一直在她脑海中道：“我搜索过了，这种虫子应该是传说中的菜青虫，百科馆中没有收录有原始基因的菜青虫，建议宿主收集。”

一想到这些虫子要被自己收集，满宝似乎不那么害怕了，于是睁开眼睛又去偷瞄那虫子。

刘氏看着这孩子的一双眼睛如雨后黑曜石一般闪亮，心里不由得有些喜欢，抱着她笑问："这是不害怕了？"

满宝这才发现自己被刘氏抱着，她不好意思地从刘氏怀里出来，摇头道："我不怕了。"

还有些害怕的白善宝听满宝这么说，便也从他娘的怀里出来，外强中干地跟着嚷了一句："我也不怕了。"

大人们就微微一笑。

白老爷已经快速地把盒子合起来，然后背着手放到身后，以免两个孩子看见了又害怕。

满宝的目光眼巴巴地随着转动。

她的表情太形象，以至于让白老爷有一瞬间的迟疑："你想要？"

本以为这孩子会害怕，谁知她想也不想地点头："叔叔，你把虫子送给我吧，我多看看，以后就不会怕了。"

白老爷惊讶地看着她，就是庄先生也忍不住激动起来，一脸欣慰地看着这唯一的弟子。

庄先生揪着胡子，眼中带笑，忍不住一连说了好几声"好"，然后看向白老爷，笑道："白老爷就给她吧。"

看着这明显比自家二儿子还要小好几岁的小女娃，白老爷嫉妒得眼睛都红了，多好的一个孩子啊。

可惜了，是个女娃。

更可惜，不是自家的孩子。

刘氏也忍不住惊了一下，再次看了一眼满宝和孙子的座位，满意起来。

本来她还觉得让孙子跟一个小女孩同桌不好，但考虑到孙子年纪最小，又是后来的生人，跟别的大孩子同桌会被欺负，这才同意庄先生的安排的。

可现在不一样了，她很满意孙子的这个同桌。

于是，她把两个孩子的小手拉在一起，叮嘱两个人道："你们是同学，还是同桌，关系比一般的同学要更好。同学如手足，更何况你们呢？"

刘氏笑道："以后你们要互相学习，互相激励，友爱谦和，可不要再打架了。"

刘氏说话温温柔柔的，和她娘一样，满宝丝毫没犹豫就点了头，还向她保证："婶婶，你放心，我会照顾他的，不叫他被人欺负。"

白善宝不乐意了："我比你大，应该是我照顾你才对。"

刘氏愣了一下后笑道："好好好，就应该像这样。不过满宝，你应该和善宝一起叫我奶奶，这才是你婶婶呢。"

满宝看了一眼郑氏，摇头道："她不像婶婶，像嫂子。"

郑氏忍不住抿唇而笑，哪个女人听到一个小女孩把自己叫小，会不开心呢？

刘氏已经知道满宝兄长多，昨天也见过她娘和嫂子了，的确，她娘和她年纪差不多。

但辈分不是这么论的。

刘氏笑着道："你和善宝是同桌，那就是同辈，自然是跟着善宝一起叫，善宝的母亲是你婶婶，祖母也是你祖母，不信你问先生是不是这样论？"

满宝就看向庄先生。

庄先生颔首。

满宝还是第一次看到这样年轻的婶婶和奶奶，要知道她爹的辈分本来就高，她又是老来女，基本上村子里能被她叫奶奶的，都是已经老得只能拄拐杖的老婆婆，跟她娘差不多的则是婶子，和她嫂子们差不多的，不是嫂子就是侄媳妇。

刘氏和郑氏生活无忧，保养得又好，看着比她娘、她嫂子们还要年轻呢。

但她一向想得开，见先生都点头了，她就很干脆地改了称呼，"奶奶、婶婶"地叫了一通。

然后，她喜滋滋地从白老爷手里接过盒子。

虽然心里还是有点儿害怕，但想到科科的科普，她又不那么怕了。

科科正在她的脑子里反复念叨："我查过了，百科馆中的记载是，菜青虫是菜粉蝶的幼虫，知道蝴蝶吗？等它长大就变成蝴蝶了。"

一听它这么说，满宝就更没那么害怕了。

察觉到宿主的心跳和肾上腺素渐渐趋于正常，科科这才继续科普：“菜青虫主要以菜叶为食物，2龄前仅啃食叶肉，留下一层透明表皮，3龄后蚕食叶片孔洞或缺刻，严重时叶片全部被吃光，只残留粗叶脉和叶柄，造成绝产。因此在地球纪元二十世纪末期和二十一世纪整个世纪，为了防止蔬菜虫病，有菜农大量使用杀虫农药，造成农药泛滥，菜青虫也慢慢绝迹……”

系统也不管满宝有没有听懂，反正就照着念了一遍，然后道：“菜青虫还可以做成鸡鸭的饲料，补充其蛋白质，使鸡鸭更喜下蛋。”

系统道：“这都是有根据的记载。”

满宝“哇”了一声，道：“那我把它们给家里的母鸡吃，那母鸡是不是能天天下蛋了？”

系统道：“有可能。”

满宝对虫子的热情这才浓了一点。

看先生不在，她就悄悄打开一点盒子看它们。

一旁的白善宝抖了一下，但还是忍不住去看她的动作。

满宝偷看了一眼，小心脏颤了颤，又把盒子给盖上了。

白善宝见了，总算是开心起来，精神一振，鄙视地看了她一眼，道：“胆小鬼，你还说不怕呢。”

满宝就把盒子推给他，道：“有本事你来看。”

“看就看，谁怕谁啊。”白善宝虽然也小脸白白，但为了不在满宝面前落下风，便颤抖着手打开了盒子。看了一眼后，他就别过头，嘴硬道，“我可不是怕它，是它长得太丑了，我不喜欢看。”

满宝觉得他说得太对了，连连点头道：“是啊，是啊，我也觉得它太丑了，看多了伤眼。”

两个小孩对视一眼，都认可了对方的说辞，然后一起扭头看了一眼盒子里的虫子，再把头转开，再去看一眼，再转开……

白老爷在窗外看着这一幕，再看一眼低着头假装自己很老实的儿子，脚动了一下，但看庄先生在前，他忍住了动作没踢出去。

庄先生虽然也打学生的手板，却不认同家长打孩子，尤其是白老爷的这种打法。眼看白老爷看白二郎的目光越来越不善，庄先生便示意家长们离开，他要开始上课了。

白老爷暗暗瞪了小儿子一眼，低声告诫了他一声，便请刘氏和郑氏一同离开。

七里村虽在山坳里，进出困难，但风景极好。

白老爷也是读书人，当初建学堂时特意选了这处风景极好的地方，面水望山，极其漂亮。

虽然秋景萧瑟，但这里依然林木茂密，路边还盛放着不少野花，点缀得甚是漂亮。

刘氏沿着河岸慢慢往白家大宅而去，神情颇为愉悦，她扭头对白老爷说："这地方可真是人杰地灵。"

白老爷知道婶娘说的是满宝，摸着胡子笑道："婶娘别看这是穷山沟，其实好东西、好人多着呢，以后您且看着吧。"

刘氏点头："那孩子小小年纪就知道知难而上，明明恐惧，却还知道去克服，我只希望以后善宝也能学到她这点。"

刘氏有些惋惜："可惜了，她是个女娃。对了，她家兄弟、子侄多，怎么就没有一个庄先生看得上眼的？"

白老爷虽然很少到村里走动，但村里的事情还是知道的。他笑道："周家的灵秀恐怕都长在了这孩子身上。"

刘氏回想了一下昨天见到的周家人，点了点头，笑道："昨天见到的周太太倒像是个贤惠之人。"

白老爷回想了一下管家和他提起的周家，不太确定地道："或许吧，倒是说他家的老大、老三很勤勉，老二倒是有两分机灵劲儿，常到集市上做些小买卖。"

两个人边说边回家。

而学堂那边，满宝和善宝已经把虫子收了起来，开始拿出自己的书跟着先生读书。

白善宝本来想在读书上碾压对方，于是一开局就大声地朗诵，虽然还带着一点奶音，却是全班读得最大声的。

满宝最喜欢凑热闹，见同桌读得大声，她也扯了嗓子跟着读起来，两个小屁孩摇头晃脑的样子特别可爱。

至少站在台上的庄先生就特别满意，眼睛里都盛着笑意，来回地摸着胡子，欣慰地跟着摇头读起来。

班里其他学生被两个人带着也放开了嗓子读，比以往认真了许多，就连已经学完《论语》的大孩子都忍不住回过头跟着两个人念《论语》。

站在教室外面的白二郎忍不住扭头看了一眼屋里的两个小孩，鼻子喷火一样地哼了一声。

跟他一样被罚站的两个同学也好奇地往里看了一眼，凑到老大身边道："二郎哥，你堂弟怎么也会读《论语》了，他不是刚上学吗？"

白二郎就嘀咕道："所以我才最讨厌他，他才两岁就启蒙了。我祖母说，他不仅会背诗三百，《千字文》和《论语》也都背下来了。他才来，我祖母就把我最喜欢吃的红烧肉给他吃。总之，他跟满宝一样讨厌。哼，会读书了不起吗？"

"就是，就是，我们打架比他厉害，不然等下午下课，我们在路上堵他，把他打一顿给你出气吧。"

白二郎有些犹豫："我爹要是知道了，肯定揍我。"

"我们偷偷的，我听我大哥说，要不想让被打的人知道是谁打的自己，只要套上麻袋就行。"

白二郎眼珠子转了转，小声道："我们去哪儿找麻袋？"

"我家就有，不过我也不能跑回家拿呀，你家比我家近。"

"那就明天，"另一个人道，"明天我们带麻袋过来，最好连满宝一起套了。"

"这样不好吧，"白二郎皱眉道，"她是个女娃，用虫子吓唬吓唬就行，男子汉大丈夫怎么能打女娃呢？"

另一个人也觉得打女娃太丢脸，不赞同这个提议，于是提议被搁浅了。

白善宝和满宝比着声高，总之你前一句压住我了，我后一句就要压过你。

庄先生笑眯眯地看了好一会儿，才敲了敲两个人的桌子，叮嘱道："声音小一些，读书也有技巧，不然明天嗓子要说不出话来了。"

庄先生示意大家都停下，让小一点的学生们把书都拿出来，开始教新的课文，让他们知道这一篇怎么读以后就让他们先读熟，待会儿上课再讲其含义。

交代完，庄先生便又去看大一点的学生。

其实年龄稍大的这一拨就五个学生而已。

白善宝看了一眼满宝，自己默默地在一旁默读。

满宝也认真地读着，她记性向来好，读过两三遍基本就记住了。但她不知道是什么意思，于是左右张望起来。

要是以前，她就直接问科科了。但现在身旁坐着一个人，她觉得与其在心里和科科说话，还不如用嘴和别人说话呢。

通过嘴说出来的话，“嘚啵嘚啵”的，特别好听。

于是，她把自己手抄的课本往白善宝跟前一推，问道：“你知道这句话是什么意思吗？”

白善宝看了一眼，正好以前他跟着祖母学过，就骄傲地道：“当然知道，你不知道吗？”

“我不知道啊，先生还没来得及讲呢。”满宝理所当然地道，“但是我现在就想知道，你能告诉我吗？”

白善宝扭头看着她，觉得被她的目光看得很舒服，于是他就勉为其难地告诉她：“其实就是孔子的两个弟子在说话，子禽问子贡，老师每到一个地方就会听到那个国家的政事，是他求人告诉他的，还是别人主动告诉他的……”

这是《学而》中的一篇，白善宝早背得滚瓜烂熟，含义祖母也给他说过，他都记下了。

满宝听得津津有味，道：“这个故事我没听过，真好听。要是以后我也能和孔子一样到各个国家去走一走，还有人主动把故事说给我听就好啦。”

白善宝就道：“那你得跟孔子一样厉害才行，子贡说，孔子老师温、良、恭、俭、让，大家才愿意和他分享故事。”

满宝自信满满道：“我一定也可以的。对了，什么是‘温、良、恭、俭’？‘让’我知道，就是要谦让对不对？”

白善宝鄙视她：“你连是什么都不知道，就说自己能做到，说大话的孩子不是好孩子。”

“你知道什么，科科说了，做事之前要先设立目标，那样才好做计划，那目标当然是设得越大越好啦。”

系统有些无语。

白善宝眼珠子转了转，怀疑地问："真的？"

满宝狠狠地点头："当然是真的了。"

"那……那我以后要做大官，比我爹还大的官，我才不想做和我爹一样的官呢。"

满宝"哇"了一声，兴致勃勃地问："你爹是什么官？"

白善宝有些骄傲，却又带了两分矜持地道："我爹是县令。"

满宝对县令的感觉可不好，她道："县令都不是好人，他们总是收我们的钱。"

白善宝不高兴了："我爹是好官，还得了朝廷的嘉奖呢。"

庄先生才一进教室就听到两个小孩说的话，他皱了皱眉，小小年纪，怎么就妄议朝政了呢？

两个破小孩儿知道县令是干什么的吗？

庄先生把两个孩子叫到院子里说话。

白善宝本来还有点忐忑，因为以他的经验来看，被先生单独叫出去都不会有好事儿。

但满宝不一样，相比坐在课堂里听课，她更习惯与庄先生坐在院子里读书、说话。

于是，她非常欢快地跟着去了。

见满宝一脸高兴，白善宝就觉得应该不是坏事，于是也放松心情过去了。

庄先生在石凳上坐下，把两个孩子招到跟前来，问道："你们刚才在说什么？"

白善宝低下头，在他看来，先生这句话是责问，是在斥责他们在课堂上说话。

但满宝不这么觉得，听见先生问，她就高兴地把他们说的话一五一十地告诉他，还问了一句："先生，县令也有好的吗？"

庄先生不由得问她："你怎么会觉得县令是坏的呢？"

满宝就把前天她去县城，入城要多交一文钱的事说了，还说了她五哥从县城那里打听回来的消息，过一段时间，连行人入城都要交入城费了。

所以她觉得县令都是坏的，只会从他们老百姓手里拿钱。

庄先生沉默了一会儿，问道："你们知道县令是做什么的吗？"

白善宝看看满宝，又看看先生，觉得庄先生和以前的先生不一样，于是也不尿了，抢答道："县令就是一县父母官，管老百姓的。"

庄先生就摸了摸胡子，笑问："还有呢？"

白善宝本来就不是个老实孩子，他要是老实，以前在族学里也不会经常被先生叫出去了，昨天更做不出当着先生、家长的面朝满宝做鬼脸。

所以庄先生这一鼓励，加上有满宝在一旁做示例，他便与她一起抢答。

满宝道："收入城费的！"

白善宝道："判案的。"

满宝道："收粮税的，我家前不久刚交了税粮。"

也是那一次，周四郎跟着村里的人一起押送粮食去县城，于是沾上了赌博。

白善宝则道："还有抓贼的，给老百姓做主的。"

白善宝偏头想了想，挠了挠脑袋又道："还要劝老百姓播种粮食，种桑养蚕。"

满宝就说他："你可真傻，我们家就是种地的，到了时候自己就会种了，还要县令来劝吗？"

"要的，不信你问先生。我祖母说了，做县令要劝课农桑，我父亲就是去劝课农桑遇上了匪徒才死的。"

庄先生没想到白善宝还是烈士之后，神情更加温和。他伸手摸了一下白善宝的脑袋，道："你们认定的都是自己看到的表象而已，这是不对的。"

两个孩子都有些懵懂。

看到两个孩子迷茫的目光，庄先生的千言万语都被堵住。两个孩子还小呢，即使他说了，他们也未必能理解。

庄先生沉思，垂着双眸也不知道在想什么。

两个孩子就安静地等着，许久不见他说话，满宝就挠了挠脑袋，左右摇晃着身体，一不小心就碰到了白善宝。

白善宝看了一眼先生，就用小身板撞回去。

满宝差点摔倒，眨眨眼，便也撞了回去。

两个孩子似乎较劲较出了兴趣，趁着庄先生不注意，两个小身体就挨在一起，你用力地推我，我也用力地推你。

庄先生还在沉思，一眼看到不远处的蚂蚁窝，瞬间有了主意，一抬头见两个孩子正你挤我推，不由得头疼地轻咳一声。

满宝和白善宝瞬间站好，结果因为白善宝收力比较快，满宝慢了一点儿，直接撞过去，一把将白善宝撞到地上。

两个孩子滚作一团，庄先生还怕他们哭，结果他们骨碌一下从地上爬起来站好了。

庄先生又好笑又好气，就冲两个人招手："过来。"

两个人上前，庄先生就指了地上的蚂蚁给他们看："这是什么？"

两个孩子抢答："蚂蚁！"

"对，这是蚂蚁，那你们说它是好的还是坏的？"

两个孩子呆住了："蚂蚁还分好坏呀？"

"你们把县令都分了好坏，蚂蚁怎么就不能分好坏了？"

满宝就道："那它是坏的，因为它跟我们抢饭吃。你看，它们正运送米饭呢，肯定是偷来的。"

白善宝点头。

庄先生就大笑起来，问道："那我现在不问你们蚂蚁是好还是坏，我就问你们看到了什么。"

白善宝道："它们在排队搬东西。"

满宝没少玩蚂蚁，于是知道得比他多一点儿，道："蚂蚁搬家要下雨。"

庄先生就问她："你怎么知道蚂蚁搬家要下雨？你看到雨来了吗？"

两个孩子抬头看了一下天上的大太阳，同时摇头，但满宝坚持："我娘说的，蚂蚁搬家就是要下雨了。"

庄先生颔首："那我们就看看今天会不会下雨。"

白善宝悄悄对她说："太阳这么大，怎么会下雨？"

满宝也迟疑起来，因为这是娘亲他们常挂在嘴边的话，所以她便记住了，但以前还真没仔细留意过，是不是蚂蚁搬家就一定会下雨。

庄先生没有和他们说太多，他是有许多的道理要说，却也要两个孩子能听得懂，听得进去。

反正两个孩子还小，他有大把的时间说给他们听，所以庄先生并不心急。

庄先生转而考校起白善宝的功课来，因为白善宝是新来的，他得摸清楚白善宝的进度才好安排对方的课程。

白善宝已经把《论语》都背下来了，只是后半部分的含义还没学。

庄先生问了一下，知道他是跟以前的先生和刘氏学的，满意地点头，让两个小孩回去听课。

满宝第一次觉得有小孩儿比她还厉害，跟在白善宝身边道："你念书比我还快，我一岁就开始读书了，刚会《千字文》而已。"

白善宝就觉得她果然比较笨，道："我两岁开始读书，只用三个月就把《千字文》给背下来了。"

当然，白善宝没告诉她，他只是背下来而已，并不认识字，一直到三岁才开始对着课本认字，写字。

因为有了一个聪明的同桌，满宝为了不落后，上课的时候特别认真地听课，还特别爱动脑筋，于是产生了许多问题。

比如，庄先生解释了一下温、良、恭、俭、让的含义，就是：温和、正直、庄重、节俭和谦让。

于是，满宝就问："怎样的行为称得上温和、正直、庄重、节俭和谦让呢？"

因为她想了想，觉得自己五项都符合，那她现在是不是就是圣人了？

看着大言不惭的弟子，庄先生还没来得及说话，一旁的白善宝就插嘴了："别的不说，你正直、温和、庄重和谦让就不符合。"

白善宝道："你昨天偏帮你侄子，是不正直；你和我打架，是不温和、不庄重；你还咬我，跟谦让更搭不上了。"

满宝瞪眼："那我也不能让你欺负我侄子和我呀，我是要做孔夫子那样的圣人，又不是要做傻瓜。"

眼见着两个孩子又要吵起来，庄先生就敲了敲桌子道："你们两个还听不听课了？"

白善宝和满宝这才正襟危坐，乖乖地把手放在膝盖上，仰着脑袋听庄先生讲课。

庄先生这才列举了一些孔子的事例，以佐证他是如何温良恭俭让的。

一个上午，他们这边也就上一堂课而已，庄先生让他们自行认字和默诵，然后便去教一旁大一点的学生。

系统虽然看过很多次了，但还是忍不住赞叹起古人的智慧，以教育资源论，古代远落后于未来。

可偏偏就是这么落后的时代，先生学识之渊博，因材施教的兼顾是未来很多年代都比不上的。

尤其是后来八股文盛行，直接统一了文制，使得教育开始变得千篇一律。

自然，这些话系统都没有和满宝说，而是静静地看着她和白善宝吹牛，说她已经把刚刚的课文背下来了，并且把先生教的经义也记住了。

白善宝哼哼道："我早就背下来了，也早就记住了，我全篇都背下来了。"

感受到了白善宝的骄傲，满宝斗志满满："我以后会超过你的。"

满宝不只是说说而已，她还那么做了。她重新把合起来的课本打开，开始看后面的问篇。

她已经认得很多字了，所以自己就能读下来。

何况庄先生给她抄这本书时是断好了句的，她还省了自己断句，直接就摇头晃脑地读下去。

第一遍很晦涩，第二遍不再卡壳，第三遍就通顺多了，再读上一遍，满宝就能磕磕巴巴地背出来。

满宝自信满满，觉得记住了，就翻开下一篇继续背。不一会儿工夫，满宝就背下三四篇课文了。

白善宝惊讶得张大了嘴巴，没空再偷偷摸摸地去玩了，也连忙打开书背起来。

他可不能被她比下去。

中午钟声一响，孩子们就“呼啦啦”地跑出去，拿了各自的大碗跑去厨房排队打吃的。

满宝年龄小、腿短，跑到了后面。而白善宝因为是第一天来，还有些不习惯，等大家都跑出去了还有点反应不过来。

还是跑到门口的满宝察觉到不对，转身把他的大碗找出来，拉着他一起去的。

所以两个年龄最小的排在了最后面。

不过满宝一点儿也不担心，还特别自豪地对白善宝说：“做饭、打菜的是我大嫂，你跟着我，一定能吃到更多。”

本来白善宝并不觉得这有什么好骄傲的，但听满宝这么说，又见她这么自豪，便也不由得有些羡慕。

果然，轮到他们两个人时，小钱氏对两个人笑笑，然后给他们盛了许多菜。

学生们可以回教室吃饭，但大多学生并不爱回去，他们更喜欢在院子里站着吃、坐着吃，有的甚至还跑到路对面的草丛里边玩边吃。

白善宝便也跟着蹲在满宝身边扒饭吃，觉得学堂的饭菜还是挺美味的，反正他是吃得津津有味的。

吃过饭，学生们可以在学堂附近玩一玩，当然，不能靠近河边。每天这个时候，庄先生都会坐在院门前看着，谁要是靠近河边，不仅会被打手心，还要被罚背书和写字。

所以，虽然大家看着不远处的河流很是心动，但到目前为止，还没哪个学生胆大包天地跑到河边去玩。

满宝当然也不会去，她跑回去把装虫子的盒子拿来，要和白善宝一起练胆。她已经决定了，等这些虫子在她这儿没作用了，再把它们送给科科。

科科有些无语。

然后，满宝和善宝就把这十几条虫子给玩死了。

满宝有些不好意思，决定把虫子带回去给鸡吃，让它们多下蛋，以后她再给科科捉一些。

满宝是这么想的，也是这么和科科说的。

系统能怎么办呢？它只能答应啊，总不能押着满宝去给它捉虫子吧？

于是，白善宝和满宝就约定好明天一起去捉虫子。

两个孩子一致觉得，他们已经不害怕虫子了，既然这样，当然要去捉虫子啦。最关键的是，被丢了虫子，他们怎么能不丢回去呢？

两个人好似忘了昨天打架的事，计划好明天要做的事，都隐晦地看了一眼正在教室里高谈阔论的白二郎。

白善宝还向满宝告状：“他特别坏，我一来，他就要抢我的木马，我不给他，他就在地上打滚。”

满宝好奇地问：“后来呢，你娘给他了吗？”

“没给，”白善宝仰着小脑袋，骄傲地道，“我祖母要给的，所以我也打滚了，然后他被堂叔打了一顿，哼！”

中午还是艳阳高照，但下午快下课时，天上就开始乌云密布了。

满宝和白善宝趴在桌子上往外看了一眼，都有点兴奋，蚂蚁搬家真的会下雨。

庄先生也看到了，下课后让学生们留在教室里，等家里人来接，然后把满宝和白善宝带到隔壁他住的院子里。

他把两个孩子领到书房，道：“你们早上看到的是蚂蚁搬家，现在看到了什么？”

满宝道：“下雨啦，蚂蚁搬家会下雨。”

庄先生就笑道：“傻孩子，你们把顺序弄反了，不是蚂蚁搬家就会下雨，而是天要下雨了，蚂蚁才要搬家，把自己的家搬到安全的地方，人类看见了，便知道天要下雨了。”

庄先生说得慢，两个小孩扳着手指来回算了一下，发现还真对，于是点头。

庄先生指着外面的雨帘继续问：“你们现在看到的是什么？”

两个小孩异口同声：“下雨啊。”

“这些都是表象。”庄先生道，“满宝，你父母与你说过蚂蚁搬家会下雨，所以你就认定了蚂蚁搬家会下雨。善宝，你从没听说过这样的话，所以看到的只是蚂蚁搬家。但你们知道老师看到蚂蚁会想到什么吗？”

两个孩子摇头。

“老师不仅会想到天快要下雨了，还会想，原来我家的屋宇下有这么多的蚂蚁。还有白蚁，会啃噬房屋、家具，家里要开始防治虫蚁。我还会想，千里之堤，溃于蚁穴……”庄先生细细地和他们说起这些昆虫来。

满宝和白善宝听得一愣一愣的，哪里知道小小的白蚁不仅会把一棵大树啃死，还能把一栋房屋蛀空，可以把千里的堤坝毁于一旦。

庄先生说完了这些昆虫又说外面的秋雨，告诉他们，他们现在看到的只是一场雨，但在不同的人眼里，这场秋雨有着不一样的含义。

对于他们这些孩子来说，秋雨只是把他们暂时禁锢在了学堂里。但对农人来说，这场秋雨落下来，意味着他们可以开始犁地、沤草，为来年的耕种做准备了。

而对要出门的人来说，这场秋雨却是坏处大于益处，他们因为这雨不知道要耽误多少时间。

庄先生细细地和两个孩子说这些，似乎天马行空不相干，但话锋一转又回到了县令的问题上。

“早上，我问你们县令是干什么的，你们说的也是你们眼睛看到的、耳朵听来的最直观的印象，但其实你们说得都不全。”庄先生道，“有时候你们眼睛所见、耳朵所听未必就是你们心中所思的那样，你们得多看看，多听听，也要多思考。如果心中有太多情绪，那就暂缓下来，先不要下定论，待时间过去一点儿，你们足够冷静时再想这些事，或许会有不一样的收获。”

两个孩子听懂了一点，但还不是特别明白。庄先生也没让他们现在就明白，而是让他们记住他说的话，以后等该明白的时候他们就会明白的。

说着话，白家和周家来接两个孩子的都到了，满宝和白善宝跟先生辞别，两个人手拉着手冒雨跑出去，身上淋到了雨，开心得不得了。两个孩子跑出去的时候还特意找有水坑的地方踩，把水踩得四处飞溅，两个人就越发高兴。

院子外陆续响起两家大人的告诫和呵斥，两个孩子一边把水踩得“啪啪”响，一边往各自的家人那边跑去。

庄先生站在门口看着，一下又一下地摸着胡子，心里却在思考满宝说的话。

县令要加重入城费，这次又是为了什么呢？

庄先生知道的自然比周家人要多。其实早在三年前，傅县令刚来罗江县时就加过一次入城费，不仅如此，赋役捐都有所加重。然后傅县令在两年内修好了一段官道，加固了罗江堤坝，还给县郭挖了一条水渠。

县令三年一届任期，今年傅县令没调走，说明他还要在此任职一届。可就是不知道他这次是想做什么政事，或是什么都不做。

庄先生是有些忧心的，但这些问题显然是不能和两个孩子说的。

满宝被冯氏抱回家，一回到家就去厨房里打热水给她洗澡。没办法，这孩子去踩水，不仅鞋子湿了，裤子也湿了不少。

钱氏一边摸她的小手，一边骂她："真是越来越不省心了，怎么觉得你去了学堂更调皮了呢？"

满宝道："白善宝也踩水了。"

"他是他，你是你，说不定他还是跟你学的呢。你是去学好的，不是去学坏，更不是去教坏别的孩子的。"

满宝就叹气："好吧，我以后不踩水就是了。"

孩子的保证就跟七月的天一样不可信。

钱氏让冯氏给她洗了澡，又给她灌了一碗热水，就让她去玩了，只是叮嘱："不能出去踩水淋雨，不然明天我就不许你去读书了。"

满宝正是热爱学习的时候，怎么可能舍得不去读书？

于是，她只能坐在堂屋里等着她哥哥们回来。

周四郎和两个弟弟在树下躲雨，等雨没有很大时才跑回来，只是身上也湿了。

周五郎他们今天帮忙去开荒，顺便砍了不少竹子，然后一回来就给幺妹使眼色。

满宝明白，等周二郎回来就去缠着他帮忙编花篮。

之前满宝的花篮赚了不少钱，周二郎嘴上虽不说，但其实是很心动的。可他最近要忙的事也多，抽不开身，见满宝问，立即知道是老五、老六的主意，便也不推辞，道："让老五、老六把竹条削好，我回来就给他们编。"

就连周老头都难得地道："等我从地里回来也帮你们编。"

想了想，他觉得老四开荒太不靠谱，迟疑道："要不让老四别去开荒了，山脚下那块地，开出来养上两年也未必能肥起来，何必呢？还是在家里帮忙干点活儿更实在。"

周四郎精神一振，想要点头。

奈何满宝不答应啊，满宝道："爹，四哥不听话，那是惩罚。先生说，朝令夕改是大忌，以后四哥觉得做错事也没啥怎么办？"

"他敢，看我不打死他！"

满宝鄙视她爹："你肯定打不死四哥，不然你得多伤心啊。"

周老头被噎得不行，挥手道："行，让你四哥继续开荒吧。你五哥、六哥就看看能不能把花篮生意长长久久地做下去。"

周四郎蹲在满宝身边一再叹息："幺妹，四哥是不是得罪过你？"

满宝点头："你得罪了咱全家人。"

周四郎沉默了老半晌，道："我说我真的改过来了，你信吗？"

虽然内心不信，但满宝还是点头："我信，所以四哥，你要努力把欠家里和哥哥、嫂子的钱还了。"

周四郎垮下肩膀："种地不挣钱。"

满宝不赞同："好多人都种地的，爹娘种地，哥哥嫂子种地，白老爷家也是种地的呢。"

"那都是好地。"

"往前几百年，几千年，几万年，地都是一样的，不都是靠人养出来的吗？"满宝已经问过科科了，很有信心，安慰周四郎道，"放心吧四哥，你先把地开出来，到时候我带着五哥、六哥帮你一起养地。将来我和爹说，你开出来的地都分给你，钱可以慢慢挣，你还不了，还有你儿子呢。"

周四郎被噎了一下。

满宝都给他计划好了，道："虽然你儿子要替你还债，但他分家也比大头他们多得了一份地，他肯定愿意的。其实我还想让大头他们自己去开一份地呢，这样以后他们有了子孙也可以传下去。"

周四郎："满宝，你想得真多。"

满宝："那是当然，先生说了，人要想得长远，不能只看到眼前的东西。我刚才都想到了，白老爷家为什么有钱？"

周四郎："因为他们家地多。"

"是啊，因为他们家地多，多到可以雇好多好多人帮他种地，他只要躺在家里数钱就行。"满宝野心勃勃，"如果我们家也有很多很多地，那是不是也能成白老爷这样的人？"

周四郎转身就走。

满宝还特别热情地挽留他："四哥，你别走啊，我话还没说完呢。"

周四郎已经不想理她了。

开荒很累，几乎都是力气活儿，每天一回到家，周四郎就想坐在地上不动弹，吃过饭简单地冲一个澡，天还没黑就躺到床上去了。

周四郎摸了摸酸痛的肩膀和腰背，第一次流下了悔恨的泪水，他是真的知道错了。

周四郎在屋里抹着眼泪，满宝则趁着天还没黑，把小伙伴们都召集过来教他们识字。

周五郎和周六郎也好奇地挤上去围观。

满宝最先教他们的是他们县乡村的名字，然后是他们各自的名字。她道："这是先生教我的，说我要背熟了，要是不小心走丢或被人抢走了，也能记得自己家在哪里，叫什么名字。"

冯氏忍不住"呸呸呸"几声，道："童言无忌，大风吹去。小姑，你可别瞎说，你怎么可能走丢呢？"

小钱氏却道："这个法子是不错，赶紧让孩子们都记下来。老五、老六也记，你们以后要自己去县城，可别走丢了。"

"大嫂，老五和老六都是半大小子了，谁还抢啊？"

"那可说不准，"小钱氏道，"现在是太平年月，哪儿都要人呢，万一就有狗胆包天的，把老五、老六他们抓走做苦力了呢？这样的事又不是没有过。"

冯氏惊讶："有过这样的事啊？"

"那可不，"小钱氏见小姑蹦到了自己跟前，眼睛亮亮地看着自己，就知道她喜欢听这样的故事，便笑道，"那是我小时候的事了，说是我们村的两兄弟，一个二十好几了，一个刚成年，兄弟俩上县城里找活儿，跟同村的落单了，结果被人抓走了，家里人都当他们死了。过了好几年，弟弟活着回来了，那人都不成人形了，说是被人关在一个石场里凿石，每天就给一个馍，很多人都被活活累死和饿死了。不然你们以为呢，怎么每次去县城，都要兄弟好几个一起结伴走？都是以前的事闹的。”

满宝就看向五哥和六哥，纠结起来：“五哥、六哥，你们别去县城了吧。”

周五郎和周六郎心里都有点发毛，不过想到那丰厚的利润，他们没舍得同意。

周老头在一旁抽了一管旱烟，道：“老二，明早你带老五、老六走一趟，教教他们这走路的规矩。”

周二郎应了一声。

满宝就好奇地问她爹：“爹，走路还有规矩啊？”

“那是，明儿等你五哥回来了，让他告诉你。”

满宝就期待不已。

几人都是第一次识字，当然不可能认识太多字，所以满宝只教他们“七里村”三个字而已。

大家一起拿着棍条在地上比画，小钱氏三妯娌见几个孩子难得地在晚食之后没有跑出去玩，也欣慰地笑了笑。

小钱氏和冯氏正想叫大丫和二丫去洗碗，转身见她们正蹲在地上画得认真。犹豫了一下，小钱氏还是拉着冯氏道：“算了，我们洗算了，让他们姑侄几个一块儿玩吧。”

以往洗碗这类的活儿都是大丫和二丫干的，冯氏虽然不太高兴多了一个活儿，但看了高兴的女儿一眼，还是点头答应了。

算了，学几个字，至少不至于连家住哪里都不知道。

满宝教得认真，学生们也学得认真，等天黑得大家看不太清楚了时，满宝就丢了棍子，大家一起玩起游戏来。

周家很少有人会问满宝在学堂里学了什么，因为说了他们也不懂。每天满宝回家，他们只问她有没有被欺负，知道没被欺负后也就不再多问了。

至于满宝在学堂里学习怎么样，那还用说吗？

那肯定是很好的，在周家上下一众人心中，整个七里村，还有比他们幺妹（小姑）更聪明的人吗？

没见庄先生宁愿不要束脩也要收她做弟子吗？

周家人很放心，但白家人对白善宝却是另一种心态。

白善宝刚回到家，屁股还没坐下呢，就被娘亲郑氏拉去摸了一遍。先是问他今天有没有打架，得到否定答案后，郑氏就问他有没有欺负人，再次被否定后才问他有没有被人欺负，得知也没有，郑氏这才松了一口气。至于儿子专门踩水坑，把鞋子、裤子都踩湿了的事，那都是小事了。

她让下人把儿子带下去洗澡换衣服，又灌了他一碗姜汤，这才带着他去见婆母。

刘氏问了一下他今天都学了什么。

白善宝对于应付祖母很有经验，只把庄先生和他们说话上课的内容告诉祖母，并没说他和满宝打算捉虫子吓唬二堂哥的事。

刘氏用脚趾想都知道孙子在学堂不可能那么老实，何况庄先生还破天荒地提起县令之责来。

这肯定不会没有缘由，不过她没有问太多，而是招手叫过孙子，告诉他，什么是县令，县令要做什么。

白善宝听得认真，决定第二天就去告诉满宝。哼哼，他知道的可比她多多了。

刘氏见孙子听得认真，没有以前的叛逆，不由得说得更详尽了，态度也越加温和。

白善宝不懂就问，还把满宝说他们的县令是坏人，多收了入城费的事说了。

刘氏这才明白，庄先生怎么又是带他们看蚂蚁，又是看秋雨，还讲故事的。

刘氏道：“县里修路要钱，维修堤坝要钱，兴修水利也要钱，傅县令要是有这些用处，增加入城费也没什么不对。”

这一点白善宝听懂了，做什么都要钱。

娘说他们之所以搬到山里来，就是因为族里欺负他们孤儿寡母，想要把他们家的产业都吞了。

娘说，那些产业都是要挣钱的，以后他读书考学都要钱，娶媳妇也要钱，当官也要钱，那些钱都是要留给他的。

也是从那时候起，白善宝知道，钱是很重要的东西，像族长爷爷那样厉害的人都不要脸地来抢他们家的钱呢。

刘氏却觉得这一次他们来七里村是来对了。

虽然族学先生多，陇州的资源也比这边多，可孙子在族学里总被孤立，家里的事多少影响到他。

他虽聪明，却不肯认真地去听课，在学堂调皮捣蛋，打架斗殴。最要紧的是，族学里的先生并不会公平待他。

长此以往，他不是被他们带坏成纨绔子弟，就是成一愤世嫉俗的俗人，这两种都不是刘氏想看到的。

她能在年轻丧夫后独自抚养起儿子，自然就可以再抚养起孙子。

刘氏目光坚定，这一步他们算走对了。最妙的是，这个山坳里还有这样一位庄先生，或许，这就是他们白家的运势。

刘氏招来儿媳，道："虽然我们和老七一家关系亲近，但既然决定在这儿长住，也不好总是借居他家。我的意思是，我们在村里买块地，建个小别院搬过去，这样两家离得近，可以互相照应，又独门独户，岂不自在？"

郑氏是没什么意见的，她习惯一切都听婆婆的。

倒是白善宝有很多想法，在一旁玩，听到祖母那么说，就跑上去道："选靠近河边的，到时候把水引进家里来，挖个大池塘，我要养乌龟。"

"你怎么还想着养乌龟的事？"之前在老家，就是为了抢一只乌龟，这孩子把二伯家的孙子给打破了头。为了这个，婆婆可是赔了好多的礼，直到现在郑氏想起来还心疼呢。

白善宝却很坚持："就要养乌龟，养大了给祖母炖汤喝。"

郑氏的表情颇有些一言难尽，刘氏却知道孙子的意思，摸了摸他的脑袋，笑道："好好好，到时候给你挖个池塘养乌龟，你还想要什么，一并说了，到时候好规划。"

白善宝想了想道：“这个我得好好地想一想。”

“去想吧，想到了告诉我。”

买地建房的事刘氏不好出面，必须得跟白老爷商量着来。

白善宝并不操心这些，他把今天的功课复习了一下，就开始拿出笔画自己想象中的院子。

只是他目前属于灵魂画手，除了他自己，恐怕没人能理解他画出来的东西。

可这一点白善宝不知道啊，于是第二天，他就喜滋滋地拿着自己的佳作给满宝看，告诉她，这将是他的新家。

满宝上下翻动着看了半天，挠着头问：“哪儿是正面的？”

白善宝就把画摆正，问道：“这样看，你看，这是我的房间，我要在这儿做一个秋千，这样我醒来就能荡秋千了。这里则挖一个池塘，里面养乌龟，这样我就可以一边荡秋千，一边看乌龟。喏，这只就是乌龟。”

满宝没见过乌龟，问道：“乌龟能吃吗？”

“能，乌龟能活很久很久，我打算把它养肥了就给我祖母炖汤喝，那样我祖母也长命百岁了。”

满宝眼睛一亮：“真的吗？”

白善宝点头：“当然是真的了，我在老家的时候他们都说了，龟代表长寿！”

“那你有多少只，能不能卖给我一只，我也要养乌龟。”

白善宝问：“你养乌龟干什么？”

“给我娘吃，我娘总是生病，等她吃了乌龟也能长命百岁，那样就不会总是生病了。”

白善宝觉得乌龟是很难得的，不然当初他也不会和堂哥抢那一只了。不过，他现在刚和满宝交上朋友，不好拒绝她，因此犹豫了一下道：“我让我娘多买一只，如果买得到我就送给你；买不到，那就等我的龟龟生宝宝，我把它的宝宝给你养。”

满宝觉得不对：“要有两只乌龟才能生宝宝，一只公的，一只母的。”

“谁说的？”

“鸡和猪都是这样的，人也是这样的。”别看满宝年纪小，其实她懂得可多了，一一给他列举道，“我家母鸡孵小鸡，我娘都要检查过鸡蛋，说只有和公鸡下的蛋才能生出小鸡。春天的时候，大柱侄子为了让他们家的母猪生小猪，特意去隔壁村请了猪公过来和母猪成亲呢。人也要娶了媳妇才能生娃娃。”

“所以，你得买两只乌龟，一只公的一只母的，这样就能生宝宝了。一年生一只，十年就十只了。到时候我们再把长大的两只吃了，其他的继续养着，再生宝宝……”满宝数了数，自己都惊呆了，“哇，那样我们就有很多乌龟了。”

白善宝觉得她说得有道理，于是定下晚上回去要和母亲说的事。

满宝见他愿意听她的建议，更加活跃，指着他的蓝图道：“池塘里除了养乌龟，还能种莲藕呢。你知道莲藕吗？我们村下游的河岸边就有好多，夏天的时候开的花很好看，莲子很好吃，莲藕也好吃。”

满宝兴奋起来：“我带你去挖莲藕吧，我去年去看过了，已经会挖了。”

白善宝就问：“我们不是说好今天去捉菜青虫的吗？”

满宝不在意地道：“以后再捉呗，我们先去挖藕，莲藕比虫子好看多了。”

白善宝也不是很想去捉虫子，闻言点头应下了。

第八章

商城开启

下学钟声一响，孩子们就起身恭敬地和庄先生道别。在庄先生挥了挥手后，大家就“呼啦”一声欢快地跑出去。

满宝当然也不落后，抱着自己的书就冲出去。白善宝比她还要快，刚跑到外面就遇上了来接满宝的大头。

刘氏昨天知道下学后各家的孩子都是自己回去的，而白家的宅子离学堂也不是很远，她知道孙子要快速地融入学堂，那就不能搞特殊，所以他们都说好了今天不会去接他。

白善宝求之不得，也说了会和同学们去玩的事。

所以，刘氏虽没派人来接他，却派了下人去河边看着。若白善宝去河边玩耍，就把人抓回去。

见满宝还要人接，白善宝就得意不已，说她还是没断奶的小孩儿。

满宝道：“你才没断奶呢，我八个月就不吃奶了。哼，大头是来帮我拿书的。”

“就是，我是来给小姑拿书的。”

话是这样说，不过满宝也决定了，她晚上回家就和娘亲说一声，让大头他们不要再去学堂接她了。

满宝觉得自己受到了鄙视，于是尽量威严地吩咐大头："我们要去挖莲藕，大头，你带路！"

大头觉得小姑到底是孩子，想一出是一出，她这么点个子去挖藕，那是挖藕呢，还是埋自己呢？

不过大头再一瞥旁边的白善宝，觉得不能在小姑同学面前丢小姑的脸，于是眼珠子一转道："小姑，我们先把书拿回家吧，还得回去拿锄头呢。"

满宝高昂着的脑袋就顿了一下，她挠了挠脑袋，努力回想了一下，问道："挖藕要锄头吗？"

大头笃定地道："要啊，莲藕在泥里呢。"

白善宝就鄙视地看了满宝一眼，觉得她好傻，他不种地都知道东西在土里得用锄头挖。

他自觉和满宝同辈，也是大头的长辈，于是一挥手道："行吧，走吧。"

在一旁观察他们的白二郎见他们走了另一个方向，不由得抓耳挠腮："怎么办？"

白二郎咬咬牙："跟上，要是只有他们三个是不怕的，我们比他们大。"

另外两个小伙伴也觉得他们肯定打得过满宝他们三个，于是一起拖着麻袋上前。

大头领着他们回了周家，把书放下后便屋前屋后转了一圈，发现家里大人都不在，就知道奶奶肯定是去菜园了。今天家里要收秋白菜，一般家里这种大事都得奶奶拿主意。

满宝和善宝都在催促，毕竟是孩子，心急得很。

大头没办法，只能把厨房里烧火煮饭的二丫找出来，让她去地里把四叔找回来，直接去河边的莲花地找他们。

二丫看了一眼正煮着的饭，跑走了。

大头便摸出一根挺粗的棍子道："锄头家里人都拿去了，我们拿棍子去吧。"

满宝和白善宝是不会有意见的，反正只要能去就行。

于是，大家往河边走去，顺着河岸一直往前走，出了村尾再往前走一点儿就有个河滩。河流在这里冲出挺大一片湿地，然后绕了一圈就又继续往下流，孩子们并不知道这条河会流到哪里去，听说是到山里。

满宝不止一次想跟着河流往前走，看一看它到底流去哪儿。大头显然知道小姑的这种危险想法，于是一边走一边告诫她："你不能跟着河走，你走了就再也见不到我们了；你也不能靠近水，万一掉下去，我手短，抓不住你的。"

满宝也不知道有没有听进去，反正就点头。

到了地方，白善宝举目一看，发现这里有好多高高的野草，河滩上有稀稀拉拉的残败荷叶。

说是河滩，其实靠近他们这里站的地方的土块都硬了，因为昨天刚下了一场雨，还有不少的小坑里积着水，水很清澈，能清楚地看到坑底。

白善宝好奇地蹲下去看，还伸手去比了一下那小坑。

大头只看一眼就道："一定是村长家的牛来这儿吃草留下的。"

他感叹道："这儿的草可绿可长可好吃了。"

白善宝好奇地问他："你吃过吗？"

大头觉得他傻："草是牛吃的，你吃过啊。"

"那你怎么知道好吃？"

大头被噎住。

白善宝和满宝都被地上这大大小小的小水坑吸引住了，暂时忘记了挖藕。大头当然不会提醒他们，由他们在这儿玩。

反正现在河水缩回去了，这一大片都是干地，他们再怎么摔，只要不往里面跑是掉不进河里的。

两个没怎么见过世面的小伙伴在高高的芦苇丛里跑来跑去，看到有小鱼在小水坑里游来游去还惊呼了一下。

被刘氏派来盯着小少爷的白家下人远远地看着两个小孩蹲在地上，两个小脑袋几乎要靠在一起，围着一个小水坑就能聊成这样，便暂时决定不上前。

反正这里距离河流的确有好长一段距离呢。

也不知道两个孩子聊了什么，两个人开始捂着眼睛玩起捉迷藏来。不过大头显然是不参与其中的，他就在一旁看。

于是，下人就看见他们家少爷刚在草丛里蹲好，那大头就给周家小娘子指一下，然后他们家少爷就被找到了。

下人腹诽：好无耻啊，不过这孩子不错，还知道不参与游戏看着他们。

于是下人决定原谅他们，他左右看了看，重新找了一处高地，打算更全面地观察下面的情况。

他最多只能再让他们玩三刻钟，三刻钟后说什么都要回家了。

而就在下人转移阵地，视线暂时离开他们时，白善宝已经猜出是大头给满宝通风报信了，于是表示强烈反对。他表示，再这样，他就不玩了。

满宝表示不会再出现这样的情况，于是两个小朋友重新和好。因为满宝作弊，于是这次还是白善宝去藏，满宝找。

满宝知道这里的草太高，要找到人有点难。但她深知惊敌的好处，于是随便选了一个方向扎进去就开始乱喊："我看到你啦，我看到你啦，你不要动哦……"

于是，白善宝心虚地动了一下，满宝一下就找到他的位置了。

白善宝气得不轻，满宝还没走到跟前，他转身就往旁边跑去……

那儿正蹲着三个小朋友呢，他们本来还在计划着怎么套白善宝的麻袋呢，结果还没计划好，人就冲到了跟前。

白二郎的动作比他的脑子快多了，脑子都没反应过来，直接抓着麻袋就去套白善宝的脑袋。

两个小伙伴：都看到脸了，套不套麻袋的有啥区别吗？

话是这样说，但他们也伸手帮忙按住白善宝。

白善宝是会干站着等人抓的人吗？

当然不是啊，他好歹也是个惯常打架的，麻袋刚碰到他的脑袋，他就往旁边一挣，一下被两个人按住，他就又喊又踢。而就这一会儿工夫，满宝也从芦苇后面钻出来了，看到白二郎一把跳起把白善宝按在地上，要往他脑袋上套袋子，她都惊呆了。

却也只呆了一下，她就一边冲着外面喊大头，一边冲上去推白二郎。

于是，五个小孩就滚作一团，你推我打起来。

见白二郎还锲而不舍地往白善宝头上套袋子，他的小伙伴再也忍不住大吼一声：“他们都看见我们了，傻瓜！”

白二郎一呆，然后怒气腾腾：“你说谁傻瓜？”

对方顿了一下，却也不服输地一边去压制满宝和白善宝，一边回吼道：“你呀，你不傻谁傻？”

谁还不是家里的宝贝啊，虽然你家是地主，比我家有钱，常常有好吃的零食，我们愿意听你号令，但也没这么笨的。

两个人内讧起来，白二郎压着白善宝的力气就松了一点儿，加上满宝锲而不舍地踹了白二郎一脚，白善宝一把就将人推开从地上爬了起来。他反压住白二郎，“哇哇”大叫地捏着拳头揍对方。

高地上的下人在白善宝第一次喊叫时就发现了底下的情况，立时大惊失色地从高地上跑下来。

只是他选的地方离河滩有点距离，跑了一会儿才到。

而在下人赶到之前，大头已经赶到，先把跟他小姑打架的人掀下去，然后代替他小姑跟对方打起来。

两个人年龄相当，很快就滚成一团。

对着满宝，对方不敢下手。毕竟对方是个女孩，年纪又比他小。但对大头却是不怕的，两个人你掐我一下，我拍你一掌，打得不亦乐乎。

满宝当然是帮自己的小伙伴和大侄子的，等下人赶到时，六个人正打成一团。

下人大吼一声，震慑住众人后才把两队人分开，然后去看他们家少爷。

只见白善宝脸上和身上全是泥不说，额头上还被划了一道，脸上青了好几块。

他再一看其他人，情况也都差不多。

下人抱着他们家少爷就想大哭，他们家可就这一根独苗苗啊，老太太让他们来看住少爷，结果把人看成这样，回去肯定落不着好。

白善宝可没他那么多想法，一把将他推开就上前一步，对白二郎放狠话："奸人，你玩偷袭，有本事你下战帖邀我，看我不打破你的头。"

满宝也觉得白二郎太奸了，不仅埋伏还以大欺小，以多欺少。不过看了一眼他们这边的狼狈样，她觉得这个法子不错。

白二郎受不得激，立即撸起袖子道："打就打，谁怕谁，现在就来。"

"来呀，"白善宝也撸起袖子，"来呀！"

满宝就在一旁给他呐喊助威："你一定可以的，打他的脸，掐他的手臂。"

大头左右转转，还给他找了一块泥块。

下人看着这一群孩子，终于忍不住大哭出声。他"啪"的一声跪在地上，抱住他们少爷的腿道："少爷，您就饶了小的吧，老太太和太太要知道您在外面打架，还不得把我们的皮剥了。我们快回家吧，现在就回家。"

正说着话，周四郎也晃悠悠地到了，一群人在芦苇中央，虽然有声音，但他在外面还真看不到人在哪里。

主要是下人是跪着的。

所以，他就喊了一声："满宝、大头，你们跑哪儿去了，赶紧给我出来！"

于是，周四郎和白家的下人就把一群狼狈的孩子给领了回去。进了村，正是各家回去吃晚食的时候，大家看着这六个像泥猴一样的孩子，也没怎么在意。

乡下孩子这样的情况是正常的。

但待看清走在最前面的是周家的小娘子时，他们惊呆了："哎哟，满宝，你怎么也去打架了？"

他们又去看周四郎："四郎啊，你幺妹是你打的？"

周四郎臭着一张脸："我有那胆吗？"

也是，又不是吃了熊心豹子胆，怎么敢打周家的宝贝哟？

村民们兴致勃勃地围观满宝，还有人问她："满宝，这是打赢了，还是打输了呀？"

满宝又不傻，当然听得出这不是什么好话，哼哼了一声道："当然是赢了，不行把您孙子叫出来，我当您的面打给您看。"

对方就笑："这女娃脾气还挺大，怎么能打架呢？"

"我教训教训侄孙呗。"

对方一愣，这才想起来，他和周大郎同辈，那就是和满宝同辈，他孙子可不就是她侄孙吗？

他哪敢再撩拨，生怕满宝去堵住他孙子打。

周家这宝贝一直干干净净的，出入都有人跟着，很少有狼狈的时候。

记得头两年，当时满宝刚学会跑，和大头他们在村口的大树底下玩。结果因为她兜里有一颗糖，村里两个孩子抢了她的糖，还推了她一把，直接摔在水坑里。

其中一个孩子还是村长家的孙子呢，结果事情发生以后，周四郎硬是带着一众兄弟、子侄把两个孩子堵着教训了一顿。

村长的媳妇和儿媳妇连屁都没敢放一个，村长还带了不少鸡蛋去看满宝，据说她那次又惊又喜，直接发高烧了。

那会儿两个孩子的家人都心惊胆战的，生怕满宝这一烧就没了，那才是造孽呢。

也是从那时候起，大人们教训起家里的孩子，都是可以和大头他们打架，但不许找周满宝的麻烦。

那孩子小的时候差点没熬住，身体本就比一般孩子弱，谁知道她被吓会不会有事？

见现在周满宝被打成这样，村民们嘴上不说，但心里还是很替她和打她的一众孩子忧心的。

周四郎狠狠地瞪了白二郎等人一眼，抱着他们家幺妹回去洗澡擦药。

下人自然就带着剩下的人回白家了。

白宅里，一众家长又被惊动起来了。

郑氏看到儿子青肿的脸颊，身子一晃，抱着他就痛哭起来。

刘氏也晃了一下，但她还稳得住，一边呵斥儿媳妇，一边让她把孩子带下去，这才看向白老爷道："你弟媳妇头发长见识短，孩子哪有不磕磕碰碰的。"

但她其实也很心痛。

白老爷也心疼白二郎，还以为他们兄弟俩又被人打了，一边让人把他带下去洗干净检查身体，一边问把孩子带回来的下人。

跟白二郎一起回来的另外两个同学也被带下去洗澡换衣服了。

下人直接跪在地上，低着头一五一十地把看到的事情都说了。

白老爷的脸色越来越冷，越来越青，赶来的白老太太和白太太都不知道该用什么表情面对刘氏了。

好在刘氏稳得住，她反过来劝慰白老爷母子：“小孩子哪有不闹腾的，他们两个又年龄相仿，这都是正常的。”

哪儿正常了？

要是一般的打架吵嘴也就算了，这孩子是想套麻袋！

白老爷气得不轻，怒气腾腾地往他二儿子的院子里去。

白太太看他那个样子，吓得不轻，连忙扶住白老太太。

白老太太也顾不得安抚刘氏了，立即去追，在后边喊道：“你轻轻地拍两下就行了，可别把孩子打出个好歹来……”

刘氏也连忙跟上，三人的脚程比不上白老爷的，远远地，他们就听到了白二郎“哇哇”的哭声和惨叫声。

白老太太吓得差点坐到地上，刘氏也顾不得了，一边越过她追上去，一边喊道：“白立，你要是把孩子打出个好歹来，我们也没脸在这儿住下去了！”

正把儿子按在腿上，“啪啪”地打他屁股的白老爷一顿，把哭号不止的儿子往地上一丢，怒指道：“你哭，今天你要是不哭死，就是你老子被你气死。”

刘氏连忙扯过床上的被子把孩子给包起来，他是在洗澡的中途被白老爷抓出来的，也因此，他屁股上的巴掌印特别明显，目测已经成为全身上下最重的伤了。

刘氏抱着痛哭不止的白二郎，自己也哭，说白老爷：“七八岁的孩子猫嫌狗厌，你小时候不淘气？难道我和你娘也是这么揍你的？孩子要好好教，照你这个打法，多好的孩子都能叫你打坏了！”

“让他打！”白老太太总算到了，她扶着门框喘气，怒道，“让他打，打死了一了百了，到时候让他一个人在这宅子里过。老妹妹，我跟你走，我们不在这儿碍他的眼。”

刘氏嗔怒：“我的姐姐，他不懂教孩子，你就教他，跟他置这个气有什么意思？”

刘氏摸了摸白二郎，见他屁股肿起来了，但问题不大，就怕这孩子吓住，晚上会高热，那才是要人命的。

她便吩咐白太太：“你快别哭了，你婆母年纪大了，你该多主事才是。去让下人把衣服找来，给孩子换上，再去熬一碗安神汤来，可别把孩子吓住了。”

白老太太养了两个孩子，也知道这一点，连忙让儿媳妇照着刘氏的吩咐去做。

不仅他们这边，白善宝和另外两个孩子那里也都灌了安神汤，然后体贴地把两个孩子给送回去了。

鸡飞狗跳的白宅总算是安静了下来。

刘氏这才疲惫地和白老爷道：“周家那边也要送点赔礼过去才好，听说人家小姑娘也伤得不轻呢。”

白老爷连连点头，转头吩咐管事。

两个孩子已经被带到一起来了，白二郎刚被揍过，此时眼圈还有点红。而白善宝也知道他被揍了，假装老实地低着头，但目光一再偷看对方，趁着大人不注意时就给他一个嘲讽的目光。

白二郎气得不轻，趁着大人们不注意就瞪他。

但大人们怎么可能不注意？

见这两个孩子还是没学会友爱相处，大人们都有些沉默。

刘氏想，看来她得抓紧时间把房子建起来，最好年前就搬出去。远香近臭，或许两个孩子离得远了，关系就不会那么僵了。

白老太太也叹了一口气，等刘氏婆媳带着白善宝回去休息了才和她儿子道：“以前你和启儿相处得挺好的，不是亲兄弟胜似亲兄弟，怎么到了这一辈，却跟斗鸡似的处不到一块儿呢？等大郎回来，让大郎和善宝处处。”

白太太忍不住道：“大郎年纪比善宝大那么多呢，两个孩子不会吵架的。但他也不适合再在学堂里读书了，老爷不是说要想办法让孩子进县学吗？”

“那也得他考得进去啊。庄先生是府学里出来的，我这不是想让庄先生指点指点大郎吗？”

白太太其实不太明白婆母和丈夫为什么非得让家里的孩子跟白善宝交好，对方也只是个小孩子而已。

白老太太见儿媳妇垂着双眸不说话，也猜得出她的心思。其实，自从刘氏婆媳带着白善宝住进来后，儿媳妇就不是很高兴了。

白老太太叹了一口气，和白老爷道：“你启弟没了，你姨母他们孤儿寡母的，宗族那边欺负他们，他们现在能投靠的也只有你了。我们两家的情分自然不同于其他家。”

这些话，白老太太可不只是说给白老爷听的，更是说给白太太听的，道：“当年你爹进族学，他一个乡下去的泥腿子，别看同是白氏一族，但跟嫡支的血缘早远了。要不是你祖父能干，把家业打理得好，给族学捐了不少钱，你爹都不能去陇州读书。”

白老太太摸着小孙子的脑袋，继续和白老爷道：“可就是这样，他也常被欺负，当时就是你五堂叔照顾他的。”

白老爷涨红了脸，跪到地上道：“娘，您放心，我一定照顾好婶娘，把善宝当自个儿的亲儿子一样带大。”

白老太太把他拽起来道：“娘不是那个意思。”

那您是哪个意思？

白老太太依然看着他：“我们两家的情谊，你是知道的，但孩子们不一定知道，你不说，他们还当你姨母他们是来打秋风的呢。”

这下白老太太总算是看向白太太和小孙子了，道：“当年，你公爹就和五叔公要好，只是可惜，你公爹读书不比你五叔公，他也就做了个县令，还有臭脾气，上官骂他两句，他就直接挂印回乡种地了。”

白太太：这件事她也是知道的，如今县城里还有人说她公爹是性情中人呢。

“倒是你五叔公念书不错，当官也好，年纪轻轻就进京做了御史。只是可惜了，随先帝东征时被流矢所伤，牺牲了。到你家老爷和启儿这一代，更不必说。你问你家老爷，他读书成什么样子？”

白老爷羞愧地低头。

“但白启却是个读书苗子，年纪轻轻就考中了进士，要不是时运不济，现在倒该是我们投靠他们家了。”白老太太道，“你别看现在善宝年纪小，却早已显出不同来。他今年才多大，已经把《论语》都背下来了。问你儿子，《论语》第一篇，他会背吗？”

白二郎立即缩着脑袋不说话。

白老太太又道：“就算不算这些利益得失，单就论情谊，”白老太太抓紧白老爷的手，落泪道，“她不仅是你婶娘，也是你的姨母呀。我和她是堂姐妹，两个人一块儿长大，同一个祖父祖母，如今还活在世上的兄弟姐妹也就我们这几个了，你就当是也照顾照顾你母家，待她们祖孙尽心些。”

这话哪是跟白老爷说的，分明是对着白太太说的。

白太太连忙跪下请罪，表示：“母亲放心，我和老爷以后一定好好服侍姨母和弟妹。”她又扭头斥白二郎：“二郎，以后不准再欺负你堂弟，若再叫我知道你欺负他，我……我……”

白太太咬牙：“我必打你。”

白二郎撇了撇嘴，在他爹的瞪视下没敢哭，只觉得屁股好疼。

一家四口把话说开，便把眼泪一收，各回各屋。

正好去周家送赔礼的管事回来了，他向白老爷禀报：“送了一瓶专治跌打损伤的药酒，两条肉、两条鱼和两包点心，周家老丈很好说话，直说孩子没有大碍，就是身上青了一点，休息一段时间就没事了。”

白老爷就又骂了坑爹儿子一顿，然后才道：“她是女娃，身上不留伤疤就好。”

管事就低头道：“应当不会的，小的看了周家小娘子一眼，身上的伤不见，额头只是青肿一些，没有伤口。”

白老爷就挥手让他退下了。

而在周家，以满宝为首的孩子正蹲在院子里围观那两条鱼、两条肉和两包点心，所有人都忍不住咽了一口口水。

大头等人羡慕得不得了：“小姑就是不一样，打架都有人送肉送鱼吃。”

大丫强调：“还有点心！”

满宝就摸了摸额头，道：“不然，下次找机会再和白二打一架？”

一旁的周老头听到这话，差点忍不住去拍闺女的脑袋。但想到闺女现在受了伤，打头还有可能变笨，这才改为口头训斥：“别瞎说，打架是好玩的？不说你比人家小，只可能被打，这你挑起来的事，还想让人送礼，哪有这样的好事？”

周老头道：“到时候白家让我们家赔礼，我们家可拿不出两条肉和两条鱼来。”

满宝就惋惜了一下，然后看着点心咽口水，转身就扑进大嫂的怀里撒娇：“大嫂，我们开了点心吃吧。”

她虽然不太爱吃糖，但她喜欢吃点心呀。

刚才她闻了一下，可香可香啦。

小钱氏没有犹豫，去问婆婆的意思。看到钱氏点头后，她就拆了一包，先给满宝两块，再给其他孩子一人一块，然后把剩下的包起来，打算慢慢给满宝吃。

满宝却眼珠子一转，先把两块点心分别塞给她爹和娘，然后又眼巴巴地看着她大嫂。

小钱氏无奈，便又拿出两块给她。

满宝笑眯眯地如法炮制，把点心塞给两个嫂子，然后继续看着小钱氏。

小钱氏见两个妯娌都有了，不由得气恼，把油纸打开，把剩下的两块也塞给满宝：“行了，没有了！”

满宝就把一块凑到小钱氏的嘴边，嘴巴甜甜地道：“大嫂也吃，我闻着就好好吃啊。”

小钱氏的气立时就消了，忍不住笑出声来：“就你机灵。”

何氏并没有把点心吃了，而是在一旁笑道：“满宝待嫂子自是不一样的，我们的点心可没凑到我们嘴边来。”

冯氏也凑趣道：“毕竟是吃大嫂的奶长大的嘛。”

小钱氏是有些骄傲的，但嘴上很谦虚：“这孩子待家里人都是一样的，这嘴巴说起好话来跟抹了蜜似的，家里所有孩子加起来都比不上她一个。”

妯娌三个就这么站着商业互吹起来，钱氏坐在一旁吩咐道：“把肉切出来炒了，咱家没井，不好留生的，炒熟了才能留久一点。”

她又道：“晚食虽做了，但也拿出一些来与菜回锅炒一炒，满宝受了伤，得补补。”

小钱氏三个媳妇就不敢再站着说闲话，连忙应下，各自去忙活了。

她们没吃点心，而是将点心随手交给了各自的丈夫，送给他们吃。

当然，周大郎他们不傻，也不敢就吃了，而是拿回屋里放好，晚上一小家在一起时可以再分一遍。

钱氏也把女儿招到身边，将点心给她，笑着摸了摸她额头上的伤道：“快吃吧，吃好了，伤才好得快。”

满宝就把点心推回去：“娘，你吃。”

钱氏摇头：“娘吃药呢，不好吃点心，你快吃吧。”

满宝没怀疑，因为她娘要忌口，有许多东西不能吃。

满宝高兴地拿了点心咬了一口，开开心心地去和周五郎他们玩去了。

一旁坐着的周老头把手里的点心掰下一大半来塞给老伴儿。

钱氏笑了笑，这下倒没拒绝。

满宝对周五郎他们今日的县城之行特别感兴趣，兴致勃勃地问起来。

周五郎和周六郎自觉今天见了大世面，被一众兄弟、子侄围在中间，便觉得骄傲不已，绘声绘色地给他们说起今天的事来。

自从他们这个地方出现过成人也被掳的事后，各村便约定好了进城的规矩。

同村的且不说了，一个村子就这么大，谁第二天要去县城，吼一声，要去的便都约定好明天几时在村口会合。若没有，那就自己上路，这上路的时辰也有讲究。

周五郎道：“这到县城的时辰最好是辰正，大家的脚程都是差不多的，所以大家从县城那儿往回推算，各个村的人若想结伴，什么时辰在村口等待都是有数的。”

“比如我们村吧，从我们这儿到县城，沿途要过四个村，到县城一般脚程是两个时辰，那我们最迟卯正就得出门。我们到下一个村子大概是卯正二刻，我们要是提前到了，也要在他们村的村口等到卯正二刻，临行前喊一声，要是没人应答，那就是无人同行，我们就可以走了。”

小伙伴们听得非常认真，满宝还举着小手问道：“那上次我们去，怎么不等人家？”

“那会儿我们家去的人多，不用特意跟人结伴。”当时周大郎和周二郎两个成人，周五郎和周六郎也是少年郎，大丫、二丫也是半大孩子了，谁那么没眼色掳他们？

只是如果独身，或只有两三人上路，那就与人方便，与己方便。

如此类推下去，每个村的村口都停留一下，而其他村的村民也多会提前等在路口。反正今天一趟，周五郎和周六郎就见识到了各个村子的村民之间是怎么互相策应的。

他特别兴奋地告诉满宝：“我和六郎都觉得我们可以每天都去县城赶集市。”

满宝一高兴，就跑回房间，从科科那里拿出一袋糖倒在油纸里，简单地一卷就拿出去交给周五郎，郑重地道：“五哥，我们的挣钱大计就拜托给你啦。”

周五郎悄悄地打开看了一眼，难掩激动，双手捧着油纸道：“幺妹，你放一百个心。”

因为两个人是被周四郎、周六郎和一众孩子围在中间的，大人们只能听到他们说的话，看不到他们手上的动作，更别说抱着的东西了。

周老头觉得老五、老六年纪也不小了，可以考虑前程和婚事了，所以也愿意对他们放松一点，让他们出去闯一闯。就算不成功，多长一点见识也是可以的，反正又不花钱。

大头他们都知道，这门生意也有他们的份儿，叔叔们挣钱就是他们挣钱，于是也斗志满满。

只有周四郎无限忧伤，他只能在一旁看着。别说染指了，连参与讨论的资格都没有。

周五郎和周六郎知道糖的事不好让爹娘知道，于是互相打了掩护把东西拿回他们的房间，藏好后才出来继续兴奋地计划他们的挣钱大计。

满宝的主意一个接一个，不管靠不靠谱，反正先说出来，大家再讨论。

系统忍不住在她的脑海中道："宿主，你的商城已经开了。"

满宝不在意地"嗯"了一声，继续和周五郎他们说明天卖花篮的事。

系统沉默了一下，突然在她脑海中映出了一样东西，是一个透明的瓶子里装了绿色的水。满宝觉得挺漂亮，终于被吸引了注意力。

她兴致勃勃地问道："科科，这是什么？"

系统道："目测可以治疗您母亲病情的药物，一管见效。"

满宝瞪大了眼睛，顾不得和兄弟们说话了，立即道："我要买，我要买，科科快买下来呀。"

系统道："你没钱。"

满宝一呆，连忙去看商品的价格，发现有好多个零。

满宝好惋惜，肩膀差点垮下来。

系统就鼓励她道："虽然所需积分很多，看着距离宿主很遥远，但宿主只要努力，还是有很大概率成功购买的。这是最近商城新上的药剂，据我了解，它以后会长期存在。"

满宝这才精神一振："也就是说，我以后只要能买了，随时都可以买？"

系统道："对！"

满宝总算是高兴了一点儿："科科，你告诉我，怎么挣积分？"

"让你哥哥们帮忙，你还记得我们去县城时看到的那棵女贞子吗？让他们折几枝回来，我估计录入女贞子，又有几十个积分，积少成多，总有一天可以成功的。"

系统循循善诱："你想一想，你要是每天都能录入一种不曾录入过的生物，那至少都是五十积分，如果是已灭绝物种，那几百上千的积分都有可能。一年是三百六十五天，你坚持一年，算一算就有多少积分了？"

满宝扳着手指数，一百天就是五千积分，三百天就是一万五千积分……

满宝瞪大了眼，然后就乐起来，小身子一颤一颤的，直看得大家心惊胆战。周五郎小心翼翼地伸手去戳她的小身板。

满宝一把握住他的手指，目光炯炯地看着他道："五哥，你得答应我一件事，你要是答应我，我以后天天给你买一袋糖。"

周五郎的小心肝颤啊颤，问道："你……你说……"

"你帮我去挖花花草草吧。"

包括周五郎在内的所有人都松了一口气，周五郎笑道："行，你想要啥样的，告诉五哥，五哥就是上刀山下火海也帮你挖。"

满宝就道："暂时不用上刀山，就去我们那天去县城要上的那座山就行，那会儿我们不是在那儿歇脚吗？"

满宝形容了一下女贞子的样子和果实，道："五哥，明儿你们回家时帮我折两枝回来，连着它的果实一起。"

周五郎问："就这个？"

"不，等以后我想起来新的我再叫你去找。"

周五郎觉得这种花花草草的完全没问题，拍着胸脯道："没问题，不过幺妹，你要那树枝干什么，我跟你说过的，那果子不能吃。"

满宝道："那是药材，我有用。"

"药材？"周五郎挠挠脑袋，虽然弄不明白，但还是点头应下了。

小钱氏他们把晚食重新弄了一遍，端出来上桌。周老头就敲了敲桌子，让围在院子里的孩子们都回来吃饭。

"还说要学认字呢，一整个下午光听你们说闲话了。"

满宝这才想起来今天还没教习字呢。

满宝忍不住仰着小脑袋感叹："我真是太忙啦！"

"是啊，还得忙着养伤呢。"钱氏看了一下她的额头，发现都发黑了，就道，"以后可不许再打架了，万一把脑袋打破变笨了怎么办？"

"不会的，我永远不会变笨的。"满宝自信满满，她脑子里可还有科科呢，科科一定会保护好她的脑子的。

对于这一点，满宝特别自信。

第二天，学堂里添了五个鼻青脸肿的小孩儿，同学们都好奇地围观。

不怪他们稀奇，庄先生管理一向严格，学堂里最大的矛盾也只是拌嘴，上次发生的打架事件还是在学堂外，且主要是两个校外人员引起的——白善宝和二头。

这一次可不太一样，有人去问白二郎，也有人悄悄问满宝："你们打架了？"

满宝不觉得这有什么可耻的，点头道："打了。"

不过她也知道打架不好，并且知道先告状，所以道："他们先动手的，还搞埋伏！"

有同学好奇地问："你们干吗打架？"

满宝一呆，摸了摸脑袋想，是啊，他们干吗打架？

于是，她一转身就拖着白善宝去找白二郎，问道："你干吗打我们？"

白二郎昨晚又被揍，又被骂，脸臭得不行。不过经过祖母、爹娘的再教育，他已经知道，将来他是不可能再和白善宝打架了，不然他肯定会受到他祖母和他爹，甚至是他娘的打击报复，所以此时听见满宝问，小脸更臭了。

他道："关你什么事，本来我只针对他，你凑上来是你活该。"

满宝看看白二郎，再看看白善宝，就对着白二郎哼了一声。

她跟白善宝是有新仇，但新仇已经和解了。最要紧的是，昨天他们经历过生死，她觉得他们已经由普通的同桌关系上升到了好朋友的阶段。

于是，面对积怨甚久的白二郎，满宝毫不犹豫地站在白善宝这边，把白善宝拉回去就悄声给他出主意："你家的房子什么时候建呀，我让我大哥、二哥他们去帮忙。"

她道："白二郎是个坏蛋，你住在他们家，被他欺负了可能都不会被发现。而且你是客人，也不好跟主人打架，等搬出来就好了。到时候他要是还欺负你，我叫我大侄子帮你打回来。"

她又道："我大侄子要是打不过，我还有五哥、六哥呢。我跟你说，我六哥打架可厉害了，全村没有一个孩子比得上他。"

白善宝也不想住在堂叔家了，觉得很不方便，于是小声和满宝道："我祖母已经在选地方了，我听我娘说，如果速度快，过年前就能搬出去。"

白善宝没见过建房子，觉得能在过年前搬出去就很快了。但满宝不是，她惊叹："这么久啊，你回家让你祖母赶紧选地方，我和我爹说，到时候让我大哥他们都去帮忙。我有六个哥哥呢，再从村里叫一些人，三五天就能把房子给你建起来啦。"

"这么快？"

"不快了，不快了，"满宝道，"上次村长要给三柱建房子娶媳妇，我大哥他们一起动手，两天就给他建好了。"

显然，满宝并不知道房子和房子之间也是有区别的。

白善宝更不知道了，他兴冲冲地等着放学，从庄先生那里领了罚下来的作业就回去了。

庄先生又不是瞎子，五个学生鼻青脸肿地出现，一看就是打架了。

一问，还是私下斗殴，他又罚了一波。

白二郎等三人面色发苦地领了惩罚，满宝和白善宝却是兴奋异常，因为两个孩子都觉得，读书本来就要写字呀。

这算什么罚呢？

两个人高高兴兴地各回各家，满宝今天特别尽责，先把大头、大丫他们组织起来教了几个字，还念了四句《千字文》，然后她就在一旁闲着。

她又上商城看了一眼那管绿色的液体，垂涎地问道："科科，真的不能先赊给我吗？"

系统无奈地道："宿主，我只是能连接商城，交易都是在第三方完成的。我要是有这个积分，我可以自己买下来赊欠给你，将来你再还我积分就行。可现在的问题是，我也没这么多积分。"

系统倒不介意让满宝看到它的积分，因为也并没有多少。

它是在投放过程中遇到空间风暴，这才意外到这里来的。当时联系上主系统后，主系统说星际联系这边的空间通道没有打开，要打开需要付很大一笔积分。

按理说，这积分应该由宿主来付，但那会儿它的宿主哪儿来的积分？没有积分，通道打不开，它收录的东西不能回到百科馆内，系统无法判定给它和宿主积分。

这几乎陷入了一个死循环。

最可怕的是，因为通道不能打开，而它为了保住自己在穿越风暴时已经花费了大量的能量，当时它已经不能自己再回去了。

所以，科科只能花费自己的积分打开通道，然后就近找了一个当时检测到的智商最高的人寄居。

当时它头脑发昏，根本没看清满宝的样子，只认准了灵魂，谁知道这是个娃娃呢？

娃娃就娃娃吧，好歹是合法的，通道也打开了。就算最后满宝还不起那个通道的费用，将来她死了，系统也能被回收，不至于流落在星际中。

对它们这样的智能系统来说，如果不能给星际创造收益，那一定会被断掉主系统。一旦被断掉连接，那就和死亡不差什么了。

所以它是真没积分帮满宝，这些年它陆续买糖引诱满宝的积分还是从牙缝里挤出来的呢。当然，前不久满宝刚还了。

她也可喜可贺地从负资产到拥有余钱。

和满宝一样，科科对她也很有信心。因为短短的时间内，她不仅实现了资产的正增长，还成功打开了商城，这说明什么？

说明它宿主的可塑性是非常大的，现在的困局只是因为它的宿主年纪太小了，再长大一点儿就好了。

而对于满宝的性格，从小陪伴她一起长大的科科自认为最了解不过，她就是个打着不走，劝着倒退的主儿。

但她还有一个优点，只要有利益，她就会去做。

这个利益是，有她喜欢的东西，好吃的、好玩的和对她家人好的东西，或者是她家里人非常急需的东西。

科科觉得可以把这管药剂放在这里吊着满宝，但那所需的积分太多了，似乎没有盼头，于是它道："满宝，你给你娘买的公鸡已经吃完了，按照医生的说法，其实你娘最根本的问题就是贫血，所以需要补充营养。如果能保证每天都吃到肉，你娘的身体应该会好很多，至少可以支撑到你挣到能购买药剂的积分。"

满宝闻言，就开始从系统里把自己的铜板都拿出来数，发现买一只鸡还是可以的。

于是，她要拿着钱去找她二哥，系统见了再次提醒：“你家里人可能舍不得买鸡。”

满宝就停下，歪着脑袋想了想，把铜板放到自己的小兜里就往外走。

正在努力认字的大丫抽空看了一眼，问道：“小姑，你去干吗？”

满宝挥了挥手道：“你们继续，我在外头走走。”

大丫下意识地要跟上，满宝就瞪她：“快写字，你记不住就罚写一百遍。”

虽然不是很威严，大丫还是下意识蹲到地上去。但她并不害怕，还仰着头观察小姑，见小姑就在门口徘徊，嘴里念念有词，也不知道说些什么，就不在意地再低头去写字了。

满宝正在嘀咕：“是去村尾的虎哥家，还是去村中的村长家呢？”

系统默默地看着，并不给她做决定。

最后，满宝还是去了村长家。她觉得如果村长家不想卖鸡，那她再去虎哥家。

她为什么就选定这两家买鸡呢？因为村里除了他们家，就这两家养的鸡最多呀。

正是开始做晚食的时候，基本上各家都有人，满宝一出现在院子里，三柱媳妇就看到她了。

三柱媳妇撇了撇嘴，不太高兴，实在是她对满宝的感觉不是很好。上次她在河边说的话传到了家里，当时就被公婆骂了一顿。

更让他们没想到的是，第二天，满宝一家果然去了县城，第三天就把钱拿来还了。

村里隐隐有声音说，他们家逼着满宝家还钱，满宝家扛着粮食去县里换钱了。

这可不是什么好话，她公爹当场就拿了钱去周老头家，虽然周老头做了解释，两家算澄清了。但她依然被婆婆骂了一顿，这几天家里喂猪这样的重活儿都是她干，大嫂、二嫂都闲了下来。

三柱媳妇觉得这一切都是满宝的错。

三柱媳妇对满宝没什么好脸色，满宝又不是傻瓜，直接越过她冲里面喊道：“大柱媳妇、大柱媳妇，你在家吗？”

正在厨房里做饭的大柱媳妇跑出来，愣愣地看着还没她闺女大的满宝。

满宝就冲她笑，奶声奶气，却又老气横秋地道：“大柱媳妇，你婆婆呢？”

大柱媳妇只觉得对方可爱，忍住笑道：“是满宝小姑啊，我婆婆去菜园了，你找她什么事？”

“没事，就想和你家买只鸡来吃。”

大柱媳妇一呆：“买鸡？你家不就有鸡吗？”

满宝理直气壮地道：“我家的鸡还要下蛋呢，不舍得吃。”

三柱媳妇忍不住了，道：“你家的鸡不舍得吃，我家的就舍得啊。”

满宝道：“你家的鸡要是不下蛋，或许舍得卖呢？”

她奇怪地看了三柱媳妇一眼，道：“你要不想卖直说就是，我又不强买。”

“你！”三柱媳妇还来不及说话，大柱媳妇先怀疑地看着满宝：“满宝小姑，是家里人叫你来买的？”

满宝点头：“我娘要补身体，所以得吃鸡肉。大柱媳妇，你家有没有不下蛋的鸡要卖？”

大柱媳妇犹豫着要摇头，她还是很怀疑，老周家怎么会让满宝出来买鸡。家里有兄弟媳妇，还有那么多大的小孩儿，就算买鸡也该是他们来呀。

只是她还没来得及说出口，三柱媳妇就抢先道：“有呀，大公鸡你要不要？”

满宝眼睛一亮，连连点头道：“要呀，要呀，三柱媳妇，你快去把大公鸡抓来我看看，我按照市价给你。”

三柱媳妇怀疑：“你还真要啊，你有钱吗？”

满宝就从自己的小兜里掏出一大把铜板来，笑眯眯地道：“喏，我有钱呢。”

三柱媳妇眼睛都看直了，大柱媳妇也呆住了，不约而同地想，老周家可真够心大的，这么多钱就给一个小娃娃拿着，也不怕被人抢了。

不过这是在村里，估计也没人敢抢。

满宝既然带了钱来，三柱媳妇眼珠子一转，转身就去鸡窝里摸了一只公鸡过来给满宝看，道："喏，就这只，我家一共两只公鸡，一只留着过年祭祖，这一只就卖你吧。按照市价啊，我这就给你称上。"

大柱媳妇眉头一皱，三柱媳妇就小声道："大嫂，娘老早就想让大哥他们拿这只鸡去集市上卖了还钱了，但我们乡下人家，谁舍得花几十文钱买一只鸡回去吃？到时候肯定要送到县里去，这一来一回得耽误多少工夫，你要是不愿意卖，回头让大哥拿去，我家老三是不去的。"

大柱媳妇闻言便闭上了嘴。

不过她也没让老三媳妇这么胡来，她主动回屋拿过秤，边称边和满宝道："乡里乡亲的，咋能照着市价来呢？我们一斤便宜一文给你。"

很快称出来，大柱媳妇笨拙地算了算，道："一共得五十三文。"

满宝高兴地把兜里的铜板数给她，不够又把手伸进兜里，却是让科科把钱放到兜里给她。这样来回两三次，终于数够了五十三文。

大柱媳妇仔细地把公鸡的腿拴住，然后把翅膀都给她绑好，这才让她抱着回去。

大柱媳妇见她抱着那么一只大公鸡似乎还有些吃力，就问道："要不我给你送回去？"

满宝摇头，信心满满地道："没事，我抱得住。"

满宝抱着公鸡就往家里去，走到一半抱不住了，她干脆把鸡丢到地上，找到翅膀上的绳子，直接拖着就走。

公鸡一边"咯咯咯"地叫着，一边顽强地扑棱着翅膀或蹦着腿。

奈何腿和翅膀都被束缚住，它就这么被满宝拖回了家。

刚发现小姑不见了，正要出门寻找的大头、大丫等人张大嘴巴看着正拖着一只鸡冲他们跑来的小姑……

二丫最先回神，率先跑上去问："小姑，你哪儿来的鸡？"

大头他们也跑了上来，纷纷把可怜的公鸡抱起来，怜惜地摸了摸它，虽然垂涎得很，但还是道：“小姑，偷东西是不对的。”

周四郎他们也跑了出来。

满宝不高兴了，道：“谁说我是偷的，我是买的！”

满宝骄傲地拍了拍自己的兜道：“用钱买的！”

刚从县城里回来的周五郎也忍不住惊叫：“你跟谁买的，多少钱买的？不会是被坑了吧？”

周家上下对满宝拿回一只公鸡也都处于惊异状态，等听她叙述完，周老头就又忍不住去摸了一下腰部，摸了一个空。他这才想起，他今天一早把生烟都给老五带去县城卖了，剩下的被他束之高阁，打算等过年的时候再抽。

周老头便看向老妻。

钱氏看了一眼公鸡，再看一眼闺女，扭头对小钱氏道：“既然买回来了，那就放到鸡屋里去吧。”

满宝“噔噔”地跑上去道：“娘，给你吃的。”

钱氏就摸着她的小脑袋笑道：“还有鱼和肉呢，等吃完了再吃它，先养着，和我们家的母鸡养在一起，说不定还能多下几颗有种的蛋呢。到时候把鸡蛋孵出来，明年多养一点鸡。”

养鸡也是很费粮食的，一般人家都养不起太多。

村里三家养鸡最多的，一个是村长家，一个是村尾的周虎家，还有一家就是他们家了。

他们家是因为孩子多，劳力多，养鸡这才变得容易。

就算舍不得糠，也能去割鲜嫩的野菜回来熬煮了喂鸡，还有各种虫子，尤其是菜青虫。

也是前天过后，满宝才知道，原来他们家的鸡一直吃菜青虫的，不仅有菜青虫，还有好多其他的虫子，它们吃庄稼、吃菜，家里人就会把它们抓了拿回家给鸡吃。只是她以前从不下地，她也嫌弃臭臭的鸡屋，所以从不靠近，才会不知道。

因为科科想要菜青虫，满宝兴致勃勃地要去地里捉虫，这才知道原来家里一直都用虫子喂鸡。

都不用她动手，大头他们去地里走一圈就能给她摸出十几条来，不过他们还很惋惜：“这虫子现在少了，初夏那会儿才多呢，地里都是，我们家的鸡那会儿也特别爱下蛋。”

满宝虽然把公鸡买回来了，但钱氏并没有把它杀了吃的意思。因为公鸡受了惊，钱氏还特意交代小钱氏给它一把谷，让它吃了一顿好的，抚慰一下它的小心灵。

何氏忍不住嘀咕：“娘，这鸡我们真留下啊，五十三文呢。”

钱氏半闭着眼睛，不在意地道：“不留下，你有脸退回去？”

“大柱家的和三柱家的也太不要脸了，这不是忽悠我们家小姑吗？我刚才摸过了，鸡是吃饱了的，他们要是拿到县城去，不得饿瘦一两斤？而且进城也得交钱啊，还耽误一天工夫，结果还收我们家小姑这么多钱。”

钱氏道：“所以你们这两天上点心，把鸡养好了，过年时用来祭祖，这才不亏。”

小钱氏却道：“满宝说要杀了给您补身体呢。”

钱氏不在意地笑道：“那孩子想一出是一出，过两天她就不记得了。”

三个儿媳妇这才不说话了。

周老头却有不一样的见解：“满宝孝顺着呢，也不知怎么了，她这段时间就盯上了公鸡，我觉得过两天肉一吃完她就得惦记这只鸡了。”

钱氏笑道：“放心吧，我会说服她的。除非她能再给我买一只鸡回来，不然别想杀它。”

周老头忍不住乐道：“说不定她还真给你再买一只呢。”

“她上次就留下了六十四文，现在花出去五十三文，她身上还有多少钱？”

周老头这才不说话了。

满宝身上还有多少钱？

那当然是很多的了——她自认为的。

而且今天周五郎他们从县城里回来也是挣了钱的，两个人把一众小伙伴带到自己的房间里数钱。

外面的大人只听见他们在屋里一阵“哇哇哇”的，完全不知道他们在干什么。

家里孩子们感情好，他们当然不会阻止，一群孩子只要不打架，他们一般是不会管的。

今天一早，周五郎和六郎就背了两背篓的小竹篮去县城，大丫跟他们一块儿去的，专门去缠花篮。

和之前的价格一样，五文钱一个，卖完了花篮，周五郎还特意跑了一趟县衙，找到傅家的角门，把带去剩下的糖都卖给了傅二小姐。

因为县令果然加收了入城费，周五郎他们也很不讲义气地涨价了，一颗糖要一文钱。

不过，这次的糖和上次的不一样，所以说价格不一样还能说得过去。

两边的钱加起来一共是二百二十文。

当然，账依然是满宝算出来的，因为周五郎数数还是有些不通，和满宝一样数出来的是周四郎。

他看着床铺上的那堆铜板，心里火热得不行，伸手想要摸一把，结果被周五郎“啪”地一下拍在手上：“四哥，没你的份儿。”

周四郎觉得心碎了，道：“我也帮忙了，昨天去砍竹子，还有削竹条我都出力了。”

周五郎觉得他说得似乎有道理，看向满宝。

满宝就把所有的钱都扒拉到自己面前，道：“得先交税。”

交税就是给他们娘公中的钱。

满宝指使大头回她的房间把她做的小本本拿来，还有笔墨纸砚，然后记账：“咱得记账，不然以后都不记得挣了多少钱。”

这也是科科提醒她的，主要是让她对自己挣钱花钱有一个大致的了解。她本来想都记在一处的，但科科说没有这样记的，所以她还得准备另一个小本本来记自己的账。但她还没买纸张呢，现在的这些纸还是善宝送给她的，然后她裁成一小张一小张的，用针缝起来。

满宝连连叹气，觉得应该拿出一把钱来给五哥给她买纸的。

满宝一边记账，一边算一下自己的小账，然后特别自信地对科科说：“这样我很快就又能赚到一只公鸡了。”

系统忍不住道：“宿主，其实你可以在商城内购买纸张的，物美还价廉，比你去县城购买的要便宜很多。”

满宝“咦”了一声：“商城还有纸张卖吗？”

系统：商城里什么没有，别的宿主开启了商城后都是沉迷于购物无法自拔，为什么它的宿主却除了买糖其他的一律不买？

一次就消耗一个积分，虽然宿主购买东西它没有提成，但它看着也很心急好不好。

满宝总算找到了商城的正确打开方式，记完账，算好交公的钱，又把钱都分了以后，她就把属于自己的那份都放进自己的小兜里，然后“啪啪啪”地跑回自己的房间，开始躲在被窝里翻找商城里的东西。

在系统的指点下，满宝终于知道，除了可以向下翻找商城的各种东西，还可以在打头的地方输入需要寻找的商品。

如果没有寻找的商品，商城就会根据她浏览过的商品做出推荐。

天知道满宝第一次打开商城，因为不懂，就顺势往下翻找，那些东西全是不认识的，看多了也就没兴趣，后来每天临睡前上来看一看，更新出来的也全是不认识的东西，所以满宝才对商城一点兴趣也没有了。

不过这几天她看的都是那管绿色的药剂，以至于最近推荐的都是各种各样的药，就是价格也太过惊悚而已。虽然满宝总是自信过人，但每次看到那串数字也总觉得遥不可及。

满宝点了点，先是输入白纸，出来一大堆各种商品，有看着和他们这儿差不多的一大张一大张的白纸，也有装订成册，很好看的本子，还有用一种很奇怪的盒子装着的，上面写明了是打印纸。最让满宝惊奇的是，一个五颜六色的头像，上面说是8D打印纸，可以打印出任何东西，也是推荐出来的纸张中最贵的。

满宝仔细看了又看，很想买回来看看。但就在她快要点下去时，科科忍不住把她购物车里的药剂闪出来给她看。

满宝的小手就缩了回去。

虽然科科想要满宝多消费，却也不是这种胡乱消费。它道：“有打印纸，你没有打印机也打不出东西来。”

满宝这才惋惜地把小手指缩回去，却很好奇地道：“真的像它说的那样，车子、衣服都可以用纸做成吗？”

“是打印纸，”系统给她科普，“在未来是可以的，连材料都能通过打印纸打印出来。其实性能是一样的，但很奇怪，近年来人类并不喜欢这样的方式，他们更推崇人工和原材料做出来的东西。”

主系统并不阻止子系统向各自的宿主传播未来世界，实际上，这也是子系统激励宿主的一种手段。

然而满宝只把这些事当故事听，科科说这些也不是为了激励满宝，而是单纯的她想听，它便说了。

满宝听得津津有味，然后下结论：“未来的人真是太不会享福了，明明可以用机器人完成的事，干吗非得人去干？”

科科深以为然，但这其中的关系复杂得很，它觉得满宝的小脑袋并不能思考这么高深的问题，于是没和她继续讨论。见她的目光一直来回瞄着那些很好看的本子，科科就提醒道：“宿主，这些文字有一些差异，而且这些本子一看就不是目前书铺里会做的，我建议宿主买成张的白纸，再自己裁剪。”

话是这样说，但满宝还是没忍住，先买了一份白纸放在系统里，然后就去看那些好看得不得了的小本子，然后发现一个页面是买一送一，也不贵，就两点积分而已。

不等科科说话，她就快手快脚地买了一个封面是粉色兔子的小本本，又点了一本好多好多鲜花封面做赠品。

系统默默地看着，等这些东西送到，满宝就先取出两个小本本躲在被窝里摸了摸，这才心满意足地放进系统里。

她一本正经地和系统道：“科科，这样我们就不用裁剪了，我不拿出来，就记我自己的小账。”

科科“嗯”了一声，认同了她的行为。

见好朋友没有反对，满宝高兴起来，这才去看买来的那一沓白纸。

商城里的白纸比糖还要便宜，两点积分一千张，还额外赠送两百张另一种白纸。

满宝拿出来看了看，发现比先生和白善宝送她的要厚一些，而且也很大。

她挠了挠脑袋，觉得带着这么大的纸去学堂不现实，于是费力地把它摊在床上折起来。

她把它折成了好几层，这才放到自己的宝贝箱里。她决定让二哥给她也编个背书的竹筐，就跟同学们一样，到时候她的东西都放在里面。

满宝想罢，就“噔噔”地跑出去找她娘，先是把数出来的一百三十二文钱给她，表示这是今天五哥挣的钱要交到公中的六成。

钱氏便蹙眉道：“这账是谁算的？”

满宝骄傲地仰头：“我算的。”

钱氏：“怎么算的？他们一共挣了多少钱？”

满宝挠挠脑袋，不明白哪儿算错了，正要扳着手指给她娘算账呢，周二郎就在一旁“哈哈”笑道：“幺妹，你也有算错的时候，他们今天早上就带了三十个竹篮去县城，就算全卖完了，那也只有一百五十文，一百五十文的六成怎么会是一百三十二文呢？”

钱氏暗暗瞪了傻二儿子一眼，责怪他话多。

周二郎不知道自己哪儿惹到母亲了，迷惑地看了大哥一眼。

周大郎比他还单纯，更不明白了。

满宝却是一个激灵回过神来，又把钱从母亲手里拿回来，绷着小脸道：“娘，我算错了，我再去算一遍。”

她抱了钱转身就朝周四郎他们的房间跑去。

钱氏看着小闺女“噔噔”地消失的背影，收回了目光。

她瞥了一眼一脸迷惑的三个大儿子，再看东厢那里叽叽喳喳，不甚分明的讨论声，突然摇头一笑。

算了，一群傻瓜，何必去较真。

周大郎、周二郎和周三郎并不知道他们被亲娘归到了傻瓜的行列，正低头努力地编小竹篮呢。自从周五郎他们的花篮挣了大钱后，他们每天傍晚回来后什么事也不做，就帮着编竹篮。

满宝拿了钱回房间，拿着笔在纸上写写画画。大家都有些没看明白，但他们都知道，账本得再设一本了，至少卖糖的钱不能算在里面，因为他们卖糖是躲着家里的大人的。

满宝一边在纸上算，一边在心里征求科科的意见。很快，一系统一人就制定出了更为合理的分配原则。

首先，一个花篮五文他们就得交公三文，剩下的两文钱才是由他们一众人分。

这一众人包括在外面帮他们编竹篮的三个哥哥，于是这么一算，大家能分的钱就少了很多。

但不要紧，他们还有卖糖的收入啊。

周五郎他们都特别大方地表示可以给三个哥哥多分一点，于是满宝就计划一个小竹篮可以给他们半文钱。

听着很少，但总数一算就不算少了。

大家制定好新的政策，周五郎和周六郎免不了一再叮嘱大头几个，让他们一定要对自个儿爹娘守口如瓶。要是被发现了，那他们的钱肯定会被没收，想想上次他们被没收的钱。

大头几人想也不想就点头，他们还特别大方地把更多的钱交给满宝帮忙保管，理由也是非常充分："小姑，我爹娘会去搜我们的衣裳和床铺，但你爹娘不会。"

就连周五郎犹豫了一下，也把自己的钱交给满宝："满宝，爹不会搜你的床铺，但一定会搜我跟老四和老六的，这钱你也帮我保管吧，记得记账哦。"

满宝大包大揽地挥手应下，不过没直接接钱，而是让他们用袋子装好，到时候她给写上名字，这样就不会搞混了。

反正她的钱又不是放在床铺底下的宝贝箱子里，而是放在科科那里，爹就是想搜也搜不到。

第九章

女贞子

周六郎紧随五哥的步伐，也把自己的钱交给满宝保管。

周四郎也想，但一低头看手心里的五文钱，觉得没必要，于是把钱揣兜里了。满宝还安慰他："四哥，等明年你的荒地能种粮食就好啦，到秋收你就能赚好多钱啦。"

周四郎："我谢谢你了，爹种了一辈子的地，我也没见他有很多钱。何况我那刚开出来的一小块荒地，它能有收成我就很高兴了。"

满宝没想到四哥这么没有信心："四哥，爹之所以没钱是因为他有媳妇跟孩子，你又没有，还能挣不下钱？"

她又道："你要是不能挣钱，那还怎么还钱，你可欠着好多钱呢。"

周四郎有些心塞，看着自家小妹，道："你就不能帮帮四哥吗？"

满宝拍着胸脯道："四哥你放心，我一定会帮你的。"

大头他们也积极地道："四叔，我们也会帮你的。"

周五郎和周六郎也很讲兄弟情义，搭着周四郎的肩膀道："四哥，我们也会帮你的，明天我们要是回来早了就去地里帮你开荒。"

满宝想了想，也觉得她的课余生活应该更丰富一点儿，最主要的是要想办法多给科科挖一点儿它没见过的植物，好挣积分，于是也道："我明天也去帮你。"

周四郎：我想要的帮助不是这样的帮助。

不过看着兄弟姐妹和子侄们眼里的真诚，周四郎暗道，算了，他就是掺和进去也分不了多少钱，关键是爹娘一定不允许他动弟弟妹妹们手里的生意。

周四郎忧伤地叹息起来。

满宝以为他们已经说定，她就把重新算好的钱拿去给娘亲，然后把自己的铜板交给科科。

她觉得自己也得有个大兜才行。

这么想着，满宝眼珠子一转，就在商城里输入"钱兜"，出来的却是一串串很好看的，像是铜钱一样的金黄色圆圈。满宝"咦"了一声，挠了挠脑袋道："我要的是钱兜呀。"

系统看了一眼道："你还是输入包包更贴切，手工布艺包包吧。"

不然就算输入包包，出来的东西也会是奇奇怪怪什么都有。

满宝照着科科说的输入进去，搜出来的东西都特别好看，五颜六色好看得不得了。

满宝"哇"了一声，兴致勃勃地翻看着，觉得这个也喜欢，那个也喜欢，关键是这东西很大呀，似乎能装好多好多铜板呢。

满宝就去看一眼积分，然后笑容就僵住了，瞪大眼睛道："怎么这么贵呀，竟然要三十八点积分，比纸和糖贵那么多。"

在满宝看来，纸和糖才应该是更贵的东西啊。

系统道："未来物资丰富，纸和糖并不贵重，但手艺和人工很贵，所以手工的包包很贵。"

满宝看着，没舍得买，但她也没退出去，而是摸出一张纸来，照着一个包包画起来。她打算让她嫂子给她做，不就是布吗，家里就有呀。

满宝拿着画去找三嫂，给她详细描述了那包包的样子。

何氏自动忽略掉她说的那些花花绿绿的刺绣，反正她是不会的，但做成小姑说的那种包还是没问题的。

但布料是一个问题。

她收了纸道："小姑，等我去和婆婆说一声，拿了钱去买布回来就给你做。"

满宝高兴地点头："不用你去说，我去和娘说。"

主要是她急，等不及让何氏去说。

满宝跑去找钱氏说要买布料。

钱氏看她一整个傍晚这儿跑跑，那儿逛逛，就没个停歇的时候，就笑道："行了，给你买，你只管等着吧。"

她转身招来老五，却只给他五文钱，道："明天你们去县城就去布庄走一趟，问一问他们铺子里有没有零碎的布块。如果有，就和他们买几斤回来，记得挑些大块、颜色鲜艳的回来。"

没错，钱氏没打算给闺女买成布，那太贵了，她看过闺女的画，要做一个包费的料也不少，都快能给她做一件小褂了，不值得，所以还是买碎布头好了。

周五郎还是第一次从娘的手里接钱，自觉已是大人，兴奋得不得了，一转身就和满宝炫耀起来。

满宝这才知道娘亲要拿碎布头给自己做包包，她兴致勃勃起来，羡慕得不得了："要是明天我也能去县城就好啦，我就能自己挑选碎布头了。"

满宝第一次觉得去学堂里上学也有不好的时候。

周五郎承诺她："你放心，我一定给你选最好看的花布。"他又从背篓里拿出两串紫色的果实交给满宝道，"喏，你要的。"

满宝看见这串被科科叫作女贞子的东西，高兴得不得了："谢谢五哥！"

周五郎一高兴，就道："你要喜欢，我明天还给你摘一些回来，不过这东西可不能吃。"

满宝应下，一转身却把东西交给了科科。

系统没有全要，而是留给她一串，另一串录入系统。满宝觉得这果实很好看，她本来就爱吃水果，此时看见一颗颗紫色的果实累积着，不免有些流口水。

系统就道："这是药。"

满宝依然流口水："药好喝吗？"

系统十分无语。

满宝抹了一下嘴巴，一脸惋惜地看着这串果实："要是我娘吃的也是这种药就好啦，她就不会觉得很苦了。"

系统道："你母亲的药里就有女贞子。"

满宝眼睛微微瞪大，愣了一下后转身就爬下床，又要往外跑。已经要睡觉了的周老头和钱氏听到隔间里女儿的动静，忍不住道："满宝，明儿还要上学呢，老实一些。"

满宝趿拉着小鞋"噔噔"地跑过来，问道："娘，你的药呢？"

"怎么了？"

"我要看呀。"

此时天已经黑了，满宝坚持要看钱氏的药，夫妻俩怎么劝也没用，见她大有一种你不答应我就坐地上打滚的架势，钱氏不由得头疼，就对丈夫挥手，让他把药包找出来让她看。

满宝把药包打开，瞪大眼睛看着里面的药，根本看不出里面哪儿有女贞子了。

系统之前也不认识，但它之前扫描过钱氏的药方，知道里面有一味女贞子，此时它又收录了女贞子，通过技术分析，很快就指点满宝找到了它。

那一串一串的女贞子饱满圆润，是紫色的，但药包里面的女贞子却是晒干的。要不是科科坚持说这就是女贞子，满宝根本就认不出来。

满宝眼睛亮亮的，攥着找出来的那两枚女贞子没说话。

周老头和钱氏坐在床边，就着火光看到闺女眼里的亮光，如同天上的启明星一样明亮。夫妻俩都有些恍惚，沉默着没说话。

满宝高兴地仰起头来，伸出小手给周老头和钱氏看："爹、娘，你们看这是什么？"

钱氏微微回神，含笑问："是什么？"

"是女贞子呀，今天五哥给我摘了两串回来，原来它们晒干了是这样的，还能给娘治病呢。"

钱氏含笑摸了摸满宝的脑袋，看着她跪在地上，一脸兴奋地说，以后他们去买药可以少买一样啦。

钱氏听完，笑了笑，并不告诉她，药都是一服一服地抓的，没有一样一样抓的。

满宝道：“让大哥和三哥去把女贞子都摘回来吧，晒干了给娘吃。”

钱氏含笑点头：“好，娘明天就让你大哥去。”

满宝很兴奋，顿时不想自己睡了，把手心的女贞子放下，就爬上父母的床，直接滚到最里面趴着不动了。

然后，她睁着一双忽闪忽闪的眼睛看父母。

周老头忍不住拍了一下她的肥屁股：“都这么大了还跟爹娘睡，羞不羞？”

“不羞，不羞，三头都跟大哥大嫂睡呢。”

“三头话刚说全没多久，还小呢，当然要跟爹娘睡了。”在周老头心里，虽然三孙子跟闺女同岁，甚至还要大上两个月，但实际上，闺女在他心里可要大得多。

没办法，农村的孩子都晚熟，会干活儿，但懂事晚。

他们家的孩子算懂事早的了，那也是因为吃喝跟得上，有的人家因为缺吃少穿，孩子七八岁了看着还跟四五岁似的，话都说不太利索。

但再早也没有满宝早。

至少整个村子，就是白老爷家的大公子都没有九个月就能摇摇晃晃走路，十个月就能开口叫爹娘的。

也因此，他们一致觉得，他们家的满宝是全村，甚至是全乡最聪明的孩子。

也因为她聪明，懂事又早，所以才早早地分出去自己睡一张小床。

没办法，她一岁多的时候就会和钱氏告状，说她爹打呼噜的声音特别大，害她晚上都睡不着。

天知道她明明头一歪就睡得跟个死猪似的，打雷都吵不醒她。

等到两岁，她嫌弃得更多了，和她娘告状说她爹不洗脚，脚臭臭的。

于是周老头一咬牙，一跺脚，就带着儿子们上山砍了一棵树，花钱请人给她做了一张小床，又让二儿子用竹子编了一个竹壁把房间隔开，这样嫌弃才停止。

从那以后，满宝就很少再闹着跟父母睡了。不过孩子亲近自身是好事，周老头到底没把闺女赶下床，只是下床把她的小被子抱过来给她。

满宝就抱着自己的小被子在床上打了一个滚，和母亲说起学堂里的趣事。

钱氏安静地听着，时不时地问上一两句引导她说得更多些。

于是，钱氏就知道满宝现在认识了很多字，庄先生不仅教他们识字读书，还教了算术，她现在最好的朋友是白家那位叫善宝的小公子。

说到白善宝，满宝的话就多了，说了一下他被白二郎欺负的事，就顺势说到了他家要建房子的事。

满宝还和周老头说呢："爹，我都跟善宝说好啦，到时候让大哥他们去帮忙，多叫一些人，三五天就能把他们家的房子建好，这样他就可以不被白二欺负了。"

周老头目光微闪，问道："小公子说了他家要什么时候建房子吗？"

满宝打了一个哈欠道："快了，快了，等把地方确定下来就建了。"

周老头沉默着没说话，满宝低声催促他："爹，你到底答应了没有？"

周老头就道："答应了，你赶紧睡吧，明儿还要上学呢。"

满宝的呼吸渐渐绵长起来，见她这么一句话的工夫就睡着了，周老头忍不住摇头失笑："这孩子跟她爹似的，一闭眼就能睡着。"

钱氏警告地看了他一眼。

周老头就连忙略过这个话题，道："本来还想和大柱说一声，让他把大郎、三郎带出去干苦力呢，既然白家要建房子，那就没必要跑出去了，就留家里吧。"

钱氏微微颔首："大户人家建房子和我们不一样，石头、木头都不会少，哪一样都要人工，活儿能有到冬后。"

家里需要钱，白老爷家虽然要短工整地，但毕竟是秋收后，活有限，这两天周大郎和周三郎已经没什么活儿可干了。

本来钱氏想让两个儿子收拾一下行李去县里做苦力的，就算不能挣钱，好歹做够自己的口粮也是好的，家里也能省一点粮食。

白家要建房子可算是天降喜事了。

第二天一早，在满宝闭着眼睛洗脸时，钱氏就把三个儿子给叫了进来，道："你们和老五一起去，让老五指给你们看什么是女贞子，把熟了的果实都摘回来。"

一旁正在洗脸的满宝瞬间精神了，她殷勤地跑回自己的小床边，假装从床底，其实是从科科那里取来那串女贞子送给大哥："就是这样的，大哥，你们要是在山里看到稀奇的植物，比如咱这附近没有的，花花草草也行，果实也可以，都摘回来给我呀。"

周大郎几兄弟都知道满宝从小就喜欢拽些花花草草，以前她没少去家里的菜园霍霍那些没长大的菜苗，凡是她看见的都要拔一遍才行。

他看了眼娘亲，应下了，接过女贞子出去了。

钱氏这才对满宝道："快去吃早食吧，一会儿上学要迟到了。"

满宝应下，跑到堂屋，却没有去厨房吃东西，而是先溜进周四郎他们的房间里。

四五六三兄弟是住在一起的，周四郎扛着锄头已经要出门了，周五郎也准备好了，满宝就跟他嘀咕起来："五哥，你路上留心点呀，要是还看见女贞子，就全摘回来，那是娘的药。"

周五郎不明白怎么睡了一觉，那果子就成了娘的药了，不过他还是点头应下，问道："满宝，你能不能和你朋友说一下，下次多给我们一点糖，一百颗有点儿太少了。"

他道："我打算请傅二小姐再给我们介绍几个客人，我觉得卖糖比卖花篮赚钱，你不是进糖是一文钱十颗吗？"

满宝可舍不得这么花积分，她还要留着给娘买药呢，于是拒绝道："一天一百颗不少了，你不会少卖一点给傅二小姐吗？她就一个人，吃太多糖容易生蛀牙。这次你去县城，她要是还想买，你就告诉她，生了蛀牙的人特别丑。"

周五郎：对一个女孩子说这样的话，他是不想活了，还是不想再做傅家的生意了？

周五郎到底没能从满宝那里多要一点儿糖，他摇头叹息地领着老六和二丫上路，没错，是二丫。

今天轮到二丫跟他们一块儿上县城了。

周大郎他们也背着背篓与他们一起出门，去摘他们娘说的女贞子。

满宝也跟在他们屁股后面出门，她要上学去啦！

到了学堂，她发现同学已经来了一半，白善宝都端坐在座位上认真地读书了，她便也跑上去，把自己的书放在桌子上，翻开，然后偏头看向同桌。

白善宝摇头晃脑地把这一节读完，这才停下来看向小伙伴，板着小脸问："有事？"

"没事，就是告诉你一声，我爹答应让我大哥他们去帮你家建房子了，你家选好地方了吗？"

说起这事，白善宝的肩膀就有点垮，道："叔祖母不愿意让我们出去住，一定要留我们，昨天我祖母都没说这件事了。"

满宝疑惑地道："为什么要留外人在自家住呀，那多不自在呀，还费粮食。"

白善宝：费粮食？

这是个什么说法？

满宝道："我有个舅舅，特别懒，他跟我舅母吵架被赶出来了，他就来我家找我娘，想住在我家。但我娘没让他住，揪着他的耳朵回去给舅母赔礼，这才回去的。"

满宝道："我娘说了，这是为我舅舅好，也为我们家好，住在别人家里要看别人的脸色，哪有自家舒服？而主家住进一个外人也不舒服，没有外人的时候，你是吵架摔碗也好，亲亲热热也行，但有外人在，你好意思吗？"

白善宝狠狠地摇头，控诉道："我以前可以玩泥巴，现在我娘都不让我玩了。我昨天在花圃里看到一株黄色的大花，可好看了，我想揪了给祖母戴，我娘都不让。哼，这要是在我自己家里，我想揪就揪，我娘从不管的，还会夸我孝顺呢。"

满宝就鼓动他："所以你得搬出来住。到时候你要是想种花，我可以带我侄子们去山上帮你挖。我跟你说，山上有很多很多漂亮的花。”

白善宝眼睛微亮，有些羡慕地看她：“你还上过山呀？”

虽然满宝也只上过两次，但她还是骄傲得不得了，好似那山是她家的后花园。她仰着小脑袋道：“那当然了，我想上就上，山上还有野果子吃呢。”

白善宝眼里的羡慕更重了，满宝见着，心情一激动，就拍着小胸脯道：“你要想去我带你一块儿去。”

白善宝眼睛更亮了：“真的？”

这有什么难的，等下了学带他去找四哥就是了。

满宝矜持地点头。

白善宝就发出一声欢呼，下一秒庄先生的身影出现在门口。白善宝立即捧起书本，还推了一下满宝，示意她小心先生。

可惜满宝没经历过被先生盯梢的生涯，所以她没能领会白善宝的意思。她转头看向门口，发现先生，便对他露出一个大大的笑容，还特别殷勤地打了一个招呼：“先生好！”

众学生：真是找死啊，当先生没看到你们在讲小话吗？

本来要发脾气的庄先生突然一顿，对着小弟子的笑脸发不出来脾气，只能回以一笑，然后威严地道：“一日之计在于晨，还不快念书？”

满宝乖巧地翻开书，也跟着白善宝摇头晃脑地念起来。

众学生：是他们眼花了吗？一定是眼花了吧？

但庄先生就是这么轻易地放过了他们。

但课间休息时，庄先生还是把两个小孩儿拎到隔壁院子里。

学生们以为庄先生是要教训他们，心理这才平衡，就说嘛，早课的时候讲小话怎么能不罚呢？

先生明明说过，要说小话就出去说，进了课堂就只能读书。

他们却不知道，庄先生是问两个孩子今日读书的感悟。

今天他们学的依旧是《论语》中的课文，庄先生已经解释了释义。满宝的问题一向多，之前在课堂上，因为是先生在说话，她不好打断然后问问题，现在有机会当然是“吧啦吧啦”都问出来啦。

庄先生笑着一一给她解答。

白善宝本来没敢把自己的问题拿出来问的，因为照他的经验，他要是敢向先生问那些问题，一定会被骂刁钻，然后被打手心。下次先生见到他祖母还会告状，说他心思不专，每天就想着一些旁门左道和刁钻之法。

现在见满宝什么问题都敢问出口，他也不夙了，眼睛发亮，把自己的问题拿出来问庄先生，还把以前读《千字文》的问题也拿出来问。

问题太多啦，课间的这一点时间根本不够用。

庄先生摸了摸白善宝的小脑袋，笑道："不着急，中午用过饭，你们到先生这儿来休息，先生再教你们。"顿了顿后又道，"要是同学们问你们来这儿干什么，你们就说先生叫你们来打扫卫生，知道吗？"

两个孩子一起点头，圆圆的小脑袋，圆圆的小脸蛋，可爱得不行。

见白善宝神情有些恍惚，庄先生就轻轻地拍了一下他的小脑袋，笑道："想什么呢，回神啦，快回去上课吧。"

满宝拽着白善宝转身就朝教室跑去。

白善宝小声地和她咬耳朵："先生竟然摸我的头了。"

满宝稀奇地看着他："是啊，怎么了？"

白善宝道："我以前的先生从不会摸我的头，别的小孩儿的头他也不摸，只会打我们。"

满宝就义愤填膺："那你以前的先生是坏蛋呀，庄先生可好啦，只有坏小孩才会被打手心。但坏小孩一改好，庄先生又摸他的头了。"

白善宝惋惜："要是我早点儿来就好了，我以前在学堂里的时候……"

白善宝一时刹不住车，将他以前在学堂里的事全跟满宝说了，等庄先生回到课堂时，他都差点收不住话头。

他意犹未尽地想，可惜了，他就坐在老师的眼皮子底下，要是在后排就好啦，这样便可以和满宝继续说话啦。

满宝也听得意犹未尽，再下课后也不去找先生了，跑到厨房端了饭，就在学堂外找了处草地坐着，一边吃饭一边继续和白善宝说话。

一直到庄先生在院子里等了许久，找出来看见两个小娃娃并排坐在草地上兴致勃勃地说着什么，他才知道他们为什么没去找他。

庄先生气得胡子都被吹起来了，他喊了一声，把两个小娃娃拎到院子里，决定今天中午就给他们讲一讲，什么叫信诺，什么叫尊师重道！

满宝和白善宝低着头听老师“吧啦吧啦”训斥了一顿，庄先生顺便往他们脑子里塞了一堆东西，这才开始正式给他们开小灶。

庄先生领着他们进了书房。

书房分为内、外两室，外室有两排书架，还有一张宽大的书桌及一张椅子。

内室则是茶室，因为庄先生惧冷，他老妻也怕冷，当年住到这里来时，便要求在卧室和书房里砌一张炕床。

炕床很矮，上面铺着席子，正中放着一套茶具。庄先生知道孩子不宜喝茶，也就没让他们喝，所以坐在首座上，让两个孩子坐到对面去。

白善宝脱了鞋子就爬上去，盘着小腿坐好，熟练得不行。

满宝却没这样坐过，好奇地爬到他身边，结果腿一盘起来身子就一歪，直接向旁边栽倒。

白善宝也只是个样子货，他毕竟年龄小，虽然祖母教过他这样坐，但在家里很少这样坐，被满宝一撞晃都不带晃的，直接就向一旁栽去，两个小孩儿滚作一团。

庄先生眼中闪过笑意，差点忍不住大笑起来，不过想着先生的威仪，他没敢笑出来。

他大手一伸，憋着笑，把两个孩子扶正，道：“人早已习惯坐胡凳，睡胡床，但在士林中，还有不少人或是习惯，或是附庸风雅，反正就是还坚持坐席，以后你们要做读书人，就得学这方面的礼仪。”

庄先生道：“不过你们现在还小，可以不用坐得那么端正。”

庄先生正要往下说，满宝就好奇地问：“士林是什么？胡凳是凳子吗？为什么叫胡凳？”

庄先生要说的话就噎在了喉咙里，想了想，便从头与他们说起。

什么叫士林呢？简单的字义就是很多很多的士，读书人的圈子就叫士林。

说了士，就要说农工商贱这些等级。等庄先生把这些都说完，期间两个孩子又延伸出许多问题，然后发现时间都过去了。

他本来计划好要说的课题就没机会说了，不过他也不惋惜，见两个孩子听得津津有味，便满意地一笑。

他往外看了一眼，道："还有一刻多钟就要上课了，你们躺下闭上眼睛休息一下吧。"

两个孩子觉得特别精神，一点儿也不累。

庄先生就道："虽不觉得累，但动脑就会损气血，现在你们不觉得，以后长不高，又变笨起来，再改可就来不及了。"

两个小孩听说不仅长不高，还会变笨，立即不敢再反驳了，"啪"的一声躺倒在席子上就闭上眼睛。

但此时他们的大脑皮层还活跃得很，一直在回味先生刚才说的那些知识，一点儿也睡不着。

他们觉得闭上眼睛也没用。

但过了一会儿，他们的呼吸慢慢平稳下来，大脑也没那么活跃了，呼吸越来越绵长，竟然迷迷糊糊地睡着了。

庄先生就坐在对面，从炉子上拎起茶壶给自己倒了一杯茶，慢慢地饮了一杯，看着对面渐渐摊开手脚睡着的孩子，露出了浅浅的微笑。

庄先生这两天心情很好，虽然弟子进入学堂以后发生了几件不好的事，但学堂里的气氛活跃起来了，他还发现了两个好苗子。

一本《论语》读一辈子都不会枯燥，每一次诵读都有不同的感悟，而圣贤之书除了《论语》，还有很多很多。

儒家、道家、法家、兵家，能读的书那么多，所以他能教孩子们的也很多。

庄先生有一肚子的学问可以教给学生，可不是每一个学生都适合学这些。

庄先生做过三十年的学生，当过十五年的先生，期间还做过人的谋士、门人，他太知道一个人找到适合的路有多难，学生要学对知识有多不容易，先生要将自己肚子里的学问传承下去有多艰辛。

在决定来七里村时，他就已经放弃了自己最后的理想，因为要找到一个合适的孩子实在是太难，太难了。

州县之中都找不到一个合适的孩子，他不觉得这些山坳里能有一个既聪明，又符合自己期望的孩子出现。

可他就是找到了。

先是满宝，一个聪明、孝顺，也尊敬他的孩子，唯一的不足就是她是个女孩儿。

现在又来了一个。

整个学堂共有二十八个学生，愚笨的有，机灵的也不少，但庄先生知道，他们没聪明到那个份上，粗浅的知识，他说了，有的明白了，有的却需要说上很多次才能够记住。

明白的那几个，一转身却又会忘记。

所以他教不了更深的东西。

他为什么愿意把满宝和善宝两个孩子拎到旁边来开小灶呢？

因为他说的他们不仅懂，还能举一反三，然后问出更多的问题。

那些问题有粗浅的，也有精妙的，和他们说话，他不仅仅是在传授知识，在说的过程中思考，他也会有所得。

庄先生往后一靠，靠在了墙壁上，闭上眼睛养神。

对于现在的状况，他很满足，非常满足。

得意的弟子一个足矣，有两个，毕生便算无憾了。

庄先生决定下次休沐回州府一趟，他得回家带点东西过来，满宝和善宝都需要用到。

庄先生闭着眼睛胡思乱想，感觉时间差不多了，便睁开眼睛看了一下日晷，这才把两个孩子叫醒，一起去上课。

下午的课多是算术和诗赋，两个孩子都很喜欢这两门课。尤其是算术，满宝发现自己算得特别快，几乎每一堂课都被先生夸奖，于是她学得更起劲了。

下午下学后，庄先生本想把两个孩子拎过去再开一下小灶，谁知他还没来得及开口，两个小家伙就兴奋地站起来，和同学们一起弯腰恭送他。等他挥了挥手示意大家免礼，想要再开口时，两个孩子已经抱着书一溜烟地跑了。

还没来得及开口的庄先生只看到了他们的背影。

半晌，他摇头失笑，算了，两个孩子年纪还小，何必急于一时呢？

满宝他们跑出去时，大头已经在外头等着了。

看见小姑身边的小男孩，他已经见怪不怪了。于是把两个人都带回家，放好东西就跑出了门。

满宝牵着白善宝的手，一路朝着周四郎的荒地跑去。

大头，还有不知何时出现在后面的白家下人，一起跟在后面。

刘氏叮嘱过下人，如果白善宝是和周家的小娘子一起玩耍，那不必拦着，等到吃晚食的时间再领回来就是。

要是跟别的学生胡闹，那就立时把人带回来，所以此时下人只是跟着，并不阻拦。

周四郎和二头、大丫正蹲在地里休息呢，他们不知道从哪儿摸出一根细细的甜秆来啃着。

看到大头带着满宝和一个白白胖胖的小孩儿过来，周四郎勉为其难地把手里的甜秆折出几截来给他们。

白善宝不认识这东西，拿着不知道怎么吃。

满宝却是吃过的，这是家里人会从地里给她带回去的为数不多的零食之一。她教白善宝吃，还说："这东西能熬糖。"

白善宝还没说话，周四郎先表示怀疑："从没听说过甜秆能熬糖的。"

"就是能，"科科告诉过她，不会有错的，她还道，"麦子都能熬糖，为啥甜秆不能熬糖？"

他们从集市上买回来的糖多是用麦子做的，科科说叫麦芽糖。

周四郎被堵住，忍不住道："那你说，怎么熬？"

满宝哪儿知道？

她就去问科科。

系统道："宿主要搜索熬糖技术吗？"

满宝应"是"，系统内部产生了一串数据，声音有些雀跃："需要消耗一百点积分，请问宿主确定要搜索吗？"

满宝眨眨眼："为什么要积分？"

系统的声音低了一点，道："这属于技术知识，宿主收录进来的甜秆目前在本系统内只有最基础的介绍，对熬糖技术的叙述不全面，所以你要想做出糖，除了自己研究出来，那就只能通过系统到百科馆中购买此项技术。”

科科顿了顿后道：“宿主搜索这项技术以后，技术内容会永久存在于系统之中，宿主可以随时查看。”

潜台词是，你不亏的。

但满宝是一个一点积分一袋糖都舍不得多买的人，她会花一百积分去买熬糖技术吗？

所以，满宝拒绝了科科，然后调出甜秆的收录词。凡是她收录进去的东西，后续都会有人研究，然后做成词条上传到系统，所以她可以免费点击查阅。

甜秆收录很久了，但里面的词条很短，只有栽种历史和分布区域的介绍，还有就是介绍它可熬糖、制酒之类的。

满宝挠了挠脑袋，对周四郎道：“熬糖应该跟熬汤差不多，切碎了放水里煮呗。你去问问人家麦子是怎么熬糖的，可能就跟那个差不多。”

“那是人家的手艺，怎么会告诉我？”

满宝理所当然地道：“那你就一样一样地试呗，反正甜秆又不要钱，随便试。”

这样大的口气，直接把周四郎噎住了。

白善宝却若有所思：“先生不是说书里有很多很多的知识吗？或许书里就有熬糖之法呢？”

满宝：“我家没书。”

“我家有，”白善宝道，“我家有很多很多的书！”

满宝眼睛一亮：“真的？那我能看吗？”

“能啊，明天下学你跟我回家吧，我带你去看书。”白善宝表示，当初他们从老家出来时，别的东西都没怎么带，就是带了好几车的书。他祖母说了，那才是他们家的宝贝，将来他能不能出人头地就看这些宝贝了。

白善宝其实还有一个小心思没告诉满宝，他觉得那些书太多了，只要一想到祖母让他把这些书都读下来，他就害怕得不行，所以他想送一些给满宝。

以后他要是认识了别的朋友，也送给他们，每送出去一本，他就能少读一本书了，这个想法还是他刚刚才想到的。

比如周四郎，他刚才有那么多甜秆，结果送给他们一人一截他就没有多少了。

刘氏和庄先生要是知道白善宝是这么举一反三的，估计得气死。

不过此时他们谁都不知道，满宝就觉得白善宝果然是一个好人，不仅和她玩，还愿意给她书看，这时候还跟她咬耳朵要送她书。

满宝真是感动得不得了，于是见白善宝眼巴巴地看着山上，她便自告奋勇地带他上山玩。

满宝要上山，那大头肯定要跟着保护他们啊，于是二头和大丫也坐不住了，纷纷要跟着一起。

于是，满宝一来，就把周四郎的帮手全带跑了。

周四郎气得不行，嚷道："这是来帮忙的吗？是来帮忙的吗？"

奈何一群只看得到山上野花野草的孩子已经听不到他说话了，他们你追我赶"嗷嗷"叫着往山上跑去。

白家的下人默默地跟上去，他觉得回去得和老太太禀报一下，还是得给少爷配一个大点儿的书童，那样才有精力跟着少爷跑来跑去。

这座山并不大，大的是后面连绵下去的山林，这一座多是低矮的灌木、杂草等，平时大家打草用的，所以野生动物也少，大人们也才放心让他们往这座山上跑。

说是山，其实就是一个山丘。

冲到山顶，孩子们都累得不行，干脆就瘫坐在地上，把呼吸喘匀后才站起来，居高临下地看着山下。见不远处的村庄正升起袅袅炊烟，白善宝忍不住"啊啊啊"地大叫。

满宝站在一旁吓了一跳，不过见他喊得有趣，她也跟着张开嘴巴，冲着天空"哇哇哇"地大叫。

大头他们也加入进去，于是山野间全是他们"哇啊"大叫的声音，一旁的下人耳朵都快聋了。

科科见了，也有了点儿兴趣，指点满宝道："把两只手放在嘴边喊，那样声音会更大。”

满宝就用手捂住脸颊两侧，在脑海里问道：“这样？”

“把嘴巴包起来……”

在科科的指点下，满宝终于做对了手势，于是又“哇哇”喊起来，喊完问一旁的白善宝：“觉不觉得我的更大声？”

白善宝以为她是要和他比赛，就也学着她的样子“哇哇”叫，然后道：“我比你更大声。”

两个孩子争论起来，下人生怕他们又打架，连忙指了不远处的一丛花道：“少爷，您看那花好不好看？”

满宝顺着看过去，立即道：“这花我认识，我给你编花环好不好？戴在头上可好看啦。”

于是，两个孩子又不吵了，纷纷跑过去扯花，扯了花，又扯了草，就蹲在地上编起花环来。

满宝的手艺有些生疏，但她做出来的花环比白善宝做的好看多啦，于是她把自己的花环送给白善宝，还给他戴到头上。

满宝也勉强接受了白善宝送她的花环，虽然太丑，但给他面子，她还是坚持戴回家了。

白善宝也顶着一个花环回去见祖母和母亲了。

刘氏和郑氏看见白善宝出去上学变成这样回来，又是好笑又是好气，但见他那么快活，小脸蛋红扑扑的，心中不免欣慰。

周大郎带着两个弟弟背了好多女贞子回来，但这东西他们不知道怎么处理啊。

满宝立即去科科那里查看女贞子的词条，发现女贞子的词条到现在都没写好，奖励积分也没发下来。

她不由得疑惑：“科科？”

系统道：“研究人员现在还在进行相关研究，虽然百科馆里有部分记载，但也要验证过记载是否准确才能上词条。”

系统道：“和之前的紫藤、映山红不一样，女贞子还涉及药理知识，所以评测还需要一定时间。”

它请满宝放心，只要那边的研究员确定好词条，就会第一时间上传，并结算这部分的积分的。

满宝没想到这么麻烦，那岂不是以后有一样东西他们一直研究不出来，她就一直拿不到积分了？

系统生怕打击她的积极性，道："这样的情况不会发生的，为了维护宿主的权益，总系统是规定了时效的，植物超过一个月，动物超过三个月，要是都不能确定词条和奖励，则会先支付最低一千积分的奖励积分。"

系统道："如果宿主能发现一样未来人类超过时限都不能做出的词条，那样东西一定是很早以前的濒危物种，可能宿主想要给你母亲购买药剂的积分一下就齐了。"

满宝眼睛大亮："这么棒？那你告诉我，你们未来都有什么物种灭绝了，我专门去找给你们不就行了？"

系统没想到她脑筋动得这么快，以前它的宿主也很快发现了这个法子，但那是成人，她还是个小娃娃呢。

系统后悔和她说太多了，连忙劝阻道："宿主，我们百科馆的主要目的是追求物种的全面，而不是只收录濒危物种，所以是禁止子系统进行这方面的搜索的，只在跟随宿主的过程中对附近进行扫描，然后全面地收录。"

所以哪怕前两年，满宝溜到菜园里把白菜秧苗拔了给它，它硬着头皮录入时，百科馆也没说什么，依然给了满宝一点奖励积分。

嗯，就是积分太少了，害得它都没好意思扣下属于它的工资。

满宝虽然惋惜，却也觉得百科馆的这个规矩好。

可是，既然女贞子的条目没做出来，那他们采集的女贞子怎么办呢？

满宝蹲在地上，看着哥哥们小心地把一串串女贞子从背篓里拿出来晾在席子上，问道："是不是要晒？"

周大郎道："看这果子这么饱满，得晒多久才能晒干？除了柿子，我从没见过别的果子也要晒干的，而且柿子要剥皮，这什么女贞子要不要剥皮？柿子晒的时候要捏一捏，它要不要捏一捏？"

最主要的是，他们背这东西回来干啥？就是给他娘吃，他娘也吃不完啊。

钱氏扶着小钱氏的手出来，闻言瞥了她那傻儿子一眼，转头对周二郎道：“二郎，明天你跟老五他们进城，拿一串女贞子去药铺里问一问，问问他们这东西怎么收拾，再问他们收不收这炮制好的女贞子？若收，多少钱一斤，若是新鲜的又是多少钱一斤？”

周二郎应下。

钱氏就让他们把东西都放到柴房里去晾晒，让他们出入都小心点儿。

满宝得意地对科科道：“就是没有词条，我娘也有法子。”

系统也道：“宿主的母亲很聪明，是这个家里除了宿主最聪明的一个人了。”

满宝就蹲着很好奇地在脑子里和科科聊天：“你是怎么知道我最聪明的？”

“扫描，未来人类将人的智力分成了好几个等级。”系统顿了顿后道，“宿主的智力不仅在整个七里村，甚至方圆百里内也是第一，当年我落下时优先选择的就是这一片智力最高的。”

不然，它虽然着陆的地方偏了点儿，却也不至于偏到这山沟沟里来。头两年，系统不是不后悔的，但随着满宝越长越大，也越来越可爱，他们相处得也融洽，满宝显然没把它当成一个机器，而是当成了一个朋友和长辈，它便也不惋惜了。

最主要的是，宿主年纪小，而智力是会随着年龄的增长而增长的，只要她勤动脑，多学习，以后走出这山坳，还怕没有收获吗？

系统将满宝定义为潜力股，这两年可是没少操心。

现在她正式入学，又拜了先生，系统的压力没那么大了，于是它的话也越发多了起来。

它和满宝聊天道：“你们家里，你娘的智商比你爹和二哥的高，而你二哥和四哥的智商相当，是所有兄弟里最高的。”

满宝很嫌弃周四郎：“二哥也就算了，怎么四哥也是聪明人？他那么蠢，竟然去赌钱！”

“那不仅是智商的问题，也是自制力的问题。”系统道，“我只扫描他们的智力值，综合评测则需要一些评测手段。”

满宝特别好奇：“那你看我侄子们哪一个聪明？”

系统沉默了一下道："没有，二丫的智力值倒是跟她父亲差不多。"

"大头、二头、三头和四头都不聪明？"

系统："他们的智力值连你几个哥哥都不如，当然，也有可能是因为他们年纪还小，智力是可以开发的。"

满宝腹诽：原来我的侄子侄女们都是傻瓜！

满宝以一种关爱的眼神去看她的侄子侄女们，忧伤地叹了一口气，就钻到厨房里，对她三个嫂子道："大嫂、二嫂、三嫂，你们下次再生孩子时让大哥、二哥、三哥去给你们捡核桃回来吃好不好？"

妯娌三人一头雾水："我们要生孩子了？"

重点不是这个好不好？

重点是——"吃了核桃孩子才能聪明"。

再生一个傻瓜，他们家就成傻瓜窝了。

系统识趣地闭上了嘴巴，假装自己宕机了。

满宝却没放过它，还问起了学堂里的人的智力。

系统道："宿主的小伙伴就很聪明，智力和你的差不离，除此外就是你的老师智商也很高，就比你们差一点点。不过，他是经年读书才有这样的智力值，宿主和你的小伙伴如果能够认真读书，多思考，将来一定会更聪明的。"

满宝"哇"了一声，这下惊喜得不得了。因为在她看来，庄先生是很聪明的，原来她竟然比庄先生还聪明吗？

有了这个认知，满宝第二天又元气满满地跑去上学了，还以一种特别欣慰的目光看着白善宝。

白善宝没发觉有什么不对，只是高兴地和她说："我祖母答应你去我家看书了，你想看什么书？"

"不知道，先看看你家有什么书吧。"满宝想了想道，"有没有专门写炮制药材的书？"

"你要炮制药材？"白善宝道，"买药去药铺就好啦。"

"那药铺的药是从哪里来的？"

白善宝无辜地看着她，他怎么知道哪儿来的？

满宝一本正经地道："我卖给他们的，只要我学会了炮制药材，我就能把药卖给他们了呀。"

白善宝好奇起来，“咦”了一声道：“你家原来是种药材的啊。”

这下换满宝惊奇了：“原来药材也是种的呀。”

两个孩子你看我，我看你，半晌无语。

最后，他们带着这个问题去问先生了。

庄先生不知道他们怎么问起药材来了，但还是为他们答惑解疑：“有些药材是可以种植的，大部分则是野生的。”

庄先生道：“很多药材在野外都有，会有人采集了送去药铺，这样的人叫采药人，有的乡间大夫也多从事此业。”

庄先生很干脆地把两个孩子领到学堂后面，指着地上的一丛野草道：“你们看，这就是一味草药。”

白善宝不认识，但满宝认识，她特别高兴地道：“这是积雪草，也叫雷公根！”

她很小很小的时候就拔了给科科了，所以系统里面有它的词条。

庄先生就笑着颔首：“这两个名字倒也没出错，不过医书中管它叫地钱草。它性寒，味苦辛，入肝、脾、肾经，可治中暑、腹泻、湿热、黄疸和跌扑损伤，就是你们闲时也可以拔了晒干送到药铺里去。”

庄先生笑道：“每年暑天济世堂都会烧一大桶地钱草水放在药铺门口，以供过路往来的路人和客商消暑解毒。”

满宝现在对于挣钱很有兴趣，因为白家送的鱼和肉今天就要吃完了，她已经和娘说了，明天就把那只大公鸡杀了。

可娘亲不答应，说杀了公鸡，母鸡下的蛋就不能孵小鸡了，满宝没办法，已经决定好要再买一只鸡了。

所以，她特别感兴趣地蹲下去看积雪草。其实她对这草不陌生，她家的屋后、田埂和地头都有，也正因为随处可见，她很早很早以前就扯了一把给科科录入了。

满宝兴致勃勃地问先生：“先生，这草药铺多少钱一斤收？”

庄先生被问住了，他还真不知道，只是记忆中，他很小的时候，邻居家的哥哥总是去拔，拿回去晒干，然后一大袋一大袋地拿到药铺里去卖。

庄先生沉吟道：“下次先生回城，可以帮你们问一问。”

满宝高兴起来，悄悄地和白善宝咬耳朵：“以后我们下课就来拔积雪草吧。”

白善宝摇头道：“我不用挣钱。”

满宝就问：“那你有钱吗？”

白善宝理直气壮地道：“没有！但我娘有。”

“好羞啊，每次要花钱还问娘亲要。我从懂事起，就不问我爹娘要钱花啦，我都有自己的钱。”

白善宝本来不觉得问母亲要钱有什么不对，反正娘亲都说了，家里的钱都是他的，既然都是他的，他当然是想花就花了。

但满宝不这么认为，她告诉他：“只有自己挣的才是自己的，用别人的钱，就算是给你了，对方也随时可以收回去，而且还心虚。”

满宝还绞尽脑汁地给他举例子：“比如我四哥，我家里的钱都是放在一起用的，不是他一个人的，所以他之前赌输了钱，家里虽也拿钱给他还了，但钱不是他自己挣的，他坏了家里的钱就是会被恼、被嫌弃。”

满宝道：“你没有自己的钱，以后你要是花得多了，你娘也会嫌弃你的。”

白善宝不信：“才不会呢，我娘说了，我家的钱都是给我的。”

科科都说了她是最聪明的人，这个结论是她观察了好久得出的结论，怎么会是错的？

于是，她哼哼道：“不信你回去问你娘，让她马上把所有的钱都给你，她愿不愿意？”

白善宝道：“我娘肯定愿意。”

满宝：“她一定不愿意！”

“愿意！”

“不愿意！”

白善宝对她怒目而视，满宝不甘示弱地瞪回去。

一旁被完全忽略的庄先生插不上话。

他正要说什么，白善宝突然就大声地哼了一声，扭过头，还背过身去道：“我不和你好了，今天下学我不带你回我家看书了。”

“不去就不去，”满宝也气得手叉腰道，“以后你也不准去我家了。”

于是，两个小朋友各自哼哼一声，转身就隔着八丈远地回课堂去了。

被丢下的庄先生还没来得及说话。

他看着两个气鼓鼓的弟子的背影，摇头失笑了两声，觉得有无尽的意趣，倒也不去调解，背着手悠悠然回到教室。

满宝和白善宝果真“绝交”了，一整节课下来都没有说话。但读书的声音是一个盖过一个，跟比赛似的，上课时回答问题也是抢着回答，抢不过对方时就瞪着对方。

庄先生看着他们斗气的样子，不由得努力憋住笑容。

放学后，两个人也不再一起往外跑，而是自己拿着自己的书往外走。

大头依然蹲在外面接小姑，看到小姑出来，还特别高兴地迎上去：“小姑，我们是不是要去白少爷家？”

“不去，我不跟他好了。”

“啊？”大头立即问，“是不是他欺负你了？”

满宝就哼道：“他能欺负我吗？明明是他蠢得很，还不相信我的结论，我可是方圆百里内最聪明的人。”

大头便知道他们是吵架了，只要不是打架就好。

大头不紧张了，点头应和道：“是啊，小姑最聪明了。”

这话一听就是敷衍的安慰，奈何满宝没听出来，只当大头是真心的，还深以为然地点了点头。

白善宝也没心情玩了，气鼓鼓地跑回了家。

刘氏和郑氏没想到孩子今天下学回来这么早，以往他都会在外面玩上半个多时辰，直到天快黑了才回来。

刘氏往外看了一眼，没看见那小姑娘，就笑问：“善宝，你不是说今天你的朋友要来家里看书吗？怎么没来？”

白善宝气鼓鼓地道：“我不跟她好啦。”

婆媳俩不想笑的，奈何白善宝现在的样子实在是太可爱了，她们一下没忍住。

白善宝生气了，就“噔噔”地跑上来问郑氏：“娘，你把钱都给我吧。”

郑氏显然没想到儿子会突然开口要钱，愣了一下后，就笑着让丫头去抓一把钱来给他，问道："你要钱干什么？"

刘氏也认真地看向他。

白善宝就道："不干什么，我就要钱。"

见丫头就抓了一把铜钱来，白善宝不高兴了："娘，我要的是所有的钱。"

郑氏一惊："你要这么多钱干什么？"

这下郑氏笑不出来了，难道儿子被人骗了？

谁知道白善宝坚持："不干什么，我就是要，娘，你赶紧都拿来给我。"

刘氏微微蹙眉，郑氏也忧心不已，抱着他问："善宝啊，你是不是被人骗了？"

白善宝一头雾水，谁骗他了？

他想了想，发现他今天光顾着和满宝吵架了，根本没来得及和别的同学说话，那就是没人骗他。于是他摇头，继续讨要钱，坚持要所有的钱。

郑氏差点落下泪来，抹着眼睛道："我的儿，你要钱去干什么呀？你不告诉娘就要家里所有的钱，这不是被骗是什么？"

白善宝道："我是真的不干什么呀，就是要钱而已。"

他怎么知道他要拿钱去干什么？

他就是问问他娘，看他娘给不给所有的钱给他而已，要是给，哼，明天他就去嘲笑满宝，明明是她笨，却来笑我蠢，到底谁笨？

这下郑氏是真的哭了。

刘氏瞥了一眼儿媳，把孙子拉到身前来问道："善宝怎么突然想起来要钱了？"

白善宝就气愤地将今天他和满宝吵架的事说了一遍，从他们说要看炮制药材的书开始。白善宝说完以后觉得口干舌燥的，还喝了一口水，这才继续道："祖母，您快叫娘把家里所有的钱都给我，明天我要拿去给她看，让她看看到底是她错了，还是我错了。"

郑氏这下哭不出来了，而是哭笑不得。

刘氏却忍不住"哈哈"大笑起来，摸着孙子的脑袋道："傻孩子，你同学说得没错，你就是个傻的，因为家里的钱怎么可能全给你呢？”

白善宝一呆，转头看向他娘。

郑氏也笑道：“是啊，善宝，家里的钱有很多用处呢，怎么能因为小儿赌气就全拿出来？”

眼泪快速地在白善宝的眼睛里聚集，他委屈得心都酸了，“哇”的一声就大哭出来，气愤地对他娘吼道：“你骗我，你骗我，你明明说了家里的钱都是我的，都是我的！”

刘氏没想到儿媳私底下是这么教孙子的，脸紧绷了一下，不过她很快又放松了，用目光震住儿媳，任由白善宝哭喊出来。等他发泄了一会儿，刘氏才拉着他的手道：“孩子，你娘说的也不算错。”

虽然儿媳教错了，但显然她不能这么和孩子说，不然将来儿媳说什么，孙子恐怕都会持怀疑态度。

所以，刘氏压下心中的不满，笑着和白善宝柔声解释：“善宝，你吃的点心、茶水、饭菜，上学穿的新衣裳，都要花钱对不对？”

白善宝点头。

“这些钱从哪儿来的？”

白善宝：“家里！”

“是啊，家里，以后你要去更远的地方读书，还要娶妻生孩子，这些都要花钱，钱也都从家里来。包括以后我和你娘没了，也是你来继承家业。那你说，家里的钱是不是都是你的？”

白善宝点头。

“可你看，祖母和你娘也都要吃穿，同样需要花销，这些钱从哪儿来？”

白善宝也没犹豫：“家里。”

“是啊，也是从家里，那你说你现在把所有的钱都取走了，那我和你娘怎么办呢？”刘氏抱着他道，“以后啊，你要用钱，只要是正经的用途，比如是买书、买礼物之类的，都可以向家里要钱，但像要把家里的钱都取出来拿到学堂里给同学看这样的荒唐事却是不可有的。”

刘氏见白善宝听得认真，就知道他是听得懂的。

刘氏很欣慰，觉得孙子跟儿子一样聪明。

她揽着他的肩膀道：“孩子，其实满宝说得也没有错，你要想用钱完全自由，最好这钱由你自己去挣来。”

白善宝苦恼：“那我要去拔积雪草换钱吗？”

郑氏想说话，刘氏就瞥了她一眼，对孙子笑道：“你要有这毅力再好不过了，但拔积雪草挣的是小钱，读书，读好书才能挣大钱。你有没有听过一句话？”

刘氏道：“书中自有颜如玉，书中自有黄金屋。书里面是有黄金的，得你自己去找。”

白善宝眼睛大亮，问道：“找到了就是我自己挣的了吗？”

刘氏点头：“对！”

白善宝转身就跑：“祖母、娘，那我去找黄金屋了。”

她们看着他“噔噔噔”地朝书房跑去，这才欣慰地一笑。

刘氏扭头看向郑氏，笑容微浅：“以后像那样的话不要再说了，多少子弟都是被这样的话给养坏的。我们家是有千金粟，还是有万两银？这样微薄的家业，也不过是够养活善宝一世而已，他要出人头地还是得靠自己，明白吗？”

郑氏起身，心虚地低头应下。

刘氏这才挥手让她下去。

满宝也是气鼓鼓地跑回了家，不过一看到他们家院子里正满地转悠的大公鸡，她就忘了白善宝了，立刻伸手要去抓公鸡的尾巴。

大头怕得不行，挡住她道：“小姑，小心母鸡啄你。”

没错，是母鸡！

他们家的母鸡特别维护这只公鸡，这两天经常为了它打架，连人都不怕了。他们要是敢赶公鸡，母鸡就敢追着他们啄，实在是太霸道、太可恨了。

满宝看着肥肥的公鸡流了一下口水，然后“噔噔噔”地跑进屋里，对她娘道：“娘，明天我们吃鸡吧。”

钱氏正坐在窗前给他们纳鞋底，闻言笑问：“哪有鸡呢？”

满宝：“我再去买！”

钱氏问：“你的钱够吗？”

满宝狠狠地点头：“够！”

“那就去吧。”孩子身上留那么多钱干什么？最好全花光。

钱氏想了想道：“别买公鸡了，买只会下蛋或者快要下蛋的鸡。”

买回来继续养着。

满宝乐呵呵地一笑，当然不可能听娘的。她又不傻，知道要是买了下蛋鸡回来，娘肯定又不舍得吃了。

。·。第十章。·。

认错和好

五哥他们还没从县城里回来，满宝放下书就跟着大头去地里找四哥了。

今天的满宝特别乖巧，一点儿也不捣乱，抱着周四郎挖出来的小石头之类的就往外走，跟着大头他们把东西垒好在地头。

周四郎有些不适应，抽空问她：“你今天怎么这么乖了？”

满宝道：“我每天都很乖。”

其实她也是有些目的的啦，本来是想先帮一下忙再说的，不过既然四哥提起，满宝就说了，她拉着四哥去看地上的积雪草。

不错，这东西无处不在。

“四哥，你知道这是啥不？”

周四郎鄙视地看着妹妹，道：“雷公根呗。”

“你知道它是药吗？”

“咦，原来它是药呀，我就知道要是摔跤出血了就嚼吧嚼吧给糊上去止血。”周四郎拨了拨地上那丛草，抬头问道，“然后呢？”

“然后我们拔了晒干送到药铺呗，你不是说要我想着你吗？我这不就想着你了吗？”

周四郎表示怀疑：“就这到处都有的东西，药店能要？”

“竹子也随处可见，二哥做的簸箕和竹筐不也很多人买吗？”

周四郎若有所思，他还没决定呢，围在一旁的大头他们却已经兴奋起来：“小姑，我们也拔积雪草，你能帮我们拿去药店吗？”

“我不行，但我可以叫五哥帮你们。”满宝早计划好了，道，“人多力量大，我也拔，你们多找找哪儿有那种叶子很大，又长得茂密的积雪草，那种比较重，说不定扯一扯就有一斤了。”

连周四郎听着心里都有些火热起来，他目光炯炯地看着地上的积雪草，想着，这说不定就是大富大贵的开始！

满宝打破他的美梦：“我们先开荒吧，四哥，等你休息的时候再去拔草，反正又不累。”

周四郎脸上梦幻般的笑容就落了下来，起身去拿锄头。

但大头他们不愿意辛勤地免费为他工作了，他们都跑去找积雪草，然后拔了堆在一起，打算一会儿就拿回去晾晒。

周四郎看着只剩下自己一个人在地里，惆怅得不得了。他就说嘛，满宝怎么可能不给他找麻烦呢？

等他们要回家吃晚食时，周二郎也领着五郎他们回来了。周二郎正激动地和家里人道：“我问过药铺了，药铺说那女贞子他们收，要是品相好，那就六十文一斤，品相不佳的，最低也有四十文。不过，须得是晒干的。”

周大郎他们也激动起来，这个价格听着比米面还贵啊，不愧是药，就是值钱。

钱氏问：“你问了这东西要怎么晒吗？”

“问过了，药铺的掌柜说，可以先熏蒸或是过一遍热水，再晾晒，一直晒干为止，他们药铺就收了。至于怎么熏蒸和过热水，掌柜却不肯多说了。他说他们药铺有和专门的采药人合作，这些算是那些采药人的手艺，若是他什么都说了，恐怕采药人会不满。”

钱氏若有所思，扭头对小钱氏道：“明天应该是个晴天，你别下地了，把炉灶空出来，我们试一试，既熏蒸，也烫水，看哪一样的品相更好。”

小钱氏应下。

钱氏又对周大郎道："这两日你们没事就到山里再找找看，看还能不能找到女贞子。就在外面走一走，别进去太深。"

周大郎他们已经不是小孩，知道轻重，山里猛兽蛇虫多，他们也没这个胆子进去呀。

周五郎一群小的也在自己的房间里密谋，周五郎告诉满宝："我也跟着二哥去了，当时那儿就有一个采药人，见二哥拿着女贞子去问，脸色很不好看呢。"

他哼道："这生意又不独是他们一家的，凭什么他们能做，我们不能做？"

周六郎也道："就是，我们做的花篮，这两天也有人学我们拿去卖。不过他们的花篮里没糖，生意没我们好。我们一直换地方，所以才每天都能卖出去。"

周六郎是有些骄傲的，但周五郎却有些忧虑，觉得再这样下去，花篮生意肯定做不下去了，他们只能卖糖。

但糖的生意是他们自己的，可没有过明路。如果花篮没生意了，家里肯定不许他们再去县城的。

满宝也觉得花篮生意应该做不下去了，按照科科说的，市场已经有模仿品，后面供大于求，价格肯定会被压低，那就不划算了。

满宝道："那我们得准备点儿别的借口去县城了。"

周五郎等人也深以为然，不过这不是立时能想出来的，于是他们还是来数钱吧。

数完了钱，满宝不仅把第二天要用的一包糖给了周五郎，还给了他一把钱，让他去集市上买鸡。

她道："村里的鸡不好买，人家都不卖啦。"

周五郎问："满宝，你想吃鸡肉了？一只鸡很贵的。"

"没关系，我有钱。"满宝特别豪气，挥手道，"买回来给娘补身子。"

周五郎他们集体咽了一下口水，没有多犹豫就答应了。

周五郎把钱收好，再次鼓动满宝："满宝，你真的不考虑一下多卖一点糖吗？"

满宝坚定地摇头：“不行，糖吃多了坏牙。”

而且女贞子的积分还没下来，她每天都在花积分，却没有赚，还不知道啥时候才能攒够给娘买药的积分呢。

在满宝看来，钱的作用没有积分重要，而且她现在的钱够用了呀。

满宝对自己现在的资产很满意，而且她并不觉得挣钱很难。她把自己又找到了一味药材的事告诉五哥，表示他们的花篮就是卖不出去了，也能卖药材。

今天晚食周家吃的是鱼，满宝喝了一碗鱼汤，心满意足地躺在了床上。一时睡不着，她就去翻曾经录入系统的东西，将它们的词条看了看，然后又去逛了一下商城，着重看了一下她娘的药剂。

然后，她心满意足地睡过去，第二天精神满满地醒过来上学去了。

满宝早就忘记昨天和白善宝吵架的事啦。

但白善宝却记得，因为他难受了一个晚上，并没有在书房里找到黄金，反而还被祖母笑了一顿。

娘亲没给他钱，祖母也说满宝说的是对的；他也没找着黄金，祖母还笑话他！

所以满宝一来，他就把自己一早去厨房里顺来的糕点往她面前一推，请她吃。

满宝已经忘了昨天的吵架，可看到糕点她又想起来啦。不过她觉得自己大人有大量，科科都说了，聪明厉害的人都有一颗宽大的心，要知道包容人家的错误。

所以，她大方地接受了白善宝的示好，把纸袋打开，拿了一块点心吃，露出一脸满足的表情。

她还和他讨论：“比上次白二郎家的管家送来的好吃。”

“这是我最喜欢的点心了，是昨天晚上厨娘做的。你要喜欢吃，下学后我带你回我家吃吧。”白善宝带点讨好地道，“你还去我家看书吗？”

满宝想了想，还是想去看一下很多很多的书是什么样子的，于是点头，大方地道：“好吧，我原谅你了，我们还是朋友。”

见满宝提起这个话题，白善宝虽然仍有些不好意思，但他还是诚恳地向满宝道歉，并表示她昨天说的是对的。

虽然他们是小孩子，但还是得有自己的钱。

只有挣来的钱才能完全自主处理，虽然娘亲还是会说家里的钱都是他的，但他知道，并不是他想要干什么就能干什么的。

但自己挣的钱就不一样了。

不过白善宝并不是就认下了所有的错误，他表示满宝也有不好，因为吵架不是他一个人的错，哪怕他错得比较多，她也是有错的。

满宝虽不觉得自己有错，但见他道歉了，还是勉为其难地和他说了一声对不起。

系统看见了，便在满宝的脑子里对她道："宿主，白善说得没错，吵架的事你也是有错的。"

满宝这下是真的不开心了，问道："我怎么有错了？"

系统问她："昨天大头和二头抢着要晾晒积雪草，然后拌嘴吵起来了，你觉得是谁的错？"

"两个人都有错。"

"明明是大头抢二头手里的积雪草，你为什么会认为二头也有错？"

"大头也没恶意呀，他就是觉得二头晾得太慢了，所以才帮忙的。"

"白善也没有恶意，他只是和你有不同的意见而已。你们都可以发表不同的意见，别说现在这个世界，就是在未来，人类因为性格、教育、认知等不同，对于同一件事总会有不同的看法。"系统道，"所以异是合理存在的，你们求的应该是同。最主要的是，可以辩论，但不应该吵架。"

系统道："既然吵起来了，那就是两个人都有错，他是真心认错的，但宿主你不是真心的。"

满宝知道，科科有时候说的话她不是很能理解，但都是很有道理的，所以她都会把它的话记下来反复思考，总能被说服。

但这一次她都不用思考就听懂了，然后是真的羞愧了。她伸手握住白善宝的手，再一次诚恳地道歉："昨天我也有错，对不起。"

本来就羞愧和心虚的白善宝听见，更不好意思了，他也握住她的小手："满宝，你真是太好了，我不该说你的，其实大部分的错还是我的，应该我说对不起。"

庄先生拿着书进来时，就看到第一排的两个小孩儿正手拉着手说对不起，顿了一下后，走上讲台，瞥了他们一眼。

两个小孩立即坐好，把自己的课本打开。

庄先生欣慰得不得了，本来他已经打算好，今天两个孩子要是还闹别扭就给他们上一上课的，结果都没等他开课劝解，两个孩子就和好了。

庄先生不觉得失了用武之地，只觉得两个孩子真是品性上佳，悟性也上佳，自己就知道自己错了。

今天庄先生上课特别顺，还给全班同学讲了古代圣贤宽容大方的小故事。

其他学生完全当故事来听，满宝和白善宝却不是。他们也不觉得先生是特意讲给他们听的，只觉得他们离圣人差得好远啊。看，古人都比他们心胸宽大，他们后人当然要比前人还要厉害才好呀。

不是有一句话叫长江后浪推前浪吗？

庄先生不知道他的两个弟子的众多目标中的其中一个是超越圣人，成为新一代的超级圣人，见他们一脸受教的模样，满意地点头。

满宝要去白家做客，作为她的小跟班兼临时看管人——大头，当然也是跟着的。

周二郎已经给满宝做好了一个小书箱，是真的特别小，只能放下两三本书和一套笔墨纸砚，满宝背着很轻松。

满宝将自己的东西放进小书箱里，就和白善宝屁颠屁颠地往白家去。

刘氏猜到今天孙子会带周家小娘子回来，所以一早便在门口走来走去，借口散心等候。

然后一转身，她就看见两个小豆丁背着书箱“嗒嗒”地走过来。两个人还一边走，一边追逐打闹，后面则走着一个大孩子和他们家的下人。

刘氏焦躁的心瞬间沉淀了下来，她笑看着渐渐走近的两个孩子。

白善宝牵着满宝的手小跑过来，仰着脑袋向祖母介绍他的朋友：“祖母，这是满宝，她大名叫周满，是我的同桌。”

满宝仰着小脑袋，叫了一声：“白祖母好。”

刘氏笑开，伸手牵住满宝的小手，满脸是笑：“我娘家姓刘，以后你叫我刘祖母就是。上门是客，来，你们快请进。”

乡下的宅子没那么多讲究，但刘氏毕竟在大家族里生活惯了，所以还是先带满宝去白家后院里拜见白老太太和白太太，这才领着他们回客院。

大头第一次进白家，看到这么大的房子，一时有些束手束脚的，连步子都不敢迈太大。

满宝也很惊奇，但她年纪小，眼睛里满是好奇，大大方方地看着，还和白善宝感叹了一句：“白二家可真大呀！”

白善宝道：“我家以前比这儿还要大呢。”

“那你家得有多少人才住得过来呀？”

白善宝挠挠脑袋道：“我家就三个人呀。”

刘氏笑着打断他们的话题，领了他们进客厅吃点心。

她给满宝手里塞了一块，也给大头拿了一块，请他一起吃。

白善宝却把满宝手里的点心拿掉，重新挑了一块给她，鼓动道：“这个更好吃，你快吃，吃完我们去书房看书。”

满宝很喜欢吃点心，但她对书更感兴趣，因此很快把点心啃完了，就跳下高高的凳子乖巧地和刘氏道别，要去书房。

白善宝带满宝去他家的书房。

这是大书房，基本上只陈列书籍，他有自己的小书房，就在卧室的外室里。

在他没长大前，这间书房基本上只做藏书所用。

书房的位置特别好，朝阳，且宽大，推门进去，入眼便是一排排的书架。

比庄先生的那两排书架多得多。

满宝惊叹不已，她还是第一次看到这么多的书。她跑上去，只能仰着小脑袋看书架。

太高了，好多书她都够不着。

白善宝也就比她高半个头，在这一方面和她很有共同语言。他和她咬耳朵道：“我祖母说我家的书里有黄金，昨天我找了好久都没找到，差点连课业都忘做了。”

满宝眼睛亮亮的，问道：“黄金多吗？”

白善宝想了一下道：“我祖母有一屋子呢，所以应该有很多吧。”

正想扫描黄金藏在哪本书里的系统停止了动作。

看着两个孩子已经兴致勃勃地翻找起来，系统忍不住道：“宿主，你问他，他祖母是不是说‘书中自有黄金屋’这句话？”

满宝问白善宝。

白善宝狠狠地点头：“就是就是，我家的书里有一整座黄金屋呢。”

他有自己的小心机，因为昨天的事，他没有告诉他娘和祖母，可他却愿意和满宝分享。他悄悄地道：“等我把黄金找出来，我就藏起来，以后这就是我的钱了。”

满宝觉得他这个主意不错，问他：“那我帮你找，你能不能分我一点儿？”

白善宝表示没问题，这孩子从小不缺钱，大方得很。

见两个孩子说着说着又把它给忘了，满宝大有撸起袖子大干一场的架势，系统便插话道：“宿主，‘书中自有黄金屋’的意思是读书考取功名是一条绝佳的出路，考取功名后自有荣华富贵和美女。”

满宝一呆，将这句话转述给白善宝听，末了还加了一句：“我觉得这句话怪怪的，跟先生说的不一样，我不喜欢。”

白善宝关注的却是：“所以我家的书里没有黄金吗？”

满宝道：“去问你奶奶。”

白善宝就拉着满宝去找祖母。

大头被刘氏留在客厅里吃点心，说说话。所以，白善宝很快就找到祖母，一问，才知道满宝说的是真的。

刘氏没想到孙子这么快就回过神来了，忍不住又看了一眼站在他身旁的小姑娘，真是个聪明的孩子啊。

她对白善宝道：“这句话是一位先人说的，意思是，书中知识万千，你掌握了知识，无论将来你想要财富，还是良田广屋或是美女，它们都会自动地过来。你说你想去挣钱，但你现在才五六岁，手不能提，肩不能挑，读书不精，算术不通，年纪幼小，怎么挣钱呢？”

“还不如安下心来读书，学好知识，待你长大了，财富自来。”

白善宝很伤心，觉得到手的黄金就这么飞走了，根本听不进去祖母说的话，转身就跑。

满宝连忙跟上。

郑氏忧心，正要去追，刘氏叫住她道：“让他去吧，他多想想自会想通的。”

她实在怕了儿媳再说什么“这个家都是你的”的话。

白善宝跑回书房，蹲坐在地上，伤心得直掉眼泪。满宝却很高兴，觉得刘祖母说的话比科科的好听多了，她对科科道：“这句话的意思应该是像刘祖母说的那样才对。”

系统内部的数据快速地流转了一下：“宿主，这句话在历史上应该是赵恒说的，且不管这话对不对，以宿主当前的生产力来计算，这句话不应该出现才对。”

系统将这句话的出处完全调出来给满宝看。

满宝读了一遍，嫌弃得不行：“这样算诗吗？”

虽然诗赋她没读多久，却也知道最基本的韵律，且一首诗好不好，凭感觉便能感受得出来。她觉得这首诗不好。

系统道：“是不好，有人评价，它连打油诗都比不上，不过作诗的是一个皇帝，所以流传下来了。”

系统再次扫描了一下这间书房里的书籍数据，对满宝道：“这个时候，这个皇帝还没出现。”

满宝才不管这个呢，她只是蹲下去安慰白善宝：“你别伤心了，说这句话的人本事也很一般，所以他说的话也不一定是对的。咱还是别想着读书挣钱了，还是从现在就开始挣吧。”

白善宝抬起头，眼睛红红地看她：“怎么挣？”

“拔积雪草呗，以后你跟我一起去拔，晒干以后让我四哥拿到药店去卖，那样你就有钱了。”

白善宝觉得她说得对，他不能只听祖母的，抹干眼泪道：“我不读书了，这样我能有更多的时间拔积雪草。”

满宝惊讶地看着他：“你为什么不读书了？”

她犹豫了一下问：“你很缺钱吗？要是很缺钱，我借一点给你好啦，不过你挣了钱就得还我。”

白善宝一呆，挠了挠头道："我好像不缺钱。"

"不缺钱你干吗不读书？"

"不是你说的，我祖母说的可能不对，读书不能挣钱吗？"

满宝道："就算读书不能挣钱，读书还能开心呀，还能明理呀。你是为了挣钱才读书的呀？"

白善宝还真不知道他为什么读书，想了想道："我娘说，我是为了光宗耀祖读书，我祖母说我读书是为了继承我父亲的志向。"

满宝看着白善宝，白善宝也看着她，两个孩子靠着书架坐在地上面面相觑。

满宝只能告诉他，她为什么读书。

"我觉得读书很开心，我能知道很多别人不知道的事，还能从书上看到很多很多好玩的故事，"满宝道，"先生说，读书能明理，我要做一个懂道理的人，所以就读书了。"

满宝告诉白善宝："你得自己想一想，你为什么读书？我爹娘背着我悄悄地说，我读了书，以后就把我嫁到乡里去过好日子，但我不想嫁到乡里去，我也没告诉他们。"

满宝说："大人的话我们要听，却也不要全听。我的朋友说，大人说的不一定就全对，所以你得有自己的想法。"

你得有自己的想法！

这话白善宝还是第一次听到，从小，祖母、母亲、先生，他们都告诉他，他为什么要读书，他得怎么做，但从来没人让他有自己的想法。

他想爬树，他们是不许的；他想玩水，他们也是不许的；他想睡懒觉，他们也不许。从小，他们就不许他有想法。

家长和同龄朋友的话，那当然是听同龄朋友的呀！

白善宝眼睛亮亮的，开始用他的小脑袋思考起来。

刘氏在书房门口站了许久，看着两个孩子趴在地上开始找书看。但这个年纪的孩子能看进去的书很少，尤其是书还不断句，两个孩子翻了一下，便塞回去，继续一本一本地翻。

好在两个孩子都很爱惜书籍，知道书难得，一直轻拿轻放。

刘氏站着看了一会儿才转身离开，她也在思索满宝的话，心绪起伏不定。

两个孩子翻了好一会儿，发现没自己能看懂的书，一时间有些生气。满宝也不翻书了，开始背着小手在书架间走来走去，就看到高高的书架上还有竹子，还有漂亮的布，就好奇地问白善宝。

白善宝看了一眼道："那是竹简和锦绫，以前没有纸或者纸不好，所以就用竹简和锦绫写字。祖母说这是先祖留下的，可宝贵着呢。"

满宝好奇地问："我能看吗？"

其实白善宝也没看过，因为祖母不许他乱翻，所以特意把这两种东西放在高处。

他眼珠子一转："可以啊，你是我朋友嘛。"

两个小伙伴就拖了椅子过去，满宝给白善宝扶椅子，白善宝爬上去伸手一够，发现还是够不着。

两个孩子面面相觑，最后在屋里乱转着找东西，最后看向书架底部的书。

满宝和白善宝把书抱过去，一本一本地垒放在椅子上，然后白善宝脱掉鞋子和袜子，先爬上椅子，再踏上书，踮起脚一点一点地去够上面的竹简。

竹简很重，白善宝差点摔下来。满宝踮着脚撑住他的腰，他晃了一下后就把竹简抽了出来，抱在怀里塞给满宝。

满宝放到地上，然后和他移动椅子，又去够另一边的锦绫。

锦绫也是一卷一卷的，但轻很多，白善宝很快就拿到了。两个人先把竹简打开，展开看上面的字。

他们发现，上面的字他们一个也不认识。

他们瞪着眼睛看，摸了摸上面的划痕，满宝惊喜地指着一个字道："这像一个人！"

"咦，"白善宝也很快找到了规律，指着一个字道，"这像火……"

两个人找到了趣味，觉得这比看书还有趣，兴致勃勃地找起字的象形意来。

等外面传来大头和下人的声音时，他们这才惊觉时间过去了，天都快黑了。

但一旁的锦绫还没看呢。

两个小孩心虚，白善宝抓着锦绫就爬上椅子，把它放上去。等他想这么放竹简时，却发现不行。

因为这东西太重，拿下来容易，放上去却十分困难。

下人和大头已经在外面催促了，书房不是他们能进的，所以只能在外面等。

满宝连忙应了一声，扯了扯白善宝，小声地道：“藏在这儿。”

白善宝便和满宝一起将书一本一本地放回书架，然后把竹简藏在书的后面，乍一看还真看不出来。

等干完坏事，两个小孩这才把椅子拖回去，互相看了一眼后，忍不住捂着小嘴乐，然后“噔噔”地跑去开门。

这副欢快的模样落在下人和大头眼里，就是他们看书看得很开心。

见状，大头和下人也高兴起来。

大头最开心了，因为今天下午他吃了好多点心，还在花园里看了各种各样漂亮的花。

白善宝和下人一起送姑侄俩出去，白善宝还牵着满宝的小手道：“明天你要继续来我家呀。”

满宝表示没问题，还叮嘱他：“你有空就想想啊，要是不懂就去问先生，先生知道的可多啦。”

白善宝点头。

然后，大家各回各家，各找各妈。

回到周家，小钱氏正好准备好晚食，周家的气氛特别热烈，每个人脸上都很高兴。

满宝见了就“噔噔”地背着书箱进屋放下，然后像兔子尾巴一样跟着她娘进出转悠：“娘，我们家是不是有喜事？”

钱氏就点着她的小鼻子道：“就你机灵，女贞子烫过晒了一天，已有些样子了。你大哥他们又在林子里发现了好几株女贞子，还不是很熟，打算等这批女贞子晒出来了就采回来。”

钱氏自己估摸了一下数量，觉得今年过冬应该能有一笔收入。正好，老大和老二一家也该换一床被子了，满宝也得做一身暖和点的衣服进学堂。

家里每个人都在挣钱，就连二头他们今天都去扯了不少积雪草回来晒着，只周四郎的情绪有些低落。

满宝刚好蹲在周四郎身边，见了就安慰他："四哥别急，等明年你的地里出产了就能挣大钱啦。"

周四郎觉得希望很渺茫。

钱氏没那么多时间去安抚儿子的小心灵，她要忙的事多着呢。

知道女贞子能卖，钱氏又琢磨出了晾晒女贞子的方法，她已经决定将女贞子作为将来家庭收入的一大来源。

于是，钱氏吩咐二儿子："趁着这几天有空，你编出一排架子来，再编几个大一点的簸箕，圆形的，刚好可以放在架子上，以后专用来晾晒女贞子。"

周二郎表示没问题。

交代好这个，她又对老大和老三道："这两天你们走勤一点儿，不仅要看好山里的女贞子，也要再四处找找。若还有，就记下位置。"

满宝插话道："大哥、三哥，你们要是看到我们外面没有的植物，就拔回来给我呀。"

周大郎笑着应了一声，但山里的花花草草在他们看来都是一样的，实在是没有不一样的。

而且他们也不能理解妹妹为什么那么喜欢拔那些花草，所以只是应下，做不做却不一定。

满宝不知道自己被敷衍了，高兴地继续去找郁闷的四哥说话，把周四郎烦得不行。

钱氏交代完了家里主要的事，这才把大头招来问去白家做客的情况。

知道他吃了一下午的点心，钱氏便瞥了他一眼，叹气道："以后你小姑要是还去白家玩，你只把人送到门口就行，等家里要吃晚食了再去接。"

大头惋惜地应下，不敢不听祖母的。

钱氏转头吩咐小钱氏，让她给大头收拾出几棵白菜和一些鸡蛋，明天让大头带着一起和满宝去白家，算作回礼。

小钱氏应下。

把事情都安排妥当了，钱氏就靠在椅子上，将小女儿叫到跟前，笑着问她：“今天跟先生学了什么？”

满宝高兴地回答，还说：“大丫他们认字也好快，现在都会写我们县、乡村和自己的名字啦。”

钱氏颔首，笑着道：“那你多教教他们，什么诗词歌赋的不必学，就认些字，最主要的是识数，知道算数才是最要紧的。”

钱氏有自己的智慧，能认字自然更好，不能认，也要识数，至少出去买东西不会被人坑。

满宝表示，她都会教他们的。

钱氏就摸了摸她的脑袋，鼓励她好好学习：“家里的事你别操心，娘的身体也好多了，你只要健健康康地快点长大就好。”

满宝不太明白娘亲为什么这么说，但还是高兴地点头。

钱氏就道：“好了，你五哥把你要的鸡买回来了，你去看一看吧。”

满宝这才明白娘为什么说这番话，她调皮地揽住娘的肩膀道：“娘，我健健康康的，你也要健健康康的呀。”

然后，她蹦着去看她的鸡了。

鸡屋外面的角落里放着两个鸡笼，满宝跑过来，第一眼就看到了鸡笼里的鸡，她一下就惊呆了。

两个鸡笼里都放了一只鸡，鸡笼之间隔得远远的。但它们都长着一个样儿，毛发稀疏，身上有很多被啄出来的血。满宝蹦过来，它们受惊地缩着脖子，身子抖了抖，衬得满宝就像恶霸一样。

满宝蹲在鸡笼前看鸡，它们的模样实在是太熟悉了，她看了两只鸡一眼，跑去找她五哥。

周五郎正在数钱呢，今天的花篮没有全部卖出去，所以收益比前两天要少一些。

他数过一遍，在自己的小本本上记了一笔，然后推给满宝数。

满宝暂时没管钱，问道：“五哥，你去找斗鸡的人买的鸡？”

“是啊！”周五郎理所当然地道，“你不是说你买回来的鸡娘不舍得吃吗？我觉得买不下蛋的母鸡也没用，因为它现在不下蛋，养一养就能下了，到头来娘还是不舍得吃，所以我就去买斗鸡了。它们都成那样了，再养也活不下去，不如杀了吃了。”

周五郎挤眉弄眼地和她道："还便宜，一只普通鸡的钱可以买两只。"

满宝都不由得朝他竖拇指："五哥你好聪明。"

她咽了口口水问："那今天晚上怎么不杀一只？"

"娘说太晚了，晚食都准备好了，明天再杀。"周五郎叹息，"娘说了，我下次要是再帮你乱花钱，就不许我去县城了。满宝，以后买鸡这样的事你还是找别人吧。"

满宝哼哼道："你不帮我，我就在村里买。"

她转了转眼珠子，笑道："我已经有办法了。"

周五郎好奇地问道："什么办法？"

"我不告诉你。"满宝低头数钱，不仅将他们的私账算出来，还把公账那部分要交的也算出来，然后把钱分给大家，最后记账。

周五郎看着羡慕不已："满宝啊，你这脑袋到底是怎么长的，我学了这么久，还是不知道这交公的钱要怎么算。"

满宝道："勤能补拙，以后你没事随便给自己出两个数字算，慢慢地就会了。"

科科说了，这是心算，可以锻炼人的大脑和逻辑思维。简单来说，就是可以让聪明的人变得更聪明，笨的人变得不那么笨，甚至是聪明一点儿。

满宝更小的时候没什么东西玩，最喜欢的就是跟科科玩这个了。

她考科科，然后科科又考她。

所以她才是家里数数数得最好的人。

满宝记好了账，又把大家交给她保管的钱收好，临时给大家伙儿出了两道题目，让他们自己算着玩。

两位数的加减，就是周四郎都算得一脑门子汗。满宝就教他们："先用手指算，手指不够再加上脚趾呗，算得多了，以后不用扳手指也会了。"

"可我们的手指和脚趾加起来也不够呢？"

"那就数别人的呗！"满宝理所当然地道，"我就经常借爹的手指和脚趾来数，你们看，我现在已经不用借他的手指和脚趾了。"

兄弟子侄们都惊呆了，没想到他们的爹（爷爷）还被幺妹（小姑）

借过手指、脚趾。

吃晚食的时候，周老头就觉得老四、老五、老六和几个孙子、孙女看他的眼神怪怪的，不由得摸了摸脸，问道："我脸上有米粒？"

偷瞄的众人立即摇头，怪怪地低头吃晚食。

满宝对这些一无所觉，正埋头在碗里努力地扒饭。她的胃口一向好，吃得很多，钱氏会克制一下几个孙子孙女的晚食，却不舍得让小闺女饿肚子，一直让她吃饱饭。

满宝知道食物不能浪费，将碗里的最后一粒米扒干净，放下碗就乖巧地道："娘，我吃饱了。"

钱氏看了一眼外面，见还有亮光，就让她去教大头他们识字。

一群孩子"呼啦啦"地跑到院子里，一边玩耍一边认字。一直到最后一抹斜阳完全消失，天都黑下来，大家这才不认字了，却开始摇头晃脑地背满宝教他们的《千字文》。

琅琅的读书声传到村里，有人往周家的方向看了一眼，羡慕地道："周金他们家这是要出读书人啊。"

"拉倒吧，就一个小孩儿教读两句书，认不认得字都不一定呢。要是这么容易成读书人，那天下还不都是读书人了？"

"你懂什么？只要认得字，又会数，去县里就是账房也能当。你就看吧，他们家那闺女要能在学堂里学个七八年，把学会的东西教给她兄弟和侄子，用不着十年，他们家就跟我们家不一样了。"

有人叹气："这么好一个闺女，怎么就投生在他们家了？"

他边说边以一种很嫌弃的目光看他婆娘，他婆娘很不服气，手叉腰道："你也不看看人家的爹是谁，是我不会生吗？是你的种不好！"

他们家的孩子好奇地看着爹娘，夫妻俩正要吵嘴，坐在上面的老头就用烟斗敲了敲桌子道："乱叫唤啥，那是咱周家的根，几百年就出了这一两个好苗子，还不兴人家有出息了？"

儿媳他不好说，他只能去骂儿子："管好你的嘴，别在外面胡咧咧，要是叫我听到啥不好听的话……"

他儿子低下头，老实地应了一句。

但也有的人家从老到小都不服气的。满宝家的邻居听着隔壁的热闹，气得摔摔打打起来，女人压低了声音骂了一句："没人教的东西，整天闹哄哄的，就不能安静一时半刻。”

“说什么呢你？”周大圆瞪了她一眼，将好奇地看着他们的孙子孙女轰走，这才道，“你要不怕婶来堵你的门，你就尽管说。”

干瘦的老太太就骂骂咧咧起来，却也压低了声音。她跟钱氏年纪差不多大，两个人是一前一后嫁到七里村来的。

别看现在钱氏整天待家里含饴弄孙，跟乡邻都是笑眯眯的温和模样，她年轻的时候泼辣着呢。

往前七八年，她都是村中一霸，连村长家的媳妇都不敢招惹她。

周金一家以前多穷啊，硬是被钱氏带起来了。虽然村里经常有人说她吃药费钱，带累了老周家，但大家心里都知道，她是周家的另一边天，也是她撑着周家起来的。

但女人还是有点儿不服气，这种不服气除了嫉妒，还有年轻时积累下来的恩怨。

女人的这种情绪，在满宝进学，周家一日比一日热闹后达到了顶峰。她虽然压低了骂人的声音，却故意把手中的棍子“啪啪啪”地敲在门上、桌子上，还冲着老周家的方向大喊道：“天都黑了，不睡觉还在外头晃荡啥，明天就上山打柴，连个活计都不会找，活该你们受穷！”

村里的房子和房子之间都有一定的距离，因为选地方盖房子时都考虑到将来孩子也要分出去盖房子，到时肯定需要再批宅基地盖房子。

所以各家之间是有意隔开一段距离的。

满宝家后面和左右的房子都有一定的距离。

但这个距离也有限，房子又不隔音，大家在院子里说话，声音大一点儿隔壁就能听见。

此时满宝就听见了，但她不知道隔壁的嫂子是在指桑骂槐，她还特别心疼地扭头看了一眼周大圆家，大人似的叹息道：“大圆媳妇又骂大驴他们了，真是的，教孩子要夸着来，咋能一直骂呢？”

周四郎：“要叫嫂子，别总‘大圆媳妇，大圆媳妇’地叫，人家的年纪跟你娘差不多呢。”

“她不就是大圆媳妇吗？称呼而已，不要较真啦。”满宝跑去找她的三个嫂子，和她们道：“嫂子，你们可别学大圆媳妇，以后对大头、大丫他们要夸着来，别总是骂他们，我看大驴被他娘骂得都变笨了。”

三妯娌笑着应下，越过满宝暗暗地瞪了一眼高兴的大头、大丫等人，决定回屋再教育他们。

周老头则扭头对妻子道：“满宝这是和你学的吧，你也教教她，在外头别这么叫。”

钱氏不在意地道：“放心好了，咱家闺女不傻。”又道，“你看她叫大谷媳妇有这么叫吗？都是叫嫂子的，这孩子心里精着呢。哪个叫嫂子，哪个不叫，她心里比谁都有数。”

周老头见老伴儿一脸不屑地瞥了一眼周大圆家的方向，还让孩子们去抓萤火虫，院子里更热闹了。

同时，周大圆家的“叮叮当当”响得更欢，钱氏嘴角的弧度也越高。

周老头缩回头，打算啥都不说了。

这边孩子们玩得开心，周大圆家那边则是气氛压抑。孩子们待在屋里大气也不敢出，大驴媳妇忍不住小声嘀咕：“娘也真是的，让我们睡觉，偏在外头这么敲打，这么吵，怎么睡得着啊？”

大驴不说话。

大驴媳妇继续道：“人家在自个儿家的院子里玩，那不是应当的吗？娘要是不敲敲打打的，我们听着外头的笑声睡得还更快呢……”

“行了，有本事你出去跟娘说去。”

大驴媳妇气得不轻，背过身去搂着孩子哄睡觉，不理他了。

他家孩子就小声问大驴媳妇：“娘，奶奶为什么不喜欢满宝啊？”

大驴媳妇：“因为她聪明！”

狗蛋惊讶：“聪明还不好啊？”

“好，就是不是你家的。”大驴媳妇说完瞥向大驴。

大驴脸色涨得通红，忍不住拍了她一巴掌：“你胡说啥呢？”

“我胡说啥了？我说得不对吗？你娘就是嫉妒老周家，嫉妒钱家婶子，整天指桑骂槐地说我不会生孩子，生出一群屎驴蛋。我倒是想生个金蛋、银蛋，跟满宝似的聪明，你有那个种吗？”

大驴媳妇早压着一肚子的气了，加上外面婆婆还在用棍子敲敲打打，她的火气更是一丛一丛地往上冒，也顾不得孩子在身边，直接连珠炮地问：“也不看看人家的爹啥样，你是啥样，我想生就能生吗？”

大驴气得眼睛都红了，口不择言地道：“人家的娘还是秀才家的小姐呢，你是吗？”

“拉倒吧，他说是就是，谁见过他媳妇的娘家人……”

夫妻俩吵了一架，狗蛋和弟弟妹妹们躲在被窝里，一双眼睛闪闪发亮。

狗蛋今年八岁了，就比大头小一岁，已经算懂事了，所以第二天他就特别兴奋地去找他的小伙伴，偷偷地告诉小伙伴：“满宝不是她爹娘生的！”

小孩子是最藏不住话的，不到半天，村子里大半的孩子就听到了这个流言。二头是喜欢和小伙伴们玩的年纪，于是他的小伙伴便来悄悄地问他：“你小姑是不是你爷爷生的？”

二头理直气壮地道：“当然不是了。”

小伙伴们惊悚，二头就鄙视地看着他们道：“男人怎么会生孩子，我小姑是我奶奶生的。”

咦，大家这么一听也有道理。

于是，又有人反驳回去，说满宝虽然不是她爹生的，但是她娘生的！

等大头听说的时候，流言都在村里转了两圈了，但范围只局限于小孩子中，大一点的孩子都没听说。

于是，大头一个一个地找过去，很快就找到了流言的源头——狗蛋。

大头捏着拳头把狗蛋揍了一顿，道：“我看你长得既不像你爹，也不像你娘，你肯定也不是你爹娘生的！”

狗蛋挂着鼻血，一边哭一边喊：“你说谎，这话是我爹娘说的，你小姑就不是你爷奶生的，我奶奶还说了你小姑没人教，那不是没爹娘是啥？”

大头气得又揍了他一顿，道：“你才没人教呢，你有人教会传这样的闲话？”

狗蛋一路哭着回家找他奶奶，大头才不怕他呢，也跑回家找奶奶：“奶奶，外头有人说小姑坏话！”

钱氏眉头微蹙：“说什么话？谁说的？”

“狗蛋的奶奶说小姑不是爷爷奶奶生的！”

钱氏脸上的笑容就落了下来，将手中做到一半的鞋垫放到一旁，撑着椅子起身，看向外面。

正巧，周大圆的媳妇张氏也拽着她孙子狗蛋杀到了。

村里孩子打架是常事，却也没有把孩子打出鼻血的。

别说张氏了，就是一般人家也要生气了。

张氏素来跟钱氏不和，更不可能放任这事。看见孙子被揍成这样，她连原因都没问，直接就把人拽到这里来讨说法了。

只是她还没来得及开口问罪呢，钱氏就先开口道：“你来得正好，我听我大孙子说，你小孙子说你说的，我家满宝不是我的孩子？”

张氏便一个激灵醒过神来。

“那我们就去村长家里，请村里的长老们来说一说，满宝到底是不是我生的。”

张氏脸色有些发白，低头看向孙子，不确定是不是她和老头说悄悄话时被他听了去。

此时，张氏虽有些心虚，但更多的是愤怒，道：“钱婶娘，谁知道孩子从哪里听来的小话？反正我是没说过这样的话的，再怎么样，你家大头也不能打我家狗蛋啊，他可比我们家狗蛋大一岁呢。”

钱氏道：“话是从你孙子这里传出来的，他说是你说的。”

张氏被噎住。

钱氏则低头看向大头，道：“去山上把你爷爷和你爹叫回来，我们去村长家。”

张氏这才有些慌张，道：“钱婶娘，两个孩子打架而已，你家有脸闹到村长家，我家可没脸。”

“要只是两个孩子打架，大头打了狗蛋，我自会教训他。可这还涉及我闺女满宝，我就要你当着全村老少爷们儿的面说一遍，满宝到底是不是我生的？是你乱嚼舌根，还是我背着他周金偷人了？”

张氏气得不轻，差点口不择言。周满谁生的，全村谁家不知道？

但对上钱氏的目光，张氏到底不敢任性说出口。

钱氏一改往日的温和，特别强硬地拽着张氏去村长家。

因为这一争执，村里许多人家的户主都被从地里叫回来，好多孩子都跑去凑热闹。钱氏虽然想让孩子们围观，但到底不想事情闹得太难看，那样对满宝也没好处。

于是，钱氏把孩子们撵走，只让长老们和各户主留下。

满宝对此一无所知，此时她正跟白善宝凑在一起说悄悄话。

白善宝道："我想过了，我要变得很厉害，很厉害，那就要读书。我要为了变得厉害而读书。"

满宝问他："要多厉害才算厉害？"

白善宝昨天晚上想了好久，因此道："比我们白家的族长还要厉害，比白家所有人都厉害，这样就没人能欺负我，欺负我祖母和母亲了。"

他不为光宗耀祖而读书，也不为继承他爹的遗志而读书。前者，他并不觉得祖宗有什么光耀值得他去发扬；后者，他对他爹没什么印象，父亲只存在于祖母和母亲的口中。

他小声地告诉满宝："我在族学读书时，因为我没爹，他们便总欺负我。就是先生都因为我没有父亲，无论我跟谁起争执，他都觉得是我的错，动不动就有人骂我缺少教养。"

他不服气地哼了一声，道："我才不缺少教养呢，从小我祖母就教我许多道理，我都记下了。"

满宝义愤填膺："他们真坏！"

白善宝点头："但他们不是最坏的，最坏的是那些叔伯婶婶，还有族长，因为我没爹，他们就想要我家的产业。我娘说了，那些产业是要留着给我念书、娶媳妇的。"

白善宝到现在都还记得他躲在屏风后面看着祖母哀求那些人的样子，他眼中带着一股恨意和倔强，咬牙切齿地道："我娘说了，族长是泾州知州，而五叔公在京城做御史，所以他们两家才有底气说要接手我家的产业。哼，我以后要比他们还厉害，做比他们还要大的官。"

满宝给他鼓掌："你一定会成功的，科举而已，不难的。"

白善宝看她："你怎么知道？"

满宝自信满满："我猜的，我们可是聪明人呢。"

她还问科科："科举好考吗？"

系统道："不好！"

满宝就一瞪眼："你不是说我和善宝是很聪明的人吗？"

系统道："这个世上聪明人很多，比你勤奋的聪明人更不少。今年进士才取二十人，明经九十八人，白善宝是很聪明，但他年纪小，能不能勤奋都不一定。读书不是靠天分就可以的。"

满宝就认真地对白善宝道："你一定要勤奋读书，不然就算考科举不难，你也会考不上的。"

她有些心虚，刚才不应该嘴快下定论的，现在她改口不仅会有损她的"威严"，还会对小伙伴的积极性造成打击。

系统趁机教育她："所以以后下结论要经过调查才好。古人有一句话说得好，没有调查，就没有发言权。"

满宝问道："这是哪个古人说的话？"

"对我来说是古人，对宿主来说是后人。"

满宝点头："原来是我的子孙后代说的话呀。"

系统忍不住沉默。

满宝现在没有别的办法了，只能督促白善宝多读书，多用功，不然将来他科举考不过，她可怎么跟他解释呢？

为此，满宝还特别认真地跟着他一起读书。当然，因为她年纪比较小，进度比较慢，所以都是她读书，然后请教他，他给她讲解。

但是满宝是不会承认她打扰了他的，她觉得先生说得对，温故而知新，她请教他的同时，他也在温故，自然是每一次都能收获新的知识啦。

下午下学，满宝背着小书箱跟着白善宝走出教室，他们还在讨论刚才她请教的一篇子曰的释义，所以没有留意大头没来接她。

两个人边说边走，非常自然地走到白家，拜见过刘氏后就去书房看书了。

他们把竹简从书后面掏出来，好奇地观摩了一下后就放回去，然后两个人便到处找书看。

满宝觉得，他们得读很多很多的书才有可能考上科举，因此就算一些书看不进去，他们也得看。

当然，为了不为难自己，他们还是会先找自己感兴趣的书看。

。·。第十一章。·。

药材收购

满宝找了很久才找到一本带图的书，她看了好一会儿才反应过来，这是一本记载各种草药的书，上面有些药画了图片，有的只是文字描述。

药草的名称后面还有它的主要产出地、疗效、炮制的手法等。

满宝精神一振，高兴不已，直接就坐在地上津津有味地看起来。

不认识的字她就问科科，不会断的句子也问科科，她虽然读得磕磕巴巴，但还是很有兴致地读了下去。

白善宝则找到了一本专门说鬼怪异志，各种玄而又玄的故事的书。

书的开头便是作者的自序，说这是他游历各山川、乡村、名城时的所听所见，俱为真实。

白善宝和满宝一样，最喜欢看故事性的书了，其他的书他都不怎么喜欢看，但这种书却是看得津津有味。

他为什么特别喜欢看《论语》和听庄先生讲课呢？

因为《论语》都是记叙孔子的言行，都是一个一个小故事组成的。而庄先生讲课也讲究趣味性，一句话，它的出处及当时的情景都被庄先生一一说出，就跟听故事一样，他喜欢得不得了。

两个小孩儿靠坐在一起，各自拿了一本书看得津津有味。

刘氏带着儿媳过来看了一下，见两个孩子看得入神，便让儿媳把茶点放在桌子上，小心翼翼地出去了。

郑氏惊喜不已，压低了声音道："善宝竟然主动看书，还看得那么认真……"

要知道以前白善宝在家里最讨厌看书了，有好几次甚至偷偷把书藏起来，就是为了不去族学。

每次放学回来，他就带着书童和小厮去玩，爬树、下水、捉虫和打架，简直是什么调皮的事都做。

刘氏也露出笑容："所以这一次我们搬家搬对了。"

郑氏也连连点头，也不介怀婆母一定要搬到这穷山沟里来了。本来，她是建议带着孩子回她娘家的。

如果怕不自在，他们可以在她娘家附近买栋房子住下，有郑家做靠山，日子总好过一点儿。

没想到婆母坚持要来七里村，这里出入不方便，又没有名师，她夜里没少偷偷地哭。可现在她却觉得一切都是值得的，只要善宝能够学好。

刘氏道："地已经选好了，我明日去一趟县城，换些铜钱回来，把地基尽快挖好。既然决定在此定居，那就要把房子修好一点儿。"

刘氏没有问题。

白善宝和满宝并不知道有大人来过，他们津津有味地读了许久，觉得眼睛有点累了，才从地上爬起来要出去走走。

看到桌子上有点心和水，白善宝立即招呼满宝来吃。

两个人津津有味地吃了点心，干脆又坐在椅子上看起书来。直到外面下人来禀报，满宝才知道大头来接她了。

满宝就把书放回去，然后背了自己的小书箱和白善宝告别，一蹦一跳地走了。

白善宝当然会去送她，主要是没人陪自己看书，他也不想看了。

于是，他把人送到大门口，看着满宝和大头走了，他也不回去看书了，一蹦一跳就去找祖母。路上看到花园里的花上有漂亮的虫子，他便忘了要去找祖母，干脆在花园里捉起虫子来。

把园子里的花花草草祸害得差不多了，他这才心虚地跑回去找祖母。

满宝跟着大头往回走时才想起下午大头没去接她，连忙问他干什么去了。

来之前，大头就已经被警告不许把这些事告诉小姑，于是道："我玩去了，忘记时间了。"

满宝就特别仗义地道："你别怕，我不告诉娘亲和大嫂。"

大头暗道：你不告诉她们也知道。

不过，小姑能有这份觉悟还是很不错的。于是，他感谢了一下小姑。

从白家到周家，有一段不算短的距离。周家在进村口不远的地方，但外边还是有好几家的，大家又爱在村口不远处的大榕树底下聊天聚会，所以每次满宝从那里过都能看到很多人。

但今天那里一个人也没有，连路上打闹的孩子都不见了。

满宝好奇得不行："村里的人呢？"

"在自个儿家呗。"

满宝道："在家干什么，怎么不出来聊天？"

这话……大头忍不住道："在家干活儿吃饭啊，现在是吃晚食的时间。"

"可以前这儿天天都有人，他们还喜欢端了饭出来蹲着吃，怎么今天一个人都看不见？"

大头有些心虚："或者今天家里有肉吃？"

只有家里有肉吃的时候，那些人才不会捧着饭碗出来蹲着吃。

提到肉，满宝眼睛一亮，跳起来就往家里跑，嘴里喊道："肉啊，肉啊，鸡肉啊，今天晚上我们家要吃鸡肉啊。"

大头愣了一下，一抹口水也追上去了。

还没到家，两个小孩就闻到了一股肉香味，都忍不住咽了口口水，抬脚就往家里跑。

小钱氏还没起锅，走出厨房时，看到小姑背着书箱，而她那傻儿子空着两只手，就点了一下他的额头道："真是棒槌，你小姑比你小这么多，你都不会接过书箱？”

大头立即伸手接过小姑的书箱，把它送回房间，然后出来和小姑及弟弟妹妹们一起站在厨房外，眼巴巴地看着里面冒着气的陶罐。

可真香啊！

系统感受到了宿主的渴望，适时地开口：“所以宿主，你现在知道积分的好处了吧？”

满宝闻着肉香觉得肚子有点饿，脑子就有点慢，“嗯”了一声表示不理解。

系统道：“积分可以给你换糖，而糖可以换成你们这个时代的货币，货币可以买到各种各样好吃的东西。只要积分足够多，宿主想要过好日子并不难。”

满宝就道：“对哦，那女贞子的积分你们到底什么时候给我，到现在都没算出来吗？”

系统沉默了一下后，“嗯”了一声，让宿主耐心等待。

满宝觉得不能光等这一个积分，看来她得再拔些以前没拔过的花花草草给科科才行。

但大哥他们真是笨死了，林子里那么多的花花草草都不能帮她找出一株来。唉，看来还是得她自己去。

满宝盘算着什么时候找时间上山才行，当然不能她自己去，得让人陪着她一起才好。

吃饭的时候，全家人都以一种怜爱的表情看着满宝。周四郎都艰难地把自己碗里的一块肉分给了满宝，表示：“幺妹，以后要是有人欺负你，你告诉四哥，四哥帮你揍他。”

周五郎等人也不甘示弱，纷纷把自己碗里的肉贡献一块给她，同样如此表示。

满宝吃得满嘴是油，迷茫地抬头道：“没人欺负我呀。”

“我们知道，这不是提前说好吗，要是以后你被人欺负，告诉哥哥们一声，哥哥们替你揍他。”

各家的大人都在教孩子，让他们不要在外面胡说，满宝本来就是周家的孩子。至于为什么会出现这样的流言，当然是因为狗蛋的奶奶跟满宝的娘不对付，所以编瞎话骗狗蛋的。

孩子们都信了，因为大人们经常会说些没证据的事。比如东家婶子的菜被拔了，她没看见，但一定会对着西家骂，认定是西家偷的。

周大圆家的气氛却很压抑，一家人沉默地吃着晚食。吃完后，张氏抖了抖面皮，对着孙子恨铁不成钢地道："以后家里说啥事不准往外传，知道不？"

周大圆放下碗筷，"啪"的一声道："你吼孩子干啥，要不是你在家里说些有的没的，孩子会往外传吗？"

那我说的也是事实，张氏张嘴就要说，周大圆就睁大眼睛瞪她，压低了声音怒道："你要想死，别带累全村。"

张氏忍不住嘟囔："官府又不讲连坐……"

周大圆"啪"地甩了她一个巴掌，大驴惊得站起来，忍不住叫了一声："爹！"

周大圆回头瞪他，道："别忘了，当年能让咱家活下去的那口粮是谁给的，长老们说了，人不能忘恩！"

大驴低下头去。

张氏捂着脸，又羞又恼，直接推了桌子就回屋。

周大圆也摸出烟枪来抽烟，心里同样烦躁得不行。

老周家同样不安宁，大家今天晚上特别沉默，只有满宝一无所知，她照例把今天的账算好，该交公的交公，该她保管的保管。

周五郎盘腿坐在床上沉思。

满宝看了他好一会儿，扭头小声地问六哥："五哥怎么了？"

周六郎也叹了一口气，小声道："今天我们去县城的时候，好多人卖花篮，贵一点的三文钱一个，便宜的两文钱一个，最后我们也把价格降到三文才卖出去。"

周六郎道："五哥说明天我们不卖花篮了，就卖糖果，大丫也不用跟我们去了。"

满宝回味了一下今晚吃过的鸡肉，咽了口口水道："不行，咱得找一门别人代替不了，或是别人不容易替代的生意才行。"

周五郎道："卖糖！"

周六郎道："咱的糖是市面上独一无二的，所以满宝，咱多卖一点糖吧。”

满宝不同意：“那糖也是跟人家买的。”

周五郎一想也是，万一他们以后生意做好了，人家直接不把糖卖给他们，自己接过盘子怎么办？

那还不如现在每天一百颗地卖，虽然生意小点儿，却是独一份，而且细水长流。

周五郎叹了一口气，问道：“那你说什么生意好？”

满宝老实地道：“不知道。”

她想得特别开：“反正每天至少能挣一百文呢，一百文能买两只小一点的鸡了。”

那就是他们不仅可以每天吃一只鸡，还可以往外扔一只。

这么一想，满宝就又开心起来，道：“五哥，既然花篮卖不出去了，那我们就去拔积雪草吧。咱攒两天的糖再去一趟县城，你们也得努力识字了，现在你认的字都还没有大头多呢。”

周五郎觉得认字真是太困难了，他宁愿跟着四哥去开荒也不要认字。

他本人是不愿意就此服输的，所以他没听满宝的，第二天依然带着花篮去县城。这一次他是真的卖不出去了，除了有两个小孩因为喜欢花篮里的糖果买了两个，其他二十多个花篮他是怎么也卖不出去。

看着时间差不多了，再不回去就要摸黑了，周五郎干脆不搭配着糖卖了，直接一文钱一个花篮地往外送。

周五郎觉得，反正竹条又不要钱，你们跟我抢生意，那我也抢。

他直接把价格压到一文，其他商贩的花篮立时也卖不出去了。

周五郎卖完东西，拍拍屁股就走，回家还把这事炫耀般地讲给满宝他们听。

满宝摇着小脑袋道：“五哥，你这样做是损人不利己。”

周四郎也道：“你这样得罪了人，下次再到县城去做生意，恐怕会被人针对。”

周五郎道：“我才不怕呢，明明是他们先针对我的。哼，他们学着我们卖花篮，卖也就卖了，价格和我的一样，或是比我低一文我都能接受，直接卖三文、两文算怎么回事？”

周六郎力挺他五哥：“那些人忒讨厌了，知道我们是老生意，很多小孩儿认准我们，就专门走在我们四周叫卖，我们去哪儿他们就跟到哪儿。”

满宝也跟着道：“太坏了！”

周四郎这才不说话了，他们兄弟也不是泥捏的，既然都被欺负到这份上了，当然不能任人欺负。

不过大家都知道，花篮这门生意是不能做了，至少这段时间不能做了，不然五郎他们去县城，恐怕会被揍。

不过周四郎和满宝倒是挺高兴的，一个道：“那就留家里跟我开荒吧。”

另一个跟着道：“正好可以去拔积雪草。”

周五郎他们唉声叹气了一会儿，应了下来。

有了五郎、六郎的加入，不仅周四郎开荒的速度增加了不少，家里的积雪草也越来越多。

晒干了的积雪草被卷成一团一团地放进麻袋里，周四郎拎了拎，道：“这么多才这么点儿重，卖得出价吗？”

满宝正在边吃糖边写作业，闻言抬头问道：“咦，五哥没去药铺问过价吗？”

大家面面相觑：“不会人家药铺不收吧？”

大家便忧心起来，那这些天岂不是白干了？

满宝自信满满地道：“不会的，先生都说了，药铺是收的，夏天还会熬了药水供过路的人喝呢。”

“可现在都快入冬了，药铺还会要吗？”

路过的周大郎闻言，道：“明天我带一袋到县城里去看看，你们别急。”

周五郎立即精神一振：“大哥，你们要去县城啊？”

周大郎脸上就露出笑容，道：“是啊，家里的女贞子都晒出来了，娘让我明天带去药铺里看看。要是药铺满意，我们再把林子里的那些也摘回来晾晒。”

周五郎立即道：“我们也去！”

他们已经好几天没去县城了，正打算找个借口出去，把糖给卖了，满宝这两天正好念叨着要吃肉呢。

满宝也兴奋起来，举着自己的小手也喊道："我也要去！"

周大郎问她："你去干吗？"

"我也要去药铺卖药，"满宝道，"大哥，不用你带积雪草去了，我们自己带去。"

"你还要上学呢！"

"不需要了，"满宝道，"明天休沐呀！"

周大郎一怔，这才想起明天的确是休沐日。他挠了挠脑袋，不善于拒绝满宝，只能道："你去问娘。"

钱氏本不想答应的，但见闺女兴致勃勃的样子，她犹豫了一下便点了头。

看着小闺女红扑扑的小脸蛋上满是兴奋，钱氏觉得多让她出去走走也挺好，至少不像以前那样总围着她和小钱氏打转，四五岁的孩子只能自己扒拉着蚂蚁玩儿。

满宝高兴得不得了，连忙跑出去告诉大家这一好消息，让他们把晒干的积雪草都装好，明天带去县城。

大头、大丫他们都很高兴，自以为小姑也替他们和祖母提了，于是都做好了一起去县城的准备。

第二天一大早，孩子们就早早地爬起来，穿戴整齐了要跟着一起去。

周大郎看到这么多孩子头都大了，不乐意带他们，道："你们小姑去就行了，你们跟着凑什么热闹？"

大头理直气壮地道："奶奶都答应了的。"

周大郎还以为他娘真答应了，便有些踌躇，就这么一犹豫的工夫，大头已经领着三个弟弟妹妹爬上了板车坐好，将他们小姑围在了中间。

此时已是初冬，早上冷得很，大头他们一挨上来就没这么冷了。

于是，满宝道："大哥，就让他们去吧，他们也认得了好些字，这次就带他们出去见识见识。"

"有什么好见识的，等他们像老五、老六这么大的时候再去见识也不迟呀，而且我们没带那么多干粮。"

满宝想起上次在集市和县城里吃的干粮，很是嫌弃，道："没关系，我把我的让给他们。"

她到时候再去买点儿东西吃就是啦。

各种借口都被堵回来了，周大郎又想着这也是他娘答应的，只能默默地同意了。

周大郎把板车推到大门口，披了衣服出来的钱氏看到几个大的孩子都坐在板车上，就皱了皱眉。不过她看了一眼两个儿子，还以为是他们想带孩子去县城逛逛，又看在两个儿媳的面上，她便没有说什么。

钱氏把一把铜钱交给周大郎，道："虽说是去卖货，但也要带点钱在身上。到了县城，要是饿了就去买些热食，别饿着孩子们。"

周大郎应下，这才和周二郎一起推起板车走，周五郎和周六郎就走在板车的两边护送。

满宝在黑暗中打了一个哈欠，靠在侄子侄女们身上又睡着了。

满宝觉得这一次出发的时间比上次早，实际却不是，只是现在日头更晚了而已。

这一次满宝睡得更香，直到他们停下休息她才醒来。

这一次他们走得更远一点儿，因为板车的重量比上次轻了许多，但依然是在山上。

满宝揉了揉眼睛醒来，看到左右两侧都是茂密的树林，顿时兴奋了，立即爬下车，乖巧地跑到周大郎和周二郎身边，特别殷勤地道："大哥、二哥，你们好好休息，千万别累着。"

周大郎和周二郎觉得熨帖不已，笑着对她道："满宝放心，大哥（二哥）不累。"

"不累也得多休息会儿，万一累着怎么办？"满宝跃跃欲试地看着两边的林子，道，"大哥、二哥，你们先休息，我去给你们找野果子吃好不好？"

周大郎便明白了，这孩子是想去林子里玩儿，这才让他们多休息的。他有些哭笑不得，挥手道："去吧，去吧，不过别跑远了，和你五哥一起。"

周五郎走了一早上，也有点儿累了，正蹲在地上休息呢，不甘愿地跟上满宝，抱怨道：“林子里有什么好玩的，这一片并没有可以吃的野果子。”

满宝反而抱怨他：“我并不是非得要野果子，五哥，你明明答应我在路上帮我找我没见过的植物的，但从没见你们找回来过。”

周五郎有些尴尬，道：“这些东西都常见得很，我怎么知道哪些你没见过，哪些你见过了呢？”

满宝的记忆力一向好，她自己收录过的植物多半都能记得，因此一路扯一路往前走，发现许多她都收录过了，于是便叹息一声，扶着一棵树道：“要是我再长大一点儿就好了。”

这样就可以进到深林里去，到时候就可以给科科找好多好多的植物啦。

满宝觉得自己长得太慢了，于是问科科：“科科，你有没有一种药，吃了可以让人一夜间变大的？”

系统道：“宿主，星际中的人类追求的是一夜间变小，你要是想要越变越年轻的药，商城里倒是有，就是也贵。”

满宝就道：“我才不要那种药呢，我想快点长大，可不想再变小了。”

她还道：“你们未来的人真是奇怪，只听说过盼着长大的，他们怎么反而喜欢变成小孩儿呢？”

她道：“变成小孩儿就有许多事想做而不能做了。”

系统道：“等宿主二十年后就明白了，到时欢迎宿主订购返老还童药。”

满宝觉得不会有那一天的。

一人一系统边说话边寻找有价值的植物，满宝是靠眼睛找，系统是靠扫描来找。

认主之后，科科就没再升过级，实在是它的积分不够，所以目前能扫描的地方也仅限于满宝的两百米范围内。

但满宝能看见的却不止两百米，只要视野开阔，她可以看到很远很远的地方呢。

于是，她扶着树，踮着脚四处张望时，便看到一棵树后有一丛一丛的植物。

那种植物的叶子有些眼熟，但她又觉得没见过。

于是，满宝就扶着树走过去。周五郎连忙去扶她，一边走一边问：“这儿陡得很，你干吗非得来？”

满宝好不容易走到那棵树旁边，指着那丛植物问：“五哥，这是什么？”

周五郎看了一眼，摇头道：“不知道。”

与此同时，系统终于扫描出结果，道：“是山药！”

满宝伸手拽了拽那藤蔓的叶子，依然觉得眼熟，就问科科：“山药是什么？我是不是录入过？”

“没有，”系统显得有些激动，道，“这是野生山药，价值非常高，宿主如果录入过，不会不记得的。”

系统补充了一句：“它很好吃，可以和鸡肉一起炖。”

科科已经快速地在百科馆内调出来一部分有关山药的记载。

山药在未来已绝迹，但它消失的时间短，且曾经作为食材在历史上辉煌过一段时间，因此有关山药的记载还挺多。不仅如此，在百科馆内还能找出一整本以山药为食材的食谱呢。

系统催促满宝赶紧把东西挖了收录，它道：“因为山药不仅具有药用价值，还有很大的食用价值，所以百科馆对它的定位很高。如果收录，奖励的积分必定不低，而且下来的速度还快。”

到现在，百科馆也没结算女贞子的积分给他们，系统生怕满宝的积极性被打击。

但满宝自己都快忘记女贞子的积分了，她现在只听到科科说这山药很好吃，于是口水分泌得多了点儿，然后小手一挥，就要五哥给她开挖。

周五郎嫌弃地看着这丛植物，终于从他那有限的脑仁里挤出一点印象来，道：“这不是鸡矢藤吗？这东西挖来干吗？”

科科下意识地在自己的系统内搜索鸡矢藤，发现搜索不出词条，又去百科馆内搜索，也没有这个词条，不由得怀疑：“难道这是山药另一个没有被收录的别称？”

满宝才不管呢，就要周五郎挖。见他不动手，她就自己蹲在地上，捡了根小木棍“吭哧吭哧”地自己挖。

周五郎没办法，将幺妹拎起来放到一旁，道：“我来吧。”

他找了根还算粗的树枝，然后折断，让它尖锐一些，这才将藤蔓拨到一边挖它的根部。

他一边挖，还一边抱怨：“这就是鸡矢藤吧，这东西底下就是长长的根，你挖它干什么？”

周六郎和大头他们找过来，见周五郎正“吭哧吭哧”地挖东西，也跟着帮忙，一边挖一边问：“五哥，你挖这个干什么？”

“满宝让挖的，这不就是鸡矢藤吗？我记得咱家的一块地边上就有。”周五郎试着和满宝打商量，“你要是想要，回家我再去挖给你。”

周六郎则看着这丛植物道：“不是鸡矢藤吧，你看它都没结果子。”

大头也觉得不像鸡矢藤，至于其他人，他们更不知道了，因为他们都没听说过鸡矢藤这个名字。

周五郎有点累了，正想找借口罢工，土里突然露出了一截东西。

他“咦”了一声，连忙顺着那块根茎往旁边挖：“真不是鸡矢藤啊。”

满宝高兴地蹲近了一点儿，指挥道：“挖这里，挖这里，别挖坏了。”

这里的泥土还算好挖，因为是在山坡的一侧，落叶较多，土质呈褐色，或许是因为腐叶多，又湿润，所以泥土有些松。

就这会儿工夫，科科已经搜索了很多关于山药的信息给满宝，并给她分析了一下这块土壤，表示这一片很适合山药的生长。

泥土肥沃、湿润，落叶能给它带来足够的营养，所以科科还提醒她，为了持续发展，建议满宝别把山药全刨干净，留一些做种。

满宝应下了，这一丛山药挺多的，他们肯定刨不干净。

满宝蹲在一旁，伸手捧了一把混着腐叶的泥土搓了搓。周五郎已经把一根山药挖出来了，那是好长好长一截，还断了一小截在泥里，不过周五郎懒得去挖了，把藤给弄断，把根茎交给满宝，然后去挖另一株。

几人在这儿忙得热火朝天的，周大郎总算觉得不对劲，找过来了。

就见他们正撅着屁股“吭哧吭哧”地挖东西，周大郎忍不住问：“你们干吗呢？”

满宝已经上手帮忙，挖得一脸的泥。她扬起兴奋的小脸，高兴地和周大郎道：“大哥，你快来帮忙呀，我们找到了山药。”

周大郎立即上前，看了一眼他们挖出来的根茎，问道：“山药是什么药？”

满宝道：“就是山药呗，可以当菜吃，也可以当药吃。”

周大郎没怀疑，因为女贞子也是满宝告诉他们，他们才知道这东西是药的。

他立即撸起袖子帮忙，还问满宝：“满宝，你怎么知道山药是药的？”

“书上写着呢。”

周大郎便以为满宝是在庄先生或白家看到的书，因为最近几天满宝一直跟着白家的小少爷去白家看书。据她回来说，白家有好多好多藏书，其中有一本画着画的书，上面有好多药材，还记载了炮制的方法。

有了周大郎的加入，那速度可快太多了。在满宝的要求下，大家给这片山坡留下了一株山药，用满宝的话说就是：“留下一根做种子，明年就又能收获一片啦。”

大丫就扶了扶自己的小腰道：“那还不如挖回家种呢，那样明年就不用跑到这儿来挖了。”

满宝想了想，觉得她说得有道理，于是又招呼大家把最后一根山药也给挖了。

科科本想说些什么的，但一扫描，发现他们挖得不专业，几乎每一根都断了一小截在土里，想一想便不说话了。

这一丛山药有不少，周大郎和周五郎一人抱了一怀，因为怕弄断，所以小心翼翼地将其放到板车上。

周大郎道：“不知道这东西要不要炮制？”

周五郎则好奇：“不知道药铺收不收？”

满宝很有信心：“既然是药，当然收啦。”

大家情绪便高涨了些，周六郎道：“不知道价格高不高？”

周二郎已经从他们的三言两语中知道这东西也是药了，忍不住把满宝抱进怀里道：“满宝，你可真聪明，懂得比我们几个哥哥都多。”

“那是，”周大郎也很自豪，“咱满宝可是读书人。”

读书人满宝被放在了板车的正中间，周家两兄弟特别兴奋地拉着板车就走。如果这什么山药也能卖出价钱，那他们可得到山里仔细找找，说不定还能找出一些来呢。

入城要交入城费，现在就是光杆儿进去都得交一文钱了，当然了，像大头这样的小孩儿是不要钱的。

但周大郎还是觉得肉痛不已。

刚进城就花了好几文，他担心得很，所以哪儿都没去，直接拉着板车去药铺了。

县城只有一家药铺，就是济世堂。

伙计看到周大郎来了，便道：“你是来卖药的吧，且稍等一下，我们掌柜的一会儿就来。”

周大郎来过两次，一次是拿着新鲜的女贞子来问价，一次是拿着晾晒过的女贞子来问是否炮制得正确，所以伙计记得他。

掌柜的很快出来，周二郎怕人太多惹药铺厌烦，所以让五郎带着孩子们在外面等着，只有满宝好奇地跟在周二郎后面进去看热闹。

周大郎和周二郎看了眼幺妹，什么话都没说，还把人往跟前带了带，不至于丢了。

这些女贞子都是过了一遍热水后才晾晒的，正用细布袋装着。

周大郎将袋子打开给掌柜的看。

掌柜的放在手心里看了看成色，又吃了一颗，微微颔首道：“晒得还行，下次过水时再长上片刻就更好了。”

他翻了一下下面的，发现成色差不多，便点了点头道：“行了，称上吧，我们都收了。”

伙计立即拿秤来，称过后道：“一共十二斤半。”

掌柜的道：“你这成色一般，我就给你们五十文一斤，共计六百二十五文。以后再有女贞子，还送到我这儿来，只要成色好，我们都收的。”

满宝就好奇地问：“掌柜大哥，这么多女贞子药铺卖得出去吗？”

掌柜的一低头，才发现两兄弟的脚边还有个小姑娘。听到她的称呼，他抽了抽嘴角道：“我们济世堂的药铺遍布天下，这点儿女贞子当然吃得下，再多上百倍千倍都没问题。小姑娘，你该叫我叔叔的。”

周大郎抹着额头上的汗，连连道歉，道：“我这幺妹年纪小，不懂事，还请掌柜的见谅。”

掌柜的这才又看了一眼满宝，笑道：“原来是你妹妹，这倒难怪了。”

他的年纪看着和周大郎差不多，难怪这小姑娘会叫他大哥，而不是大叔。

掌柜的失笑摇头，倒不介意了。

满宝却还兴致勃勃，也不介意地改口道：“掌柜叔叔，那以后我家要是种出很多很多女贞子，你们家也能这个价格收购吗？”

掌柜的本来都叫伙计给他们拿钱，准备转身离开了，闻言转身问：“怎么，你们家要种药材吗？”

满宝道：“想种。”

掌柜的就道：“这个可不容易，这种药材容易有虫害，也有可能旱着涝着，你们家打算种什么药材？”

满宝先问他：“你觉得我们这地方适合种什么药材？”

掌柜的低头看着这小不点儿，顿了顿后便笑道：“我觉得我们这儿适合种的药材可多了，关键是你们会种吗？”

“不会可以学嘛。”

见她跟个小大人似的，掌柜的就忍不住笑道：“只要你们种得出来，药材是不会卖不出去的，因为是人就会生病，生病就得吃药。”

满宝便明白了，转身就拖着二哥帮她把他们的积雪草扛进来。

掌柜的见他们拖进来两个大麻袋，便好奇地停下了脚步。

“掌柜叔叔，这是我们晒的积雪草，你们药铺要不要？”

掌柜的弯腰摸了摸，发现晒得还挺干，便点头道：“要，这东西在夏天可是消暑的好东西，二十文一斤，称吧。”

别看这东西有两大麻袋，其实一点儿也不重，两大麻袋加在一起竟然只有三十五斤。

趴在门口兴奋得不得了的五郎几个人都惊呆了，明明他们拔了这么多，怎么这么轻？

他们都有些失落，结果看到伙计拿出来七串钱给他们时，他们又惊呆了。

好像这钱赚得有点容易啊。

周大郎见几个孩子赚得比他们还多，也有些惊讶。

掌柜的却道："下次别送积雪草来了，这东西哪儿哪儿都是，不用外调，这些就差不多够我们药铺夏天所用了。"

满宝却转了转眼珠子道："肯定不够，夏天那么久呢，你们家每天都要熬药汤，一天最少得要一把，一把就算一斤，这三十五斤也只够三十五天而已啊。"

掌柜的见她小小年纪就算得这么清楚，忍不住大笑起来，摸着她的小脑袋道："我们这小县城，一天可用不着一斤积雪草，你想苦死大家啊，这点儿就够了。你们再送来我也不收了。"

满宝很是惋惜，没想到积雪草还是一锤子买卖，她小大人一样地叹了一口气。

掌柜的觉得这小孩儿很有趣，主要是这一片的采药人他都知道，周大郎和周二郎一看就是种地的，并不是采药的人。

他对于他们能够认识女贞子很好奇。

乡间很多花草都可入药，甚至很多老人都知道怎么运用这些花草。比如积雪草，乡下很多人都会在摔伤或割伤出血后用积雪草止血。

但他们却不知道积雪草还有其他的功效，更不会想到积雪草在药铺里也是一味药材，更别说晒干后拿到药铺来卖了。

如果说积雪草只是晒一晒就可以拿来当药，那其他很多药材则需要经过特殊的炮制才可保存入药，那就是大夫和采药人才懂得的知识了。

世上绝大部分人只喜欢做自己擅长的事，而对于自己不擅长的事从来都是避开的。

这是在规避风险，是人的本能。

如果一个人突然进入一个他不熟悉的领域，那他一定是有所依仗。而对方还是老实巴交的人，那依仗只会更大。

掌柜的就怀疑他们手上是不是有医书。

他也和周大郎打探过，不过周大郎对此只是憨笑，也不知道是真憨还是假憨。趁着伙计给他们结账，掌柜的干脆牵着满宝的小手去一旁坐，问她：“你们家是跟谁学的炮制女贞子的？”

满宝：“咦，不是掌柜叔叔教的吗？”

掌柜的一想，好像他是提了一句。他顿了顿，又问道：“那是谁认出女贞子是药材的？”

满宝立即骄傲地道：“我！”

满宝还趁机推销自己：“我还认得好多其他的药呢。”

“哦，你还认得什么药？”

满宝就跳下椅子，跑出去抱了一根脏兮兮的山药进来给他看：“你看！”

掌柜的惊诧地看着这截长长的山药，再看一眼满宝，问道：“这是你挖的？”

“不是，是我大哥他们挖的！”

不是你骄傲什么？

掌柜的道：“你们认得山药？”

满宝道：“我认得呀。”

满宝最近看的药书上画了不少好看的图画，她都一一记下了，于是扳着手指和掌柜的数：“我看过黄芪、甘草，我还认识人参呢，不过我最喜欢红枣。”

掌柜的干脆跟她聊起天来，问道：“为什么？”

“因为书上说了，红枣甘甜清脆，我喜欢吃甜的果子。”

“你家有药书？”

“我家没有，我同学家有，”满宝道，“我同学家里的书可多可多了。”

掌柜的态度更是郑重了两分：“小娘子在读书？不知道是跟哪位先生读书。”

“我的老师姓庄，他可厉害了。”

掌柜的发现这小姑娘有点儿有趣，她好像觉得身边的每一个人都很厉害，包括她自己。

她的先生很厉害，因为懂得很多；她的同学很厉害，因为读的书比她多，家里还有很多藏书；她娘亲很厉害，嫂子很厉害，哥哥们也很厉害，就连她那几个只敢在门口张望的侄子侄女在她嘴里都很厉害，因为他们总会做她做不到的事。

掌柜的觉得，能够认识到这一点的她也很厉害。

当然，她自己也认为自己很厉害，因为她很聪明！

满宝是一个很健谈的孩子，都不用掌柜的问，她就主动把自个儿家里那点事“吧啦吧啦”全说干净了。

当然，她也不认生，所以在说的过程中她也问了不少，掌柜的跟她聊得还挺开心的。而且人家都把家里的情况告诉你了，你问一句，人家答十句，那人家问你一句，你至少也得答一句吧？

于是，满宝知道了掌柜的姓郑，他也是个大夫。罗江县济世堂内就两个大夫，除了一个坐堂大夫覃大夫，就是他了。

他虽也给病人看病，但做得更多的是抓药、收购药材、记账等工作。用他的话说是，这个店铺是他管着的，所以他做的是管理工作。

郑大夫一家都在这里，他来这里也有三四年了，对这一片的采药人都熟。

满宝就会好奇地问：“什么是采药人呢？”

“就是以采药为生的人，不过罗江县这样的人家不多，也就两家而已，因此大部分药材都是从外地调来。”郑大夫既然肯收周家的药，自然也不怕告诉他们，“像我们这一片的药材有天南星、天花粉、五倍子、前胡、木通、鸡血藤、钩藤、麦冬、紫菀和葛根等，这些药材采药人基本认识，他们不仅认识，还会炮制，送到我们药铺来的，基本是已经炮制好的药材。”

他笑道：“像你们家这样一次只送一两样药材的连采药人都称不上，不过因为送来的都是惯常要用到的，所以我们也都收。”

满宝惊奇不已：“那他们岂不是能挣很多钱？”

郑大夫摇头道：“当采药的人能挣多少钱？他们没有地，吃穿住都要靠卖药得来，山林蛇虫众多，哪有那么容易采到药，还是你们种地的日子更好些。”

“他们为什么没有地？”满宝道，“我们村家家都有地的，村长说，家里地不够的尽管去开荒，管够。”

郑大夫犹豫了一下道："或许是因为不会种地？"

"不会就学嘛，"满宝道，"我们以前也不认识药材，现在就认识了呀，以后还会认识更多的呢。"

郑大夫趁机问："以后你家还卖药材？"

"只要碰见就卖，"满宝同样趁机问他，"你家药铺还收不收？是不是什么药都收？"

郑大夫表示，只要是药，送来他就收购。

满宝高兴了，还问他："那你有没有药书，我同学家里的药书好多药都画得不好看，我看了好久都认不出来。你这里要是有更好的借我看看，下次我要是碰见药材了，我就能认出它来了。"

郑大夫看着满宝的小脸，沉默片刻后，回后院给她找来了一本书："看完了给我送回来，别弄坏了。"

才满头大汗把两笔钱算清楚的周大郎和周二郎一回头就看见他们幺妹从掌柜的手里接过了一本书。

兄弟俩默默对视一眼。

满宝高兴地接过书，还细心地用油纸将书包好，然后把他们挖来的山药送给掌柜的："掌柜叔叔，你拿回去炖着吃吧，山药可以跟鸡肉炖，补气养脾，特别好。"

郑大夫眉眼跳了跳，笑问："你连这个都知道？"

满宝骄傲："那是当然，山药还能做成山药糕呢。"

当然，这些都是科科刚刚才告诉她的，因为她拿了人家的书，总要给一些东西做回礼。

科科说山药就很好。

郑大夫没有白要她的山药，依然要称斤与她买，他还道："下次再挖到山药，别把生的带来，切成片晒干了拿来药铺，我照样二十文一斤收。你们也可以拿到集市上卖生的，有些讲究的大户人家会买回去做药膳。"

满宝不愿意要他的钱，执意要请他吃。

郑大夫想了想，便不推辞了，但没有全要，只留下了两根："剩下的你拿回去吧。"

周大郎和周二郎看了一眼幺妹手里的书，对郑大夫连连弯腰告别。

郑大夫笑着挥手："别把我的书弄坏了，记得还我。"

满宝拍着小胸脯应下，抱着书爬到板车上，对大哥、二哥道："我们得去买鸡。"

知道幺妹又想吃鸡了，周大郎想到娘，忍不住道："满宝，咱家都吃了四只鸡了。娘说，要是再买鸡回去，她就把我和你二哥赶出去，没有这么浪费钱的。"

"好吧，那我们不买鸡了，我们买羊肉！"

周大郎继续劝，满宝就冲他伸手："大哥，你把我们挣的钱给我，我们自己拿。"

周大郎立即闭嘴不说话了。

周二郎哄她："满宝，这么多钱你带着不安全，还是大哥、二哥帮你拿着啊。"

"那你们给我五十文买肉，不然我要哭了。"

周大郎和周二郎纠结不已，满宝很少哭，但他们是很怕她哭的，因为这孩子一哭起来就容易上气不接下气，哭得厉害了还会吐。她最后可能没事，但他们多半会被吓得半死，所以犹豫了一下，还是掏出五十文给她。

得了钱，周大郎和周二郎想去看一下棉花、布和各种种子。至于剩下的那堆山药，他们决定带回去洗干净了像郑大夫说的那样切了晒干再拿来药铺。

满宝觉得太麻烦了，既然掌柜叔叔都说大户人家会拿它来做药膳，她便拉着五哥、六哥他们要去县衙。

她还和周大郎、周二郎挥手："大哥、二哥，你们慢慢去逛，别担心我们。"

周大郎知道老五和老六在县城里已经逛熟了，也不担心他们，叮嘱他们看好几个小的便和周二郎走了。

满宝坚持留下了板车和山药，好奇地跟着周五郎去县衙。

她长这么大还没去过县衙呢，所以她坚持不去傅家的后角门，而是一定要周五郎推着她先去一趟县衙的正门。

说真的，周五郎也没靠近过县衙，他以前来找傅二小姐卖糖，那都是直接拐到后角门的。

县衙大门两边有两个衙役值守，县衙侧首还有一座高高的石壁，上面密密麻麻地贴了不少公告。

自从入学后，满宝在外头看见一个字就要研究半天，何况现在还看到这么多字。

于是，她不顾五哥的阻拦，爬下板车就“噔噔”地跑上去看。

守在门口的两个衙役扭头看过来，周五郎硬着头皮追上去，小声念叨：“满宝，小祖宗，咱回家玩好不好，你不是要去找傅二小姐吗？”

满宝不理他，踮起脚看石壁上贴的公告，一字一顿地念道：“大贞五年冬役，自十月二十二至十一月二十一，共三十日，须修筑白马、镇水利两条，平整镇至县郭官道……”

满宝念着念着觉得不对了，扳着手指道：“下个月不就是十月吗？”

“是啊，怎么了？”周五郎显然听得不是很明白。

满宝就指了最后一行字道：“一户一丁，不得有误，要服役了。”

周五郎一呆，看了一眼公告，抱起满宝就走。

满宝趴在他的肩膀上，和门口那两个好奇看过来的衙役挥手作别，还和她五哥聊天呢：“五哥，我们家谁去服役呀？”

周五郎闷声道：“照规矩，今年轮到三哥。”

周六郎正看守板车，并不知道他们在石壁那边说了啥，见五哥脸色不好，就小声问满宝：“你是不是惹五哥生气了？”

“我才没有呢，”满宝不服气地道，“我那么乖！”

周六郎便不说话了，沉默地推着板车去县衙后面宅子的后角门里。

周五郎和周六郎前段时间是天天来，这段时间是隔三岔五地来，角门的小厮跟他们早混熟了。

周六郎熟练地给他塞了几颗糖，于是不一会儿，就有一个丫头拿了荷包出来。

她看见满宝还“咦”了一声，道：“这次怎么周家小娘子亲自来了？”

满宝好奇地看着她，小丫头就笑道：“小娘子不记得我了？当初买花篮的时候，我跟我家小姐一起在车上呢，我叫秋月。”

满宝立即问："那是不是还有个姐姐叫春花呀？"

秋月忍不住笑弯了腰，道："你还真说对了，我们小姐院里是还有个春花姐姐。这次你们带了什么糖来？先说好，不好吃我们可不要的。"

周五郎就笑着给她塞了一颗，小声道："好吃着呢，跟上次的不一样，是新到的货。"

秋月就塞嘴里吃了，边吃边问："别家没有吗？"

"没有，我拿到了就先来你家这儿了。我想着二小姐是老顾客了，出手又大方，得二小姐吃过才好给别人吃呀。"

周六郎对五哥的油嘴滑舌已经见怪不怪，但大头和大丫等正一脸钦佩地看着他，觉得五叔睁眼说瞎话的本事好厉害啊。

满宝却是一脸赞同，还抱了一根山药给秋月看："我们有什么好东西，那肯定是先想着傅二姐姐的，毕竟我们跟别人是主顾关系，跟傅二姐姐却不是。你看，这是我家爬了好高的山挖到的山药。知道什么是山药吗？"

小丫头摇头，她不知道。

罗江县不富裕，像山药这种野生的东西，挖到还得靠运气，挖出来后傅家能不能买到还得再靠运气，小姑娘哪儿知道啊？

满宝就现学现卖，告诉她："山药是可以当药的食材，可以做食材的药，味甘性温，是健脾补气的好东西，老人、妇人和孩子吃最好啦。

"不信你可以去问大夫，反正济世堂的郑掌柜都说好，所以你们家不来一根吗？"

秋月最后连糖都没来得及买，就被塞了两颗糖和一根山药进去了。

她快走回到院子时才回过神来，她有心想离开，却正好被春花看见，只能红着一张脸进去和小姐禀报。

满宝和五哥、六哥一起蹲在角门外等着。

周五郎说满宝："应该等她买了糖再推荐山药的。"

"糖的价值哪里比得上山药，五哥，你算一算，一百颗糖才得一百文钱，山药一斤二十文呢。"

周五郎就道："一斤是晒干的价。"

满宝道："不都差不多吗？"

"差远了，你看积雪草，我们扯了一院子，生的时候，一把就是一斤，结果一斤晒干了都没二两重，你说能一样吗？"

周五郎正打算和妹妹仔细地理论理论，突然角门打开了。一个围着围裙的娘子板着脸走出来，问道："是谁说有山药卖的？"

"我、我！"满宝立即举起小手，让她看板车上的山药。

娘子看了她一眼，便低头去看山药，发现和秋月带到厨房的品色差不多，便点头道："行，我们都要了。"

满宝就道："我要留下一根。"

娘子皱眉，看向周五郎："我们家既然全要了，那你们就不好再卖给别人了吧？"

周五郎低头去哄满宝。

满宝道："要给娘吃，买了肉一起炖，娘吃也可以补身体呀。"

周五郎立即对着娘子弯腰，讨好地笑道："娘子见怪，我娘身体不好，我妹妹念着我娘了。您看要不这样，刚秋月拿进去的一根算我们白送的，我们留下一根，余下的都卖给您，好吧？"

娘子意外地看了满宝一眼，倒不追究了，只要不是再卖给别家就行。于是，她点头，问道："多少钱？"

满宝眨着大眼睛看她："二十文一斤。"

娘子倒没犹豫，点头道："行吧。"

周五郎等人张大了嘴巴，怎么生的和干的一个价？

。·。第十二章。·。

山药炖鸡

周五郎他们连秤都没有，最后还是那娘子从厨房里取了一杆秤来才称好的斤两。

他们这一丛山药挖了不少，又是刚挖不久，重得很，总共下来有二十五斤六两。

满宝特别大方地表示那六两也送给他们了。

那娘子看了一眼周五郎，见他没意见，便知道这小姑娘是能做主的，她便一笑，算好了钱给他们，道："下次要是还有山药，也送到府上来，我们府上的老太太爱吃山药糕，无论多少都收下。"

周五郎高兴地应下，觉得把药卖给大户人家要更赚钱。

满宝也是这么觉得的，还在心底怀疑看起来可亲的掌柜叔叔是骗子。

系统便道："宿主，郑掌柜给的价钱是合理的。"

满宝问："那傅家给的价钱不合理吗？"

系统道："合理，别说是二十文，就是五十文，只要你能卖得出去，它就是合理的。"

系统道：“山药是可种植的，但在你们这一片并没有人工种植，所以干山药可以和药铺买，生山药却不易得。”

“而且济世堂买药是为了做生意，他们自己也做药材生意，从你这里买了药材，除了自用，还可以转卖给其他药铺或上一级药铺。”系统道，“晒干的山药在药方中的配比通常是二钱或三钱，在药铺时我扫描过，他们的定价是一钱山药一文钱。”

满宝就坐在板车上扳着手指算，一斤是十六两，一两是十钱，一钱是一文钱……

满宝算着算着，眼睛渐渐瞪大，二十文一斤的干山药，郑掌柜一转手就卖了一百六十文。

满宝忍不住嘟囔出声：“奸商！”

刚和秋月做完糖果生意的周五郎听到，立即捂住她的嘴，小声道：“我的小祖宗，哪有这样说自个儿哥哥的，我可饶了她好几颗糖了，哪里奸了？”

满宝就拍开他的手，道：“没说你，我说的是郑掌柜。”

周五郎想了想，点头道：“是挺奸的，生的都二十文了，他干的也收咱二十文，下次不卖给他了。”

周五郎又心疼起送出去的那根山药，道：“刚才你就不该送给他山药，拿来卖多好，一根有一斤多呢。”

满宝背对着他不说话了。

周五郎也不介意，把她抱到板车上坐好，喜滋滋地道：“不管了，反正今儿是大丰收。满宝，咱去买肉吧，多买一点儿。”

满宝没理他，还在脑子里和科科说话。

系统在满宝说郑掌柜是奸商时就提醒她了：“想想你怀里的书。”

所以，满宝正在纠结之中，不知道该不该把郑掌柜定义为奸商。

系统见她纠结够了，这才解释道：“药铺往外卖的药价基本上是统一的，尤其是济世堂这样的大药铺，各个地方的药价基本一致。”

满宝不解，然后呢？

系统道：“运输的费用是很高的，比如，他要从这里运送一批药材去河北道，那路上得走两个月左右，随行要有押运的人，吃、喝、住、行都得要钱，还有工人的工钱，药铺经营也要有盈利……”

满宝一算，心里舒服多了。

系统道："当然，药材依然是暴利，但他给你的价钱是合理的，因为这个收购价是普遍的收购价。所以宿主，为了你的利益着想，我建议以后这类可做日常膳食用的药材不必送到药铺，直接当地销售就是一个很好的主意。"

它还举了一个例子："比如积雪草，它虽然轻，但遍地都是，也卖出了一个不错的价钱，就是因为这种草药基本上是当地收购，当地消化，中途不会有运输成本，给的价钱反而大方了。"

满宝就好奇地问它："还有什么是可日常膳食用的药材？"

系统道："这个就要靠宿主自己去发掘了。"

满宝就转了转眼珠子，觉得有时间还是得带科科去山里转一转。

接连两次从山里找到了好东西，不仅可以赚积分，还能赚铜板，山现在在满宝眼里就是宝山，里面好像藏了许许多多的宝贝。

满宝打定了主意，开始哼起不成调的歌来。

周五郎推着她去买肉。

市场上卖肉的摊位不多，这时候的人并不爱吃猪肉，羊肉反而是最多的，且此时又快入冬，天气开始寒冷，吃羊肉暖身体的人就更多了。

周五郎领着一群孩子钻进羊肉摊前，挑挑拣拣了一块，让摊主割了两斤。

满宝负责给钱，用的就是周大郎给的五十文。

买了肉，大家乐滋滋地凑在了一起，觉得县城的吸引力也不是那么大了，他们想回家了，回家吃肉！

于是，他们也不逛街了，推着板车就在县城里快速地穿梭起来，回到粮铺找周大郎兄弟俩。

粮铺里没人，一行人转身就去了不远处的布庄。

满宝和大丫、二丫跑得最快，一溜烟地钻进布庄里，就见周二郎正捏着一团棉花和店家讲价。

周二郎本来正有些犹豫，看见满宝像个小牛犊一样冲进来，今年春天过后满宝又长高了一点儿。

可能是因为吃得还好，也有可能是因为遗传，她的身高已经超过同龄的三头小半个头，去年刚用娘亲改小的衣服又小了，现在露出了一截手腕，手往前一伸，半条小臂都露出来了。现在不觉得有什么，等再过一个月，天气更冷就受冻了。

周二郎咬咬牙，还是和店家道："再添一斤，布给我加五尺。"

店家笑着应下，看了一眼冲进来的孩子，笑道："你们家的小娘子长得可真好。"

周二郎冲对方笑笑，伸手摸了摸满宝和二丫的脑袋。

买了布和棉花，周二郎就不舍得在县城吃东西了，他找附近的店家要了一点开水，直接把饼泡开给他们吃。

因为今早大头他们是临时插进来的，带来的干粮不够，所以钱氏才额外多给他们一把铜钱，目的就是让他们可以在县城买些吃的。

他们没想到卖药这么顺，现在也不过才过午时，所以周大郎和周二郎勒了勒裤腰带，打算回家再说。

在外头买吃的可不便宜呢。

虽然是泡开的干饼，满宝也吃得津津有味，见大哥和二哥只往嘴里灌水，却不吃东西，她就溜下板车，转身就要跑去买烧饼。

但她刚跑了两步就被周大郎一把抄起，他板着脸道："别跑，万一被人抱走了怎么办？老实坐着。"

满宝抱着她大哥的脖子道："大哥，我们今天赚了好多钱。"

周大郎想起刚才买棉花和布料去的钱，脸色有些发苦："也花了不少。"

"我们卖山药赚了五百文呢。"

周大郎一愣，连忙问道："你们卖给谁了？"

"卖给县令家了，"周五郎连忙把他收着的那部分钱拿出来上交，道，"二十文一斤，一共是二十五斤多，满宝把多出来的饶给他们了，还多送了一根山药。"

周大郎就皱着脸道："这不是坑人吗？干的才二十文呢。"

周五郎就低头，小声道："县令还收我们进城费了呢。"

满宝深以为然，却不能这么和大哥说，于是她小声道："大哥，生山药是稀罕物，我们还卖便宜了呢。"

她将科科说的那番话简单地概括总结了一下说给周大郎听，他目瞪口呆，没想到药材一进一出的价格相差这么大，忍不住问道：“你听清楚了，药铺卖的干山药，一钱就一文？”

满宝点头，科科不会骗她的。

周大郎只觉得心脏“怦怦”地跳，他喃喃道：“我的乖乖，那一斤得是多少钱啊？”

反正他是算不出来的。

满宝道：“也就一百六十文吧。”

周大郎觉得肉痛得不得了。

似乎嫌他还不够痛，满宝继续道：“娘抓的药里就有女贞子，我看过药方了，娘在县城里抓的药一共有八味，要二十文钱，而女贞子是三钱，听说娘的药里最贵的就是当归。”

周大郎就自己算，也觉得女贞子应该不便宜，可他一斤是卖五十文而已。

周大郎就道：“下次咱自己给娘配药。”

这个主意满宝也出过，当时大嫂还说过她呢，因此这次她也毫不留情地嘲笑大哥：“我们家就只有一味药，人家药都是一服一服配的，哪有一味一味买的？”

周大郎就沉默着不说话了。

周二郎虽然也有些难受，但他想得开，道：“人家也是靠本事挣钱，满宝不都说了吗，这药材运来送往的也要花不少钱，冒不少风险，何况人家开药铺的不得有大夫坐堂？”

周二郎有些羡慕：“这就是有本事的好处了，小叔以前说得对，这世上什么东西都有可能是别人的，只有学到的本事才会一直是自己的。”

周大郎点头，然后想想不对，瞪了他一眼。

满宝已经好奇地问了：“二哥，小叔是哪个叔啊，他说的话好有道理啊，回村以后我要找他探讨探讨。”

周二郎强笑一声，道：“你听错了，不是小叔，是里长说的，那可是大官儿，以后你见着离远点儿，知道吗？”

满宝不满地嘟囔：“我又不聋，你明明说的是小叔。”

但周大郎和周二郎根本不给她再次提问的机会，直接把人抱起放在板车上，推了车就走。

走出好远后，满宝才想起来："大哥、二哥，还没给你们买烧饼吃呢。"

兄弟俩笑道："我们不饿，而且县城离家也不远，我们走快一些就到了。"

怎么可能不远呢？

周五郎和周六郎把手里没吃完的那一点干粮塞两个哥哥嘴里，算了，好歹填补一些肚子吧。

回去时要轻快一些。

周五郎和周六郎也懂事，轮流帮着两个哥哥推车，满宝和四个侄儿侄女轮流坐在板车上，倒也不是特别重。

就是上山需要费不少力气。

所以，满宝总是找各种借口滑下板车，坚持自己走路。

周大郎兄弟几个都觉得她特别懂事，知道心疼他们，只是他们也心疼她，毕竟她年纪小。

却不知道满宝有多开心，她一路上尽往路边有草的地方走，让科科扫描了没收录过的花花草草。别说，她一路上扯了不少，都趁着大家不注意塞给科科了。

大家对于满宝揪花扯草的行为早已经习惯了，这孩子从小就有这毛病，走在路上，看到一朵丑丑的花都要过去揪一下，有时候还坚持要把花连根拔起，然后在手里玩了不到一会儿就扔了。

有好几次，满宝都溜到别人家的菜园里把菜当草给扯了，所以满宝的这毛病不是周家人都知道而已，那是全村闻名的。

所以，对于她一路欢快地往路两边的树林里钻，一会儿揪一棵草，一会儿扯一段树枝的，大家再淡定不过了。

一行人就这样说着闹着回到了家。

不仅周家兄弟，满宝都饿了，于是一回来就钻进厨房里，闹着要小钱氏做晚食。

小钱氏看了一眼正当空的太阳，忍不住道："哪有这时候吃晚食的？小姑要是饿了，我给你烙个饼好不好？"

"还有大哥、二哥他们呢。"

小钱氏也心疼他们，不过家里前不久刚卖了两袋粮食，得省着点儿吃呀。

屋里，从大郎那里知道了今天挣到的钱后，钱氏便扬声道："既然孩子们饿了，那就上锅煮饭吧，煮干的，多煮一点儿，留一些稍晚时做稀饭填填肚子就行，今天的晚食就早点儿吃。"

孩子们欢呼一声，连周五郎都特别殷勤地要下厨帮忙。

小钱氏连忙把男孩子们都赶出去，道："可别添乱了。"

她让大丫和二丫进厨房帮忙烧火做饭。

满宝则去把羊肉拎出来，屁颠屁颠地拿去给小钱氏："大嫂，今天吃羊肉，和山药一起炖。"

"山药是啥？"

周五郎就把那根山药拿出来，吹嘘了一通它有多厉害，给他们挣了多少钱，据说这是有钱人才能吃得起的药。

小钱氏咋舌不已："是药三分毒，咱没病怎么还吃药啊？"

"这是能做食材的药，"满宝道，"可好吃了。"

小钱氏问她："你吃过？"

满宝流着口水摇头，此时，她的大脑里，科科正调皮地给她调出好几张百科馆内收藏的山药做成的膳食图片，都好好看啊，尤其是那山药炖鸡，看着就好香呀。

小钱氏见满宝口水都流出来了，忍不住大笑起来，一边帮她擦，一边乐道："你这小东西，也没缺你吃的，怎么就这么馋？"

不过，她也同意拿去放了，还问了一下这个怎么做，得知只是削皮切块放进去炖就行，便拍着胸脯道："这个简单，嫂子一会儿就给你做出来。"

系统见小钱氏拿刀就要削皮，总觉得哪儿不对，却又说不上来哪儿不对。

系统在自己的内部自检了一下，没发现有什么问题，于是便安静地等着。

满宝也没见过这山药，更没吃过，对它很好奇，于是破天荒地没去屋里给娘亲和哥哥们算账，而是蹲在厨房门口看她嫂子削皮。

小钱氏轻轻地一削，山药便露出洁白的肉，满宝还好奇地伸出手指摸了一下，发现黏黏的。

小钱氏拍开她的小脏手，继续削皮。

小钱氏削着削着觉得有点儿不对：“我怎么觉得手有点痒？”

因为好奇而去捡山药皮来观察的满宝也觉得小手有点痒，而且还有越来越痒的趋势。

她忍不住抓了一下，一抓就忍不住了，两只手便互相抓起来。

小钱氏看她一下就把两只小手给抓红了，吓得不轻，连忙丢下刀和削好的山药去抓她的小手，惊慌道：“这是怎么了，这……这药有毒？”

钱氏听到声音都忍不住从屋里跑出来，见满宝小手上都是通红的抓痕，立即道：“赶紧打水来洗。”

周五郎连忙给她们打水，姑嫂两个冲了一下，还是觉得痒。小钱氏还好，能忍住。但满宝忍不住啊，她抓了抓，又抓了抓，发现还是很痒，就忍不住“哇”的一声哭出来，一边抓一边喊：“娘、娘，痒痒的……”

钱氏抓着她的小手，不让她抓，见她难受得直哭，心里也有些难受，转身问周大郎：“不是说是好东西吗，怎么还有毒？”

周大郎他们也不懂啊，他满头大汗地道：“这……这都是满宝说的呀，药铺的掌柜也说是好东西，可以吃的。”

钱氏就板着脸问满宝：“不许哭了，满宝，你看的书里没写清楚？”

满宝哭得一抽一抽的，在脑子里一个劲儿地叫科科。系统早在满宝觉得痒的时候就去查资料了，发现他内部的资料有点少，只能去百科馆里查。

已经得到过确认的资料里并没有这方面的知识，但一些小说和奇闻异录里倒是有些记载，说削山药皮时，皮里的皂角会粘在手上造成瘙痒过敏。

可未来是没有山药这个物种的，而且相关植物学家也没找到遗留下来的准确基因，他们当然不能确定这事。

不能确定的因素是不可能写入词条资料中的，以免后人会误解，科学一定要百分之百的准确。

不过科科反应很迅速，猜出皂角素说不定真的存在，而要破坏这种植物碱也不难，系统都不用去搜资料，直接道：“用醋来泡手就行，酸碱中和嘛。”

它简单地和满宝科普了一下什么叫植物碱，什么叫酸碱中和。

满宝就泪眼汪汪地和她娘说：“用醋来泡手。”

钱氏闻言心疼起来，但还是咬牙让何氏去厨房里拿醋。

何氏倒是拿出来了，只是道：“娘，醋只剩一点儿底了，不够呀。”

钱氏夺过醋坛，一边倒出来仅剩的这些给满宝擦手，一边道：“去跟别家借一些，等再去赶集买一些回来还了就是。”

满宝闻着香香的醋，觉得肚子有些饿了，忍不住伸出舌头舔了一下手。钱氏差点一巴掌拍满宝脸上，她慌得连忙给满宝灌水漱口，骂道：“明知有毒你还吃，你是不是没长心眼？”

满宝委屈道：“好香，好香的。”

系统已经回神，宿主的号哭让它差点忘了这个时代的贫穷，它道：“宿主，除了用醋，还可以用火，用火烤一烤手可以破坏皂角素，也就不痒了。”

满宝连忙告诉大嫂，还拿自己的小手去抓她的手，让自己手上的醋沾到她手上。

钱氏有点儿偏心，因为醋不多，所以尽给闺女用了。

何氏一听，连忙生火给两个人烤手。

手慢慢地烤热，满宝和小钱氏觉得不是很痒了，便也有些兴致琢磨起山药皮来。

小钱氏说满宝：“你这孩子，看书怎么不记全，而是一段一段地记？”

满宝吸了吸鼻子，下定决心等山药的词条出来，她一定要仔细地看一遍，以后其他的词条下来，也要细细地看过。

姑嫂两个慢慢地翻动着自己的手，好一会儿，烤得热热的，痒意渐消。但小钱氏心有余悸，看着削好的山药道：“有毒呀，那我们还吃吗？”

满宝已经被科科科普过一遭了，连忙道：“没有毒的，就是山药皮里有皂角素，所以才会痒，以后嫂子再削皮用东西包住手就好。”又道，“山药可好吃，可好吃啦。而且有毒也不怕呀，看，我们烤一烤手就好啦。那山药就算有毒，放滚水里一烫不也好了吗？”

大家虽然不知道皂角素是什么东西，但都觉得满宝说得有理，而且大家对于这种富贵人家花了大价钱买去吃的东西还是很感兴趣的。

不错，在他们看来，山药的价钱已经很高了，比肉还高。

人家鸡都才十二文一斤呢，更何况满宝还说这是能当药的菜。

在他们的印象中，药都是苦苦的，竟然还有好吃的吗？

小钱氏不觉得手痒了，于是去剁羊肉，先把羊肉熬得快熟了再放山药，又炖了好一会儿。因为怕山药不熟，她还拿筷子夹了夹，发现筷子能把山药块夹成两半了，便盛出来。

一家老小都等着了，满宝从肉香味飘出来后就蹲在厨房里不走了。

跟她年纪差不多的二头、三头，还有才会走路的三丫和四头都蹲在厨房里不动，周五郎叫了满宝好几次都叫不动。

他伸手要把满宝拖走，小钱氏还揍他：“你自己玩去，干吗总惹满宝？”

周五郎嘟了嘟嘴，他这不是想让满宝跟他一块儿去算账吗？那山药的钱他们可有一份儿，还有积雪草全是他们拔的，结果大哥把所有的钱都交给了娘。

满宝不去，他们就是有胆子张口要钱，也没那个本事算清楚账啊。

见满宝眼睛里都是吃的，一点儿也想不起钱了，周五郎便生气地回屋去了。他决定了，他一定要好好地学算术，二哥说得对，小叔说得再对不过，这世上哥哥们会把你的钱给娘，娘会抓你的钱，妹妹会不靠谱，只有自己学会的本事才会一直是自己的，谁也抢不走。

周五郎愤愤地蹲在地上记数字。

满宝把碗里最后一粒米也吃得干干净净，摸了摸自己的小肚子道：“娘亲，我饱了。”

钱氏吃东西慢，伸手摸了摸她凸出来的小肚子，笑道：“去玩吧。”

满宝这才有空关心起他们的账务来：“娘，我们卖积雪草和山药的钱呢？”

钱氏道：“你大哥拿去给你买棉花和布料了。”

满宝一呆。

周五郎等人抬起头来，周五郎咬着筷子，泪眼汪汪地看着满宝，希望她能够为他们的利益和娘亲据理力争。

但这是不可能的，满宝还没理清其中的关系，挠了挠脑袋问：“我为什么要买棉花和布料？”

“你衣裳短了，又进了学堂，眼看要入冬了，怎么着也得做一套新衣裳。要不是钱不够，我还想多做一套给你替换呢。”

满宝可不傻，扳着手指算了一下卖山药得的钱和积雪草得的钱，道：“有一千二百文呢，都花光了？”

“没有，就是你们的那一份花光了。”钱氏当然不会在钱上忽悠孩子，万一以后孩子变笨了怎么办？

所以，她道：“一千二百文也不全是你们的，交了公以后你们不还得分你大哥、二哥钱吗？到你身上就没剩下多少了。”

满宝自己算了算，发现还真是，于是她就不在意了，反正她对钱的态度一向是这样。

周五郎忍不住了，连忙问道：“那娘，我们的呢？”

钱氏看了他一眼，没说话。

周老头就抬起头道：“你？你还好意思和家里要钱？再过两年你就要娶媳妇了，娶媳妇不要钱？以后你挣了钱都交给你娘拿着，等你成了家再跟你哥哥们一样有私房钱。”

周五郎嘟囔道：“四哥还没说亲呢，我哪有那么快？”

说起这个，周老头就看向老四，问道：“四郎，你的地开得怎么样了？”

正埋头苦吃的周四郎抬起黑黝黝的脸，道：“树根都挖干净了，石头也捡完了，现在开始锄地了。”

周老头就点头：“这两天让老五、老六去帮你，你年纪也不小了，该多学点本事了。过两天新来的白老太太要建宅子，已经开始在村里招工了，你也去，一天工钱三十文呢，比在县里扛粮袋还要挣钱。”

周老头已经决定了，家里四个大儿子都去，老五和老六则去地里替老四开荒，争取过年前再赚一笔。

饭后，他还特意把满宝招来，让她给他算一算，她四个哥哥去干活儿，干一个月能给家里挣多少钱。

这个好算，满宝算着算着想起一件事，道：“今年要服役呢，三哥不能去一个月吧，我再重新算算。”

周家一众大人却一愣，周老头一把抓住她的手问：“你说啥，今年服役？”

“是啊，”满宝道，“从十月二十二到十一月二十一，一共要一个月。”

周老头：“谁告诉你的？正好抽到了我们村？”

钱氏等人也坐直了身子。

周五郎道：“满宝在县衙门口看的布告，里长还没下来通知呢。”

周老头便又摸了一下腰间，没摸到烟，干脆就把空烟枪塞嘴里，一时没说话。

周大郎就主动问满宝：“布告上怎么写的？”

满宝记性一向好，虽然不能完全复述，却也说了个七七八八。

周大郎听懂了，道：“不是抽役，那就是全县各户都要算上，人多，难怪只去一个月。”

“大冬天的，去一个月也够让人受的了。”周老头道，“县老爷也真是的，要服役，秋收后多好的时机，怎么非得选在入冬后？这天寒地冻的，土也不好挖啊。”

钱氏闭了闭眼睛道：“这是县老爷的事，我们操心好自己就行。老三，去干活儿惜着点力气，身体要是受不住，也不要强撑，报上去，让你兄弟们去替你。”

她道：“咱家不是只有你一个男丁，你兄弟多，轮着来就是了。”

周三郎应下。

钱氏又对小钱氏道：“从明天开始，多煮一捧粮，给老三补身子，补上一个月，把身体养好点儿，耐活。”

小钱氏毫无怨言地应下，这也是周家的传统，每年轮到谁去服役，都要提前养一段时间。

只是以前他们收到的消息都晚，通常只会提前十天收到消息。

服役有多恐怖？

不说周大郎和周二郎，就是好些年没去服役的周老头想起年轻时候服役的日子都忍不住发抖。

今晚周家的气氛有些沉闷，满宝年纪还小，并不能记住很多事，所以她不知道为什么大家在知道要服役后情绪这么低落。

但她乖巧，没有闹，也没有多问，只是晚上睡觉时眼睛亮亮地趴在父母的床前看着他们。

钱氏摸了摸她的小脑袋，和周老头道："服役是大事，我们既然知道了，明天还是去和村长说一声，让他去打听打听，看是不是真的？若是真的，村里的人也好早些做准备。"

周老头应下，沉默了一下道："给老三准备的干粮要厚实点儿。"

钱氏低声道："我知道。"

见满宝睁着一双圆溜溜的眼睛看着他们，钱氏就对她笑了笑道："别担心，你三哥身体一向好，这次也能平平安安回来的。"

"娘，服役不是去挖水利和修路吗？村里也经常挖水利和修路呀。"

钱氏道："那不一样，村子里修路就填填坑，大家闲了去干一干，家就在转身的地方，那怎么一样呢？"

水利更不用说了，也就开春挖几锄头的事。

"县里的服役不一样啊……"可至于哪儿不一样，钱氏并没有告诉满宝，无论她怎么问，钱氏都笑着说，"你年纪还小呢，等长大了就知道了。"

满宝便嘟了嘟嘴，转而去问科科。

系统去百科馆内搜索了一下，也沉默了起来，良久后才道："宿主所在的这个时代，历史上的记载服役都是很苦的事，死人是常事。"

满宝一个激灵，连忙问道："我三哥也会死吗？"

"服役是义务劳动，虽然县衙会分发一些食物，但数量很少，主要还是靠自己带去的食物填肚子。"系统道，"而且十月是冬季，那一段时间正是一年中最冷的时候，人一旦生病就很容易死亡。"

满宝瞬间担忧起来："那三哥能不能不去？"

系统搜了一下，道："历史上有以银代役的规定，只要有钱，就不用去。"

满宝眼睛便一亮，把这个好主意跟她爹娘说。

周老头和钱氏都不明白她怎么睡了一觉就知道这些了。

不过周老头觉得这孩子一向聪明，只当是她自己想到的，于是道：“家里没这么多银子，咱这种人家是能以银代役的人家吗？连村长家都得出役。”

钱氏对满宝更细心，细致地解释道：“听说代一次役的钱都能娶一个媳妇了呢，我们这样的人家，要挣够娶一个媳妇的钱，起码得四五年。这还是家里人多才能存下这样的钱，换你爷爷那一辈，给你爹娶个媳妇就得花掉半生积蓄。”

满宝瞬间被转移注意力，乐起来：“爹，原来你娶娘把爷爷奶奶的钱都花光了呀。”

满宝没见过她爷爷奶奶，但逢年过节，尤其是清明的时候，父母没少跟他们提爷爷奶奶。用她老爹的话说，这叫记祖，人只有记住自己的祖宗，才能不忘本。

科科则说，这叫祭祖。

大户人家是把先祖的事迹记在族谱之中，后人只要翻阅族谱便能追寻先祖。但绝大部分的人家是通过口耳相传将先祖事迹传下去的。

能够把事迹记入族谱或家谱的人家不多。

满宝当时听时，还暗暗下定决心，等她学到更多的字，以后就把她爹娘的事迹记到家谱里，这样爹娘就是他们家第一代有事迹的祖先啦。

满宝最喜欢听老祖宗们的故事了，所以撑着小脸眼巴巴地看着她爹娘。

钱氏一看她发亮的眼睛就知道她在想什么，忍不住点了一下她的鼻子，笑道：“是啊，就是花光了钱彩礼也没多少，你娘我一进门就得过苦日子。”

周老头就扭头对她讨好地笑笑。

钱氏被满宝一双亮晶晶的眼睛看着，也勾起了一些回忆，怅然地道：“其实一开始日子也是可以的，就是运气不好，我刚怀上你大哥没几个月，咱家就被抽役了。先是你爷爷去应役，结果你爷爷病了，你爹就去接手。那会儿县太爷选的日子更不好，正赶上春忙，你爷爷病着，你爹不在家，我就挺着大肚子跟你奶奶一块儿下地，硬是把咱家的地都给种出来了。”

周老头也忍不住道："那会儿服役的人大多要去半条命，那一任县太爷……唉……"

满宝很好奇："爹，你们服役都要干什么？"

"挖土，修水利，加固堤坝。"

她有些不解："比干农活儿还累吗？"

"那怎么一样？"周老头道，"自个儿家里干活儿，累了就歇一歇，饿了就回家填补一口，太阳大了就躲树荫底下休息，等太阳没那么毒辣了再下地。在家里，再穷，好赖有口水喝，有块饼吃。可服役，那可不是想怎样就怎样的。"

周老头道："一大早要出工，还不能太惜力，要是太磨洋工，差吏的鞭子就打下来。"

"早食基本上就一小块饼，别说我们这样干苦力的大人，就是你这样的小娃娃都吃不饱。大家都得自带干粮去，混着一块儿吃。但也有人家穷，带的干粮不够厚，只能省着吃，多少人就是因为这一省就趴堤坝上了。"

要周老头来说，服役之所以会一直死人，活累人是一方面，但大家干苦活儿的时候也不少，别的不说，春种秋收时，为了和老天爷抢天时，大家也不是没累过。

归根结底，还是不能休息和短了吃的。

他们再抢天时，太阳最毒辣的那一个时辰是避开的，且水够，家里的粮也尽量可着下地的人吃。

周老头说完了，低头看着眼睛干净的闺女，他又觉得自己和孩子说了不该说的话。

于是，他拍了拍她的小脑袋道："这是大人的事，你小孩儿还是上学堂去吧。"

满宝背着小书箱去学校时情绪就有些低落，她觉得县太爷很不好，哪有干活不给人吃饱的道理。

以前她哥哥们去给村民们盖房子，饭菜都是管饱的。

昨天休沐，白善宝浪了一整天，所以高兴得不得了，娘亲还给他做了好吃的点心，他特意留了两块给满宝。

他将点心送给满宝，道："你家的糖也很好吃。"

然后，他眼巴巴地看着她。

满宝接过点心吃了，因为有心事，所以没听出他的话外音，敷衍地点了点头。

白善宝见状不开心了，但他又不能开口让满宝给他糖，就问道："你想什么呢，休沐不开心吗？"

满宝就像小大人一样地叹气道："我三哥要去服役了。"

别看白善宝懂得比满宝多，书也读得比满宝多，他还真不知道什么是服役。

于是，他问了一句，得知服役是所有家庭的义务，他便挠了挠小脑袋道："那我家也要服役吗？"

满宝理所应当地道："当然啊，你家有几个男丁？"

白善宝道："就我一个。"

满宝就同情地看着他："那你可怜了，你也要去服役。"

白善宝就有点焦心，又有点兴奋，颇有一种"我是大人"的感觉，却又觉得未知让人恐惧。

白善宝道："我得回去问一问我祖母。"

满宝嫌弃道："那还要好久啊，我们问先生吧。先生知道好多事情的。"

于是，两个小孩就去问庄先生。

庄先生没料到俩小孩的关注范围这么广，竟然已经关注起劳役来。他想了想，便把两个孩子打发回去念书，决定中午再给他们答案。

两个小孩就跑回去读书了。

中午时，庄先生把两个孩子拎到院子里边吃饭边开小灶。

要说劳役，那就得谈赋税，谈国家建设，还要谈县令的政绩考查等……

当然，两个孩子还小，庄先生没有照本宣科，而是举例告诉他们："国家就如同一个大家庭一样，你们便也是大家庭里的一员。你们吃饭、喝水、穿衣、住宅，是不是得有人干活儿，帮你们将要吃的米、喝的水、穿的衣服和住的房子造出来？"

这个道理简单易懂，两个孩子连连点头。

庄先生就摸着胡子笑道："那要不要给这些干活儿的人钱？"

两个孩子继续点头，这个道理他们也懂。

庄先生便道："这就是了，国家也一样，它要人干活儿，就得给钱，要给钱就得先有钱，所以我们要交税；它还调剂资源，比如，大儿子家遭灾了，二儿子家却粮多仓满，那作为母亲，她就要从二儿子家里取一些粮送给大儿子，让他家先渡过这一难关……"

庄先生从国家机构简单地说起，前面都简单略过，讲到县令一职时才详细一些，于是讲赋税，讲劳役。

满宝和白善宝都听得津津有味，很快便忘了时间。

白家选了一块地方，也到县城预订好了材料，选了吉日便开工。

这算是村里一件特别热闹的事，因为白家给的工钱高，附近几个村都有村民来应征。

周老头自己都去了。

白家挑选着雇了一些人，宅子要造得挺大，需要的木料、石头等不少，这些都要人去做。

整个村子都热闹起来，孩子们特别喜欢跑去看热闹，满宝也兴致勃勃地跑去看了一圈，晚上回家时周家也都在谈这事。

周家去的人中只有周大郎和周四郎选上了，周二郎没被选中，而周三郎则是因为要休整以应付劳役，所以没跟着去。

因为冬至将至，家里要准备的东西不少，钱氏特意将家里的钱拿出来数了一遍，这事当然瞒不过同屋的满宝。

满宝还自告奋勇给她记账呢。

钱氏看了满宝一眼，答应了。

这段时间其实他们赚了不少，却也一直在花钱。想到老三要去服役了，又是在大冬天，她便又拨出一部分钱来，打算给他买些棉花回来填衣服，衣服得加厚一点儿，肯定是要布料的。

钱氏又拨出一部分来，这才让满宝把剩下的钱记起来。

满宝就问："娘，我们家现在算有钱吗？"

"不算，这点钱都不够过年的，开春后还有得熬呢。"钱氏叹气，"你们的花篮生意也没了，不然家里还有一点儿收益。"

满宝就道："我们可以卖山药呀。"

"我们上哪儿找呢？"钱氏道，"深山里不敢进，浅一点的地方，恐怕踏遍了都找不着。"

"那我们自己种好啦。"

"这东西怎么种？我们以前听都没听说过，可不敢胡乱种，而且种子去哪儿得呢？"

满宝沉思，现在山药的词条没出来，积分也没下来，但她觉得山药是可以种植的。因为科科都说了，山药在它那个时代虽然绝种了，但往前一些，还是什么地球纪元时，这是很平常的东西，大家吃它就像是吃菘菜一样。

既然像菘菜一样普遍，那就说明山药是可以种植的。

满宝问科科。

系统沉默地搜出一些资料来给满宝看，用的是自己的特权，没收她的积分。

满宝将这些资料看了大半，第二天就找到周五郎和周六郎："五哥、六哥，我已经想好四哥的地要种什么了？"

"种什么？"周五郎道，"他那荒地除了种豆子还能种啥？爹都说了，明年给他两斤豆种，夏收后要还回来的。"

"种豆子有啥意思呀，我们要种就种山药！"

周五郎眼珠子一转，问道："你知道怎么种吗？"

满宝自信满满地道："差不多知道了。"

"什么叫差不多知道了，知道就知道，不知道就不知道。"

"我没种过，难道还没看过吗？五哥，去挖山药时我们都看着的，我们就照着它们生长时的样子种呗，我看它有藤，我们给搭个架子让它往上爬，再去山里多挖一些泥土回来填，多浇水就差不多啦。"

周六郎问道："干吗要挖土？"

"它喜欢长在那里，一定是因为喜欢吃那里的土，我们把土挖回来铺在我们的地里，种下去后它当然就喜欢长了。"

兄弟俩总觉得有哪里不对，却又说不上哪里不对。

满宝就鼓动他们："等山药种出来，也有我们的一份，赚的钱得让四哥分一点给我们。"

满宝表示，这一点她会去和四哥谈。

周五郎倒不担心四哥不答应，只是道："我们去哪儿要山药种子？不对，山药有种子吗？"

满宝道："上次我们挖山药时不是断了好几截在土里吗？把它挖回来。"

周五郎和周六郎都张大了嘴巴："那……那能种？"

科科都说了，块茎可以做种子。于是，她自信满满地点头："肯定可以的。"

"那挖回来了呢？"

"挖回来再说。"满宝现在虽然有了一点头绪，但自己也不是很肯定，但管他呢，走一步看一步。

因为满宝是家里唯一的读书人，且最近家里赚的钱很多都是因为她出的主意，于是不知不觉间周五郎和周六郎下意识听取了她的意见。

不仅周五郎如此，周二郎现在都会听满宝的意见了。

满宝缠着周二郎，要他进山找山药，还道："不要拔了，把它们连藤蔓一起带回来，说不定藤蔓也能做种子呢。"

周二郎觉得她说的有道理，进山找哪有自己种的好？

说不定明年他们家真能收获一拨山药呢。

满宝又再次叮嘱道："二哥，你要是在山里看到我没见过的植物，一定要拔回来给我呀。"

周二郎和往常一样应下，不过这次他终于认真了一些，还问满宝："你都见过什么植物？"

满宝就画了一个大圈道："村子里有的我都见过了，二哥，你就看哪些是村子里和那座山上没有的，就给我扯一点儿回来。"

周二郎笑着摸了摸她的脑袋，笑道："好！"

"宿主，女贞子和山药的积分一起到了。"科科突然出声。满宝眼睛一亮，"噔噔"地跑回房间，躲到自己的小被子里看积分。

系统看到满宝的意识进来，便将页面打开给她看，女贞子的奖励积分是五千，山药是两千五。

"这两样植物在历史中都有很重要的地位，不仅对于研究植物学有价值，对研究当时的社会人文等也很有参考价值，所以积分奖励较高。”

系统将所有积分存进去，同时道：“之前宿主收录的其他植物的词条也在制造中，预计明后两天就会到达。宿主，赚了这么多积分，你不换一些东西犒劳犒劳自己吗？”

他将那个漂亮的包包又调出来给满宝看。

满宝看啊看啊，看够了后道：“不要，我让嫂子给我做，你让我再看一眼我娘的药吧。”

科科只能把那管药剂调出来给她看。

满宝欣赏了一下那绿绿的药剂，心满意足地道：“科科，你放心，我一定会收录很多很多植物的，说不定明年我就能凑够给我娘买药的积分了。”

科科不忍打击她，但还是忍不住道：“很难，宿主，考虑一下买其他东西吧，不贵又便宜的也行。你现在积分多了，还一天一个积分地买糖果，实在是太浪费积分了。”

满宝戳着商城的商品道：“除了糖，我不知道还能买什么来卖。”

科科适时地和她推荐书籍，道：“宿主，商城里的商品局限性很大，很多东西都不能大规模交易，而且作为系统，我不建议你做倒买倒卖的生意，因为这种生意没有丝毫的技术含量，对自身的安全也有很大的危害。”

科科的声音激昂起来，热情满满地道：“这世上，只有运用自己的本事赚到的钱是最安全的，所以宿主，学习文化知识吧，只要你的本事足够大，不愁金钱不来。”

科科一连给她筛选了好几本书，都有预览的功能。

满宝翻了几页，发现不是很懂，就合上书道：“看不懂。”

“就是因为不懂才要学习，”科科道，“如果本来就懂了还需要学习吗？而书籍，能够一看就懂，不需要钻研的，也一定是口水似的文字。宿主，你要学的是知识，而不是看故事。”

“这些是什么知识？”

科科一本正经地道：“赚钱的知识。”

满宝挠了挠小脑袋，都快要答应科科了，不过想想又觉得不对。

她还小，却也知道，赚钱很难，而以她的经验来看，要赚钱就一定得外出。

可她还小，她走不了很远，爹娘肯定也舍不得她，所以她肯定不能出去赚钱。

于是，她不乐意了：“我不买！”

科科沉默了。

满宝似乎看出了科科的伤心，便勉为其难地道：“你这里有没有种山药的书，如果有，我就买一本。”

科科失落地道：“没有，有种植其他农作物的，比如水稻、麦子、各种水果的种植技术，就是没有山药的。”

科科虽然想引诱满宝买书，因为书都是从百科馆内买的，买一本它就有一部分提成，但它还不至于要坑满宝。

于是，它将山药的词条调出来给她看：“山药的词条已经出来，上面有最基本的种植建议，宿主可以看一看。”

满宝发现词条上有好些字她都不认识。

科科为她解答，她看不懂的地方还帮她理顺，其中有山药的种子如何处理、种植的地要如何处理等，上面都列了具体的数字，但都很抽象，满宝觉得好难。

科科见了精神一振，道：“宿主，系统内部还有模拟展示，你要用吗？很便宜的，一点积分十分钟的模拟展示，还配有说明哦。”

满宝不解：“什么是模拟展示？”

满宝的脑子里突然呈现一幅画面，一个人拿着锄头在地里锄地的清晰画面。科科道：“这就是模拟展示，分为三种模式，一种是最基本的，完全按照你选择的文字进行展示，一种可以根据你设定的条件进行展示，还有一种则是扫描过实际情况后进行模拟展示。三种所耗积分不一样，推荐宿主先感受一下第一种模拟展示，不过因为宿主所在的时代与词条形成的时代有很大的差距，我认为宿主在相信模拟展示后应该优先选择第三种。”

满宝眼睛亮亮地盯着正在锄地的人，兴奋地问：“是不是可以把这个人换成四哥？”

科科犹豫了一下，为了长远发展，它咬咬牙，还是替宿主转换了，于是满宝脑子里的人就变成了周四郎在挥舞着锄头干活儿。

满宝乐滋滋地道："换成我，换成我！"

它能怎么办呢？

当然只能答应啊，于是满宝脑子里的画面变成了小小的她抱着一个比她长、比她大的锄头坐在地上。

科科毫无感情地解说："因为工具过大，宿主力量不足，一屁股坐在了地上。"

满宝大笑起来，系统根本不能理解她的笑点，看她笑得差不多了，它就问："宿主，运用模拟展示吗？"

满宝擦着笑出来的眼泪点头。

系统愉快地扣了她一点积分，贴心地替她选择了山药词条中的文字，于是一些画面缓缓在满宝的脑子里流动起来。

科科叫它视频，但满宝觉得，这就是一幅又一幅会动的画连接了起来，特别好看，特别生动。

不对，它本来就动起来了。

科科贴心地给她充当解说："山药在块茎成熟前的半个月左右，零余子便可采摘……"

满宝瞪着大眼睛看，好学地问："这个我见过，在藤上。"

科科就补充了一句："它可以做种子，除了山药块茎，零余子也能栽种。"

未来的科技当然不是现在能比的，虽然未来的科技人员只拿到山药几天，但根据现有的资料，以及对山药习性的研究，还是快速地研究出了它的种植方法。

无论是以块茎，还是零余子做种子，山药的种植最好都是先育苗。他们会先用一种药水浸泡，减少病菌的伤害，然后晾晒一到三天，再进行育苗。

育苗期大概是二十五天左右。

处理好了种子，满宝便看见一个大大的东西出现在一块地上挖土，科科介绍道："这是种植机，它可以挖土、开垄、播种、收获，总之地里一切的工作它都可以胜任。"

满宝"哇"了一声，问道："我能买吗？"

“不能，”系统道，“你买了也用不了，这东西是用网络远程操控的，而且还得充电，你这里也没有电……”

满宝惋惜了一下，就仔细地看它是怎么种山药的。

这一段视频将近三十分钟，系统后续又扣了她两点积分，就将合成的视频给她存起来，道：“以后你想看就能看到，不用再花费积分，是不是很划算？”

满宝点着小脑袋，开始问各种问题，比如拿来泡种子的药水，得知可以在商城里搜索购买。

而且，这种药水不仅可以浸泡山药，也能浸泡谷子，促进发芽率，健壮种苗……

满宝心动不已，开始去翻找药水，发现这种药水一点儿也不贵。

因为商品是商城的，科科没有提成，所以它特别为宿主着想，道：“其实宿主可以尝试用其他东西替代这些药水。这些药水的颜色都很鲜艳，宿主拿出来恐怕不能解释它们的来历，其实山药种子可以用石灰沾切面……”

系统的主要职责就是收集各种植物，对于种植这一块儿，它收录的知识也不少，所以对这些信手拈来。就算山药的词条中没有写明，它也能根据科技人员上传到它系统内的处理手法来分析出更适合这个时代的种植方法。

满宝好奇起来，她虽然没种过东西，却没少看哥哥嫂子们种东西，知道种东西就是挖个坑把种子丢下去。

从不知道还有这么多处理手法。

这么一好奇，满宝就花积分从百科馆内买了好几本有关种植的书。科科没想到还能有这个意外收获，高兴起来，还建议满宝：“宿主，你可以让你哥哥们去把之前扯掉的零余子找回来，只要没腐烂，应该就还可以留作种子。”

满宝高兴地应下。

第十三章

服役商机

山药并不是那么好找的，除了周五郎他们从山里挖回来的那二十几个根茎和找回来的零余子，周二郎并没有再在山里找到山药。

所以，满宝他们对剩余的这些块茎和零余子非常看重，虽然她还是很想吃山药，但忍住了。

见闺女对着一根山药都能流口水，钱氏想了想，对小钱氏道：“明天让二郎去赶集时买块肉回来，老三就要去服役了，也该补一补，这段时间大家伙儿也累了。”

小钱氏应下。

白家的宅子已经开建二十来天了，现在已有了雏形，只是刘氏要求严格，一些柱子上甚至还要雕花，请了专门的工匠师傅来施工，所以速度要慢一些。

但慢也有慢的好处，因为他们的工钱是按日结算的。

周大郎和周四郎干一天就是六十文。

工钱十天结算一次，到现在，他们已经拿回来一千两百文了。

周大郎只交公六成，周四郎的钱却是全部上交的，用来还他的赌债。

周四郎觉得做工可比开荒来钱快多了，为此他还反抗了满宝一下，认为开荒无用，所以想要把那块地重新丢荒。

最后被已经计划好的满宝无情镇压了，当然，她是镇压不了四哥的，所以她借了父亲的势。

周老头一听说老四做事又要顾头不顾尾，直接眼睛一瞪："做工，你能做多久？等白老太太的房子一落成，你立即给我整地去。"

周四郎弱弱地道："天寒地冻的……"

"天寒地冻，你三哥还去服役呢，你就不能下地了？"

周四郎低下头，屈服了。

满宝得意地冲他做鬼脸，周四郎就觉得他哪里是给自己开荒，简直就是给满宝开荒。

周五郎和周六郎偷偷地一乐，高兴得多喝了两碗水。

种植山药的大业一直是满宝出主意，他们俩行动的，他们早就展望好明年的丰收景象了。

如果四哥不继续开荒了，那他们兄弟俩就只能自己动手了。

不过，这个赚钱大计到底是明年的事了，且还是明年秋收后的事，一群孩子依然觉得他们的糖果大业不能落下。周五郎现在隔一天便会去一趟县城，他成了傅家的供糖大户。

当然，这个是他自己封的。

因为即便是隔一天才去县城，他卖出去的也只有一百颗。在经过最先的新奇之后，傅家的孩子和他们家亲戚的孩子也吃不了那么多糖了。

但能成为县令家的专供糖商，周五郎还是有些自豪的，所以自封了这个称号。

虽然隔一天才能挣一百文，这一百文还要他们三兄妹分，可一个月下来也能积累不少钱。

满宝还肩负着"买糖"的任务，钱比两个哥哥更多了。

不过，她花得也多就是了，隔三岔五地买点肉，或是去买只鸡。

不错，她坚持往家里买肉，美其名曰为娘补身体。

她有时候是把钱给周五郎，让周五郎去县城时买回来，有时候是去村长家和周虎家盯着他们家的鸡看。

然后看着看着，人家就把鸡卖给她了。

所以她的钱都存不住，基本上有多少就花出去多少了。

周家对于满宝隔三岔五买肉回来的行为已经习惯，并且也知道他们在偷偷挣钱。虽然不知道他们具体是做什么挣的钱，但看那样子也不像是做坏事。

加上周家上下估计满宝挣的钱都换成了肉，也就睁一只眼闭一只眼的当不知道，任由他们玩去。

这样一来，周家的生活水平倒是好了许多，以前一两个月都未必能吃一回肉，现在却是隔上两三天就能吃一次。

不仅孩子们脸上红润不少，钱氏看着中气也足了点儿。

也因为好处是显而易见的，考虑到最近家里人出去做工的做工，上山砍柴的砍柴，钱氏才愿意拿出公中的钱来买一次肉。

吃过这顿肉，周三郎便背着包袱去服役了。

今年因为有满宝提前通知，村里要服役的人家都早一些做了准备，不少人家和周家一样，都在服役的男丁出门前给他养了一下身子。

大家背着包袱一起走，浩浩荡荡还挺壮观的。

满宝和一众小伙伴蹲在草丛里偷瞄着他们走远，这才从草丛里冒出来："原来白马关镇在那个方向呀。"

白二郎鄙视她："连白马关镇都不知道，真笨。"

满宝就看向他："你去过白马关镇？"

白二郎自豪地道："那是当然，我经常跟着我爹去收租。"

满宝："那你认路吗？"

白二郎叫道："当然认识啦，我都去过好几次了。"

"那你带我们去。"

白二郎问道："你去白马关镇干什么？"

满宝："我们要去看看服役是怎样的。"

白善宝点头："我们要记录下来。"

白二郎一头雾水："你们记这个干什么？"

满宝和白善宝一起鄙视白二郎的智商，看着他叹息道："说了你也不懂，不过我们还是应该和你说一说，先生说，有教无类嘛。"

白二郎：别以为他听不出这是坏话。

满宝和白善宝拉着白二郎给他讲他们的计划，满宝觉得县令让人干活还不给饱饭吃，实在不是好人。

可庄先生说，这是普遍的现象，并不止他们县如此。

甚至有些县城，县令更严苛一些，或是县衙更贫穷一些的，那是连那一丁点的干粮也没有，全靠劳丁自带粮食。

要改变这种现状很难。

但满宝还是问了如果普通人想改变某一现象时的方法，庄先生说，那就只能当官，努力当上大官后提出自己的政见。

或是，写出有名的文章，让朝中的有识之士看到自己的文章，共鸣后致力于改变。

当官什么的太久远了，满宝不考虑，所以她和白善宝经过商量后决定写一篇文章。

但要写文章就得知道劳丁都是怎么服役的，所以他们得去看一看。

跟着来凑热闹的同学不少，因为他们的父兄也在服役的行列。但他们即使再有胆子，再顽皮，也不敢提出跟在大人屁股后面去服役的地方看啊。

于是，大家一听满宝的主意，顿时一哄而散，原地顿时只剩下满宝、白善宝和白二郎了。

三个孩子对视一眼，白二郎就站起来拍拍屁股道："我也回去了。"

白善宝立马扯住他："他们不认路跑了，你干吗也跑？"

白二郎梗着脖子道："我才没跑呢，我是觉得你们傻，我们要上学，怎么去白马关镇？"

满宝一听他是担心这个，立即道："你不用担心，过几天先生就给我们放假了。"

白善宝也点头："先生有事要回家一趟，这一次放五天假呢。我和满宝都决定好了，一天去白马关镇，一天就去河边的芦苇丛里玩，一天去山上玩，一天去我家玩，一天去满宝家玩。"

时间安排得满满当当的。

一听放假，白二郎也精神了。他掐着手指，兴奋地道："我记得，我记得，去年冬天也有一次放了五天假，我只是记不住时间而已。"

满宝鄙视他："是先生夫人的忌日，先生要回家跟他儿子过，我早就记住了。唉，你记性真差。"

她也只记住了事件，没记住时间而已，去年学堂放假，小钱氏告诉她的。

白二郎毫不介意她的奚落，因为他现在满心都是放假的事，道："白马关镇一点儿都不好玩，还不如去县城呢，我带你们去县城玩吧。"

或许是因为有了这个共同秘密，白二郎看两个人顺眼一点儿了。

白善宝却是一个坚持的人，道："不行，我们早就计划好了，不能改，你到底带不带路？"

满宝怀疑白二郎："你不会是不记得路了吧？"

"谁……谁说我不记得的？"白二郎赶紧想白马关镇怎么去来着？

想着想着，他有些心虚起来。看白善宝和满宝正一脸怀疑地看着他，他立即指着刚才劳丁们离开的方向喊道："就顺着这条路一直走，一直走就到了，我当然知道啦。"

满宝和白善宝就满意了，道："好，那我们到时候一起走。"

白二郎不是很想去，却又不敢提，生怕两个人察觉到他不认路，又鄙视他。

他郁闷地道："我们三个小孩儿，万一被狼叼走了怎么办？"

大人们为了不让孩子们乱跑，从小就会吓唬他们山里有狼，水里有妖怪，谁要是靠近就会被叼走。

就算是白老爷家也不例外。

满宝就道："不怕，我让我五哥、六哥保护我们。"

满宝还从自己的兜里拿出一颗糖来送给他："喏，我请你吃糖，到那天你可一定要给我们带路啊。"

白善宝也从自己专门装点心的荷包里拿出一块来放进他的手里："我也请你吃点心。"

白二郎看着两人手心里的东西，咽了口口水。

白善宝的点心就算了，白善宝有的他也有，可满宝的糖……

白二郎决定先吃了再说，于是他吃了，自然也就只能答应了。

满宝和白善宝自觉没问题了，双双牵着小手回去。嗯，回学堂去！

庄先生看着一群孩子从远处"呼啦啦"地跑过来，他往教室里一看，嗯，他最头疼和最得意的弟子都不在，于是继续站在门口等。

满宝和白善宝牵着小手从远处走来，看到先生，立即高兴地奔上去，丝毫不为自己的计划心虚。

见两个孩子小脸上满是开心，庄先生也忍不住有点开心，不过还是板着老脸问了一句：“白诚呢，你们欺负他了？”

满宝道：“现在我和他是朋友了，可没有欺负他。”

她还理直气壮地道：“我还给他糖吃了呢。”

白善宝则指着后面道：“他在后面吃糖。”

庄先生就拍了拍两个人的小脑袋，让他们进去。

白二郎磨磨蹭蹭地回来了，庄先生见他如此不积极，不由得蹙了蹙眉头，不过到底没训斥他，等人到齐后便开始上课。

庄先生要放假的事暂时只告诉了满宝和白善宝，当然，他也不是特意告诉他们的，只是在给他们开小灶时不小心说漏了嘴。

学堂一直到要放假的前一天才被通知到，当然，学生家长们是早就知道了的。

于是在庄先生通知了后，学生们一阵欢呼，学堂里一阵欢声笑语。显然，无论哪个时代，放假都是一件让学生们很开心的事。

庄先生微笑着收了书，将两个最得意的学生带到隔壁，从书桌上找出一本薄薄的册子，递给他们道：“这是为师这段时间译出来的小故事，你们这五天便读这几个小故事吧。要做到熟记于心，待我回来是要问一问你们读到了什么的。”

庄先生开的小灶多是趣味性很浓的故事，五花八门什么都涉及。有几天看到满宝在看药书，他还在下学后兴致勃勃地带两个孩子去山上转了一圈，告诉他们什么植物可以止血，什么植物可以活血，什么植物又可以安神……

白善宝做主接过册子，自信满满地表示，他们一定会认真读书的。

庄先生很满意，摸了摸胡子，这才让他们去玩。

他明天一早就回家，所以现在就得收拾一些东西出来。

白善宝拿了书就和满宝跑出去，两个人找了一处柔软的草丛坐下，一起打开书看。

两个孩子认识了不少字，哪怕还不太会写，但认字是没问题的，他们平时最喜欢看的就是故事书了。

满宝已经把《历史上十大恶父》的故事看完了，还友情提供给白善宝看过了。

平时，他们最爱的就是听庄先生说故事了，所以此时也看得津津有味，但这一点儿也不影响他们第二天要去白马关镇的计划。

一大早，满宝就溜到厨房，要求小钱氏给她烙饼，她要出去找白善宝玩。

小钱氏也怕小姑在白家受委屈，于是给她烙了一个大饼。

满宝就揣着大饼去找五哥、六哥。

周五郎并不知道她要去干吗，但还是跟着一起走了。

放假五天呢，妹妹说不定又想出了什么赚钱的好主意来。

满宝走到学堂前，白善宝已经背着小包袱，拽着白二郎在等着了。

看见满宝，白二郎一脸苦色，白善宝却很兴奋地跑上去："我们早就到了，你好慢呀。"

满宝就把自己的大饼贡献出来："我等我嫂子烙饼呢，来，请你们吃。"

白善宝也放下小包袱，打开给她看他从厨房里顺的东西："我也带了好多吃的，也请你们吃。"

周五郎和周六郎看着饼、包子和点心，齐齐咽了一口口水，原来不是去赚钱啊，不过，他们也好喜欢啊。

满宝看着也想吃。

于是，她伸手拿了一个，白二郎和白善宝其实已经吃过早食了，当然，不是正式的早食。

他们家有钱，他们又在长身体，每天早上都可以先吃一小碗面或其他东西。

但此时见满宝吃，他们又觉得肚子饿了。

于是，两个孩子也蹲下来，各自选了一个自己喜欢吃的吃。

满宝也给自家五哥、六哥拿了一个包子，周五郎和周六郎两个少年特别不好意思地蹲在三个小孩旁边吃。

等吃饱了，他们又拿出装水的竹筒喝了一点儿水，满宝和白善宝便觉得可以上路了。

于是，他们带头起身往村外走去。

周五郎和周六郎没发现有什么不对，乐滋滋地跟在后面。今天就是什么都不做，光陪满宝玩也足够了。

白二郎耷拉着脑袋跟在后面，周五郎觉得这小子特别没眼色，出来玩还苦着一张脸，难怪他们幺妹刚进学堂时会和他闹矛盾。

瞧瞧前面走着的那两个人，虽然一开始吵架打架，但人家现在相处得好呀。

走着走着，走到了一座山脚下，满宝没上去，而是继续往前走。

现在这段路根本不用白二郎领着，因为这个方向只有这一条路，他们只要顺着走就好啦。

走了老半天，周五郎忍不住问了："满宝，我们这是干什么去啊？"

满宝"咦"了一声，道："我没告诉过你们吗？"

周五郎黑着脸问："你告诉我们什么了？"

满宝挠了挠小脑袋，最后给自己找了一个理由："一定是因为我太忙，所以忘记了，我们今天要去看三哥呀。"

周五郎觉得他听错了，于是掏了掏耳朵："你说啥？你要去干吗？"

"去看三哥呀。"

周五郎差点气吐血："谁让你去看三哥的？咱村离白马关镇远着呢。"

"不远，不远，"满宝以为他们不懂，还特别骄傲地给他们普及，"比去县城还近呢。"

"近什么近呀，差不多一样的路程，远着呢。"

满宝听他这么一说，不高兴了，瞪着眼道："去县城的时候你们怎么不喊远？"

"那能一样吗？那是去县城！"周五郎道，"镇上有的东西县城里都有，县城里有的东西，镇上可不一定有。你要想去玩，我们去大集好了。对了，今天是集日吗？"

周六郎摇头："不是，明天是。"

"那就明天再去。"周五郎转身就要领着他们回去。

但满宝会乖乖听话吗？

她直接一屁股坐在地上，赖皮道："我就要去看三哥，三哥都去服役好几天了，你们都不担心他吗？"

她道："现在天多冷啊，三哥还得干活儿，枉费三哥以前对你们那么好，总是帮你们干活儿，结果你们竟然这么对三哥。"她又道，"你们以为我只是去看三哥吗？我可是有正经事做的。"

周五郎问："什么正经事？"

"我要写文章，"她道，"先生说了，要写闻名天下的文章，我和善宝都想好要写什么了。"

周五郎没读过书，并不知道满宝这样的奶娃娃是没到写文章的年龄的，所以满宝一说他就信了。

既然是正经事，他便不好反对了。

他挠了挠脑袋道："那……那你也不能瞒着我们，该早点告诉家里呀。"

"我没瞒着你们呀，我就是忘记说了而已。"满宝道，"又不是什么重要的事，下午我们就回来了，干吗还要告诉家里？"

周五郎觉得不对，却又觉得她说得有道理，反正下午就回来了，告不告诉爹娘应该没什么问题吧？

周五郎轻咳一声："那我们现在走？不过，我先说好啊，我不太认得去白马关镇的路，我好像就很小的时候去过一次，还是跟着娘去哪个叔公家里吃喜酒才去的呢。"

他们七里村的人，平时要买卖些小东西会去赶大集，要是买大东西，就直接去县城。

所以对白马关镇，周五郎是真不熟。

年纪大一点儿的周五郎都不熟，那周六郎就更不熟了。

不过满宝和白善宝很自信，他们把白二郎拉到跟前来，特别高兴地道："我们早就考虑到了，喏，白二就是给我们领路的。"

白二郎想说话，满宝就补充了一句："他可是吃了我们的糖和点心的，这是交易，他一定会尽心的。"

白二郎就闭上了嘴巴。

周五郎和周六郎没多想，点头应下了，于是大家重新出发。

很快，他们就需要用到白二郎了。因为前面有两条路，他们需要选择一条。

白二郎站在交叉路口，觉得身后的那四双眼睛似乎长了刀子一样扎在他后背上。他想哭又不能哭地看着这两条路，仔细回想秋天那会儿他爹带他去收租，走的是这条，还是那条呢？

看了老半天，他觉得两条都不眼熟，干脆眼睛一闭，随手指了一条道：“这边！”

于是，大家高兴地踏上了那条路。

周五郎道：“来之前应该问一下大哥的，不知道三哥是不是在镇上？”

“不是说在白马关镇服役吗？那一定是在镇上啊。”

“那可不一定，服役又不是光管着一处挖，路肯定是要往前修的，水利也是分段的，怎么可能一窝蜂都在白马关镇？”

这么一说，周五郎又犹豫起来：“要不我们还是先回家问问村长，明天再去吧？”

已经走了好久了，满宝觉得腿都酸了，如果现在回去，那岂不是今天白走了？

这么一想，满宝不答应了：“不行，一定得今天去。”

不过，五哥倒是提醒了她。她停下脚步，伸手道：“我累了，我要背。”

周五郎习以为常，便蹲下背她。

白善宝看着羡慕不已，也盯着周六郎的后背看。

周六郎犹豫了一下，想着他们早上吃了不少人家的东西，便也蹲下来道：“小公子，我背你吧。”

白二郎立即道：“我也要，我也要！”

周五郎就道：“你想得倒美，也不看看你多大了，好意思叫人背吗？我侄子像你这么大的时候都下地干活儿了。”

白二郎被无情地镇压了，他只能嘟着嘴往前走。

大家走呀走呀，走了好久好久都没到白马关镇。周五郎算了一下他们的脚程和时间，觉得不对呀，按说这时候他们都能走到县城了，怎么这会儿还没看到镇子的影子？

满宝四人围着白二郎，用眼睛迫视他。

白二郎在四双眼睛的盯视下，终于撑不住，脸色通红地吼回去：“看着我干什么，我以前都是坐车去的，我又没走过路，怎么知道怎么走？”

周五郎忍不住磨牙，觉得这小子忒会耽误工夫了。

满宝竟然觉得他说得有理，但她还是对他隐瞒不报表示非常气愤：“你要是早点告诉我们，我们就不会走这么多冤枉路了。”

“不错。”白善宝也很生气，还推了他一下，“害人精！”

白二郎气得脸色涨红，伸手将他推回去，气愤地大吼道：“你们有人背，一点儿都不累，我才是一直走着的，我年纪这么小，你们都欺负我！哼，我才没有害你们呢，我害的是自己。”

满宝一愣，用同情的目光看他：“你怎么这么笨啊，竟然连自己都害？”

白善宝：“难怪堂叔说你脑子不好，让我以后多照顾你，原来你脑子真的不好呀。”

白二郎愣了一下，干脆“哇”的一声大哭出来，一屁股坐在地上，再也不走了。

本来还生气的周五郎和周六郎对他同情不已，觉得满宝和白小公子对他打击太大。

念着对方比自家大侄子还小的分上，两个人勉为其难地哄他：“行了，你也别哭了，虽然你带错了路，但我们也没说打你啊，还是想办法回去吧。”

白二郎抽抽噎噎的，哭道：“我……我不……我走不动了，我不走了……”

周五郎就左右看看，把他拖到一旁的树荫底下，招呼大家坐下：“坐着歇一歇吧，实在是太累了。”

白二郎渐渐止了哭声，揉了揉自己的小腿，道：“我想回家，我想坐车。”

周五郎和周六郎对视一眼，都有些头疼，于是再度劝说满宝：“不认路，今天是找不着三哥了的，我们还是先回家，明天再来吧。”

满宝耷拉着脑袋应了一声。

不过大家一时没动，都打算坐着休息一会儿。

后半程一直被背着的满宝和白善宝精神特别好，于是坐不住，就开始左右张望起来。看见旁边的野花上停留着一只蝴蝶，两个人的小眼睛就亮起来，一闪一闪的，开始蹑手蹑脚地要去捉蝴蝶。

周五郎也不拦着，反正人就在自己的眼皮子底下呢。

满宝扑了一下，没扑着。蝴蝶扇着翅膀往旁边一飞，蓄势待发的白善宝快速地伸手一抓，瞬间将它抓住了。

两个孩子欢呼一声，开始捏着蝴蝶的翅膀看，好漂亮啊。

满宝兴致勃勃地要抓更多的蝴蝶，就慢慢和白善宝走远了。走着走着，两个人就见前面有人正扛着锄头往这边走。

两个人眼睛一亮，也不怕生，“噔噔”地跑上去。满宝最先叫人：“大哥哥好。”

白善宝就慢了一步：“大叔好。”

两个人的称呼一前一后，截然不同，然后没等眼前人说话，两个小孩又互相瞪了一眼。

满宝道：“你把人叫老了。”

白善宝道：“你没有礼貌，他明明是叔叔。”

农夫被突然冒出来的两个孩子吓了一跳：“你们是谁家的孩子，怎么跑这儿来了？也不怕被狼给叼去了。”

周五郎和周六郎听到动静，这才连忙从树荫底下爬起来跑过去。

看到还有两个少年，农夫这才松了一口气，教训他们道：“怎么带弟弟妹妹跑这儿玩来了？也不看好，这山里有狼呢，还有大老虎，小心被狼叼去了。”

周五郎也有些害怕，拽着满宝的后衣领道：“你又乱跑。”

满宝扭了扭身子道：“我是来问路的，大哥，你知道白马关镇怎么走吗？”

“叫我大叔。”被一个跟自家闺女差不多大的孩子叫大哥，农夫的表情颇有些一言难尽，道，“你们要去白马关镇啊，那到了前头向右转，那是官道，直直地走，走上三刻多钟就到了。”

满宝“呀”了一声：“原来我们没走错路呀。”

她给白二郎道歉：“我们错怪你了。”

哭得眼睛红红的白二郎就骄傲起来：“我就说我没认错吧，从我们村到镇上坐车都要好久，走路当然更久了。”

周五郎很怀疑，他虽然没怎么去过白马关镇，却没少听哥哥们提起，从村里到白马关镇是比去县城快一点的。

如果路没走错，怎么可能到现在都没到？

于是，他问农夫：“大哥，从七里村去白马关镇的话也是走这条路？”

农夫都要走了，闻言停下脚步，以一种看傻瓜的目光看着他们：“你们是从七里村过来的啊，那怎么走到这儿来了？从你们村出来，在第一个分岔路口向右走就是去白马关镇的道了。走我们这边，那是绕到了镇口的另一边了，平白多了一半的路程。”

大家再度扭头看向白二郎。

白二郎垂着小脑袋不说话了。

农夫便猜出是几个孩子不认路，乱走闹腾的，他就笑呵呵地问：“你们这是要干吗去呢？”

满宝就立即把他们要去找服役的三哥的事情说了。

农夫“咦”了一声，道：“服役啊，我记得前头官道上就有服役的劳丁，那一拨人好像就是七里村和大梨村的。”

众人眼睛大亮，没想到运气这么好，这是柳暗花明呀。

于是，五人告别农夫，“哇哇”大叫着朝前跑。

满宝根本不用人背，迈着小短腿就“噔噔噔”地往前跑。别说，她精力旺盛，速度还挺快，周五郎都差点追不上。

白二郎也高兴起来，也不觉得累了，追着往前跑。

跑过这一段路，右边是农田，左边则是树林子，跑到尽头，大家便看到了一条宽敞的土路。

满宝冲上那条大土路，左看看，右看看，然后就朝着左边跑。

那位大哥刚才说了，他们是在左边的官道上。

周五郎追上去，一把将人抓住，把她背到背上：“你消停一点儿吧，要是摔了，回去爹娘得抽我。”

周五郎背着满宝带着大家顺着官道往前走。

官道上一个人也没有，更没有车，地面坑坑洼洼的，不比刚才那条小土路好多少。

他们往前走了一段儿，便听到“嘿嘿哈哈”的声音。往前一跑，就见官道两旁有不少人正挥舞着锄头锄地，所有人都灰头土脸的，且都是差不多的灰布衣裳，看着差不多，一眼望去根本认不出谁是谁。

但满宝才不管呢，她闭着眼睛直接大喊：“三哥……”

人群中间，正埋头铲泥的周三郎觉得耳朵幻听了，似乎听到了满宝的叫声。

周三郎刚直起腰想要张望一下，一条鞭子凭空抽来，在他旁边的地上打了一下，差吏喝道：“张望什么呢，赶紧干活儿，今天要是不把这一段做好，大家都别收工了！”

周三郎便立即点头。

满宝大吼了一声，见三哥没应声，便爬到周五郎的脖子上，坐在上面，冲着人群再次吼叫一声：“三哥——”

这下监工的差吏总算看到了几个孩子，拿着鞭子指道：“嘿，几个小孩儿，你们干吗呢？”

也有劳丁悄悄地抬起头来看，劳丁们灰扑扑的，满宝认不出他们，但七里村的村民们容易认出他们呀。

周家的五郎和六郎，尤其是坐在脖子上的那位，那不是周家的宝贝疙瘩吗？

立即有人喊了一声：“周三郎，你弟弟妹妹来找你来啦！”

差吏们虽然监工，却并没有严格到不许他们说话，只是不许他们偷懒耍滑而已。

周三郎这下听清楚了，顾不得鞭子，“唰”地一下抬起头来，一转头就看到了坐在老五脖子上的满宝。他瞪大眼睛，叫了一声：“满宝，你咋来了？”

差吏看了那边的孩子一眼，嫌弃地冲周三郎挥手：“快去，快去，给你一刻钟的时间，赶紧回来干活儿。”

周三郎连连弯腰低头表示感谢，丢下锄头就往那边跑。

满宝终于在一众灰扑扑的人中认出了三哥，因为她看到三哥冲她跑来啦。

满宝抱住周五郎的脖子，熟练地就要往下滑，周六郎连忙把她抱下来。

白善宝看着非常羡慕，决定回去时他一定要满宝的哥哥也让他坐一下，他从没有在大人的脖子上坐过。

周三郎冲上来，先是高兴得要抱满宝，想到自己身上全是尘土，又把手缩回来，然后看向周五郎："老五，家里出事了？"

"没有，"周五郎硬着头皮道，"满宝说她想你了，所以来看看你。三哥，我……我们也想你了，服役很辛苦吧。"

只是来了几天而已，人黑了一大圈不说，也瘦了好多，之前好不容易养起来的肉全掉光了。

周三郎却笑眯了眼，摇头道："不辛苦。真是的，这么大冷的天，满宝不懂事，你们也不懂事吗，走这么远的路呢……"

周三郎絮絮叨叨，下意识就要去摸钱，要满宝回家买糖吃。

满宝却已经先一步从兜里拿出一颗糖，剥了油纸就塞进他嘴里。她一脸心疼地踮起脚去摸他的脸："三哥，你都瘦了。"

周三郎弯着腰，觉得心中熨帖不已。但他不太会说话，只会一个劲儿地摇头："不辛苦，不辛苦。"

满宝好奇地看他们挖路边的泥土："三哥，你们是在干吗？"

"修路。"周三郎很高兴，却又不知怎么表达，便一个劲儿地和满宝说起他们服役的事，指着路边的两条沟道，"这里多水，看到了吗？现在官道都坑坑洼洼，就是因为雨水排不出去，把路给弄坏了。我们现在挖两条小沟，再把泥拿去填坑，以后路上的水就排到沟里，路就不会坏得那么快了。"

他又指着远处空地上的一排茅草屋道："那是我们的住处，都是临时搭建的，我们负责八里的官道，还有附近的水利，所以吃住都在这儿……"

满宝听得很认真，还问了好几个问题，周三郎便也说得详细一些，比如水利都包括哪些。

"其实很简单，就是挖沟渠，四尺宽，五尺深，要围绕这些农田，从那处到这处全挖上……"周三郎说的时候很是羡慕，道，"也不知道县太爷什么时候让人修咱们村的水利，我们村要是也有这么一条沟渠，那要方便很多呀。"

"所以修水利是好事？"满宝问。

周三郎笑道："当然是好事了。"

满宝就和白善宝对视一眼，挠了挠各自的小脑袋，小声道："可你们在村里不是说不想来服役，不想修水利吗？"

周三郎立即左右看了看，发现差吏没注意，这才小声道："又不是自个儿村的水利，让我们来修，我们当然不乐意了……"

而且服役是真的很辛苦。

不过念头一冒出来，周三郎便又露出笑容。

满宝便大致明白了，修水利的确是好事，就是好事落不到修水利的人身上。

满宝还想再问，那边差吏就在催了："周三郎，赶紧回来干活！"

周三郎应了一声，让周五郎立即带满宝回去，然后就急匆匆地赶过去干活。

好不容易到了这里，就是满宝愿意回去，白善宝也不愿意啊。

于是，两个人从小包袱里拿出一个小本本，又拿出笔，现场磨墨后就去找人问话。

周五郎和周六郎看着敬畏不已，他们的幺妹真厉害，年纪这么小就会写文章了，然后他们就好奇地跟上去看。

满宝和白善宝在科科的帮助下制定了一份很简洁明了的调查问卷，小本本上就记着这些问题。

两个小孩蹲在劳丁面前，问他们家有几口人，壮丁有几个，家里是怎么分配劳役的？这次出门家里给准备了什么东西？什么样的情况下，朝廷不颁布役令，他们也会抢着来修水利和官道？

劳丁们本来不想回答，干活已经很累了，谁有空搭理两个奶娃娃？

但这两个奶娃娃一个拿着本子和毛笔，一个则捧着砚台，看着就很高大上，让人一看就知道他们是读书人。

虽然大家都没机会读书认字，但他们敬畏读书人啊。

于是，大家开始抽空回答他们各种奇奇怪怪的问题，有差役注意到了这边的情况，拿着鞭子走过来。看到白善宝正蹲着记笔记，差吏看了一眼没打断，但还是皱着眉头，等他抬起头才道："小公子、小娘子，这不是你们玩的地方，赶紧去别处吧。"

白善宝道："这是我们先生布置的课业，我们得完成。"

差吏觉得他们的先生这不是胡闹吗，让两个这么小的孩子跑到这儿来，万一出了事算谁的？

他道："你们有什么问题问我好了，我都能回答。"

满宝觉得差吏要问，但劳丁也要问，不过她不急，于是便和白善宝蹲在差吏面前，先问了一下他叫什么名字，是一直是差吏，还是因为要监工劳役临时招募的。

差吏觉得这两个小孩问得挺详细，好奇地问："你们先生还管这个？"

"我们先生不管，但我们想知道呀。"科科说过了，别看调查的这些东西都很细小，但每一点细小的东西都有可能影响到大框架，所以要尽可能地收集全信息。

那样才能更全面地反映出问题，也才能找到解决的办法。

当然啦，这些话满宝都是听不懂的，但她知道了一点，就是尽可能多地收集信息，而且科科也给了她参考模板。

满宝拿出来和白善宝一讨论，两个人便越添越多。毕竟，既然要问人家的名字，那就顺便问一下他的年龄呗；既然问了年龄，那就顺便问一下娶媳妇了没有，家里有没有孩子……

两个小孩你一言，我一语，就给他们的调查表上添了很多问题。

科科看着一言不发，现在两个人就拿着小本本蹲在差吏面前，一一拿出这些问题问他。

为免差吏烦躁，满宝还从兜里拿出一颗糖来放在他手心，请他吃。

差吏本来还有些严肃的脸色便一松，吃人嘴软，而且满宝和白善宝这两个孩子还那么可爱，他便也坐到了草地上，大手一挥："我爹在衙门里干活，我便也在衙门里干活了，我家三兄弟，我最大……"

白二郎也喜欢听这些闲话，蹲在一旁听得津津有味。

周五郎和周六郎左右一看，开始悄悄地朝周三郎靠近，见另外两个差吏没反对，便接过他三哥的活儿。三兄弟一起分担一个人的活，不仅可以慢一点，偶尔休息一下，还能说说话。

劳丁们都羡慕地看了周三郎一眼。

周三郎向来老实，很少被人用这样的目光看着，一时间有些手足无措，不知道是慌的，还是冷风吹的，脸上红通通的一片。

满宝和白善宝问完了差役，又去问劳丁们。另外两个差役也好奇地走过来看了一眼，满宝特别大方地送给他们一人一颗糖，也热情地采访他们。

当然，劳丁们也都有一颗糖。

满宝问到谁就给谁吃一颗糖，劳丁们都特别愿意回答他们的问题。因为回答问题时不仅能停下手中的活儿休息，还能吃到一颗糖，差吏们也没意见。

白善宝写得小手都累了，见白二郎蹲在一旁一边吃糖，一边听得津津有味，他就把笔塞到白二郎手里，要他接替自己来写。

白二郎不太喜欢写字，有些不甘愿地接过笔。

满宝还说呢："你不来，我来！"

"不行，"白善宝想也不想便拒绝，"本子肯定不够写，你写的字不仅难看，还费墨费纸。"

虽然知道白善宝说的是实话，但满宝还是不高兴地嘟了嘟嘴。

她刚学写字，当然写得不好了，可是以后肯定会写好的！

三个差吏忍不住好奇地问："你们先生是哪位，怎么让你们来记这些东西？"

白善宝正好写累了，就坐着和他们吹牛，他们的庄先生有多厉害……

在白善宝心里，庄先生是真的很厉害，至少比族学里的先生们厉害多了。

三个差吏的孩子差不多也是这个年纪，所以对他们包容得很，也不介意他们来工地上捣乱了，和他们兴致勃勃地聊起来。

气氛越来越融洽，还没采访到的劳丁偶尔抬起头来看向那边，差吏们便是看见了也没再训斥，更别说甩鞭子了。

这么一放松，奇异的是，工程进度还挺快。

一人挥着锄头松土，一人就把松开的土都挖开装在筐里，然后两个人再把筐抬到官道上的坑里填埋……

大家配合越来越好，期间休息一下，速度反而快得很。

到了下午，有人来送晚食，差吏便"铛铛铛"地敲响锣，让大家收好东西排队上前领馍。

一人一块灰色的馍，因为周五郎和周六郎下午也干活了，差吏们看在满宝三个孩子的面上，给了他们两个馍。

兄弟俩当然是不吃的，直接把馍给周三郎。

周三郎冲他们一笑，把馍塞到怀里，去取了自己的碗，直接打了一碗水来。

水是跟着馍一起送来的，馍都冷透了，水自然也不会是热的，但好歹是烧开过的，他“咕噜咕噜”喝了一碗，然后就着冷水吃馍。

满宝蹲在一旁看着，和白善宝一起咽了一口口水。

周三郎想了想，将一个馍分开给了两个小孩。

白善宝和满宝见他吃得香，却不知道这东西其实不好吃，所以直接“嗷呜”一口就咬下去。

馍有点冷，还有点硬，但两个小孩还是跟狼似的扯下一块来。满宝嚼了嚼，评价道：“有点甜。”

白善宝嚼了嚼，努力地咽下去，道：“要是更松软一点就好啦，而且面磨得不够细。”

周五郎忍不住说他们：“有得吃就不错了，还这么挑，你们两个赶紧把东西收一收回家去了。”

满宝还喝了一口周三郎碗里的冷水，看了她三哥好一会儿，然后把吃剩下的馍给他。

她一本正经地拉着他粗糙的大手道：“三哥，明天我们还来看你，到时候给你做肉汤吃。”

周五郎和周六郎都有些无语。

周三郎连忙道：“你可别来了，要让爹娘知道，非揍你不可。这儿都是劳丁，你来这儿干啥？”

他又道：“老五说你要做文章，今天也问了不少人，应该够了吧。”

“不够，不够，”满宝道，“还没问完呢。”

读书这种事，他们又不懂，周三郎就是想劝也不知道怎么劝，只道：“出门一定要叫上你五哥，知道吗？”

满宝点头。

几人这才恋恋不舍地离开。

他们刚走出不远，就听到差吏在敲锣，呼喝：“赶紧的，吃完了再去挖一挖，就剩下那么一小段了，日落前必须把它整出来。”

满宝就回头看了一眼，拽紧了手中的小包袱。

白善宝也觉得心里闷闷的，转头想和白二郎说话，见他已经快活地在路上蹦来蹦去，就只能扭头和满宝说话：“我娘说喝冷水容易生病，他们应该喝热的。”

满宝点头。

满宝和白善宝毕竟年纪小，白二郎也很少走这么多路，周五郎和周六郎便轮流背他们三个，就这样二拖三地慢慢往家里挪。

远远地，看到了村子里的炊烟，周五郎和周六郎精神一振，背着白善宝和白二郎加快了脚步，刚被放下来没多久的满宝也迈着小短腿欢快地朝前跑去。

他们却不知道，随着他们的出现，七里村人有多兴奋。

一直在山上找人并张望的白家下人最先发现他们，他眼睛好，虽然五人离得还很远，但他还是看到了他们家小少爷，于是冲着山下吼了一声。

正安慰泪流不止的母亲的白老爷精神一振，丢下众人就小跑着过去。

正强撑着的刘氏也立即站起来，扶着一个丫头的手就快步跟上白老爷。

所以，周五郎他们都还没走到村口，就见村子里“哗啦啦”地跑出来一群人。跑在最前面、头发都有些散乱的白老爷迎面撞上周五郎和周六郎，他看了看他们背上的两个孩子，又看了正靠着两条小短腿走在两个哥哥中间的满宝一眼，满腔的怒火对着两个少年便发不出来了。他红着眼睛瞪向舒服得都要睡过去的白二郎。

周五郎忍不住悄悄地掐了一下白二郎。白二郎一下就清醒了，叫道：“该善宝了，下来啦！”

白二郎一睁眼就对上他爹的目光，吓了一跳，立即推卸责任：“我不是故意领错路的，爹，善宝和满宝都不怪我了。”

白老爷不知道他在说什么，但一听这话就听得出来，他儿子就是罪魁祸首。于是他“啊啊”地大叫了一声，撸起袖子就要揍儿子。

此时，白老爷的面孔实在是太狰狞了，周五郎吓得转身就跑。

当然，他是背着白二郎的。

白二郎也吓坏了，紧紧地抱住周五郎的脖子，“哇哇”地怪叫道：“快跑啊，快跑啊，我爹要追上来了……”

刘氏赶了上来，没去管白老爷教子，先把白善宝从周六郎背上抱下来，蹲下去问他：“你们去哪儿了？”

白善宝也吓了一跳，下意识地知道他们好像闯祸了，便说了一下他们今天干的事。

其实村里上火着急的只有白家，周家那边还算平静，因为他们不觉得满宝是失踪了。

大人们都是知道的，今天是周五郎和周六郎带着满宝呢，因为白家丢了两个孩子，整个村的村民都帮着找孩子，周家才发现满宝和她两个哥哥也不在村里。

不过，钱氏只以为他们又溜到县城里去了，并不是很担心。

她不知道闺女和两个儿子在做什么生意，但他们能往家里买肉，显然是做了些小买卖的，所以她只当这次他们又去县城里赚钱了。

要说白家为什么那么着急呢？

因为白二郎以前虽然也会到村子里找小伙伴们玩，却一定会按时回家吃饭。

更别说白善宝了，今天白善宝一大早就跑出来，往常跟着他的下人只是先去用了一下早食，等想到要去守着小少爷时却发现小少爷不见了。

这一找，就发现白二郎也不见了。

白家的人最先以为村里来了外人，孩子被拍花子拍走了。

等问清楚村民，确定今天没陌生人来村里，白家人的心一下就揪了起来，生怕他们去玩水掉河里了，或是进了山。

那才真是大难。

于是，村民们翻山的翻山，下河捞人的下河，闹哄哄了半天，却没想到两个孩子是跟周家的人在一起。

白二郎最后还是被白老爷抓住揍了一顿，不过因为他追了好一会儿，怒气发泄了一些，理智也回笼了不少，下手很有分寸，与脸上表现出来的狰狞严重不符。

然后，白老爷把五人都带回了白家问话。

于是，满宝他们做的笔记也被白老爷收了上去。

白老爷仔细地翻看笔记，看着那些稚嫩的字，半晌，他将册子交给刘氏。

刘氏也仔细地看了看，问三个孩子："这些问题都是谁想的？"

白二郎偷眼看向白善宝和满宝。

两个孩子也诚实，一起举手。

白老爷看着面露嗫瑟的儿子，手抽了抽，到底没打下去。他松了一口气，挥手道："行了，以后你们再要出院门一定要告诉家里大人一声。什么是远门？那就是出了村口就是远门，听到了吗？"

这样雷声大雨点小，连站在一旁的周五郎都忍不住暗暗鄙视白老爷。

白老爷教训完自家的两个孩子，就对周五郎和周六郎微笑道："孩子们不懂事，有劳你们两个帮忙了。"

周五郎立即低头道："白老爷见谅，我们并不知道小公子没告诉家里。他们说是先生布置的课业，我们就以为他们是告诉了家里的，所以……"

白老爷表示明白，毕竟人家小姑娘可是告诉了家中兄长的，就是两个臭小子没告诉家里。

白老爷一再表示感谢，毕竟是人家把他们家两个孩子背回来的，连最小的满宝都是自己走路回来的。

对此，白二郎事后叫屈，表示一路上他就被背了两次，而满宝大部分时间是背着的，就走了那么一会儿。

不过白老爷信不信就不一定了。

周五郎把满宝领回周家，钱氏已经得到了消息，看到两个儿子领着小闺女蹑手蹑脚地溜进来，她就在门口轻轻地咳嗽了一声。

周五郎脊背一寒，低下头老老实实地领着两个小的去请罪。

钱氏并不是很生气，毕竟和白家不同，满宝是叫上了两个哥哥的。周五郎都快能娶亲了，在钱氏的眼里已经是个小大人了，所以这个错误在她眼里不是很大。

只是她依然要严厉，她盯着他们问了好一会儿，这才看向满宝：

“真是庄先生布置的课业？”

满宝狠狠地点头：“先生让我们写出一篇闻名天下的文章。”

庄先生：我没有，我冤枉！

钱氏觉得小闺女说的话得把修饰词和形容词都去掉，因为这孩子经常这样，所以掐掉中间，她得出的结论就是，庄先生让满宝写文章，而文章跟服役有关，所以三个孩子才跑去看人修路。

钱氏理顺了顺序，挥手打断闺女要滔滔不绝的话，问道：“那你去这一趟写出来了吗？”

“快了，快了，我们还没问完人呢，再去一次就差不多了。不过，娘，明天我们再去能不能把家里的瓦罐带上？”

钱氏问：“带上干什么？”

“给三哥熬汤呀，娘，你是不知道，三哥他们好可怜的，吃的馍是冷的，喝的水也是冷的。”

钱氏一怔，良久都没说话。

满宝就扑进她怀里，抬起小脑袋，眼睛亮亮地看着她：“我还要五哥去买肉回来，到时候剁碎了给三哥熬汤，配着馍吃正好。”

忧心忡忡的钱氏都忍不住乐了，摸着满宝的小脑袋道：“你要真这么做，还不如直接拿出钱来给你三哥顶役呢，每天都吃肉，还要再费一个劳力过去熬煮。不说这花销，单一同服役的劳丁便不服，到时候孤立起你三哥来，得不偿失。”

可到底是自己儿子，钱氏怎么可能不心疼？

反正闺女要写文章也要过去，钱氏想了想道：“现在天冷了，再滚烫的水，带到那边也冷了，明日让你大嫂给你烙两张大饼带上，把罐子带去。别想着买肉了，就给他们煮点水，也别单给你三哥，也分给同村的、同乡的劳丁。”

想了想，一罐水也没多少，钱氏便道：“把家里一只木桶带上，烧好了水倒进去，用布将盖子捂严实了，烧好一罐子就倒一罐子。最后烧好的开水就算不烫，也不至于冰冷，勉强暖暖肠胃吧。”

满宝却听得一愣一愣的，比了比手指问：“娘，你有没有给三哥钱？”

钱氏怀疑地看着她，不知道话题怎么转到这儿来了。她点了点头道："穷家富路，我给了他一百文，就想着他要是饿了或是病了，也能花钱买点吃的或是买个平安，怎么了？"

满宝就眼睛亮亮地道："既然娘给三哥带了钱，那别人家肯定也给劳丁带了钱，娘，我们去赚他们的钱吧。"

钱氏就靠在椅子上问："你打算怎么挣他们的钱？"

满宝道："我卖他们肉汤啊，一文钱一碗！"

钱氏就觉得这孩子不仅对自个儿家人败家，对外面的人也败家，她问："你知道一斤肉多少钱吗？熬这么多人的肉汤得要多少肉？而且，熬肉汤和煮开水不一样，瓦罐肯定不行，你得把家里的釜搬去。那么大的釜，你就又得去借板车，来来回回费这么大的事，不赚钱也就算了，还有可能亏钱。"

满宝就挠了挠脑袋，不确定地问科科："会亏钱吗？"

系统计算了一下成本后问："宿主觉得一锅汤要多少斤肉合适？"

满宝怎么知道？

她钻到厨房里去看她家的锅，哦，科科叫它锅，但其实它不叫锅，它叫釜，还挺大的，家里烧水、熬汤时都是用它。

因为他们家人多，还准备了两个呢。

至于科科说的锅，满宝只在科科的图像里看到过，至少她长这么大就没见过锅，尤其是科科说的铁锅。

满宝蹲在她家的大釜前一筹莫展，对于熬汤煮饭这样的事她不懂，于是去问小钱氏："大嫂，我要是熬一釜的肉汤，那得多少肉呀？"

小钱氏问："小姑，你发大财了？"

满宝摸着小肚子尴尬地笑。

小钱氏就道："那得看你要怎么吃了，一釜水，你放一小坨肉下去是肉汤，放一斤肉进去也是肉汤，放两三斤它也能放。汤嘛，喝的就是一个味道和油水，盐放足，这么一釜水，有个半斤八两的就差不多了。"

对哦，好像还得放盐呢。

满宝看向他们家的盐罐，忧伤起来。

科科也不说话了，满宝耷拉着小脑袋回屋思考，什么汤可以少盐少肉，又能驱寒呢？

科科想也不想地道：“姜汤。”

满宝就问：“姜是什么？”

科科找了找，将姜的词条找出来给她，顺便给她看一眼图像。

满宝一眼就认出来了：“这个我见过，过年的时候我们家有买。”

科科道：“姜有驱寒暖身的功效，宿主如果舍不得买肉，买姜也是可以的，这个应该不贵。”

满宝高兴了，将她的钱都取出来数了数，决定第二天一大早先去集市里买姜，再去找三哥。

当然，满宝有了主意不会憋在心里，她最先告诉了五哥。因为熬汤这种事她是不会做的，但五哥会呀。

周五郎高兴起来，对于妹妹出的主意，他特别信任：“满宝，你真厉害，走一趟就想出挣钱的法子了。那以后你天天出去走，岂不是天天都有一个主意？”

满宝觉得他说得有理，也乐了：“没办法，我就是这么聪明。”

周五郎和周六郎看着她也傻乐。

周四郎已经吃饱饭躺床上了，他还在给白家建房子，每天都累得不行。他把被子拉到身上，打了一个哈欠道：“别傻乐了，姜块可比肉还贵呢，三个小傻瓜。”

满宝不高兴了，道：“你才是傻瓜呢，我们家，我们村，我们乡，包括我们县，我最聪明了。”

这是科科说的！

而且姜块怎么会贵呢？科科都说了，这东西特别好种，只要地够肥，一块能长出好多好多来，特别好种。

周四郎眼睛已经快闭上了，喃喃道：“就是贵，那可是药呢……”

满宝听不清，还在和周五郎商量明天的行程。

他们运气好，明天就是大集，他们可以去赶个早集，那时街上卖什么的都有，姜块应该也不难找。

满宝为了三哥，周五郎和周六郎为了三哥和挣钱，天没亮就起床了。今天周二郎照例去赶集，一点儿也不介意带上这三个折腾的弟弟妹妹。

反正现在入冬了，家里没事干，一群孩子在家也是逗猫遛狗，还不如出去走一走消磨精力呢。

家里过冬的木柴也都收集够了，现在小钱氏妯娌三个每天就在家里给他们缝补鞋袜，连菜园里都没活儿了，自然也不拘着孩子们往外跑。

等周二郎把弟弟妹妹都带走了，周四郎这才抬头对他爹娘道：“满宝说要买姜熬汤代替肉汤，娘，你怎么不劝劝她？”

“劝有什么用，等她去了大集，问到价格了，撞了南墙，自然就会回头了。”

周四郎“哦”了一声，坐着等时间到。

结果，钱氏吩咐他：“去，把水缸挑满。”

正要去挑水的周大郎就停下了脚步，钱氏道：“昨天就是你大哥挑的水，今儿该轮到你了，以后你也跟着你三个哥哥轮着来。”

周四郎想哭。

他磨磨蹭蹭地起身，挑了木桶出门。

第十四章

炖肉汤

大集上有卖姜的吗？

地摊上是没有的，周二郎见他们像没头苍蝇一样地到处乱转，就揪住周五郎的后衣领，让他转了半个圈，指了老大夫家的门道：“他家才有姜卖。”

姜是驱寒的，也可去膻味，所以过年时，若要熬羊肉，很多人都会去药铺或大夫家里买些姜块。

五郎年纪不小了，也该懂事了。

周五郎看着老大夫家的门，有些不太好的预感，和周六郎领着满宝过去。

老大夫已经开了门，正坐在藤椅上一摇一晃地补眠。看见两个少年一个孩子站在身前，他就眯了眯眼，仔细地看了看周五郎和周六郎，发现有些眼熟，但不太记得名字了，就看向满宝。

嗯，这倒是个熟人。

老大夫就对满宝招手：“看你面色红润，不像是病了的样子啊。怎么，你娘又病了？”

满宝更小的时候，三天两头生病，老大夫对她可熟得很。有好几次，他都是深夜被周家兄弟抬到周家的。

满宝对老大夫印象也深刻得很，因为他每次见她，不是给她扎针，就是给她吃苦苦的药，所以满宝很怕他。

她对了对自己的小手指，小声道：“我想买姜。”

“哦，那可是个好东西，你要多少呀？”

“一斤！”

老大夫的额头就跳了跳，看向小东西，含笑问：“你要这么多姜做什么？”

“做汤呀，我三哥去服役，要给他们做姜汤喝。”

老大夫想了想道：“驱寒暖身，倒是个好主意，但姜可贵了，一斤要六十文呢。”

“呀，怎么比女贞子还要贵呀？”

老大夫愣了一下，笑道：“你还知道女贞子呀。”

他想了想道：“药方里用到女贞子的次数到底比不上用姜片，而且富贵人家都喜欢用姜做菜，喝茶也得配姜。这物以稀为贵，姜收得少，用得多，当然就贵了。”

“可姜很容易种呀。”

“嗯？”老大夫微微坐直身体，笑问，“你会种？”

满宝一点也不在意地道：“姜喜肥沃湿润的土地，只要埋下一块，就能收获一大片呢。”

这是词条上注明的，科科也说了，姜很容易种植，在未来，因为人类大迁徙，很多物种都消失或减少了。但是有些物种不仅没减少，反而还越种越多，姜就属于很容易存活的一种。

老大夫若有所思，他起身，拿出一块姜来给她，道：“姜分为生姜和干姜，我这儿只有干姜，干姜都要在地里埋够三年，气味浑厚。你想要的应该是生姜，你若还想要，下次大集的时候再来一趟吧。”

他又道：“现在天冷，除了姜，萝卜也可多熬煮。其实姜片夏天吃着更好，冬天吃萝卜更胜一筹。你与其熬姜汤，不如熬萝卜汤。”

老大夫冲满宝微微一笑，调皮地冲她眨眼睛道：“萝卜和肉也更配啊。”

满宝咽了一口口水，抹了一把嘴角，小声问：“除了萝卜，还能放什么？”

“可惜现在是冬日，除了萝卜，也没其他菜了，不然可以放点菜叶子，过一过汤也好吃呀。”

周五郎和周六郎见妹妹口水都要流下来了，觉得老大夫很不靠谱，他们是上门来买姜的，他怎么教他们做起汤来了？

而且他说的是汤吗？

那简直是大菜了，周五郎连忙拽着满宝要告辞，生怕小妹被说动，一定要那么做，那他们做这门生意就不是赚钱，而是赔钱了。

周五郎要付那块姜的钱，老大夫特别大方，挥了挥手道：“就那么一小块姜，你给个两文钱就行。”

周五郎觉得两文也很贵了好不好，他们是想熬一大釜的水，计划用的姜可不少。

如果两文钱只得这么一块，那熬一釜的水得要多少姜啊。

周五郎有点发愁。

见两个弟弟苦着脸回来，周二郎满意了，就是满宝脸上的表情不太符合实情。他问道：“买到姜了？”

满宝连连点头，心里还在想着白萝卜炖肉汤的事呢。她流着口水问周二郎：“二哥，白萝卜跟肉是不是很配呀？”

周二郎低头看着幺妹，总觉得她的嘴角有点发亮。他点头道：“是啊，很配。”

周五郎立即在一旁道：“满宝，你可别听老大夫的，一文钱一碗汤，又是肉，又是萝卜的，那不是要亏本，那是要把家底都给赔进去啊。”

“那就卖两文钱。”

“两文也不赚钱。”周五郎可不是满宝，他知道肉多少钱，也大概能算得出一釜汤要有肉香味出来得多少肉，所以道，“一碗又有姜又有肉和萝卜的肉汤，起码得四五文才回本。你要赚钱最少得卖六文钱吧，谁舍得天天花六文钱喝一碗汤啊。”

周五郎重申：“两文钱不赚钱。”

满宝咽了口口水道：“我们先去看看肉呗。”

大集上也有卖肉的，只是少，基本就两个摊位，一个卖羊肉，一个卖猪肉。

和大多数人一样，满宝更爱吃羊肉，羊肉也比猪肉贵。

所以，满宝下意识地先去看羊肉，问了价钱后便站在一旁扳着手指算成本，好像是有点高。

科科提醒道："宿主，骨头也可以熬汤的。"

满宝道："骨头也贵。"

"不是带肉的骨头，我说的是不带肉的骨头。"科科指引满宝去看旁边猪肉摊上被削得干干净净的骨头。

满宝凑上去看，摊主笑问三人："买肉？"

满宝问："猪肉怎么卖啊？"

摊主给肉分了区域，指着道："这一堆十文一斤，这一堆九文，这一堆八文。"

是按照肥瘦来分的，越肥的越贵。

满宝很少吃猪肉，对它并不是很想念，直接指着骨头问："这个呢？"

"六文。"

骨头上带着肉，且不少，但不可否认，骨头也很重，一块骨头就不止一斤了，却并没有多少肉可吃，所以它定价比较便宜。

旁边的羊肉可比猪肉贵多了。

满宝手指转了半个圈，问被摊主垒在一旁的骨头问："那这个呢？"

那是被摊主削干净肉的骨头，摊主愣了一下道："小娘子，你要炖骨头汤吗？"

满宝连连点头。

"那这个骨头可不好，你看它两头扁扁的，也没啥肉，这熬汤啊还得是大骨。这块看到了吗？连着的肉多，这骨头里还有骨髓呢，熬出来的汤特别好喝。这边的骨头都是我削干净的，回头拿回去熬了喂母猪下奶的。"

摊主道："不然要排骨也行，猪排也好吃。"

科科道："这堆骨头是比不上大骨，但聊胜于无，熬煮也有油水。"

满宝便坚持要买这没有肉的骨头。摊主犹豫了一下，道："都是乡里乡亲的，我也不多要你的，你给十文钱就全拿走吧，我也不称了。”

满宝高兴起来，她还花十文钱买了一斤最好的肥肉。

周五郎和周六郎在一旁看得肉痛得不行。

满宝还得去买盐呢，因为家里的盐并不多。

有货郎挑了盐在大集上卖，价格比县城里的略贵，但因为方便，不少人家都会在这里买。

满宝蹲在货郎面前看了老半晌，觉得盐比肉还要贵，但没办法，她还是买了一点儿。

买了肉，又买了盐，周五郎顿时感觉肩膀上的压力大了很多，要是不赚钱……

周五郎苦着脸。

满宝一点儿都不在意，一边流着口水，一边道："不赚钱就不卖了，我们自己吃吧。"

这一刻，满宝是有些期望的。嗯，期望卖不出去。

满宝爬到六哥的背上，看着五哥手里的肉和骨头流口水，意志不是很坚定："要不我们不赚钱了，拿回家吃吧，给三哥送一大碗去就行了。"

周五郎加快了脚步，没理她。

满宝很是惋惜地看着五哥带着肉越走越远，越走越远……

三人买了肉，当然不能再在大集上耽搁，所以和周二郎说了一声便回家去了。

从大集到家里并不是很远，周五郎和周六郎又加快了速度，不到三刻钟便回到了村口。

回家的必经之路要经过学堂，满宝在学堂门口的草地上看到了她的两个小伙伴。于是满宝不想回家了，麻溜地溜下六哥的背就要去玩。

周六郎就叮嘱道："你就在这儿玩，不许乱跑，我让大丫过来带你。"

满宝乖巧地应下，"噔噔噔"地朝白善宝和白二郎跑去，问道："你们在这里干什么呢？"

白善宝不高兴地道："等你呀，你家人说你走了，我们还以为你自己去了，不等我们了呢。”

“没有啊，”满宝道，“我去大集买东西了，一会儿给我三哥带一点东西去，今天你们还能去吗？”

“当然可以了，”白善宝这才高兴一点，挺起胸膛道，“祖母还让大吉陪我一起去呢。”

白二郎不是很想去那灰尘漫天的地方，但他爹要求他一定得跟着去。就算他告诉他爹，先生没给他布置这个课业，他爹也不管，反而还骂了他一顿，问他，明明都是先生的学生，善宝和满宝比他还小，为什么先生给他们布置了这个课业，却没有给他布置？

白二郎想，还能为什么？

当然是因为他讨喜，然后那两个人不讨喜，所以多给他们布置课业了呗。

虽然不高兴，但反抗无用，白二郎便也只能跟着他们一起去。不过，他还是给自己邀功了的：“我爹让家里的驴车送我们去。”

满宝眼睛一亮：“真的？”

“当然是真的了。我爹说了，这四天，我家的驴车都给我使，只要我出门，就随便使唤。”前提是得跟着他们，白二郎一点儿都不理解，为什么非要跟着这两个小屁孩。

自己都是小屁孩的白二郎不甘愿地对满宝道：“你快点吧，我们都等着你呢。”

满宝兴奋起来，拉着他们就往家里跑。她决定告诉五哥、六哥这一大好消息，他们不用去借板车了。

周五郎和周六郎已经被小钱氏训完了，此时正收拾东西放到院子里，准备做这一门生意。

周六郎去菜园里拔了四五个白萝卜。

小钱氏心疼得不行，一再叮嘱：“要是卖不出去就全拉回来，可别浪费了。”

兄弟俩应下。

满宝拖着两个小伙伴来，高兴地道：“五哥、六哥，白二有驴车，我们可以坐驴车去！”

周五郎眼睛一亮，假意推辞道：“这不好吧。”

“有什么不好的，反正他也要去。驴车空着是走，放东西也是走。”满宝一点都不觉得不好意思，就这么愉快地替大家决定了。

赶车的是大吉。

白家到底不放心两个孩子，所以让孔武有力的大吉跟着一起去。得知周五郎和周六郎带了东西要去做生意，白老爷只是扬了扬眉，并没有反对他们用自家的驴车。

毕竟三个孩子年纪都小，跟着的大人越多越好。哪怕周五郎和周六郎只是少年，但在白老爷眼里也靠谱得多。

一行人就把大釜抬到驴车上，三个孩子争相坐到车上，开心地一起往白马关镇的官道出发啦。

以前，白二郎和白善宝更多的是坐马车，还是第一次坐这种敞开的驴车，新奇得不行。虽然颠簸得屁股有点疼，但他们还是很兴奋。

满宝更不用说了，她长这么大就没坐过驴车。她还特别好奇地爬到前面，伸手想要抓驴尾巴。

大吉抓住她的手笑道：“小娘子，驴的尾巴可不能抓。”

满宝特别好奇地问：“驴吃草的吗？”

“是啊。”

“它贵不贵，能干的活多吗？”满宝就是个好奇宝宝，一再问道，“它能耕地吗？能骑在它的背上像马一样跑得飞快吗？”

最后，她还道：“我觉得它长得好像马，我见过马，马比它高，也比它好看，它们是不是同一个娘亲？”

大吉不知该怎么回答。

最后还是科科跳出来给她科普，然后道：“驴皮和驴肉都有药用价值，它在未来也是濒危动物，如今是星际里的特级保护物种，因为进化过多次，现在它的基因与原始物种有些差距，科技人员正为它的繁衍而绞尽脑汁。如果可以，还请宿主收录一头驴，最好是两头，一公一母，百科馆会给出丰厚报酬的。”

满宝道：“买驴好贵呀，我没钱呀。”

而且，满宝悄悄地想，她要是能买驴，那肯定是先给爹和大哥他们用啊，这样他们种地就不用那么辛苦了。

科科：“宿主觉得种植生姜怎么样？这东西比山药好种，价值也不低。”

科科连种子都替她想好了，它主动打开商城，替她搜索生姜。

出来的页面还挺多，品种也各不一样。

科科扫描了一下满宝衣兜里的那块干姜，很快找到了与它最为类似的几种，然后放在最前面给满宝看。

它介绍道：“姜有小块的，也有大块的，味道也有浓淡的分别，这五种是最贴近这个时空的生姜基因的，宿主可以先看一下，它们的产量各有不同。”

满宝看了一下，发现这里都是五斤五斤地卖，都没有一斤的。

不过，五斤的价格也不是很高，只要十个积分。

满宝十分惊讶地问：“为什么你们的姜块这么便宜？”

科科道：“因为它多，而且容易种植。”

为了充分表现姜块容易生长，科科还给她讲了一个故事。

“姜块有一个小故事，据说远古时候，喀喀，我们那个时代的远古时候，应该就是你们这个时代之后不久的时候。”

满宝：所以她是远古时候的古人吗？

突然间，满宝心里升起一股自豪感。

哼，我是你们的祖宗呢。

“有两户人家的菜园是相邻的，但他们彼此间的感情不好，其中一家在自家的菜园里种了姜，就在篱笆不远处。”科科继续讲故事，“另一家也想种姜，但因为感情不和，不好去问对方要种，她就在临近那块姜地的自家菜园里铺了一层粪土，时不时浇水，除草，松地。

“不到冬天，就有姜从篱笆底下生长过来，在她家的地里发芽长大，从那以后她也有姜种了。”

满宝在心里“哇哇”两声，惊奇得不行。

“所以只要土地够肥，姜是很容易生长的，而且一生十，十生百，再容易不过了。”

满宝看着商城里五斤包装的姜心动不已，毫不手软地买了一包。

科科替她收货，然后存在系统里，道：“种姜卖了钱，记得要买驴啊。”

他道：“收录驴后获得的积分，你还能在商城里买各种有用的东西呢。”

满宝敷衍地点头，已经在心里计划着要怎么种姜块了。

只是她很好奇：“既然姜这么好种，为什么还这么少呢？姜好贵呀。”

“可能是因为你们这个时代消息传递落后，东西流通也缓慢。”科科道，“种植姜块的人少，但消费的很多，姜的用途有很多，我扫描过，富贵之家日常都拿来煮茶的，并不缺姜。”

所以缺姜的只是你们这些贫民。

满宝琢磨了一下，也不知道在心里打算什么。

有了驴车，他们速度快多了，大家“嘚嘚”地又回到了昨天那个地方，却发现劳丁们已经往前移动了一大截。

官道因为填了不少土，被修整过的地方都好走多了，就是走过去灰尘很大。

劳丁们看到一辆驴车在他们不远处停下，车中间钻出三个特别眼熟的小脑袋来，便知道是昨天那三个孩子又来了。

有人就喊了一声：“周三郎，你弟弟妹妹又来看你啦。”

大家对周三郎羡慕得不行。

满宝已经跳下车，和白善宝背着小书箱就往前跑。她和周三郎打了一个招呼便直奔差吏而去，继续昨天的问题。

周三郎心里又酸又涨，正想劝妹妹明天别来了，就被丢在了一旁……

满宝说了要问遍每一个，果然就要问遍每一个人。

她和白善宝的记性都特别好，问过的人都记住了对方的长相，甚至还能说出对方的家庭情况呢。

连人家家里养了几只鸡都打探得清清楚楚。

周五郎看了妹妹一会儿，见她和白家小公子老老实实地捧着本子一边问话，一边记东西就不管他们了，和周六郎一起在路边的庄稼地里拾掇出一块地方来。

他们将带来的木桶和大釜取下来，骨头在家里就砍好了，但萝卜还带泥呢。

周六郎留下捡石块搭建简易的灶台，周五郎则拎着水桶去附近的小溪里打水。

官府在定搭建劳丁居住的茅草屋的地点时就选好了近水的地方，

那样取水方便，所以他们找水源并不难。

差吏本来在满宝旁边凑热闹，见这边动静不对，便要走过去喝止，这是闹什么呢？

满宝抽空看了一眼，就对走过去的差吏挥挥小手：“大哥哥，你不要去帮忙，我五哥他们可能干了。”

差吏不由得停下脚步，问道：“他们干吗呢？”

满宝道：“炖肉汤呀。”

她道：“昨天我们来看到大家吃着冷馍，喝着冷冰冰的水，你们和我三哥一起干活儿，那就和我哥哥一样，我好心疼的，所以回家就和我爹娘说了，我要给你们炖肉汤喝，这样就算分下来的馍是冷的，就着热汤也能暖暖胃啊。”

满宝道：“放心吧，特别便宜，一碗就两文钱，一会儿差吏大哥也要去吃呀。”

差吏瞪大了眼睛，半晌才回过味来，他们这是做生意做到这儿来了。

他有些怀疑：“真是肉汤？不是烧了一锅开水糊弄我们？”

满宝这就不高兴了：“差吏大哥哥，我是那种人吗？”

差吏便不说了，不过也没再过去阻拦。

算了，只要不是在官道上捣乱，阻碍他们修路，只是在旁边的地里搭个灶台算什么大事？

满宝知道他们中午还会休息，所以问了有十个人后，见白善宝表示小手记得有些酸疼了，他们就收起了本子，打算休息一下再记。

毕竟，现在写字写得比较像样的也就白善宝和白二郎而已。

白二郎今天有了更好玩的项目，现在正到处撒欢地帮周六郎捡柴呢，一点儿也不想去听那些家长里短，所以笔记都是白善宝一个人记的。

白善宝毕竟年纪小，手嫩，才写一会儿就烦了。满宝也记挂着他们家的肉汤，于是咽了口口水，便拉着白善宝过去凑热闹。

周五郎打了水回来，大釜已经放在了土块上架好，将水倒进去，再把洗干净的猪骨丢进去，周五郎合上盖子就让老六烧火。

周五郎带来的这个釜挺大，本来放家里就是烧水洗澡用的。

另一个熬汤的要小一些。

他们生起了火，知道这骨头要熬挺长时间才出味，不过现在还早，离用饭的时间还长，所以并不急。

火一生起来，周五郎就让老六看着火，他去对面找柴。

熬汤费柴，而且要是找得多了，他们可以留一点在这里明天用，或是直接带回家去，反正是不嫌多的。

满宝这个也好奇，那个也好奇，因为科科的催促，还跟着周五郎去林子里转了一圈，挖了好些不太眼熟的植物丢给科科，也不管系统内是不是已经收录过了。

水烧开，骨头翻滚着，将里面的油水慢慢地熬了出来。

周五郎将那斤带着一点瘦肉的肥肉切成薄片丢到锅里，直到淡淡的肉香飘在空气中，他这才把切好的萝卜丢进去，盖上盖子继续熬。

已经慢慢把路修出去的劳丁们闻着飘过来的肉味，肚子一阵一阵地叫唤，都觉得手脚有些发软，竟然就心神不属起来。

差吏甩了一鞭，喝道："还不快干活儿，离开饭的时间还长呢，赶紧的！"

其实并不长了，大家平日里都只吃两顿，但服役要干的活很重，每天都会给出三个时间段来吃东西。

早食基本上就是吃自己从家里带的干粮，中午和稍晚一些的晚食衙门都会提供，不过分量都很少，大部分还是得吃从家里带来的干粮。

有的人不能一次性带这么多，每十天，衙门还会放小半天假，让人回家拿干粮，县衙也不希望劳丁死在路上的。

本地人口减少，同样会影响县令的政绩考核。

劳丁们勉力又使了一波力，终于，送饭的人到了，差吏也早饿了，敲了敲锣，让人拿自己的碗筷来领馍。

大家"呼啦啦"地散了，跑得比往常更快了点儿。

大家领完馍就往回走，都冲着周五郎他们那口灶去。不说买不买，至少闻着味啃冷馍也要美味点儿。

周三郎倒是也想走，只是他跑慢了一点儿，轮到他拿馍时，工友们早跑在前面了。

领了一个馍，他便也撒腿往那边跑。

差吏沉着脸站在一旁监督大家领馍，领完一个便在一个人的牌子上打钩，只有这样才不会混领，剩下的馍才是他们的。

来送饭的差吏也闻到了空气中的肉味，问道：“这是哪儿来的？”

差吏道：“有个劳丁的家人忧心他吃苦，特意做的。”

送饭的差吏嗤笑一声：“这是钱多了没处花？有这钱，还不如出钱代役呢。”

差吏难得地道：“那也是个穷人家，就是家里人比较会心疼人而已。”

送饭的差吏便不再问了，只是叮嘱道：“把他们都盯紧了，可别出乱子。隔壁县去年服役，据说有劳丁受不了要私逃。哼，都是本子上记着的有名有姓的人，跑得了和尚，还能连庙也一块儿跑了？结果伤了两个衙役，你们可别让手底下的人也造反起来。”

“放心，不会，他们都老实得很。”

差吏看着送饭的人走了，这才把剩下的冷馍一拿，也摸了自己的碗过去。

别看他们是差吏，其实他们吃的和劳丁们是一样的。区别只在于，劳丁们得从自己家里带干粮才能勉强饱肚子，他们却不用，基本靠衙门送来的馍度日。

同样是冷馍冷水。

也只有分到县城和镇上的那两拨差吏待遇好些，还有一些家里比较富裕的同僚会自带一些肉馍。

满宝早等着了，锣声一响，她就让周五郎打出一碗最浓的汤来，里面有好几片肉和萝卜。

然后，她端了放在一旁，打算留给她最喜欢的三哥。

她刚把碗放到驴车上，那边冲过来的劳丁们便到了，速度很快，但他们到了灶边都只抻着脖子张望，并不买。

周五郎好歹是在县城里卖过东西的，所以厚着脸皮招呼他们：“大哥们要不要买一碗尝尝？”

有一个劳丁高声道：“真有肉还是假有肉？别是骗我们的。”

他鼻子吸了吸空气中散发的浓浓肉香，忍不住咽了一口口水。

有一个干脆挤上来，想要亲眼看一下釜里的肉。他动作粗鲁，把站在旁边的周六郎撞了一个踉跄，差点摔倒在地。

满宝看着这一幕，不知道为什么突然有些害怕。

科科在她的脑海中也“铛”了一声，警示道：“宿主，你得让人平静下来。”

那人身后一群饥饿的劳丁看见他把人撞倒了，手都要摸着勺子了，也不由得躁动地上前两步，往前挤去。

周五郎脸色微变，顾不得去扶弟弟，一把抓住被那劳丁握在手里的大勺，没让他动手。

满宝已经如小牛犊一样从驴车那边冲过去，不过几步的距离，她一下冲到那劳丁的腿前，仰着脸看他：“鲁大哥，你要买肉汤吗？两文钱一碗，热乎乎的哦。”

刚学会烧火，正蹲在釜前烧火的白善宝也不知何时站在了周五郎脚边，他抬起花猫一样的脸看向那劳丁，露出一排小米牙：“鲁大哥，这个肉汤可是我们自己煮的，可香可香了，你以前肯定没喝过这么好喝的。等以后你服役回家了，还可以给你儿子带回去一碗。”

满宝道：“还有你爹和你娘。”

两个孩子正好采问过他，他们记性都很好，因此记得他的名字，以及他的家庭情况。

鲁大低头去看两个小孩，他们天真地看着他，眼珠子乌溜溜的，他突然有点心虚，手下意识地往兜里一摸，摸出两文钱后，道：“那……那我买一碗尝尝。”

对，他本来就是要来买汤的，这么冷的天，喝一口热的多好啊，而且两文钱也并不贵。

满宝接过钱，抬起头对他甜甜地一笑，让五哥给他盛汤。

周五郎手心有些冒汗，此时却笑容满面地接过鲁大的碗，搅了搅汤，给他打了一碗。

大家一看有人买了，瞬间就不往前挤了。当然，他们也不急着买，而是眼巴巴地看着鲁大，想听一听他的评价。

虽然两文钱不是很多，大家也都吃得起，可是也得物有所值才行啊。

鲁大小心地喝了一口，眼睛微亮，笑道：“还挺好喝的。”

有和他熟的就挤到他身边，看见汤里有油花，还有一片肉，顿时眼睛一亮，纷纷挤上去要打。

满宝松了一口气，就踩在一块大土块上，声音洪亮地让大家排队。

这几天大家都是排队拿的馍，都习惯了，便下意识地站好，拿着自己的碗上前打汤。

并不是每个人的碗里都能有一片肉，周五郎也说了，这个随缘。

汤里还丢了葱花，周五郎还放了不少盐，是真的很好喝。大家在喝了一口后，虽然惋惜没打到肉片，却也没说什么。

毕竟只有两文钱。

等周三郎姗姗来迟，满宝就蹦过去把他牵到一旁的驴车旁，还把一早小钱氏烙的饼给他一张：“三哥，你吃这个，吃这个。”

周三郎一早上干的就是体力活儿，自带的干粮又冷，存的一碗水更是冰冷，所以并没有吃多少东西，此时饿得不行，也不和幺妹客气，放弃冷硬的馍，抓着饼就咬了一口。

然后，他喝了一口汤，只觉得一股热意从肚子里升起，让心肺胃都暖了起来。他欢快地呼出一口气，冲着满宝就乐。

满宝见三哥吃得这么香，便也咽了一口口水，蹲在一旁眼巴巴地问：“三哥，好吃吗？”

周三郎又喝了一口汤，咬了一口饼，狠狠地点头道：“好吃。”

满宝就连着咽了两口口水。

周三郎看着好笑，端着碗喂了她一口汤，把饼撕下一块来泡了泡汤给她吃，笑问：“好吃吗？”

满宝的嘴巴塞得满满的，眼睛一闪一闪的，亮得不行。

白善宝不知道什么时候也钻了过来，就蹲在满宝身边看着。

周三郎看得“哈哈”大笑，他一向老实，说话的声音都比别人小一些，在六兄弟里，他是最没有存在感的。但这一刻，看着两个可爱的孩子蹲在他前面等着他喂，周三郎便觉得敞怀。

白善宝也喝了一口汤，他也觉得很好喝。

他小脸红扑扑的，觉得比家里的还好吃。

于是，他不满足只在周三郎这里吃一口，拉着满宝跑到周五郎身边。

周五郎和周六郎忙得不行。

在卖出第一碗汤后，排队的人便越来越多，因为休息的时间有限，所以他们还挺急。

周六郎收钱，周五郎就给大家盛汤，明明活儿都不重，但此时两个人却出了汗，周五郎还觉得手有点累。

一开始只想蹲在一旁闻着味吃馍的十几个劳丁到最后也忍不住了，凑到一旁买了汤的人身边看了一会儿，见人家的碗里不是有片肉，便是有块萝卜，而且他们喝的是热的，自己碗里的水却是冰冷的。

在又艰难地咬了一口冷馍后，有一人道："我们也去买一碗吧，两文钱而已，也不是特别贵。"

"那就买一碗？"

来做劳丁的，便是最穷的，也会在身上带几文钱，不为别的，要是生病了，你总得让差吏通知家里来换人不是？

差吏是不可能白给你传话的，有时候几文钱就是你的一条命。

所以到最后，所有的劳丁都过来排队了，周五郎和周六郎就更忙了。

看到满宝终于过来了，周六郎一把将她扯过来，让她收钱，他则去给五哥帮忙。

收钱一点儿也不难，只要接过的钱是完好的铜钱，且有两枚就行。

就连好奇的白善宝和白二郎都跑过来体会了一把。

他们觉得收钱还是挺好玩的，可惜了，用的都是铜板，不用他们找钱，不然一定更好玩。

所有劳丁都买了一碗汤喝，两个差吏走在了最后，周五郎看见立即一笑，给他们盛了满满的两碗汤，将他们给的钱推回去，笑道："哪敢要您的钱，两位大人能让我们在这里照看我家哥哥，我们已经感激不尽了。"

周五郎刚才被鲁大吓得不轻，那种感觉玄而又玄。但他就是知道，如果当时让鲁大拿了勺子自己盛汤，那就会生乱。

那一刻，他知道，光靠自家三哥在这儿做劳丁，以及他和老六是不够的，他得寻找更多的力量来保护他们。

吃人嘴软，拿人手短。从满宝这两天给差吏糖吃就能留在这里东游西逛一事中，周五郎知道，这两个差吏是吃这一套的。

只是两碗汤而已，都是自家的东西。

周五郎把话说得很好听，两个差吏果然满意，没有推辞便接过汤，见里面不仅有肉片，还有萝卜，满意地点头。

剩下的则是最底下的汤底了，最好的汤也是下面这层的。

周五郎先给白二郎和白善宝盛了一碗，然后是白善宝的家丁大吉。毕竟坐了人家的驴车，怎么着也得给人家一碗汤喝不是？

周五郎这才把剩下的汤给自家的兄弟和妹妹分了。当然，满宝碗里的料最好。

满宝高兴得不行，端了碗和白善宝、白二郎凑在一起喝。

白家兄弟俩也带了干粮来，比满宝带来的饼要精致得多。

还有小白馒头呢。

小白馒头本来已经冷了，但周五郎放在火上烤了烤，有点焦黄，看着似乎不好看，但白善宝觉得很好吃，比坐在家里吃好吃多啦。

白二郎也觉得很好吃，就着肉汤吃得津津有味，然后三个孩子还互相分享了彼此的食物。

满宝把自己手里的饼分成了三份，白二郎和白善宝也把烤得焦黄的小馒头分给满宝吃。

周五郎和周六郎没去凑三个小孩子的热闹，而是端了一碗汤蹲在他们三哥旁边，偶尔看一下他们而已。

“三哥，釜里还有一点儿，一会儿你把它全喝了。”

周三郎点头，他左右看看，见别人离得都挺远，这才低声问：“你们买了多少肉，只卖两文钱，能回本吗？”

周五郎也压低了声音，报账给他听：“骨头都是不带肉的，我们十文钱就包圆了，又花十文钱买了一斤肥肉，萝卜和葱花都是从家里拿的，盐是我们买的，但用得也不多……”

周五郎这么一算，能赚到的钱一下就出来了，他道：“最少赚了一百五十文，三哥，这门生意能做。”

周三郎就放下心来：“那你们明天还来？”

“当然，”周五郎想也不想地道，“好不容易才找到了一门好生意呢。”

别看周五郎这段时间做了不少事，其实真凭自己本事挣钱的，就只有卖花篮一项。

现在好不容易又有了一个进项，他当然不可能放弃。

周三郎也高兴，他服役，自家兄弟能在附近做生意，他既得了照顾，也能照顾对方。

劳丁们吃过饭休息了一会儿便要去干活儿了。

满宝他们习惯性中午犯困，但此时寒风呼啸，这里又没遮没掩，可不能睡午觉。

于是，三个小孩儿轮番打了两个哈欠后就被周五郎摸了一把冷水擦脸，瞬间精神了。

周五郎笑问：“我们回家吗？”

“不行，”满宝总算想起了正经事，“我们还没把人问完呢。”

周五郎就挠了挠脑袋道：“行吧，那我们留在这儿陪你。”

“五哥，你再去打水回来烧呗，”满宝提议道，“釜底的骨头熬一熬还有点味道……”

周五郎惊呆了，连忙道：“满宝，咱可不能这么不厚道，都熬了一次了。”

“不是卖汤，免费送给他们喝的。”满宝道，“中午这顿是吃过了，那还有晚食呢，总不能让三哥晚食喝冷水吧，反正一碗热汤是烧，一釜热汤也是烧，你就烧了给他们喝吧。”

周五郎松了一口气：“这个不难，打了水来生火就是。”

反正都是木柴，点燃了就烧呗。

不过，盐他是不舍得放了的，贵着呢。

周五郎带着周六郎去找柴，满宝则和白善宝继续去采问。这么多人，他们记录了厚厚的两本册子，打算回去后就整理出来，然后等先生回来可以请教一下先生文章要怎么写。

问完了人，满宝总算是有空观察他们干活儿了。她很好奇地问，为什么要在官道的两边挖沟呀？沟里的水最后要流向哪里呀？要是沟里挖出来的土不够填官道上的坑怎么办呢？以后路再坏了谁来修呀？多久修一次呀？平时有没有人看护呀……

各种小问题不断，得知明天他们就不挖路，而是改去挖水利了，满宝就特别兴奋，表示明天她还来看热闹。哦，不，是学习。

周五郎加了满釜的水，盖上盖子就烧火。满宝和白善宝坐在灶前，一边烤火，一边翻看他们记录的东西，商量着这东西要怎么整理。

满宝道："最好写成一个个小故事，睡觉前还能当故事书看呢。"

白善宝不答应："我都记下来了，不想再看了，直接写文章呗。"

"我们是记下来了，但先生没看过呀。"

"直接把册子给先生看就行，为什么还要整理？"白善宝举着自己的小手道，"你又不会写字，全要我一个人写，手很累的。"

"让白二帮你。"

白二郎想也不想地拒绝："不帮！"

满宝有些惋惜，就对白善宝说："别急，等我的字写好了，我和你一起写。"

"你的字得什么时候才写好呀？"

满宝自信满满地道："快了，快了。"

反正她现在不缺纸，上次在商城里买的纸还有很多呢，她决定回去后就认真练字，以她的聪明才智，相信很快就能学会了。

对此，白善宝很是怀疑。因为他每天都要练字，是练了很久很久才学会的。

周五郎不管两个孩子，等汤熬开了，就把火给撤了，只保持釜底有一些火炭，让烧开的水不会变冷。

晚食的钟声一响，周六郎就去招呼着大家一起过来打热汤。得知这一次汤是不要钱的，劳丁们都高兴起来，纷纷拿着自己的碗来盛汤。有的人还跑回茅草屋里拿带来的竹筒，将里面积存的冷水倒掉，跑去打上热水。

他们决定把竹筒塞被子里去，说不定等入夜后，他们还能喝上温水呢。

周三郎也带有竹筒。

周五郎给他灌了满满一竹筒，小声道："三哥，明儿我们还来，你把干粮留下一顿，其余的让我带回去吧，明天我让嫂子重新热过了再给你带来。”

周三郎没意见，回茅草屋里把他剩余的干粮都取了来，只留下一张饼，其他的都让周五郎带回去了。

因为有驴车在，今天他们回到村里的时间还早。满宝将装着册子和笔墨的书箱都交给白善宝，道：“等我回家吃了晚食就去找你，我们一起商量一下。”

白善宝实在不想写字，但还是点头：“好吧。”

他左右看看，小声对满宝道：“记得带糖，我喜欢那种红色的糖。”

满宝也压低了声音和他道：“你别告诉别人。”

那种糖只有她和白善宝吃过，平时给别人的都不是那种颜色，因为它太不像这个时代能做出来的糖了。

好在白善宝比较笨，见识又不够，所以他不懂，满宝还是很愿意把好东西跟好朋友分享的。

满宝也小声和白善宝提要求：“你记得带桂花糕，还有栗子糕也好好吃。”

白善宝就道：“只能选一样。”

满宝咽了口口水，很纠结，最后还是下定决心：“那今天就吃桂花糕，明天吃栗子糕吧。”

“那我明天不要红色的糖了，你有黄色的吗？我要吃黄色的。”

“有呀，我带给你。”

于是两个小伙伴都心满意足了，双双告别。

大吉站在车下，笑眯眯地看着两个孩子在车上咬耳朵。

周五郎见他们终于说完悄悄话了，就上前把妹妹抱下来，和白家两位少爷挥手道别。

小钱氏三妯娌听到门口的动静，纷纷跑出来看，见他们回来了，便去帮忙抬釜，问道：“卖出去了吗？”

周五郎兴奋地点头。

周家一家老小关起门来数钱。

周五郎把木桶里的袋子拿出来，又把袋子打开，倒出里面的铜板。

一家老小惊讶地看着这一小堆铜板，小钱氏惊叹：“还真挣钱了？

你们买肉花去了多少钱？”

周五郎就给他们算账，这一趟下来，不算家里带去的萝卜和葱花，他们一共赚了一百七十八文。

连周四郎都忍不住垂涎起来，很想要赖不去白家建房子了。

他巴巴地看向满宝，觉得幺妹忒偏心了，明明以前他跟她最要好的。

满宝没有领悟到四哥的怨念，正喜滋滋地替五哥留出明天的成本。见她一下留出了一百文，剩下的钱才算交公的六成，钱氏忍不住眉宇一跳，问道：“怎么要这么多，不是才二十文吗？”

满宝很有道理：“既然知道赚钱，明天我们就多买一点嘛。娘，你不知道他们多可怜，衙门只给他们一个馍馍，没有菜吃，我的朋友说了，人不吃菜会生病的。”

钱氏：“所以？”

“所以我们做点菜卖给他们吧，光靠喝汤怎么能够健康呢？”科科可是说了，人如果长时间不吃菜，会很容易生病的。尤其他们还吹着冷风，要是染上风寒，那可是会死人的。

周五郎听说，立即把她手里的一百文抢过去：“开什么玩笑，做菜，价怎么定？今天为了两文钱一碗的汤都差点打起来。”

一直沉默的周老头蹙眉看过来，问道：“怎么，你们跟人起争执了？”

“那倒没有，”周五郎犹豫了一下，还是将鲁大要抢勺子的事说了。他心里的感觉虽然很模糊，但就是觉得这算是他们的一个小冲突，当时要不是满宝突然插话，他们说不定真会打起来。

周老头沉吟片刻，看向满宝：“这菜你打算怎么做？”

满宝就扳着手指道：“可以炖白菜、炖白萝卜呀，还可以煮鸡蛋！”

满宝说的都是现在家里经常吃的菜，尤其是白菜和白萝卜，现在地里也只有这两样菜了。

大部分白菜都收到地窖里去贮存了，还有一些在地里长着，如今各家各户能吃的也只有这两种。

周老头觉得这门生意的可行性不是很大，因为定价高了劳丁吃不起，定价低了他们亏本。但他想了想，想着小闺女的提议每次都能挣钱，就不是很反对。

他对周二郎和小钱氏道：“今天晚上你们好好想想这菜要怎么弄，明天你们跟着他们一起去，告诉那些劳丁，我们家里有六个儿子。”

周二郎明白，应了下来，然后就从满宝手里把那一百文接过去了。

满宝一点儿也不介意地把钱给他，还叮嘱：“二哥，你买些鸡蛋呀，到时候煮熟了卖给他们，一文钱一个，三个鸡蛋我们就能挣一文钱啦。”

外头卖的鸡蛋是两文钱三个，一文钱一个，相当于一个鸡蛋他们赚三分。

周二郎觉得这利太小了，有这工夫，还不如多找一个劳丁服役的地方再熬一锅汤呢。

满宝却不觉得，还在他耳边喋喋不休：“三哥好可怜的，我都想把早上的鸡蛋水藏起来给他喝了，但我怕拿到那里去都洒了，所以还是把鸡蛋拿到那里去煮熟了给他吃吧。”

她又道：“鸡蛋水不好喝，要水煮的鸡蛋才好吃。大嫂真是的，她总是不给我煮鸡蛋，一直让我喝鸡蛋水。二哥，明天是二嫂煮鸡蛋水，你让二嫂给我煮鸡蛋好不好，我不想喝鸡蛋水了。”

周二郎见她说着说着就忘了做菜赚钱的事，不甚有诚意地点头：“我和你二嫂说一说。”

至于她听不听他的，那就不一定了。

满宝却自以为二哥答应她了，高兴起来，欢快地吃过晚食后，就拿分了的钱要去找白善宝。

周五郎送她过去，一路上喋喋不休：“我们辛苦一天就分了十五文钱，满宝，你干吗分出这么多钱来做成本？”

“我还只分了十文呢。”满宝一点儿也不觉得钱少，还安慰周五郎，“明天肯定能赚更多。”

“那也不是我们拿着了，是二哥拿钱，我们能分到的肯定更少了。”周五郎叹息，“晚上爹肯定又要来找我要钱了。唉，我要存钱怎么就这么难？对了，满宝，我的钱你帮我收着十文吧，爹问我，我就给他五文。”

满宝表示没问题。

周五郎把满宝送到白家门口，看着她进去了就回家了。

满宝在白家算是熟客了，她被白家的下人带去书房。白善宝已经用过晚食，现在正捏着笔练字。

看到满宝来，他立即丢下笔，甩着小手道："你怎么才来呀？"

满宝赞他："你真勤奋，现在就练字了。"

白善宝就道："我才不想勤奋呢，是祖母让我写的，我说今天我写了好多字也没用，唉。"

满宝就从自己的小书箱里拿出纸和笔，道："我陪你一起练呀。"

有了小伙伴，白善宝总算对练字有了点儿热情，和满宝坐在一起写字。

满宝字认得挺多了，但让她不对照着写下来，还是会有许多字不会写，因为脑海里会突然想不起它们的样子来。

而会写的字呢，也总会缺胳膊少腿，或胳膊和腿装反，再或者干脆一个字变两个字的情况。

不过满宝觉得这几种情况都是可以改正的，最主要的是，她蘸的墨总是会多，写到最后总是变成一个墨团怎么办？

满宝握着笔忧伤地叹了一口气，然后蘸了蘸墨，认真地在纸上写下第一个字。

而此时，刘氏也看完了孙子带回来的册子。她合上册子后交给大吉，让他把册子拿去给两个孩子。

她还是想看一看，他们准备拿这册子来干什么。

说好了要来商量写文章的满宝和白善宝早把这事忘到脑后了，他们把大吉送来的册子丢到一旁，然后就凑在一起评判彼此的字。

白善宝说她："你的字可真难看呀。"

满宝则羡慕他："你的字可真好看呀。"

白善宝被夸了，觉得自己还批评她，似乎不太好，就道："没关系的，多练一练就好了，我教你。"

满宝问他："你第一次写字也这么难看吗？"

"才不是呢，我从小写字就好看。"白善宝道，"我比你聪明。"

满宝不服气了："明明是我比你聪明，我是方圆百里内最聪明的。"

白善宝冲她做鬼脸："大话精。"

"没有，"满宝高声道，"我说的是事实！我就是最聪明的。"

"那你写字那么难看，你背的书没我多，看过的书也没我多。"

满宝一愣，哭丧着脸，在心里问科科："你说，是我比较聪明，还是他比较聪明？"

系统为难了，它看了眼两个人的智力值，道："差不多的。"

"那还是有差，你说，是谁差？"

科科沉默以对。

满宝"哇"的一声就哭出来，推了一把白善宝："我不跟你好了，我以后会比你更聪明的，你等着吧，哼！"

大吉在一旁目瞪口呆，完全不知道两个孩子怎么就突然吵起来了。

白善宝被她推得一屁股坐在了地上，他也生气了，爬起来就推满宝，把她也推得摔倒在地上。他还不罢休，羞着脸对她说："你比我笨，还不承认。羞羞，爱哭鬼，我再也不跟你玩了。"

（未完待续）

番外

凫水篇

满宝翻了一个身，小胖手垂到床边，一下就醒了。

听到窗外热闹的蝉鸣声，她便也跟着“吱吱”地叫了几声，没把窗外的知了赶走，倒把自己给叫清醒了。

她一骨碌爬起来，套上鞋子就往外走。

外面艳阳高照，整个院子都安安静静的，一个人也没有。她挠了挠脑袋，晃晃悠悠地开了院门出去。

好在她还知道家里没人，所以把院门给合上了。

站在路口，满宝沉思了好一会儿，实在不能确定他们去了何方，干脆就去找白善。

白善早就午睡起来了，此时正一只手拿着桃子，一只手握笔在写作业。满宝进来时，正好看到他扭头啃了一口桃，然后一边“咔嚓咔嚓”地嚼，一边在纸上写着什么。

两个人目光对上，都呆了呆。然后，满宝就指着他手中的笔道：“墨蘸多了，落墨了。”

白善连忙将笔放下，低头看了眼写到一半的作业，满脸的悲伤。

满宝恍若未觉，跑上前去，盯着他手里的桃子看，问道："桃子好吃吗？"

白善已经把沾污的作业放到一旁晾着，打算装作看不见那团墨迹，之后继续往下写，先生应该不会因此而罚他吧？

见满宝盯着他手上的桃子，他就指着另一边桌子道："好吃，祖母让人从外面买回来的，你吃。"

满宝顺着看去，这才发现那边桌子上放着一盘桃子，垒了有五六个的样子。她"噔噔"地跑上前去，仔细地挑选了一个最红、最好看的桃子。

她一来，白善也不想写作业了，屋里又闷，于是两个人一起排排坐在廊下的栏杆上，一边晃着腿，一边啃桃子。

满宝和他倾诉："我家里人都不在家，不知道上哪儿去了。"

"收稻子去了吧？"白善问道，"你娘也不在家吗？"

满宝点头："我娘总不会去收稻子，一定是有什么事，他们都出去了。"

白善想了想道："我陪你去找？"

满宝却挥手道："不必了，他们都是大人了，肯定不会丢的，我们自己玩吧。"

她总是被侄子侄女们看管着，难得休沐，她还是想自己玩。

白善却不想玩，道："好热的，我不想玩。"

满宝就叹息道："要是能在水里玩就好了，水里好凉快的。"

两个人对视一眼，一言不发，只是默契地从栏杆上跳下，然后齐齐向外跑去。

坐在不远处树下纳凉的大吉看见，连忙放下蒲扇跟上。

白善带头跑到他们家池子边，直接扒开种在池边的牡丹，踩在石头上，往下探头看一眼，然后兴奋地道："快来，水不深。"

满宝也钻了进去，两个人当即把鞋袜脱了，直接就踩进水里，一放下脚，只觉得凉丝丝的，沁透人心。

满宝忍不住"咯咯"笑起来，小脚丫"啪啪"地打着水。白善也很高兴，他把裤腿卷到最高，直接就要站到水里去。下一刻，他就腾空而起，整个人被从水里拎起来。

白善一蒙，蹬着脚丫，用力扭头去看，就见大吉正面无表情地盯着他看。大吉另一只手上拎着同样一脸蒙的满宝。

两个人对视一眼，都觉得要糟，眼眶当即一红，张嘴就要哭。大吉就道："你们只要哭，我立刻就带你们去见老夫人。"

两个人当即把眼泪憋了回去，被放到草地上后也不急着穿鞋子，而是一人抱住大吉的一条胳膊求饶："大吉，可不可以替我们保密，我们再也不玩水了。"

大吉才不相信他们呢，道："你们可以自己去找老夫人认错，入夜前都可以，不然晚上我是一定要禀报的。"

满宝和白善一听失望不已，但怎么求大吉都没用，白善最后都躺在地上打滚了，大吉也没松口。

白善和满宝就知道这是真的没办法了，他们俩只能哭唧唧地穿上鞋袜，一步三迟疑地往主院去。

到了主院门口，两个人没直接进去，而是在院子外探头探脑，往正堂看一眼，不等里面的人看出来就又缩了回去，然后躲在门后不敢现身。

虽然天热，院子里没下人，但白家满打满算就三个主子，白善是最引人注目的，谁还能看不见他们俩？

在他们第一次探头后缩回去时，刘老夫人就知道了。不过她只当没看见，也不让下人去催，就在正堂等着。

她以为两个孩子观望一下就会进来，可他们来回探头探脑三次，最后一次半边身子都探出门洞了，结果快要走出来时又缩回去了，还隐约有吵架声传来。

刘老夫人揉了揉额角，看了一眼外面的日头，还是怕他们晒坏了，于是看向刘嬷嬷。

刘嬷嬷就笑着出去把两个孩子带进来。

白善和满宝垂头丧气地走进来，因为不专心，跨过门槛时还差点绊了一下，主要是门槛太高了。

两个人齐齐在刘老夫人面前站住，低着脑袋没说话。

刘老夫人上下打量他们，看见他们的裤脚有些湿便皱了皱眉，威严地问道：“说吧，你们闯了什么祸？”

白善吞吞吐吐地说不出来，小手悄悄地捅了捅满宝。满宝还回去，小心地抬眼看了一下刘老夫人，见白善不说，她只能小声道：“我……我们去玩水了。”

白善立即接上：“我们知道错了，下次再也不敢了。”

刘老夫人眉头紧皱，没有骂他们，只是沉声道：“去换身干净的衣裳，然后罚你们写二十张大字。”

两个人闻言，耷拉着脑袋离开。

刘老夫人看着他们的背影，觉得再这样严厉约束也不行，孩子们大了，总有他们看不到的时候，所以需要让他们知道水的危险，还要让他们在水中有自保的能力。

要只是白善，刘老夫人当下就可以做决定，但这里面还有一个周满。

于是，刘老夫人让人去找钱氏，她想上门拜访，谈一谈两个孩子与水的事。

今日村里有户人家生孩子，钱氏被请去安抚产妇的心，就半个多时辰的时间，孩子生了她就回来了，结果回来时原本在屋里睡觉的满宝就不知所终了。

钱氏不担心，但没想到白家的下人会找上门来，她愣了一下后起身：“我这就去见老夫人吧。”

来预约上门时间的婢女吓了一跳，她连忙道：“岂能劳动娘子上门？我们老夫人就是想约个时间亲自上门商谈。”

钱氏笑道：“我们庄户人家没这么多讲究，老夫人现在既得空，不如现在谈，不然我这心里积着一件事，晚上要睡不着的。”

婢女无奈，只能领着钱氏去见刘老夫人。

刘老夫人只是想和钱氏商议着让两个孩子学凫水。

钱氏一听，再去书房那里看换了一身新衣裳的满宝，便知道她玩水去了，虽心中气恼，却也认真思考起来。

满宝越大越调皮，大人总有看不住的时候，一味地阻拦反而会激起她的反性。既然她想玩水，那不如学一些，再加以约束，让她少去水边就可以。

钱氏答应了，就让两个孩子学一下水中的本事。

这个任务落在了大吉身上，大吉带白善和满宝去池子里学游泳，但池子里的水浅，地上铺了鹅卵石，其中不乏好看的石头，两个人蹲下去闭气什么的都不成问题，就是浮不起来，一个劲儿地往地上找石头。

大吉十分无语。

周四郎知道后“哈哈”大笑起来，在他们下学后亲自去学堂接人。他把人带到他们常玩水的那段河，把两个人剥得只剩下里衣后往河里一抛，在两个人沉下去时拽起来，让他们抓着他的手浮着。

周四郎道：“游水嘛，就跟鸭子一样，多玩一玩水，玩着玩着就会了。”

满宝的身体慢慢浮起来，脚丫子就在水面下一点，她动了动自己的脚丫子，感觉到趣味了，于是就慢慢松开了周四郎的手，两只手就跟鸭子脚一样快速地划动起来。然后她发现自己会移动了，大喜，一口气进到肚子里，人瞬间就往下沉……

她立即闭紧嘴巴，屏住呼吸，手脚乱划，于是身体起起沉沉，最后就往下沉了。就在她快要憋不住时，周四郎一把将她捞起来。

满宝大口呼吸起来，瞪着水润润的眼睛四处看，眼中尽是惊奇。

周四郎看了大乐，问道：“是不是很好玩？放心好了，这水也不深，你只管玩着，有我和大吉呢。大吉你说是吧？”

大吉一直站在岸边，听见周四郎喊便点了点头。

白善一只手还扒拉着周四郎的裤腰带，但另外一只手已经在有序地划动起来，身体也是浮着的。他隐约有了感觉，似乎是跟气有关——当他身体放松，气息均匀时，他就能浮着；当他呼吸一乱，身体紧绷时，他就会往下沉。

白善和满宝用了五天的时间学会了游泳，自信满满起来，觉得自己好聪明、好厉害，似乎江河湖海都不在他们眼中，都可以遨游一番。

然后，周四郎就带他们换了一段河。这里稍有风浪，水波荡动，满宝和白善一下水便觉得没有依处。最主要的是，他们即便可以浮着，也控制不住自己的方向。

这种失控的感觉让他们有点慌，而他们越慌，身体就越不受控制。两个人明明已经学会游泳，但还是不断地往下沉，呛了好几口水。

满宝被周四郎捞起来时，被吓得“哇哇”大哭。一旁的白善也吓到了，就跟八爪鱼一样缠在大吉身上，听见满宝哭，他也跟着大哭起来。

周四郎和大吉就把两个人往岸上带，等他们哭完，周四郎就道：“这还是风浪小的河段呢，比这风浪大又险恶的河段多得很，你们这小身板，别说江河湖海了，就是外面的小溪都要注意，所以没有大人带着，不许下水知道吗？”

两个人含着泪点头。

周四郎见他们乖，这才敷衍地摸了摸他们的脑袋道：“要是想玩水就让大吉带你们在你们家里的池子玩，那里水不深，又有人看着，不危险。”

见两个人点头，周四郎心满意足，他娘交代的事情他办完了，高兴！